À mes parents qui m'ont insufflé l'amour des livres, ainsi qu'à mes beaux-parents pour leur indéfectible soutien.
Un jour peut-être vous révélerai-je à tous mon nom de plume.
Mais j'en doute.

1

Le téléphone de mon bureau émit deux faibles bips. Je consultai ma montre. Seize heures trente. Mon assistante avait pour instruction de ne pas me déranger, sauf pour me passer les deux communications urgentes que j'attendais. Or il était trop tôt pour que Yang Tsaï m'appelle de Chine. Par conséquent, cela ne pouvait être qu'une seule personne.

Je pressai le bouton de l'interphone.

— Oui, Sara ?

— Monsieur Godwin pour vous sur la deux.

Parfait.

— Ai-je reçu un courrier de sa part aujourd'hui ?

Je perçus un froissement de papier.

— Oui monsieur, voulez-vous que je vous l'apporte maintenant ?

— Non, tout à l'heure, dis-je en raccrochant avant de basculer en mode casque. Godwin, enchaînai-je, j'attendais de vos nouvelles beaucoup plus tôt. Depuis six jours, très exactement.

— Désolé, monsieur West, mais il y avait une candidature de dernière minute que j'ai voulu inclure dans cet envoi.

Bon, ces femmes n'étaient pas censées savoir que j'étais si pressé. J'aborderai le sujet avec Godwin un peu plus tard.

— Combien y en a-t-il, cette fois?

— Quatre, répondit-il, visiblement soulagé que je ne m'attarde pas sur la question de son retard. Trois expérimentées et une novice.

Je me carrai dans mon fauteuil. Cette conversation était superflue. Depuis le temps, Godwin était au courant de mes exigences.

— Vous connaissez pourtant ma position concernant mes partenaires sans expérience, rétorquai-je, l'imaginant en train d'éponger son front en sueur.

— Oui, mais celle-ci est différente. Elle vous a demandé personnellement.

J'étirai mes jambes engourdies. Une bonne séance de jogging m'aurait fait le plus grand bien, mais cela devrait attendre la fin de la journée.

— Ce n'est pas nouveau, constatai-je sans vanité aucune, vu que c'était la vérité.

— Certainement, monsieur, mais celle-ci vous réclame, vous et vous seul.

Je me redressai sur mon siège.

— Ah oui?

— Elle a précisé dans sa lettre de motivation qu'elle ne se soumettra qu'à vous, à l'exclusion de tout autre.

N'ayant pas le temps de les former, je réclamai de mes soumises certaines compétences ainsi que de solides références. Je voulais des filles chevronnées, capables d'apprendre rapidement mes *desiderata* et de s'y plier sans rechigner. J'incluais au dossier de candidature un questionnaire exhaustif afin que les postulantes sachent exactement dans quoi elles s'embarquaient.

— Elle a rempli le formulaire? Et pas n'importe comment, j'espère?

Le cas s'était produit une fois, Godwin ne l'ignorait pas.

— Oui, monsieur.

— J'y jetterai un coup d'œil.

— C'est le dernier de la pile, monsieur.

Raison pour laquelle il avait tardé à me l'envoyer, si j'avais bien compris.

— Merci Godwin, dis-je en raccrochant.

J'allai trouver ma secrétaire qui me tendit une grosse enveloppe.

— Je n'ai plus besoin de vous, Sara, vous pouvez partir, dis-je en glissant le courrier sous mon bras.

Elle me remercia et je regagnai mon bureau.

J'attrapai une bouteille d'eau et la posai sur la table avant de décacheter le paquet.

Je parcourus les trois premières candidatures. Rien de transcendant. J'aurais beau passer un week-end avec n'importe laquelle de ces trois postulantes, je serais incapable de les distinguer.

Je frottai ma nuque endolorie en soupirant. Ce petit jeu avait assez duré. Il était peut-être temps de vivre normalement et de me caser. Mais pas avec quelqu'un comme Mélanie, cette fois. Seulement, il y avait un hic: il n'était pas question de lutter contre mes penchants de dominant ni de modifier mon mode de vie.

J'avalai une grande rasade d'eau et consultai ma montre. Dix-sept heures. Il était hautement improbable que je trouve mon bonheur dans le dernier dossier. D'autant que, si cette candidate n'avait aucune expérience, il était inutile que je perde mon temps. Sans même y jeter un regard, je le ramassai et le déposai sur la pile des documents à détruire. J'étalai les trois autres les uns à côté des autres sur le bureau et relus la première page.

Rien de rien. Aucune différence. Je pourrais aussi bien fermer les yeux et en choisir un au hasard. Celui du milieu, par exemple.

Mon regard se porta malgré moi sur la pile à broyer. Une femme désireuse de devenir ma soumise m'avait envoyé sa candidature et je l'avais dédaignée. Elle avait pris la peine de remplir le questionnaire et Godwin avait retardé l'envoi du courrier à cause de Mademoiselle-sans-expérience-qui-exigeait-exclusivement-Nathaniel-West. Je devais examiner son dossier, c'était la moindre des politesses.

Je récupérai le document et déchiffrai le nom inscrit sur la première page.

Abigaïl King.

Les feuillets me glissèrent des mains et tombèrent à terre.

Aux yeux du monde, j'avais tout pour être heureux. Je dirigeais une société internationale d'investissement dont j'étais le patron. J'employais des centaines de personnes et habitais une demeure qui avait fait la une de l'*Architectural Digest*. Et j'avais aussi une famille formidable. Globalement, j'étais satisfait de mon existence à quatre-vingt-dix-neuf pour cent. Quant au un pour cent restant…

À cause de ce un pour cent-là, je savais que j'étais un raté.

Entouré par une foule de gens dont très peu me connaissaient vraiment.

Avec un mode de vie répréhensible.

Incapable d'aimer et certain que personne ne m'aimerait jamais en retour.

Pourtant, je n'avais jamais regretté ma décision de vivre en dominant. J'étais un homme comblé et rares étaient les moments où je souffrais d'un manque.

Ce qui arrivait généralement quand il me prenait la fantaisie de me rendre à la bibliothèque municipale pour observer Abby. Jusqu'à ce que sa candidature se retrouve sur mon bureau, je n'avais aucun moyen de savoir si elle se doutait de mon existence. Elle incarnait le fameux un pour cent manquant et nous évoluions dans des univers si différents que nous n'avions aucune chance de jamais nous rencontrer.

Maintenant, si elle avait vraiment l'intention de devenir ma soumise…

Mon esprit vagabondait en des lieux interdits. J'ouvris les vannes de mon imagination et laissai libre cours à mes fantasmes.

Abby ligotée nue aux montants de mon lit.

Abby à genoux à mes pieds.

Abby réclamant le fouet.

Oh ! oui…

Je ramassai les papiers éparpillés sur le sol que je me mis à lire en diagonale.

Nom, adresse, numéro de téléphone, profession. Je passai rapidement au dossier médical – tests du foie, numération globulaire, examens VIH et hépatites B et C négatifs, test urinaire de dépistage des stupéfiants.

En fait de médicament, elle ne prenait que la pilule, conformément à ma demande.

Je parvins au questionnaire complété par ses soins, la liste des vœux et des interdits. Abby n'avait aucune expérience, Godwin n'avait pas menti. Elle n'avait coché que sept activités : sexe vaginal, masturbation, bandeau sur les yeux, flagellation, avaler le sperme, fellation, abstinence. En face de cette dernière rubrique, dans la case destinée au commentaire, elle avait inscrit: «Ha! ha! Je ne pense pas que nous ayons la même définition de la chose.» Je souris. Au moins, elle avait le sens de l'humour.

Plusieurs questions comportaient la mention: «Non, seuil à ne pas dépasser.» Je respectais son point de vue, ayant moi-même mes propres limites. D'un coup d'œil, je constatai que nous étions pour moitié du même avis. Ce qui ne représentait pas vraiment un problème – les frontières établies au départ étaient susceptibles de varier, de même que la liste des activités, au cours d'une relation sur le long terme…

Mais où avais-je la tête? Je n'allais quand même pas convoquer Abby ici, à mon bureau, pour un test?

Eh bien si, j'allais le faire.

Cette candidature aurait-elle émané de quelqu'un d'autre que je ne l'aurais jamais retenue, évidemment. Je l'aurais détruite et n'y aurais plus repensé.

Je n'éduquais pas mes soumises.

Sauf que, en l'occurrence, il s'agissait d'Abby King. Pas question de l'éliminer. J'allais apprendre son formulaire par cœur. Je voulais me rappeler chacune des expériences qu'elle était «désireuse d'explorer» afin de l'emmener au sommet du plaisir. Je graverais chaque parcelle de son corps dans mon esprit pour que mes mains en reconnaissent tous les contours. J'avais hâte d'assister à sa métamorphose quand elle découvrirait sa vraie nature de soumise.

Je brûlais de devenir son maître.

En serais-je seulement capable? Parviendrais-je à chasser les pensées que je cultivais à son sujet, les fantasmes que je ne réaliserais jamais, pour les confronter à la réalité – Abby dans la peau de mon esclave sexuelle?

Oui, oui, mille fois oui.

Pour la simple raison que moi, Nathaniel West, je n'échouais jamais.

Et si Abby King n'existait plus? Remplacée par Abigaïl King…?

Je décrochai le téléphone et appelai Godwin.

— Oui, monsieur West? Avez-vous pris une décision?

— Veuillez faire parvenir mon formulaire personnel à Abigaïl King. Si elle est toujours intéressée après en avoir pris connaissance, elle devra prévoir un rendez-vous avec mon assistante la semaine prochaine.

2

Abigaïl prit date pour le mardi suivant, seize heures. Je passai la journée du lundi sur les charbons ardents, m'attendant à tout instant que Sara m'annonce qu'elle avait appelé pour se désister. Mardi à treize heures, certain qu'elle allait venir, je ne tenais plus en place.

Je tournais comme un lion en cage entre la fenêtre et mon bureau en me remémorant la dernière fois que je l'avais vue – elle donnait alors un cours de soutien à un lycéen, riant aux éclats à une remarque du jeune homme. Après quoi, je l'imaginais telle que je n'aurais jamais cru cela possible. Mon esclave sexuelle, prête à assouvir mes moindres désirs. Obéissant à chacun de mes ordres.

Je revins à ma table. Pour la énième fois de la journée, je ressortis les documents que j'avais préparés à son intention afin de vérifier que je n'avais rien oublié.

Mon cousin Jackson appela à point nommé vers quinze heures trente, au moment où je devenais fou d'impatience.

— Salut, dit-il. Le squash tient toujours samedi prochain?

Je réprimai un grognement agacé. J'avais complètement oublié ma promesse de lui accorder sa revanche à la fin de la semaine. Or si Abigaïl acceptait un week-end d'essai en ma compagnie, comment pourrais-je la laisser en plan, ne serait-ce que quelques heures? D'un autre côté, ce ne serait pas plus mal de m'échapper un petit moment. Histoire de m'accorder une récréation au cours de ces deux jours qui promettaient d'être particulièrement intenses.

Jackson perçut mon hésitation.

— Si tu as un empêchement, ce n'est pas grave. Je pourrais toujours m'offrir une petite séance de parapente.

La dernière fois qu'il avait volé, il avait failli mettre un terme définitif à sa carrière de footballeur – il évoluait comme quart-arrière. Je me doutais bien qu'il plaisantait.

Du moins, je l'espérais.

— Arrête le chantage, dis-je. Je n'essaye pas de me défiler. Attends que je consulte mon agenda. Je crois bien avoir un rendez-vous.

— Un rendez-vous? Ne me dis pas que tu te remets en selle après la demoiselle aux perles?

— Ce n'est pas très gentil pour Mélanie.

D'autant que rien n'était plus éloigné de la vérité. J'avais eu un tas de *montures* depuis ma rupture avec mon ex-petite amie.

— Bof, c'est une façon de parler. Je suis très content que tu l'aies larguée.

— On change de sujet, d'accord? dis-je, sachant que mon cousin n'avait aucune idée de la réalité. Au fait, tu as une cavalière pour t'accompagner au gala de ta mère?

— Non, personne, merci de me le rappeler.

Je raccrochai au bout de quelques minutes après avoir convenu de le retrouver le samedi suivant pour le match revanche.

J'avais dix ans à la mort de mes parents, décédés dans un accident de la route. Jackson était sur bien des plans le frère que je n'avais pas eu. C'était sa mère, ma tante maternelle, Linda Clark, qui m'avait élevée.

Todd Welling appartenait au cercle étroit de mes plus chers amis. Nos familles étaient voisines quand nous étions petits. Todd et Elaina, qui habitait le même quartier, se connaissaient depuis le lycée et ils s'étaient mariés un an après la fin de leurs études. Aujourd'hui, Todd était psychiatre et sa femme dessinatrice de mode.

J'enviais le couple qu'ils formaient. L'amour fou qu'ils se vouaient l'un à l'autre. Il y avait belle lurette que je n'espérais plus trouver l'âme sœur. J'avais fait une croix là-dessus. Je vivais autrement, un point c'est tout.

Avoir Abigaïl comme soumise serait une compensation plus que satisfaisante.

Le téléphone sonna.

Un coup d'œil à ma montre. Quinze heures quarante-cinq. Elle était ponctuelle. Un bon point pour elle.

— Oui, Sara?

— Madame King est là, monsieur.

— Merci, je vous préviendrai quand je serai prêt à la recevoir, dis-je en raccrochant.

J'avalai une gorgée d'eau et consultai son dossier. Je relus encore une fois son questionnaire, même si je le connaissais par cœur. J'étais fin prêt.

À dix-sept heures cinq, j'appelai ma secrétaire et la priai d'introduire ma visiteuse.

Je respirai un grand coup, ouvris un nouveau document dans mon ordinateur et me mis à taper avec frénésie.

Nathaniel West est le plus grand imbécile que la terre ait jamais porté.

Mais qu'est-ce qui t'a pris?

Triple buse!

Abigaïl ouvrit la porte, pénétra dans la pièce et referma le battant derrière elle.

Un parfait imbécile, voilà ce que tu es.

Tu es cinglé de l'avoir invitée à venir ici.

Quelle bourde, tu t'en souviendras longtemps!

Elle s'immobilisa au milieu de la pièce. Je l'observais du coin de l'œil – les bras ballants, les pieds écartés de la largeur de ses épaules.

Zut.

Zut. Zut. Zut. Zut et zut

Zut. Zut. Zut. Zut et zut.

Merde. Merde. Merde.

Zut et rezut.

Je continuais à pianoter sur mon clavier tout en louchant dans sa direction. Elle prit une profonde inspiration, les yeux clos.

Ressaisis-toi. Elle est là pour toi. Elle veut devenir ta soumise. Tu ne vas quand même pas te comporter comme une tapette, non?

Tu as l'habitude, tu as fait cela un nombre incalculable de fois. Elle veut être ta soumise. Tu es un dominant. Il n'y a rien de neuf. Et elle n'a rien d'exceptionnel non plus.

C'est très très simple, alors arrête de chercher midi à quatorze heures.

Donne-lui ce qu'elle désire. Ce dont elle a besoin.

Prends ce qu'elle a à te donner.

En plus de ce qu'elle ignore encore posséder.

Écrire ces lignes m'aida à y voir plus clair. Exactement comme lorsque je jouais au piano. Je tapai encore quelques mots, respirai à fond et levai le nez.

Elle sursauta. Je m'y attendais un peu. Elle avait toujours les yeux baissés, mais je la vis tressaillir. Je refrénai l'envie de la caresser, de lui dire qu'elle n'avait rien à craindre, que je ne lui ferai aucun mal.

Au lieu de quoi, je ramassai le questionnaire et les documents que j'avais l'intention de lui remettre au cas où l'entretien serait concluant et en fis une pile.

Elle n'avait toujours pas redressé la tête.

Parfait.

Je contournai mon bureau et franchis l'espace qui nous séparait. Elle trembla de plus belle. Je me campai à côté d'elle et tendis la main. Je voulais la toucher afin de me rendre compte qu'elle était une femme de chair et de sang, comme toutes les autres. Ni plus ni moins.

Je soulevai sa longue chevelure sombre pour dégager sa nuque et avançai d'un pas.

— Vous n'avez pas de références, dis-je.

C'était la vérité. Et puis je voulais voir la veine palpiter à la base de son cou délicat.

— Oui.

J'en mourais envie.

Je m'approchai davantage, mes lèvres tout contre sa gorge.

— Sachez que je n'ai pas coutume d'initier mes soumises. Je n'ai pas de temps à perdre. Je n'accepte que des partenaires expérimentées.

Chercherait-elle à savoir pourquoi je faisais une exception pour elle ? Comprendrait-elle entre les lignes qu'elle n'était pas comme les autres ?

Probablement pas. Pourtant, elle aurait dû. Ce n'était pas ma façon habituelle de procéder. Je dérogeais à mes principes.

Et elle ne s'en doutait même pas.

J'empoignai ses cheveux et tirai légèrement.

— Est-ce bien ce que vous désirez, Abigaïl? Vous êtes sûre?

J'aurais presque voulu qu'elle refuse et s'en aille sans un regard. Pour ne plus jamais revenir. Mais au fond de moi, j'avais envie qu'elle reste. Je la désirais si fort.

Elle resta figée sur place sans bouger d'un poil.

Je retournai à mon bureau avec un petit rire. Elle était têtue comme une mule. Nous formions la paire. Cela pouvait marcher, après tout.

Je voulais que ça marche!

— Regardez-moi, Abigaïl.

Nos yeux se croisèrent pour la première fois. Les siens étaient couleur chocolat, ourlés de longs cils. Je pouvais lire en elle comme dans un livre ouvert. La fébrilité, la faim, le regard appréciateur dont elle m'enveloppait.

Je me mis à tambouriner sur la table. Elle se rembrunit, l'air gênée.

Ah! elle avait de vilaines pensées. Je réprimai un sourire. Ce n'était pas le moment.

— Les motivations qui vous ont poussée à postuler ne m'intéressent pas, repris-je. Si je vous choisis et que vous acceptez mes conditions, votre passé importe peu. *Le passé, en effet, n'avait plus d'importance. Seul comptait le moment présent.* J'ai là tout ce que je dois savoir, ajoutai-je en empilant les papiers en un tas bien net.

Elle ne bougeait pas. Ne disait mot.

— Vous n'avez aucune formation, dis-je. Mais vous êtes naturellement douée.

Je me dirigeai vers la fenêtre. La nuit était tombée. Je voyais son reflet dans la vitre, éclairée de l'intérieur. Elle croisa mon regard avant de baisser vivement la tête.

Inadmissible.

— Vous me plaisez, Abigaïl. Toutefois, je ne crois pas vous avoir dit de baisser la tête.

Oui, songeai-je quand ses yeux rencontrèrent les miens. Nous avancions.

Je la tenais et n'allais pas la lâcher.

Je me retournai et desserrai ma cravate.

— Je pense qu'un week-end d'essai s'impose. Si vous êtes d'accord, je vous attends dans ma propriété vendredi soir à dix-huit heures précises. J'enverrai mon chauffeur vous chercher. Nous dînerons et nous verrons ensuite.

J'ôtai ma cravate et défis le premier bouton de ma chemise. Elle ne s'en formalisa pas outre mesure. Elle avait l'air excitée, pas embarrassée le moins du monde.

— J'ai des exigences très précises à l'égard de mes soumises. *Ma soumise. Abigaïl King était en passe de le devenir.* Vous devrez avoir au moins huit heures de sommeil du dimanche au jeudi soir. Vous suivrez un régime équilibré – je vous l'enverrai par e-mail. Vous devrez aussi courir un kilomètre et demi trois fois par semaine. Sans oublier deux séances de musculation hebdomadaires dans ma salle de sport. Une carte de membre sera établie à votre nom dès demain. Avez-vous des objections, des questions?

Silence.

Merveilleux.

— Vous avez le droit de parler.

Elle lécha ses lèvres du bout de sa langue rose. Je sentis mon sexe palpiter à cette vue.

Du calme. On verra cela plus tard. Seigneur, faites qu'il y ait quelque chose à voir plus tard.

— Je ne suis pas très… sportive, monsieur West. Et courir n'est pas vraiment ma tasse de thé non plus.

— Vous devez apprendre à ne pas vous laisser dominer par vos faiblesses, Abigaïl.

Puisqu'elle avait abordé la question, j'allais faire en sorte de l'aider.

Je retournai à mon bureau et notai le nom et les coordonnées du professeur de yoga.

— Vous suivrez aussi des cours de yoga trois fois par semaine. Ils sont programmés à la salle de sport. Autre chose ?

Elle secoua la tête.

— Très bien. À vendredi soir, alors. Il y a là tout ce que vous avez besoin de savoir, ajoutai-je en lui tendant les papiers.

Elle s'approcha pour les prendre et patienta.

Fabuleux.

Ce sera tout.

3

Même si je n'avais jamais été scout, j'adhérais à la devise «Toujours prêt». Raison pour laquelle je réussissais tout ce que j'entreprenais et qu'aucune de mes soumises n'avait été contrainte d'utiliser son code secret. Si nous étions tous un peu mieux préparés, tous autant que nous étions, le monde tournerait probablement plus rond – à mon humble avis.

Fort de ce constat, je passai voir mon joaillier habituel le lendemain après-midi. Si le week-end avec Abigaïl se passait selon mes prévisions, mieux valait anticiper pour ne pas être pris au dépourvu. Après sa brillante prestation de l'autre jour, dans mon bureau, je ne doutais pas qu'elle réussirait l'épreuve haut la main.

Je jetai un œil aux modèles exposés dans la vitrine sans rien repérer de particulièrement enthousiasmant. J'avais offert à mes ex-soumises un ras-de-cou en argent massif, mais je voulais quelque chose d'un peu plus sophistiqué pour Abigaïl.

Le gérant s'avança à ma rencontre.

— Bonjour, monsieur West. En quoi puis-je vous être utile?

— Je recherche un ras-de-cou. En platine serti de diamants, par exemple.

Les yeux du vendeur brillèrent d'excitation.

— J'ai exactement ce qu'il vous faut. Je l'ai reçu ce matin et je n'ai pas encore eu le temps de le déballer.

Il détala et revint un moment plus tard avec un écrin en cuir renfermant un magnifique collier torsadé en platine, incrusté de diamants.

Je l'imaginai déjà au cou d'Abigaïl.

Mon collier.

Ma soumise.

— C'est parfait, dis-je, absolument ravi.

Je décidai de préparer moi-même le dîner du vendredi auquel j'avais convié Abigaïl. Je voulais qu'elle se détende avant que nous entrions dans le vif du sujet. Elle pourrait ainsi poser toutes les questions qui lui viendraient à l'esprit, ou exprimer ses inquiétudes. Je souhaitais qu'elle se sente parfaitement à l'aise pendant ces deux jours – dans la mesure du possible, en tout cas.

Je confectionnai l'un de mes plats favoris tout en me repassant mentalement le programme du week-end. Je n'avais pas prévu de rapports avec pénétration, ayant décidé d'expérimenter autre chose en attendant. Et puis l'avoir si près sans pouvoir la toucher me permettrait de tester ma maîtrise de soi.

Je m'étais en outre imposé une nouvelle règle : défense de l'embrasser. J'en avais transgressé tellement qu'il me paraissait normal d'en établir de nouvelles.

Pour autant, je n'étais pas assez stupide pour croire que m'interdire les baisers m'aiderait à garder une certaine distance émotionnelle. Inutile de se voiler la face. Elle désirait être ma soumise, elle me voulait comme dominant, pas comme un amant ordinaire. Tant que je garderais à l'esprit que notre relation était purement sexuelle, tout irait bien.

La limousine déboucha dans l'allée à dix-sept heures quarante-cinq. En ouvrant la porte, je découvris Abigaïl à genoux, en train de caresser Apollon. J'aurais cru que mon chien se tiendrait à l'écart, comme il en avait l'habitude avec les inconnus. À croire qu'elle l'attirait. Curieux. On disait pourtant que les chiens avaient un sixième sens dans leurs rapports avec les humains.

Le mien semblait l'avoir prise en affection, signe que j'avais eu une bonne idée en organisant ce week-end.

— Apollon, au pied ! ordonnai-je.

Elle ne m'avait pas entendu arriver. J'en eus la confirmation à la manière dont elle releva brusquement la tête. Elle sourit quand Apollon lui lécha le visage.

— Vous avez fait connaissance avec Apollon, à ce que je vois, dis-je.

Elle se redressa et épousseta son pantalon. Le soleil couchant nimbait ses cheveux et ses yeux de reflets plus foncés, mystérieux.

— Oui, c'est une brave bête.

— Pas du tout. D'habitude, il n'aime pas les inconnus. Vous avez de la chance qu'il ne vous ait pas mordue.

Apollon ne l'aurait évidement jamais attaquée. Je n'aurais eu garde de le laisser dehors si j'avais envisagé cette éventualité. Je ne savais pas trop ce qui m'avait pris de dire cela. Peut-être parce que, au fond de moi, je souhaitais qu'elle s'en aille.

Je l'entraînai vers la maison.

— Nous dînerons à la cuisine, ce soir. Ce sera votre domaine. Vous y prendrez la plupart de vos repas. Quand je vous y rejoindrai, vous pourrez considérer cela comme une invitation à parler librement. Le reste du temps, vous me servirez dans la salle à manger. J'ai pensé que nous pourrions commencer la soirée de manière informelle. Est-ce clair?

— Oui, Maître.

Je pivotai sur moi-même, une lueur de colère au fond des yeux.

— Vous n'avez pas encore le droit de me donner ce qualificatif. Pour l'instant, vous vous contenterez de monsieur ou monsieur West.

— Oui, monsieur, répondit-elle. Je suis désolée, monsieur.

Je m'éloignai, un peu surpris par son étourderie, espérant que le reste du week-end se déroulerait sous de meilleurs auspices.

Je la guidai à la cuisine et attendis qu'elle s'installe. Elle tira sa chaise d'une main tremblante. Elle était un peu nerveuse, c'était compréhensible.

Dire qu'elle était là. Dans ma cuisine. Prête à se plier à mes quatre volontés.

L'absurdité de la situation m'ôta l'usage de la parole.

Le repas commença en silence pendant quelques minutes. Elle dévora le poulet avec appétit. Je m'agitai sur mon siège tant la scène me semblait incongrue.

— Avez-vous préparé le dîner vous-même? demanda-t-elle.

Elle s'était décidée à ouvrir la bouche. Enfin.

— J'ai de multiples talents, Abigaïl. Et j'ai hâte de vous les montrer tous.

Elle ne répondit pas.

Nous avions presque terminé quand je repris la parole.

— Je constate que vous ne vous croyez pas obligée de dire tout ce qui vous passe par la tête pour combler le silence. J'ai pas mal de choses à vous expliquer. Gardez à l'esprit que vous pouvez vous exprimer franchement ici.

Je marquai une pause, attendant sa réponse.

— Bien, monsieur.

Brave fille.

— Je suis un dominant plutôt conformiste, vous l'aurez constaté en lisant le questionnaire que je vous ai fait parvenir. Je ne pratique pas l'humiliation en public et je ne suis pas non plus amateur de sévices corporels. En outre, je ne partage pas. Jamais. *Comme s'il me serait venu à l'idée de prêter Abigaïl à qui que ce soit si elle était mienne*. Bien sûr, en tant que dominant, je peux modifier les règles s'il m'en prend l'envie, ajoutai-je.

— Je comprends, monsieur.

Je me retins de m'écrier : *vraiment*?

— Encore un point, je n'embrasse jamais sur la bouche.

Elle eut l'air surprise.

— Comme dans *Pretty Woman?* C'est trop intime?

Oui, c'était exactement cela. Trop intime. Et je devais à tout prix me garder d'une relation trop personnelle.

— *Pretty Woman*?

— Le film, vous savez?

— Je ne l'ai pas vu. Je n'embrasse pas sur la bouche parce que c'est inutile.

Inutile pour nous. Vous ne m'en demandez pas la raison?

L'air contrariée, elle prit une autre bouchée de poulet.

— Je sais que vous avez vos propres espoirs, des rêves, des désirs, des appétits, des opinions personnelles. Vous devrez mettre tout cela de côté pour vous soumettre à moi, ce week-end. D'ailleurs, le simple fait que vous soyez là force le respect, et le mien vous est acquis. Tout ce que je fais est pour votre bien. Les règles concernant votre sommeil, votre régime ou votre activité physique, par exemple. Même les punitions.

Je laissai courir l'index sur le bord de mon verre et souris intérieurement en remarquant qu'elle ne perdait pas une miette de mon petit manège.

— Quant au plaisir… *Je vous donnerai du plaisir à revendre, Abigaïl, soyez-en sûre.* Je suppose que vous n'avez rien contre, n'est-ce pas?

Bon. Elle avait compris. Son regard s'assombrit et sa respiration s'accéléra. Je l'avais emmenée exactement là où je voulais.

Je repoussai ma chaise, prêt à passer aux choses sérieuses.

— Avez-vous terminé?

— Oui monsieur.

— Je sors avec Apollon. Ma chambre est à l'étage, la première porte à gauche. J'y serai dans quinze minutes. Vous m'y attendrez. Page cinq, premier paragraphe.

Le promenade avec mon chien était censée m'éclaircir les idées, me préparer à ce qui allait se dérouler dans ma chambre. Je rejouai mon plan dans ma tête encore et encore. Abigaïl aimait pratiquer le sexe oral, je l'avais appris grâce au questionnaire. Et vu que c'était l'une des premières pratiques que j'accomplissais avec une soumise, il me semblait logique de débuter notre week-end de cette manière.

Le sexe oral était censé rappeler à la soumise sa place et ses devoirs. À genoux devant moi, à mon entière disposition. Utiliser une soumise pour mon plaisir de toutes les façons possibles était une responsabilité que je ne prenais pas à la légère.

Je me figurais ma chambre telle que je l'avais laissée: des bougies allumées dans tous les coins, un coussin posé sur le plancher, au milieu de la pièce, la nuisette que je lui avais achetée. La découvrirais-je agenouillée, vêtue du léger vêtement transparent? Je l'espérais. À moins qu'elle ne m'attende dans l'entrée pour m'annoncer qu'elle avait changé d'avis. Telle était ma plus grande crainte.

— Viens là, Apollon.

De retour à la maison, je m'arrêtai à la buanderie pour ôter mon pull et le déposer dans le panier prévu à cet effet afin que ma femme de ménage le porte au pressing. Abigaïl ne se trouvait pas dans le vestibule. Je montai l'escalier, le chien sur mes talons. Je lui désignai la porte de ma chambre. Il s'affala sur le seuil en geignant, la tête entre les pattes.

Je pénétrai à l'intérieur et la trouvai qui m'attendait, vêtue de sa nuisette, à genoux sur le coussin.

Oh! oui.

— Très bien, Abigaïl, dis-je en refermant la porte. Vous pouvez vous relever.

Elle obtempéra avec lenteur. Le vêtement recouvrait à peine le haut de ses cuisses. Sa peau rosie que j'entrevoyais à travers la mince étoffe trahissait son émoi.

— Retirez votre nuisette et posez-la par terre.

Elle la passa par-dessus sa tête d'une main tremblante. Elle était dans un état d'agitation extrême, ses mamelons tendus, les lèvres entrouvertes.

— Regardez-moi.

Ses yeux croisèrent les miens. Oui, elle était au moins aussi excitée que moi. J'ôtai ma ceinture et m'approchai.

— Qu'en pensez-vous Abigaïl? Devrais-je vous punir pour m'avoir appelé «Maître» tout à l'heure?

Je fis claquer ma ceinture dont la boucle lui effleura la cuisse. Je n'étais pas encore son maître, elle devait se l'enfoncer dans le crâne.

Bientôt, peut-être…

— À votre guise, monsieur, articula-t-elle.

Bonne réponse.

À ma guise?

Je brûlais de lui faire un tas de choses, mais pour l'instant...

Je me plantai devant elle, déboutonnai mon pantalon et le baissai en même temps que mon caleçon. Mon sexe en jaillit, tendu à l'extrême. Je patientai. Elle me dévorait du regard. C'était parfait. Elle devait me regarder.

— À genoux. Maintenant, sucez-moi.

Elle inclina la tête. Mon sexe se faufila entre ses lèvres. Sa bouche était chaude et humide, ce qui eut pour effet d'exacerber mon érection. Mmm... c'était bon. Je m'engouffrai dans sa gorge.

— Entièrement, précisai-je.

Elle pouvait le faire.

Elle allait le faire.

Pourtant, elle hésita avant d'enserrer la base de mon pénis entre ses doigts. Je n'aimais pas les tergiversations.

— Si vous ne pouvez pas le prendre en bouche, vous ne l'aurez nulle part ailleurs, dis-je, devinant ce qu'elle avait à l'esprit.

Je m'enfonçai en elle jusqu'à la garde.

— Oui, comme ça.

J'abaissai le regard. À la vue d'Abigaïl à genoux, mon sexe planté dans sa bouche, je faillis exploser. Je n'allais pas tenir très longtemps à ce rythme.

— J'aime ça, fort et violent, et je ne vous ferai pas de cadeau sous prétexte que vous êtes une novice. Accrochez-vous, ajoutai-je en me cramponnant à ses cheveux.

Elle noua les bras autour de mes cuisses. Je me retirai avant de replonger entre ses lèvres et d'entamer des va-et-vient rapides.

J'attrapai sa tête entre mes mains, besognant dans sa bouche vite et fort. Exactement comme j'aimais.

— Servez-vous de vos dents.

Elle érafla ma hampe sur toute la longueur tandis que j'allais et venais. Elle s'activait sans retenue, me léchant, enroulant sa langue autour de mon sexe.

Je geignis, les paupières closes, accélérant le tempo.

Oui.

Je sentis mes bourses se contracter et compris que je n'allais pas tarder à venir. Je me contrôlai pour faire durer le plaisir, prolonger la sensation de sa bouche brûlante autour de ma verge, la promesse de ma semence sur le point de gicler, le vertige d'être si près et de résister.

Elle me suça de plus belle et je sus que je ne pourrais me retenir davantage.

— Vous allez avaler, l'informai-je. Vous prendrez tout ce que je vous donne.

Je jouis à longs jets. Elle absorba tout, sans en laisser une goutte.

Je me retirai, hors d'haleine. Cette fille était formidable.

— C'est exactement ce que je veux, Abigaïl.

Je me rajustai, remarquant qu'elle attendait mes ordres.

Je rêvais de la jeter en travers du lit et de la baiser pour de bon. J'aurais attrapé ses mains pour les épingler au-dessus de sa tête avant de m'engouffrer en elle, encore et encore, jusqu'à ce qu'elle hurle de plaisir. J'aurais aimé…

Ça suffit !

Elle avait eu son compte pour ce soir.

Elle avait besoin de temps pour s'habituer. Même si elle en voulait plus, elle n'était pas encore initiée à mon monde. Je ne pouvais ni ne devais l'oublier.

Je luttai pour reprendre mon souffle.

— Votre chambre est la deuxième à gauche. Vous ne dormirez dans mon lit que si je vous y invite. Vous pouvez disposer.

Elle enfila son déshabillé et ramassa ses vêtements répandus par terre.

Vous servirez le petit déjeuner à sept heures précises dans la salle à manger, ajoutai-je.

4

N'ayant pas besoin de beaucoup dormir, je me contentais généralement de quatre à cinq heures de sommeil, ce qui aujourd'hui était providentiel, car après avoir senti les lèvres d'Abigaïl autour de mon sexe, il m'aurait été quasiment impossible de m'assoupir rapidement. J'allumai mon ordinateur et tâchai de me concentrer sur ma feuille de calcul, mais les chiffres se mélangeaient dans ma tête.

Je fourrageai dans mes cheveux en étouffant un juron.

Qu'avais-je fait?

J'avais contraint Abigaïl à me donner du plaisir dans sa bouche, à genoux, sans même lui demander son avis – était-elle d'accord, qu'en pensait-elle, que ressentait-elle, en avait-elle envie?

Oui mais, elle l'avait voulu, raisonnai-je. Elle était libre de ses choix. Si elle m'avait demandé d'arrêter, je me serais immédiatement exécuté. Je le savais, mais elle n'en avait rien fait. Elle souhaitait que je la domine. Dans le cas contraire, elle n'aurait pas accepté de venir chez moi, et moins encore de passer la nuit dans la pièce voisine.

J'éteignis l'ordinateur et longeai le couloir.

Sa porte était close, la lumière éteinte. Elle dormait.

Une preuve de plus.

Je cessai de me torturer l'esprit et entrai dans la salle de jeux afin de mettre en scène la soirée du lendemain.

Il était minuit passé quand j'allai me coucher. Je me levai quelques heures plus tard, à cinq heures et demi exactement. Je m'étirai avant de m'enfiler dans le couloir menant à la chambre d'Abigaïl.

La porte était fermée, elle dormait toujours. Serait-elle prête à temps pour le petit déjeuner? Et si je la réveillais? Non, pas question de créer un précédent. Je tournai les talons et descendis l'escalier en direction de la salle de sport, située au rez-de-chaussée.

Je l'entendis s'agiter dans la cuisine au moment où je terminai mon jogging, à six heures quarante. Elle avait beau s'être levée tard, elle s'était débrouillée pour me préparer mon petit déjeuner à l'heure. Je quittai le gymnase et me douchai rapidement. À sept heures précises, j'entrai dans la salle à manger et découvris la table dressée pour une personne.

Je louchai dans sa direction tout en mangeant. Elle avait opté pour une tenue décontractée et attaché à la va-vite ses cheveux en queue-de-cheval. Elle ne s'était probablement pas douchée. Un peu essoufflée, elle s'efforçait de respirer calmement, comme pour dissimuler qu'elle s'était dépêchée pour préparer mon repas en temps et heure. Elle s'était vraiment décarcassée ce matin-là pour moi.

La suite du week-end promettait d'être intéressante.

Je pris tout mon temps. Rien ne pressait, et puis je voulais lui donner la possibilité de reprendre ses esprits.

— Allez donc vous préparer quelque chose. Vous mangerez à la cuisine, dis-je, quand j'eus fini. Je vous attends dans ma chambre dans une heure. Page cinq, paragraphe deux.

Je téléphonai à Jackson pendant la promenade d'Apollon.

— Tu m'appelles pour annuler, c'est ça? demanda mon cousin.

— Absolument pas. Tu veux déjeuner avec moi après?

— D'accord. Ton rendez-vous a foiré?

— Au contraire... j'ai des projets pour ce soir.

— Très bien. Un point pour toi.

J'éclatai de rire. S'il savait...

— Alors, de quoi a-t-elle l'air? reprit-il. Elle est jolie? Elle a une sœur?

Je tendis la main pour flatter mon chien.

— Un peu de patience. Je te raconterai pendant le déjeuner.

J'avais eu beau me figurer la scène – Abigaïl étendue sur mon lit –, le spectacle qu'elle offrait me laissa sans voix. En cette fin de matinée, le soleil éclaboussait la chambre de lumière, nimbant son corps d'une aura dorée, scintillante.

Je profitai qu'elle avait les paupières closes pour l'observer à loisir en commençant par sa bouche, ses lèvres entrouvertes, comme si elle se parlait à elle-même. Mon regard s'attarda sur sa nuque délicate, la façon dont elle avalait sa salive, ses muscles saillants sous sa peau. Je remarquai le mouvement de ses doigts effleurant l'édredon. Elle n'avait toujours pas ouvert les yeux.

Ses seins étaient parfaits. Je les vis se soulever sous sa respiration haletante, les mamelons hérissés tels deux petits boutons rose sombre. Je mourais d'envie d'emplir mes paumes de leurs courbes épanouies et d'en happer un entre mes lèvres. D'y goûter...

Pas maintenant...

Je serrai les poings, laissant mes regards courir plus loin, sur la courbe légère de son ventre délicatement bombé… entre ses jambes. En descendant plus bas, j'entrevis sa chair moite.

Elle mouillait pour moi.

Elle était prête.

Mon érection durcit encore plus.

Plus tard. Contrôle-toi.

Si je m'écoutais, j'arracherais mes vêtements pour la prendre séance tenante. Mais ce n'était pas ce que j'avais programmé, et j'agissais toujours conformément à mes plans.

Enfin presque toujours.

L'arrivée d'Abigaïl bouleversait radicalement mes habitudes et mes repères.

Ne pense pas à toi, me dis-je. Enfin pas uniquement. Tâche de satisfaire ses envies.

Je desserrai les poings et m'approchai du lit.

— N'ouvrez pas les yeux.

Elle sursauta. Perdue en elle-même, elle ne m'avait apparemment pas entendu entrer.

— J'aime vous voir offerte ainsi. Imaginez que vos mains sont les miennes. Caressez-vous.

Montrez-moi ce que vous aimez, ce que vous désirez.

Elle hésita. De nouveau.

Je devais être patient. Tout ceci était nouveau pour elle.

— Allons, Abigaïl, lâchez-vous.

Elle porta les mains à ses seins. Ses caresses d'abord timides devinrent plus fébriles, presque sauvages, tandis qu'elle malaxait tour à tour ses tétons au creux de ses mains. Elle saisit un bouton entre ses doigts et le pinça avec vigueur en hoquetant de plaisir.

Oui, la force brutale, elle aimait ça.

Son autre main erra sur son ventre tandis que la première s'activait toujours autour de ses mamelons. Elle glissa un doigt entre ses cuisses.

Un seul?

— Vous me décevez, Abigaïl.

Je m'avançai si près que je pouvais sentir son souffle sur mon visage. Elle battit des paupières.

— N'ouvrez pas les yeux, j'ai dit.

J'abaissai mon regard, fasciné par la veine qui pulsait follement au creux de sa gorge. Pourrais-je accélérer encore les battements de son cœur?

Apparemment, j'en étais capable, oui. Il me suffisait de voir comme son cœur s'emballait.

— Vous m'avez avalé tout entier dans votre bouche hier soir, et vous croyez vraiment qu'un seul doigt pourrait se substituer à moi?

Elle inséra un autre doigt.

— Encore un.

Haletante, elle en infiltra un troisième et commença à aller et venir en elle.

La lenteur n'était pas de mise.

— Plus vite. Je vous baiserai plus fort, moi.

C'était la stricte vérité. Je lui en ferai la démonstration. Bientôt.

Une légère rougeur envahit sa gorge. Oui, elle adorait que je lui parle de la sorte. Elle aimait la rudesse, la violence, la soumission. Je sentis mon membre enfler dans mon pantalon tandis que je m'imaginais à la place de ses doigts. Mon sexe allant et venant impétueusement en elle. Lui arrachant des gémissements voluptueux.

Elle était au bord de l'orgasme, les seins marbrés de plaques rouges. Sa respiration s'accéléra encore. Ses lèvres s'ouvraient et se refermaient en cadence.

Je m'inclinai plus bas.

— Jouissez maintenant.

Elle explosa en mille fragments. Il n'existait rien de plus beau au monde que ce spectacle : Abigaïl en extase, le visage concentré, une légère écume au coin des lèvres, le corps tendu comme un arc tandis qu'elle s'abandonnait au plaisir…

La prochaine fois, je serais en elle quand elle jouirait.

Elle ouvrit les yeux et me regarda, le regard fixé sur mon pantalon.

Tu vois ce que tu me fais subir? aurais-je voulu dire.

Je contemplai ses courbes rosies après l'effort, luisantes de sueur.

— Cet orgasme était trop facile, Abigaïl, dis-je quand nos yeux se croisèrent. Ne croyez pas que cela se reproduira souvent. À propos, j'ai un rendez-vous tout à l'heure, ne m'attendez pas pour déjeuner. Il y a des steaks dans le frigo. Vous servirez le dîner dans la salle à manger. Et n'oubliez pas de prendre une douche, puisque que vous n'avez pas eu le temps ce matin, n'est-ce pas? Vous trouverez des DVD de yoga dans le gymnase. Vous aurez tout le loisir de les visionner. Vous pouvez vous retirer maintenant.

Sans vouloir me vanter, j'écrasai littéralement Jackson au squash. Exploit que je mis sur le compte de ma frustration sexuelle.

Nous étions attablés ensuite dans un bistrot, un des rendez-vous favoris des sportifs.

— Quelle mouche t'a piqué? fit mon cousin.

— Abigaïl King.

— Abigaïl, répéta-t-il en étudiant la carte.

— Abby, si tu préfères. Je l'appelle Abigaïl, mais tout le monde la surnomme Abby.

Il leva un sourcil perplexe.

— C'est un jeu entre nous, expliquai-je en examinant le menu pour faire diversion. Tu veux la même chose que d'habitude?

— Oui, pourquoi changer ce qui fonctionne au poil?

Le patron vint saluer Jackson. Être parent d'une célébrité était pénible à la longue. Pendant ce temps, je consultai ma messagerie et répondis à quelques e-mails. Rien de très urgent.

— Alors ton Abby? reprit mon cousin Jackson après le départ du patron avec notre commande. Où l'as-tu rencontrée? Raconte.

— Elle travaille à la bibliothèque municipale de Manhattan.

— Non? J'ignorais que tu avais un faible pour les bibliothécaires.

— Il y a un tas de choses que tu ignores à mon sujet.

Il rit comme s'il n'en croyait pas ses oreilles.

— Tu vas l'inviter à la réception de ma mère?

— Oui, j'espère qu'elle acceptera. Et toi, tu viens avec qui?

— Je ne sais pas. Je ne vois personne pour le moment. Tu me dégottes quelqu'un et tu me tiens au courant, d'ac?

Comme si les femmes disponibles couraient les rues. Je repensai à celle avec qui j'étais sortie juste après Mélanie – une soumise insatiable. Inutile de préciser que cette relation n'avait pas fait long feu.

— Bien sûr, cousin, je t'appellerai. Tu peux compter sur moi.

Après le déjeuner, je fis un saut au bureau. Je n'étais pas pressé de rentrer à la maison, histoire de permettre à Abigaïl de s'habituer aux lieux, pensant que je lui faciliterais la tâche si je n'étais pas là.

À dix-huit heures, je pénétrai dans la salle à manger. Elle était là. Un steak appétissant m'attendait à ma place.

— Allez-vous chercher une assiette et accompagnez-moi, dis-je en attaquant mon plat avec appétit. C'était le premier vrai repas qu'elle me préparait et je n'étais pas déçu : la viande était juteuse, tendre à souhait.

Le dîner se déroula en silence. Elle gardait bouche close, plongée dans ses réflexions, ce qui m'inquiéta un peu. Je me demandai ce qui la rendait si pensive. Songeait-elle à partir? En avait-elle assez et n'avait-elle plus envie de poursuivre l'expérience?

Je n'avais qu'une façon de le découvrir.

— Venez avec moi, Abigaïl, dis-je à la fin du repas.

En quittant la table, nous montâmes l'escalier menant à la salle de jeux. Je m'effaçai pour la laisser passer.

Elle fit trois pas à l'intérieur et pivota pour me dévisager, bouche bée – réaction somme toute prévisible.

— Me faites-vous confiance, Abigaïl?

Elle nous considéra tour à tour, les chaînes et moi.

— Je… euh…

Je passai devant elle pour déverrouiller une menotte.

— Pourquoi avons-nous passé un accord, à votre avis? Je pensais que vous saviez à quoi vous en tenir.

La question était purement rhétorique. Je voulais simplement lui rappeler que nous n'étions pas amants.

— Si vous voulez aller plus loin, il faudra vous fier entièrement à moi. Approchez.

Faites-moi confiance, Abigaïl, je vous en prie.

Elle eut un moment d'hésitation. Fâcheuse habitude. Je devrais vraiment faire quelque chose à ce sujet.

— Vous avez toujours la possibilité de partir et ne plus revenir, ajoutai-je, histoire de lui offrir une échappatoire.

Elle fit un pas vers moi. Apparemment, elle n'avait pas l'intention de se défiler.

— Très bien. Déshabillez-vous.

Le corps secoué de frissons, sans me regarder, elle se dépouilla de son T-shirt ainsi que de son soutien-gorge, puis elle fit glisser son jean et sa culotte le long de ses jambes.

Je lui attrapai les bras et les menottai au-dessus de sa tête sans hâte. Je voulais savourer chaque minute. Qu'elle savoure chaque minute. Après quoi, je me campai devant elle et retirai mon T-shirt à mon tour devant son regard brûlant.

Non, je ne voulais pas qu'elle m'observe. Pas encore.

Je me dirigeai vers une grande commode et sortis un bandeau noir rangé dans l'un des tiroirs. Voilà qui réglerait la question. Elle ne pourrait plus me voir.

Je le brandis à bout de bras pour lui laisser entrevoir mes intentions.

— Vos sens seront plus aiguisés avec ce masque sur les yeux.

Je nouai étroitement le foulard autour de son front. Voilà qui était mieux. Je l'examinai de la tête aux pieds. Elle avait l'air vulnérable, entièrement à ma merci. Ligotée, dans une attitude de prudente expectative.

Oh ! Abigaïl, si vous saviez toutes les choses que j'ai envie de vous faire. Que je vais vous faire…

Je retournai à la commode et m'emparai de ma cravache préférée.

Je me glissai dans son dos et soulevai ses cheveux pour dégager sa nuque. Elle tressaillit au contact de mes doigts. Je me demandai quand elle cesserait de bondir chaque fois que je la touchais.

— Que ressentez-vous Abigaïl? Exprimez-vous franchement.

— J'ai peur.

Bien sûr qu'elle avait peur. Toute personne sensée paniquerait à sa place.

— C'est compréhensible, mais inutile, dis-je pour la rassurer. Je ne vous ferai aucun mal.

Je me plaçai en face d'elle. Elle avait la respiration hachée, tous les sens aux aguets pour essayer de deviner mes faits et gestes. Elle ne me faisait apparemment pas confiance.

Je frôlai son téton du bout de ma cravache, lui arrachant un feulement rauque.

— Qu'éprouvez-vous?

— De l'impatience.

Voilà qui était mieux. Je recommençai à jouer avec son sein.

— Et si je vous disais qu'il s'agit d'une cravache? C'est l'un de mes jouets préférés. Je vais vous montrer ce dont je suis capable de faire avec. Vous éprouverez une extraordinaire sensation de bien-être, je vous assure. Laissez-moi vous initier aux plaisirs de mon monde.

Elle prit une profonde inspiration.

— J'ai la frousse.

Je levai le fouet et le laissai abruptement atterrir sur son sein d'un léger coup de poignet. Certaines choses s'expliquaient mieux sans paroles.

Elle poussa un cri. De surprise plutôt que de douleur.

— Vous voyez? Vous n'avez rien à craindre. Je ne vous ferai pas mal. Écartez les jambes, enchaînai-je en lui fouettant légèrement les cuisses.

Cette fois elle n'hésita pas et s'exécuta sur-le-champ.

Excellent. J'étudiai ses traits et y lut l'étonnement, l'excitation, l'impatience. Je promenai le martinet depuis ses genoux jusqu'à son sexe humide, veillant à ce que les lanières en cuir ne délaissent jamais sa peau.

— Et si je vous fouettais là, en bas. Qu'en pensez-vous?

Son front se plissa

— Je... je ne sais pas.

D'un mouvement vif, j'abattis la cravache sur sa chair sensible, gonflée de désir.

Un.

Elle inspira fort.

Deux.

Elle laissa échapper un long gémissement.

Trois.

— Et maintenant? questionnai-je inutilement, devinant sa réponse.

Je lisais sur son visage comme dans un livre ouvert. Je m'inquiétais de ce qu'elle ressentait. Ses pensées, ses envies m'importaient au plus haut point, je voulais qu'elle le sache.

— Encore. J'en veux encore.

Je dessinai des petits cercles autour de sa fente avant de cingler son clitoris.

Elle cria sans retenue en tirant sur les chaînes.

Sa réaction me surprit. Je n'aurais jamais crue qu'elle serait si réceptive, qu'elle apprécierait ce que je lui faisais au point d'en redemander.

J'aurais voulu la garder enchaînée jusqu'au bout de la nuit, la propulser au bord du gouffre encore et encore avant de la laisser prendre son plaisir. Et puis je me rappelai qu'elle était inexpérimentée et se poserait inévitablement des questions le lendemain. Je ne devais pas aller trop loin, j'en étais conscient.

Je laisser errer la cravache sur sa gorge.

— Vous êtes magnifique, ainsi enchaînée, tirant sur vos liens et me suppliant de vous flageller jusqu'au sang. Votre corps demande à être soulagé, n'est-ce pas?

— Oui, gémit-elle.

Je frappai derechef son petit bourgeon, incapable de m'en empêcher.

— Bientôt, je vous le promets, mais pas ce soir.

J'allai ranger la cravache à sa place, attrapai un tube de pommade dans le tiroir et le fourrai dans ma poche.

Elle tira encore sur ses chaînes dans mon dos.

Elle était aussi frustrée que moi.

— Je vais vous détacher, dis-je en revenant vers elle. Vous allez directement aller vous coucher. Vous dormirez nue. Défense absolue de vous caresser. Gare aux représailles si vous désobéissez.

Je la libérai de ses chaînes et du bandeau.

— C'est compris?

Elle déglutit.

— Oui, monsieur, affirma-t-elle avec conviction.

— Bien.

J'appliquai délicatement un peu de baume sur ses poignets. Je ne pensai pas qu'elle ait tiré fort sur les chaînes, mais je ne voulais pas risquer de laisser des marques durables sur son corps. Mieux valait être prudent.

— Voilà. Vous pouvez retourner dans votre chambre.

Je regardai sa mince silhouette dénudée franchir la porte et compris que j'étais pris au piège. Je ferais n'importe pour la garder.

5

J'allais faire quelque chose de mal. Je me détestais à cause de cela, mais j'étais incapable de m'en empêcher.

Je sautai du lit et arpentai la pièce à grands pas, l'esprit en ébullition. Avec mes soumises précédentes, j'avais utilisé les adjectifs vert/jaune/rouge – des mots d'alerte standards. Le code que je m'apprêtais à donner à Abigaïl était du pipeau. C'était mal. Très mal. Au point que la communauté m'exclurait si cela venait à se savoir.

Mais comment pourrait-on l'apprendre? Abigaïl ne se confierait à personne.

Ni moi non plus.

Jusqu'à présent, aucune de mes soumises n'avait eu recours à son mot secret. Concernant Abigaïl, j'étais certain de pouvoir déchiffrer les signaux de façon à ne jamais outrepasser les limites. Je resterais constamment sur mes gardes. À quoi bon un code de sécurité dans ce cas? Sinon pour les gens prudents, raisonnables et conventionnels.

Je pouvais être tout cela sans code secret. Je le savais. De son côté, Abigaïl y réfléchirait à deux fois si elle pensait que l'employer signifiait franchir un point de non-retour et marquerait ainsi la fin de notre relation. C'était le meilleur moyen de m'assurer qu'elle ne se sauverait pas.

Oui, nous serions parfaitement en sécurité, même sans code.

J'ouvris le tiroir de la table de nuit où était rangé l'écrin de cuir et soulevai le couvercle. J'avais prévu de lui remettre le collier le jour suivant.

Nouvelle entorse à la règle : ne pas donner un collier à une soumise sans l'avoir possédée au préalable. Jamais. Pourquoi alors le lui offrir avant terme ?

Je n'avais pas de réponse à cette question. Je savais seulement que j'allais le faire, un point c'est tout.

Je déposai le bijou dans le creux de ma main en m'efforçant de l'imaginer sur elle. Enserrant son cou délicat et flexible. Elle le porterait chaque jour de la semaine et si, aux yeux du monde, c'était simplement un beau bijou, elle et moi connaîtrions la vérité : elle m'appartenait. Je pourrais la traiter comme bon me sembler. Lui donner autant de plaisir que je le souhaiterais. Et réciproquement.

Je le replaçai dans la boîte et refermai le tiroir.

Un collier à ma soumise…

Cela ne s'était pas produit depuis un an. J'avais mis un terme à ma relation avec Beth avant de fréquenter Mélanie. Beth en voulait toujours plus, pas moi. Finalement, nous avions décidé de nous séparer. Mélanie m'avait appelé peu après, ce qui m'avait incité à tenter une relation normale.

Comme si Mélanie était normale ! Par je ne sais quelle ironie du sort, elle avait décidé qu'elle voulait être dominée. Du moins se l'imaginait-elle.

« Attache-moi, Nathaniel. »

« Donne-moi la fessée, Nathaniel. »

Notre relation était vouée à l'échec depuis le départ. Mélanie était aussi peu soumise que moi j'étais moine.

Donner un collier à une femme revêtait une signification spéciale. Je devenais monogame aussitôt après l'avoir offert. Pendant toute la durée de cette relation. Je ne partageais pas mes soumises portant mon collier avec d'autres dominants, et elles n'avaient pas non plus à s'inquiéter que j'aille voir ailleurs.

Je m'assis au bord du lit et attrapai le volume relié de *La Recluse de Wildfell Hall* d'Anne Brontë posé sur la table de nuit. Je l'ouvris au hasard sur le passage suivant :

«Mon matériel de peinture se trouvait sur la table, prêt pour le lendemain, simplement recouvert d'un chiffon. Il eut tôt fait de les repérer et, posant le chandelier, il jeta au feu palette, peintures, tubes, crayons, pinceaux, vernis. Je vis se consumer les couteaux qui se brisèrent en deux; l'huile et l'essence de térébenthine libérèrent une flamme sifflante en brûlant. Puis il sonna...»

À quoi Hélène pensait-elle pendant qu'Arthur brûlait son matériel? Éprouverais-je la même chose si Abigaïl me quittait?

Térébenthine.

Un pot de térébenthine dans le feu.

Je le voyais se calciner dans la cheminée.

Aussi absurde que cela puisse paraître, c'était le mot secret idéal.

Réveillé à cinq heures trente, le lendemain matin, je fonçai sous la douche avant de descendre à la cuisine préparer le petit-déjeuner. Abigaïl devait prendre une importante décision, et j'allais faire de mon mieux pour lui faciliter les choses.

À six heures et demie, j'entendis ses pas à l'étage. Elle devait se demander ce que je fabriquais.

Oh! Abigaïl, si seulement vous saviez ce que j'ai prévu pour vous...

J'aurais probablement dû lui signaler la veille que c'était à mon tour de préparer le petit déjeuner ce matin-là, mais j'avais la tête ailleurs et le petit déjeuner était la dernière de mes préoccupations.

Je dressai la table pour deux dans la cuisine car je voulais qu'elle puisse s'exprimer en toute liberté. J'étais à peu près sûr qu'elle se posait un tas de questions. Au sujet des baisers, pourquoi je ne lui avais pas encore fait l'amour, à quoi je pensais, ce que j'attendais d'elle...

Elle déboula en trombe sur le coup de sept heures.

Aujourd'hui est un grand jour, Abigaïl. Vous allez devenir mienne.

Je l'invitai à s'attabler en face de moi.

— Bonjour, Abigaïl, avez-vous bien dormi?

Elle avait les yeux cernés. Visiblement, elle avait passé une mauvaise nuit.

Elle plongea son regard dans le mien.

— Pas vraiment.

— Servez-vous, je vous en prie.

Elle examina les plats disposés sur la table et me dévisagea d'un air perplexe.

— Vous arrive-t-il de dormir?

— Quelquefois.

Je la regardai manger, amusé par ses questions, l'entrain avec lequel elle mordit dans un muffin.

Parle-moi. Pose-moi toutes les questions que tu veux.

Penserait-elle que j'exagérais si je l'y incitais? Obéirait-elle uniquement parce que j'étais le maître et que je le lui ordonnais?

Qui sait? Je devais tenter une autre approche.

— Jusqu'ici, je passe un excellent week-end, Abigaïl. J'aimerais poursuivre notre relation.

Elle faillit s'étrangler.

— Vraiment?

Pourquoi était-elle si surprise? Avait-elle oublié le plaisir qu'elle m'avait donné?

— Je suis très content de vous. Vous avez une personnalité intéressante et l'esprit vif.

— Merci, monsieur.

Je la revoyais étendue sur mon lit, la veille. Nue, rougissante, pantelante.

Une fois qu'elle aurait mon collier autour du cou...

Arrête!

Tu dois d'abord lui demander son accord.

— Vous avez une décision importante à prendre aujourd'hui. Nous pourrons en discuter en détail quand vous aurez terminé votre petit déjeuner et pris une douche. Ensuite, je serais ravi de répondre à vos questions.

— Puis-je vous demander quelque chose, monsieur?

Comme si je ne venais pas de le lui signifier...

— Je vous en prie, je suis là pour ça.

— Comment savez-vous que je ne me suis pas douchée hier ni ce matin? Vivez-vous ici durant la semaine ou avez-vous un appartement en ville? Comment...?

Je l'interrompis en réprimant un éclat de rire. Pour une fois qu'elle se décidait à parler.

— Je suis très observateur. Vos cheveux n'étaient pas mouillés hier. Quant à ce matin, j'ai supposé que vous n'en aviez pas eu le temps vu que vous vous êtes précipitée à la cuisine comme si vous aviez le diable à vos trousses. J'habite ici le week-end et j'ai un autre domicile en ville.

— Vous ne m'avez pas demandé si j'ai suivi vos consignes la nuit dernière.

C'est vrai. J'aurais probablement dû, mais j'étais certain de la réponse.

— Est-ce le cas?

— Oui.

J'avalai une gorgée de café.

— Je vous crois.

— Pourquoi?

— Parce que vous ne savez pas mentir – votre visage est comme un livre ouvert. *Il fallait qu'elle le sache.* Ne jouez jamais au poker, vous perdriez à coup sûr.

— Puis-je vous demander autre chose?

Tout ce que vous voudrez.

— Bien sûr.

— Parlez-moi de votre famille.

Vraiment? Vous pourriez en profiter pour me demander n'importe quoi et vous me questionnez sur ma famille?

Mais bon, puisqu'elle insistait, j'évoquai mes parents disparus, ma tante Linda… Quand elle déclara que sa meilleure amie s'intéressait à mon cousin Jackson, je fus aussitôt sur mes gardes. J'étais parti du principe que, après avoir pris connaissance du dossier que je lui avais fait parvenir, elle avait compris qu'elle ne devait mentionner notre arrangement à personne, pas même à ses proches ou à ses amis.

— Que lui avez-vous raconté à mon sujet? Il me semble que les documents que vous a fournis Godwin étaient très clairs concernant la confidentialité, dis-je le plus posément que je pus.

— Ce n'est pas ce que vous croyez. Félicia est mon filet de sécurité en cas de pépin ; il fallait qu'elle sache. Elle a compris qu'elle devait tenir sa langue. Vous pouvez lui faire confiance comme à moi-même. Nous nous connaissons depuis toujours.

— Votre filet de sécurité ? Partage-t-elle ce style de vie ?

— Pas du tout, au contraire. Elle a accepté de me rendre ce service parce qu'elle savait que j'avais très envie de ce week-end.

Félicia devait avoir une personnalité hors du commun pour soutenir une amie dont elle ne partageait pas les valeurs.

— Jackson ne sait rien de ma façon de vivre et il est célibataire, si vous voulez le savoir, précisai-je. J'ai tendance à le protéger un peu trop sans doute. C'est qu'il a eu sa part de croqueuses de diamants.

Elle me traça de son amie un portrait si élogieux que je décidai de transmettre ses coordonnées à Jackson. Il m'avait demandé de lui présenter quelqu'un et Félicia semblait être la femme idéale. Cela dit, j'estimais qu'on avait perdu assez de temps et j'avais hâte qu'on en revienne à nos moutons.

— Bon, reprenons où nous en étions, si vous le voulez bien. J'ai l'intention de vous offrir un collier et j'aimerais que vous le portiez, Abigaïl. Réfléchissez-y tout à l'heure sous la douche. Rendez-vous dans ma chambre dans une heure, nous en reparlerons.

Après son départ, je fis la vaisselle et retournai procéder aux derniers préparatifs dans ma chambre. Lorsque j'entendis l'eau couler dans la salle de bains attenante, je courus déposer sur son lit un déshabillé couleur argent avec un soutien-gorge et un slip assortis.

Elle se présenta à l'heure dite. La nuisette rehaussait l'éclat de son teint, et sa chevelure sombre retombait en cascade sur ses épaules.

Elle promena un regard inquiet autour d'elle. Un vrai paquet de nerfs.

— Installez-vous, dis-je.

Elle se posa avec grâce sur le banc capitonné.

Je sortis le collier de son écrin et le brandis devant elle pour qu'elle puisse mieux voir.

— Porter ce bijou veut dire que vous m'appartenez. Vous serez mienne et vous ferez ce que bon me semble. Vous m'obéirez sans discuter. Vos week-ends m'appartiendront et j'en ferai ce qu'il me plaira. Je pourrai utiliser votre corps à ma guise. Je ne serai pas cruel et je ne vous ferai jamais souffrir délibérément, mais je ne suis pas un maître facile à vivre, Abigaïl, tenez-vous-le pour dit. J'exigerai de vous des choses inconcevables, mais je pourrai également vous apporter du plaisir au-delà de l'imaginable.

Je te désire, je veux être à toi, voilà ce que j'essayais de lui faire comprendre.

— Comprenez-vous?

— Oui, monsieur.

J'avais beau être sûr du contraire, je sentis la fièvre m'envahir comme un torrent impétueux.

— Porterez-vous ce collier? insistai-je.

Elle opina.

Bien sûr qu'elle le voulait.

Je me postai derrière elle, peu désireux de lui montrer combien sa réponse m'excitait. Elle était à moi. Elle acceptait d'être ma soumise. J'attachai le lourd bijou autour de son cou, écartant les longues mèches qui me gênaient.

Elle était magnifique avec cette parure.

Mon collier.

Je refrénai l'envie de la plaquer contre moi et d'écraser mes lèvres sur les siennes pour qu'elle comprenne à quel point elle me plaisait. Non, je serais incapable de lui résister dès l'instant où je croiserais son regard, je le savais, sans oublier l'interdiction d'embrasser que je m'étais bêtement imposée.

— Vous avez l'air d'une reine, dis-je en repoussant les bretelles de sa nuisette sur ses épaules.

Sa peau laiteuse était encore humide de la douche. Divin.

— Maintenant, vous êtes à moi.

Joignant le geste à la parole, j'introduisis les mains sous son soutien-gorge et empoignai ses seins, ravi de sentir ses mamelons s'ériger sous mes doigts.

— Ceci est à moi.

Je m'aventurai plus bas, le long de ses hanches.

— À moi, répétai-je.

Son corps m'appartenait. Submergé par un désir dévorant, je déposai une pluie de petits baisers sur sa nuque, me délectant de sa saveur.

Je la mordillai doucement, et elle gémit de plaisir, frissonnante sous mes caresses.

— Vous êtes à moi.

Ne l'oubliez jamais.

Mes mains parvinrent à destination. J'écartai le satin de sa petite culotte pour infiltrer un doigt dans sa fente étroite et brûlante.

— Cela aussi est à moi.

Oui, à moi seul.

Sa chair moite se referma autour de mon doigt au-delà de mes espérances. Je sentis ma verge se raidir et glissai un deuxième doigt en elle, profondément, le plus loin possible.

Elle poussa une plainte, la tête rejetée en arrière.

Oui, Abigaïl. Vous voyez ce dont je suis capable?

J'entamai un fougueux va-et-vient entre ses cuisses et me retirai dès que je la sentis se contracter autour de moi.

— Vos orgasmes m'appartiennent aussi.

Mieux valait la prévenir tout de suite.

Elle soupira de frustration.

— Bientôt, murmurai-je. Très bientôt, promis.

Elle leva la main pour effleurer le collier.

Je me retournai pour attraper un coussin sur le lit. Allait-elle me lâcher ou accepterait-elle de poursuivre le jeu?

— Il vous va à ravir. À propos, votre mot-clé sera *térébenthine*. Il vous suffira de le prononcer pour que tout cesse immédiatement. Vous retirerez le collier, quitterez cette maison et n'y remettrez plus jamais les pieds. Dans le cas contraire, je vous attendrai ici les vendredis. Vous arriverez à dix-huit heures et nous dînerons à la cuisine. Vous viendrez quelquefois à vingt heures et me rejoindrez directement dans ma chambre. Mes recommandations concernant le sommeil, l'alimentation et votre programme sportif restent d'actualité. Compris?

Je retins ma respiration.

Elle acquiesça.

— Bien. Il m'arrive souvent d'assister à des événements professionnels. Vous m'accompagnerez. Le prochain aura lieu samedi – un gala de bienfaisance organisé par ma tante. Si vous ne possédez pas de robe de soirée convenable, je vous en fournirai une, naturellement. Est-ce clair? Avez-vous des questions?

Pourquoi ai-je eu la bêtise de te proposer ce mot secret?

Elle se mordit les lèvres.

— Non.

Hum… sa bouche délicieuse. Je m'inclinai vers elle.

— Non…? répétai-je tout contre son oreille.

Allait-elle le dire ? J'avais besoin de l'entendre.

Elle n'avait pas l'air de saisir où je voulais en venir.

— Voyons, Abigaïl. Vous en avez le droit à présent.

Elle se pencha en avant, un éclair de compréhension crépita au fond de ses prunelles.

— Non, je n'ai pas de question, Maître.

Maître. Je réprimai un râle de plaisir en entendant ce mot dans sa bouche.

— Parfait.

Mon érection était à l'étroit dans mon pantalon. Je me dépêchai de le dégrafer.

— Maintenant, vous allez me montrer à quel point vous êtes heureuse de porter mon collier.

Elle se laissa glisser du banc, tomba sur le coussin, à mes pieds, humectant ses lèvres sèches du bout de la langue.

Elle en crevait d'envie elle aussi.

Un son lui échappa, entre soupir et gémissement, elle se pencha et m'engloutis dans sa bouche. Je me cramponnai à ses cheveux pour me stabiliser tandis qu'elle avalait ma queue.

— Entièrement, Abigaïl. Allez-y à fond.

Elle allait prendre mon sexe et plus encore. Elle avait le pouvoir de s'emparer de mon corps et de mon âme à la fois.

Mais ce n'était pas le moment d'y penser. Je voulais m'abandonner au plaisir de l'instant, me perdre dans sa bouche qui m'aspirait complètement. Je m'enfouis dans sa gorge et entrepris de me mouvoir en cadence.

— Vous aimez ça, hein ? Vous aimez que je baise votre mignonne petite bouche ?

Elle lâcha un gargouillis étranglé qui m'expédia des vibrations dans tout le corps. Je m'agrippai à pleines mains à ses cheveux, quand elle se mit à me sucer avec ardeur.

Je baissai le regard sur ma queue entrant et sortant de sa bouche et frémis au spectacle de cette femme qui, la tête penchée, tétait ma bite avec vigueur. Au bout d'un moment, elle entrouvrit les lèvres pour la saisir délicatement entre ses dents.

Elle avait retenu la leçon.

— Abigaïl !

Je sentis le plaisir enfler au creux de mes reins. J'allais atteindre le point de rupture, les paupières closes pour ne plus voir le spectacle de sa bouche arrondie autour de mon gland. Mais cette image était imprimée sur ma rétine et j'avais beau faire appel à toute ma volonté pour me contrôler, c'était inutile.

— Je viens, haletai-je tandis que ma queue palpitait de plus belle entre ses lèvres. Je ne peux plus…

Je plongeai encore une fois et ne bougeai plus tandis que j'expulsais une première giclée de sperme dans sa bouche.

Elle l'avala, mon pénis profondément planté dans sa gorge, m'arrachant un feulement rauque.

Lorsque ce fut terminé, je me retirai et rajustai mon pantalon.

— Vous pouvez aller vous rhabiller.

Elle se leva, le visage enfiévré, les yeux brillants.

Je sais, avais-je envie de dire. Je ressens la même chose.

Elle repartit un peu plus tard dans l'après-midi avec ordre de revenir le vendredi suivant à dix-huit heures. Je fis mon possible pour dissimuler mon excitation. Après tout, elle ignorait ce que j'avais concocté pour elle. Moi, en revanche, je savais que le temps serait long jusqu'à ce que je puisse enfin posséder son corps.

Avant son départ, elle demanda si je pouvais lui fournir une robe pour la réception du samedi. Elaina, l'épouse de Todd, était créatrice de mode. Je me proposais de lui demander conseil.

— Bien sûr. Je me procurerai une tenue pour vous. Vos mesures figurent dans votre dossier de candidature.

— Merci, Maître.

— De rien. Ah ! si vous avez d'autres questions à me poser dans le courant de la semaine, n'hésitez pas à me joindre sur mon portable.

J'espérais qu'elle se manifesterait tout en sachant qu'elle s'en abstiendrait probablement.

Appellez-moi, Abigaïl. Je le veux.

6

Je contactai Elaina le lundi suivant.

— Ma cavalière aurait besoin d'une robe pour la soirée de samedi. Aurais-tu quelque chose à me proposer?

— Pas possible! Tu viens accompagné?

Je fusillai le téléphone du regard, comme si elle pouvait me voir.

— Je préfère ne pas relever.

— Écoute, je ne savais pas que tu fréquentais quelqu'un depuis ta rupture avec Mélanie. D'autant que, d'habitude, tu viens seul à ce genre de soirée.

Elle avait raison. Je ne pouvais pas la contredire sur ce point. Seulement, ce n'était pas tous les jours que j'avais une soumise nommée Abigaïl portant mon collier. D'ordinaire, je m'abstenais d'emmener mes conquêtes à des réunions familiales, avec ou sans collier. À l'exception de Paige et Beth.

— Bon, allez, remets-toi de tes émotions et trouve-moi une tenue pour mon amie, s'il te plaît.

— Dis donc, il était temps!

Je faillis lui raccrocher au nez, mais me ravisai. Abigaïl avait besoin d'une toilette pour la soirée et elle l'aurait, dussé-je encaisser quelques piques blessantes. Elaina aimait me taquiner, cela partait d'un bon sentiment, je le savais.

— Bon, alors, cette robe?

— D'accord, d'accord, fit-elle dans un froissement de papier. Elle a une préférence?

Je faillis répondre *«ce que je choisirai pour elle»*, mais je m'abstins. Elaina ignorait tout de ma vie secrète.

— Quelque chose de sexy, mais pas trop. Sexy et sophistiqué à la fois, tu vois?

— Oh! Nathaniel, redis-le.

— Je redis quoi?

— Sexy. Je veux t'entendre le répéter.

— Arrête un peu. Tu as ce qu'il faut, oui ou non?

— Quelle taille?

— 36.

— Attends une minute.

Je perçus encore des bruissements de papier et des bruits de pas. Elle devait sans doute passer en revue les modèles et étoffes qu'elle avait en stock.

— J'ai trouvé quelque chose en noir.

— Argenté, rétorquai-je, songeant au déshabillé en satin de la veille. Ça lui va bien.

— Elle aime vraiment cette couleur, ou alors notre ami, le grand chef bourreau de travail, aurait vraiment remarqué que cette couleur allait au teint de sa petite amie?

Je me mis à pianoter sur mon bureau avec mon stylo.

— D'accord, tu m'as percé à jour. Je me shoote au travail et j'ai quand même réussi à découvrir quelle couleur rehausse la beauté d'une femme. Alors, ce modèle existe couleur argent ou pas?

— Désolée, seulement en noir. Si le délai n'était pas si court, j'aurais volontiers confectionné une robe argentée pour ton amie à la jolie peau, je t'assure.

La nouvelle allait faire le tour de la ville comme une traînée de poudre. J'aurais mis ma main à couper qu'Elaina appellerait Todd à la seconde où j'aurais raccroché.

— A-t-elle besoin de chaussures ou d'un sac assortis? enchaîna-t-elle.

— Oui, s'il te plaît. Taille 39.

Nouveaux froissements de papier.

— Des stilettos noirs taille 39? Très bien, c'est noté.

— Merci, Elaina.

— Tu me la présentes quand?

— Tu vas devoir attendre samedi soir, comme tout le monde.

On parla à bâtons rompus du week-end suivant et de la clientèle de Todd. Après quoi, je tâchai de me concentrer sur le rapport posé en face de moi. Je n'étais bon à rien, pas la peine d'insister.

Je composai le numéro de mon cousin.

— Jackson? On déjeune ensemble, tu veux?

— Aujourd'hui?

Je consultai ma montre. Onze heures.

— Oui, on se retrouve au *Delphina* vers midi?

— D'accord, à plus.

J'avais choisi le *Delphina,* l'une de mes cantines préférées, parce que ce n'était pas un bar sportif. J'adorais mon cousin, mais il était parfois agréable de déjeuner dans un endroit qui ne diffusait pas des matchs sur dix écrans géants en même temps.

— Salut, dit-il une heure plus tard. Qu'est-ce qui se passe?

— Comme d'habitude. L'économie va mal et mon personnel se fait du mouron. Ah! j'ai une cavalière pour la soirée de bienfaisance de ta mère.

Il se plongea dans le menu posé sur la table.

— Tu as un rancard? Toi? Sans blague! Dis-moi, ils font une cuisine de tapette dans ce restaurant ou quoi?

— Si tu n'aimes pas ça, n'en dégoûte pas les autres. Et puis une salade de temps à autre, ça n'a jamais tué personne.

Il retourna la carte.

— Parle pour toi. Ouf, ils ont de la viande rouge.

Le serveur vint prendre la commande. À peine avait-il tourné les talons que mon téléphone sonna. J'activai le mode silencieux en soupirant. Les affaires attendraient. Je n'étais pas d'humeur à m'occuper de Wall Street pour le moment.

— Tu peux répondre si tu veux, ça ne me dérange pas, observa Jackson.

— Je n'ai pas l'intention de nous gâcher le repas à cause de la baisse des prix du marché.

— Ça va si mal?

— Tout le monde ne récolte pas des millions de dollars par an, tu sais.

— Tu vas me faire pleurer. Tu gagnes presque autant que moi, je te signale. Peut-être même plus, d'ailleurs.

— Pas cette année.

— Comment ça?

Je haussai les épaules.

— Je ne dégagerai pas de salaire cette année. Heureusement que je n'ai pas vraiment besoin d'argent, comme tu dis. Du coup, cela permettra à mes employés de boucler leurs fins de mois.

Il me lança un regard sceptique.

— C'est une plaisanterie?

— Pas du tout.

— Tes employés sont au courant?

Le serveur apporta nos boissons. Je bus une gorgée d'eau.

— Non. Mais ils finiront par le savoir avec la publication du rapport annuel.

— L'entreprise est en danger?

— Absolument pas. Au contraire, les résultats sont même meilleurs que prévu. Je suis prudent, c'est tout.

Il éclata de rire.

— Toujours prêt. C'est ta devise, hein? Bon, tu veux savoir pour Félicia?

— Oui?

Il sourit.

— Je mets la charrue avant les bœufs, je sais, mais je tenais à te remercier. Elle avait l'air géniale au téléphone.

— Tu l'as appelée?

— Hier. Je l'ai invitée à m'accompagner à la soirée de samedi.

Abaigaïl m'a dit qu'elle était rousse et institutrice en maternelle. La femme idéale, quoi.

— Je suis content si j'ai pu t'aider.

Il se pencha vers moi.

— Parle-moi de ton Abby.

Ton Abby?

Mon Abby…

J'avais un chat dans la gorge. Je toussotai.

— Elle est belle, intelligente, et elle sait cuire un steak.

Jackson me glissa un coup d'œil surpris.

— Non, elle a fait la cuisine? Déjà? Tu parles sérieusement?

Et elle m'a sucé deux fois. Mon sexe tressauta à cette pensée et je me dandinai sur ma chaise, mal à l'aise.

— Aussi sérieusement qu'on peut l'être après un week-end.

Le serveur apporta ma salade de poulet et un hamburger pour Jackson. Je posai ma serviette sur mes genoux et croisai le regard circonspect que mon cousin fixait sur moi.

— Eh bien dis donc ! s'écria-t-il.

— Ça ne va pas ?

— Ben mon vieux..., répéta-t-il, comme s'il voulait me faire comprendre quelque chose.

— Pardon ?

Il secoua la tête.

— Pas grave. Laisse tomber.

J'attaquai ma salade, perplexe. Jackson se comportait normalement avec moi, en principe. Il avait peut-être reçu un coup de trop à la tête au cours du match de la veille, qui sait ?

Le jeudi après-midi, je quittai le bureau plus tôt que d'habitude et avertis Sara que je serais absent le lendemain. Si elle était surprise, elle n'en laissa rien paraître.

Je passai la matinée du vendredi à arpenter le parc avec Apollon pour décider ce que je planterai au printemps. C'était trop tard pour les tulipes, aussi mon jardinier avait-il suggéré du lilas. J'hésitais, pensant que cette plante luxuriante contrasterait un peu trop avec les autres fleurs, un peu moins exubérantes. En chemin, toutefois, la pensée de la nuit prochaine m'insuffla un regain d'énergie. Au fond, la banalité était ennuyeuse. Mon jardin avait besoin d'exotisme. Exactement comme offrir le collier à Abigaïl avait donné du piment à ma vie.

Elle n'avait pas téléphoné et j'avais résisté à l'envie de prendre de ses nouvelles. Je ne voulais pas l'étouffer par ma présence envahissante, préférant lui laisser la liberté de changer d'avis à mon sujet, le cas échéant.

Vers quatorze heures, j'entendis le moteur d'une voiture et me dirigeai vers le perron, le chien sur mes talons. Todd et sa femme devaient être arrivés.

Elaina se jeta à mon cou.

— Nathaniel! Ça va?

— Très bien, Elaina, merci.

Todd transportait une housse à vêtements et une boîte à chaussures.

— Salut, Nathaniel, fit-il en souriant.

Je le débarrassai de son chargement.

— Salut, mon vieux. Je suppose que c'est pour moi?

— Oui. Alors comme ça, l'argent est ta couleur favorite? *Elaina lui avait tout raconté.* Il paraît que cette nuance accomplit des merveilles sur ton teint, poursuivit-il, pince-sans-rire.

Sa femme lui assena une bourrade dans le bras.

— Voyons, Todd, sois gentil.

— Entrez donc, dis-je, préférant faire la sourde oreille.

J'accrochai la housse dans la penderie du vestibule. Je la déposerai dans la chambre d'Abigaïl plus tard. Nous nous assîmes à la table de la cuisine. Je m'efforçais d'oublier que, dans quelques heures, Abigaïl et moi serions installés au même endroit. Après, nous monterions l'escalier et…

Elaina interrompit mes pensées.

— Qu'est-ce que tu fabriques à la maison aujourd'hui?

Je me levai pour aller chercher un pichet de thé glacé dans le frigo.

— Je me suis accordé un jour de congé

— Tu n'en prends jamais, rétorqua Todd.

Je remplis les verres, plissant le front pour me rafraîchir la mémoire.

— Bien sûr que si. J'ai pris le jour de l'An, Noël… et aussi Thanksgiving, je crois. Et le lendemain aussi, maintenant que j'y pense.

Je rangeai le thé au frais.

— Tu as très bien compris ce que je voulais dire, insista Todd.

Je balayai l'argument d'un geste.

— J'avais besoin d'une journée de loisir. Pour me promener avec Apollon, tu vois?

Todd et Elaina échangèrent un regard entendu. Le même que Jackson m'avait servi au début de la semaine. Mais quelle mouche les piquait tous?

— Qu'est-ce qu'il vous prend? demandai-je.

Todd adressa un clin d'œil à Elaina.

— On se fait toujours un golf demain?

Avant d'avoir offert le collier à Abigaïl, j'avais accepté de disputer une partie avec Todd et Jackson ce week-end. C'était trop tard pour me défiler.

— Entendu.

Demain? C'était si loin. Même ce soir me paraissait une éternité…

Le temps s'écoulait avec une lenteur désespérante. Vivement dix-huit heures! Je consultai ma montre pour la énième fois. Je n'en pouvais plus d'attendre.

— Ça ne va pas? intervint Elaina. Tu as l'air distrait.

J'avais envie de hurler. Bien sûr que j'étais distrait. On le serait à moins en pareille situation.

Je me rassis et sirotai une gorgée de thé en m'exhortant au calme.

— Distrait? Moi? Pas du tout. Pourquoi dis-tu ça?

Mes dénégations n'avaient pas l'air de les convaincre.

J'ouvris la porte dès que j'entendis la voiture. Abigaïl en descendit, les yeux rivés sur le perron. Elle m'adressa un sourire timide.

— Je suis très heureux de vous revoir, Abigaïl.

— Merci.

Elle était fébrile. Je le devinais à la manière dont elle s'appliquait à éviter mes regards. Pourtant, je surpris une flamme brûlante au fond de ses prunelles élargies par le désir. Peut-être que, tout comme moi, elle avait trouvé le temps long. Pas besoin de lui demander si elle avait respecté les instructions que je lui avais données, le week-end dernier : ne pas se toucher de la semaine.

Je l'entraînai à la cuisine pour déguster les pâtes aux palourdes que j'avais préparées après le départ de mes visiteurs. Cuisiner avait le don de m'apaiser.

— Comment s'est passée votre semaine ? demandai-je après la première bouchée.

Un sourire étira ses lèvres.

— Elle n'en finissait pas. Et vous ?

Comment lui avouer que cela avait été pareil pour moi. Que j'avais passé un temps infini à planifier cette nuit, à l'imaginer dans ses moindres détails. Mais impossible d'abattre toutes mes cartes. Je me bornai à hausser les épaules d'un air détaché. Elle avait besoin de croire que j'avais la situation bien en main

— Apollon a tué un écureuil, dis-je, la bouche pleine.

Elle rougit, l'air surprise. Elle ne s'attendait pas à une conversation normale entre nous, tel un couple ordinaire. Cela ne faisait qu'attiser son désir, elle en piaffait presque d'impatience. Jouer avec Abigaïl serait un enchantement. Je comptais bien profiter de chaque seconde.

Le sexe ne commençait pas au lit, mais à la façon de bouger, de parler. C'était suggéré entre les lignes par un jeu subtil de regards.

— La femme de mon ami Todd, Elaina, a apporté une robe tout à l'heure, dis-je, sachant que nous n'aurions pas vraiment l'occasion d'aborder le sujet après le dîner. Ils ont hâte de faire votre connaissance.

— Vos amis? Tout le monde est au courant à notre sujet? dit-elle d'une voix inquiète.

Je pris mon temps et enroulai des pâtes autour de ma fourchette avant de les porter à ma bouche. *Je contrôle la situation, Abigaïl, faites-moi confiance.* Ils sont au courant de votre existence, mais pas de notre accord.

Je m'étalai dans ma chaise et la regardai manger. Elle coupait ses spaghettis de manière compulsive avant de les avaler par petites bouchées. À un moment, elle leva les yeux et surprit mon regard insistant avant de piquer du nez dans son assiette.

Dans une poignée de secondes, elle me mangerait dans la main.

Elle posa soudain sa fourchette.

— Avez-vous l'intention de me toucher ce week-end, oui ou non? lança-t-elle.

Je pense bien.

— Un peu de respect, Abigaïl. Certes, nous nous trouvons à la cuisine, mais cela ne signifie pas que vous pouvez prendre des libertés.

Elle baissa la tête.

— Allez-vous me toucher ce week-end, Maître?

Je voulais voir ses yeux.

— Regardez-moi!

Je lus sur son visage toute une gamme de sentiments mitigés. Elle s'était montrée impolie, elle en était consciente, mais je décidai de passer l'éponge pour cette fois. Et puisqu'elle avait posé la question…

— Je vais faire plus que vous toucher. J'ai l'intention de vous baiser. Vite, fort et souvent.

Ses lèvres s'entrouvrirent et ses pupilles se dilatèrent d'excitation. Le dîner était oublié.

Oui…

Je bondis sur mes pieds.

— Allons-y. Je vous donne quinze minutes pour me rejoindre, nue, dans mon lit.

7

L'heure était enfin venue. Je pris mon temps pour monter l'escalier, désireux de faire durer ce moment le plus longtemps possible. Je laissai Apollon devant la porte et entrai dans la chambre éclairée aux bougies. Abigaïl m'attendait sur le lit. Nue comme un ver.

Quelques jours plus tôt, j'avais décidé de lui bander les yeux avant de lui faire l'amour. Ce ne serait trop intense, la première fois. Il fallait donc que je lâche du lest. Pas question non plus de la laisser me toucher. Le contact aurait été par trop intime. Et je devrais aussi l'attacher pour m'habituer à son corps quand je la posséderais. Par la suite, elle pourrait me caresser et me reluquer à loisir.

J'étais sûr d'avoir pris la bonne décision. Elle ne me quittait pas du regard tandis que j'avançais dans la pièce. Je me dirigeai vers le pied du lit et ramassai une chaîne qui traînait à terre. Ses yeux s'écarquillèrent de frayeur au point que, un instant, je crus qu'elle allait prendre ses jambes à son cou.

Dans son for intérieur, quelque chose lui soufflait que c'était mal, qu'elle ne devait pas me permettre de lui faire subir ce traitement. Mais une autre facette de sa personnalité savait ce qu'elle voulait et ce fut cette part d'elle-même qui l'emporta.

Je l'enchaînai, bras et jambes en croix, écartelée sur le matelas.

Je n'avais pas l'intention de le faire ce soir, expliquai-je, mais je m'aperçois que vous n'avez pas bien compris. Vous êtes à ma disposition et vous devez exécuter mes ordres. À la prochaine insolence, ce sera une fessée. Est-ce clair?

Voilà qui constituait une raison suffisante pour la ligoter et lui bander les yeux. Quant à la fessée, ce n'était pas une menace en l'air. Elle en avait pris suffisamment à son aise comme cela.

Elle acquiesça, un léger sourire aux lèvres.

— Ma dernière soumise m'offrait trois orgasmes par nuit. *Elle devait faire mieux.* J'en exige quatre. Et vous serez complètement à ma merci.

Je tirai un linge noir de ma poche, devinant à son regard la terrible bataille intérieure qu'elle se livrait encore.

Fais-moi confiance.

Je lui bandai les yeux et reculai de quelques pas.

Dire qu'elle m'autorisait, moi, un parfait étranger, à l'attacher et lui masquer les yeux. Elle s'offrait à moi de la façon la plus intime qui soit. Elle me faisait entièrement confiance.

Je ne le méritais pas.

Je la détaillai de la tête aux pieds dans sa splendide nudité. Je voulais la combler, satisfaire tous ses désirs, lui donner ce qu'elle attendait de moi.

Je défis ma braguette en vitesse et libérai mon érection, énorme, douloureusement raide.

Je m'installai sur le lit, à ses côtés. Elle était à moi et je crevais d'envie de la toucher. Nous étions tous les deux fins prêts. Je sentis son cœur faire une embardée quand je posai les mains sur ses épaules.

Tout comme le mien.

Je laissai courir mes doigts sur ses hanches, le doux renflement de ses seins, avant de revenir sur son ventre. C'était tellement mieux que la semaine dernière, quand je l'avais caressée à genoux, empêtrée dans son peignoir. Ce soir… elle était offerte, nue comme au jour de sa naissance.

Je glissai un doigt entre ses cuisses. Elle mouillait déjà…

Je portai mon doigt à ma bouche.

Délicieux. J'avais envie d'enfouir mon visage entre ses jambes pour la goûter, me repaître de sa saveur, mais apparemment ma bite ne l'entendait pas ainsi.

— Depuis combien de temps, Abigaïl? *À quand remonte la dernière fois que vous avez couché avec un homme?* Répondez-moi.

— Trois ans.

Trois ans?

Pas étonnant qu'elle soit si étroite. Je replongeai un doigt en elle et me penchai pour lui susurrer à l'oreille.

— Vous n'êtes pas encore prête. Tant que vous ne le serez pas à cent pour cent, je ne pourrai pas vous faire tout ce dont j'ai envie.

Je respirai à fond et baissai la tête pour butiner sa nuque, la peau satinée jusqu'au creux de son épaule. Les diamants qu'elle portait au cou réfléchissaient la lueur des bougies. J'écartai le bijou pour glisser ma langue le long de sa gorge, puis plus bas, et regardai sa poitrine se soulever et s'abaisser, les globes de ses seins onduler, les mamelons insolemment dressés. Je traçai un sillage de baisers de l'un à l'autre, imprimant des petits cercles autour de chaque perle dure et brillante.

Un festin de roi.

Je me mis à titiller l'un des globes laiteux, le suçotai, l'aspirai dans ma bouche, me délectant de sa généreuse rondeur.

Mmm…

J'en léchai la pointe à petits coups de langue. Elle geignit de bonheur en soulevant les hanches. Puis je mordillai un sein du bout des dents avant de m'attaquer à l'autre. Je l'enfonçai plus loin dans ma bouche, mordis un peu plus fort.

Elle se tortilla désespérément contre moi.

Je lui en donnai pour son grade, promenant mes doigts avides partout sur sa peau avant de les plonger en elle sans ménagement. Je souris quand elle se cambra à ma rencontre, le corps tendu de désir. Elle était prête. Enfin.

Je m'écartai pour l'enfourcher, me positionnant de sorte que mon gland s'insinue entre ses seins, là où son cœur battait follement.

— Cette attente me rend fou. Êtes-vous prête? Dites-moi.

— Oui, Maître, oui. Maintenant, je vous en prie.

Je frottai mon sexe contre sa bouche pour qu'elle sente la force de mon désir.

— Embrassez ma queue avant que je vous pénètre.

Je la regardais l'effleurer de ses lèvres quand brusquement elle darda la langue et se mit à me lécher avec gourmandise.

Je faillis lui éjaculer à la figure.

Non.

Décidément, elle n'en faisait qu'à sa tête. Jusqu'à quand allait-elle désobéir? Je lui donnai une petite tape sur la joue.

— Je ne vous ai pas donné la permission, que je sache.

Je me glissai entre ses cuisses. D'une main je soulevai son bassin et de l'autre je pressai mon membre à l'orée de sa fente.

Je pris une profonde inspiration.

Abigaïl retenait la sienne.

Je m'enfonçai en elle avec une lenteur calculée. Elle était étroite, humide et brûlante. Je n'avais jamais ressenti rien de pareil. Je me poussai plus loin, hésitant entre fermer les yeux pour mieux savourer la sensation et les laisser ouverts pour observer le moment où je la posséderai enfin.

Elle était tellement étroite.

Ce n'était pas le bon angle. Je n'arrivais pas jusqu'au bout.

Je me déplaçai un peu plus haut et plongeai encore plus loin, mais ce n'était pas encore assez.

— Bougez avec moi.

Elle ondula docilement des hanches. Enfin, ça y était. Je la pénétrai d'une seule poussée.

J'abaissai mon regard sur mon sexe – j'étais presque au fond. Je serrai les paupières et pompai plus fort. Un gémissement rauque m'échappa tandis que je me propulsais jusqu'à la garde. Je restai immobile un instant, savourant la sensation inouïe d'être profondément enfoui en elle, essayant de graver dans ma mémoire la moiteur brûlante de son sexe autour du mien. J'observais nos deux corps emboîtés l'un dans l'autre avant de glisser un regard sur Abigaïl, entravée aux montants de mon lit.

C'était encore mieux que dans mes fantasmes les plus fous.

Sauf que c'était la réalité. Je me retirai complètement pour regarder ma bite emplir de nouveau son sexe. Elle s'arc-bouta contre moi. Pantelante. Malade de désir.

Brusquement, je fus emporté dans un tourbillon d'émotions. Je me retirai, comme en apesanteur, avant de replonger en elle pour ressortir presque aussitôt.

Je la scrutai pour m'assurer que tout allait bien. Elle gigota, tirant de toutes ses forces sur les chaînes.

Oh ! la vilaine petite fille !

Alors je me lâchai, je la pilonnai brutalement, n'écoutant plus que mon désir. Elle répondit avec la même vigueur en cambrant encore plus les hanches. Je ruisselais de sueur, je savais que je ne tiendrais pas encore très longtemps.

Allongée sous moi, les lèvres entrouvertes, elle semblait tout près de l'extase. Je poussai de plus en plus fort, de plus en plus vite, pour l'emmener au point de non-retour avec moi. Elle gémit sourdement.

— Jouissez quand vous voulez, soufflai-je.

Je sentis ses muscles intimes se contracter autour de moi tandis qu'elle basculait dans l'extase.

Un dernier coup de boutoir et je m'immobilisai, tendu comme un arc, pendant que je me vidais en elle. Je pouvais lui en donner encore, je le savais, de sorte je poursuivis mes assauts. Elle me remercia par un deuxième orgasme fulgurant.

Je luttais pour reprendre mon souffle.

Une fois apaisé, j'approchai mes lèvres de son oreille et susurrai : « Un ».

La peau rougie du plaisir que je venais de lui donner, tout sourire, elle s'agita sur le matelas. Je contrôlai les chaînes solidement fixées à ses poignets et constatai avec soulagement qu'elle n'avait pas l'air de souffrir.

Au contraire.

Je sautai du lit et me dirigeai vers la commode. Je pris un tube d'onguent dans le premier tiroir et retournai au lit. Je détachai sa jambe droite, la saisis entre mes mains et enduisis de crème l'endroit où les liens enserraient ses chevilles. Je vérifiai qu'elle n'était pas blessée ni meurtrie, puis appliquai le même traitement sur sa jambe gauche.

— Savez-vous pourquoi je vous libère ?

Elle fit non de la tête.

Je remis le tube à sa place.

— Parce que, quand vous enroulerez vos jambes autour de ma taille, ma queue vous pénétrera si loin que vous me sentirez jusqu'au fond de votre gorge.

Elle bredouilla quelques mots indistincts et s'embrasa, une veine palpitant follement au creux de son cou.

J'attendis qu'elle se reprenne.

— Allongez vos jambes.

Ensuite, je regrimpai sur le lit, posai les mains sur ses épaules et entrepris de la masser, surveillant que les chaînes n'irritaient pas sa peau. J'étudiai son visage et vis sa bouche s'entrouvrir. Je posai les lèvres à la base de sa nuque et l'embrassai légèrement, goûtant la douceur salée de sa peau emperlée de sueur. Les yeux clos pour mieux me concentrer, je mordillai l'endroit si sensible sous son aisselle.

Elle haleta.

— Avouez que vous aimez ça, Abigaïl.

Elle gémit de plus belle.

— Vous en voulez encore ?

— Oui, Maître, chuchota-t-elle si bas que je pouvais à peine l'entendre.

Je saisis l'un de ses tétons et le tordis entre mes doigts, heureux de le voir s'ériger sous la caresse.

— C'est bon ?

— Oui, Maître, fit-elle en arquant l'échine.

Je cajolai la fine aréole.

— Dites-moi que cela vous plaît.

Elle hoqueta quand je la mordis, aspirant et léchant tour à tour le petit bourgeon brillant.

— Oh ! oui... oui..., bégaya-t-elle.

Je flattai son flanc de la main, puis enfilai un doigt entre ses cuisses. Elle se cambra pour me faciliter l'accès.

— Prête à voir jusqu'où je peux entrer? demandai-je.

— Si tel... est votre désir.

Je l'enfourchai, soulevant le bassin pour presser mon érection contre son ventre, sidéré par la vitesse à laquelle je m'étais remis du premier round.

— Abigaïl, vous sentez à quel point j'ai envie de vous?

Elle gémit et se haussa à ma rencontre.

D'une main, je pressai mon pénis à l'orée de sa chatte ruisselante et coulissai aisément à l'intérieur.

— Vos jambes. Nouez-les autour de moi. Prenez-moi jusqu'au fond.

Elle obéit et je m'enfouis dans sa moiteur, songeant un instant que j'aurais peut-être dû lui donner le temps de récupérer. Quand elle renversa la tête en gémissant, je m'enfonçai plus loin et m'entendis grogner comme en écho.

Je me retirai puis entamai un va-et-vient régulier sur un rythme plus lent bien qu'assez soutenu. Je voulais l'emplir entièrement. Qu'elle perçoive à quel point nous étions connectés l'un à l'autre. Ses hanches se mouvaient en cadence, resserrant l'étau de ses cuisses autour de moi à chaque coup de boutoir.

J'allais crescendo. Seigneur, cette femme me faisait un de ces effets! La situation m'échappait, je le sentais, tandis que ses talons heurtaient mes fesses au rythme de mes coups. Je pompais tant et plus.

Elle poussa un petit cri et je stoppai pour déchiffrer l'expression de son visage. Du plaisir à l'état pur. J'augmentai la pression et faillis perdre tout contrôle lorsqu'elle commença à frétiller des hanches.

— Jouissez pour moi, Abigaïl, ordonnai-je.

Je la défonçais de toutes mes forces et je sentis son vagin se crisper autour de moi.

— Nous y sommes, dis-je en accélérant encore le tempo. Maintenant.

L'orgasme explosa dans son ventre et je basculai à mon tour quelques secondes plus tard. Je m'effondrai à ses côtés, veillant à ne pas l'écraser sous mon poids.

Je soufflai quelques minutes, savourant sa chaleur à mes côtés avant de me lever. J'allai chercher un édredon et des draps dans le bas de la commode, les étalai sur le sol au pied de mon lit, j'ajoutai un oreiller et préparai la couche la plus confortable possible.

— Cette nuit, vous dormirez dans ma chambre, Abigaïl.

Elle ne me quittait pas du regard, tandis que je lui détachais les bras et ôtais le bandeau de ses yeux.

— Comme nous allons recommencer tout à l'heure, je n'ai pas forcément envie de traverser le couloir au milieu de la nuit.

Elle me lança un regard noir. Il faudrait que j'y mette le holà un de ces jours.

— Cela vous pose un problème?

Elle secoua la tête et je fus soulagé qu'elle renonce à me braver ouvertement.

N'empêche…

Elle se leva, vacillant légèrement sur ses jambes, avant de se glisser entre les draps du lit que j'avais improvisé pour elle. Immobile, je guettais sa respiration lente et régulière, m'indiquant qu'elle s'était assoupie. Après quoi, je me levai pour souffler toutes les bougies, sauf une.

Il était presque minuit et elle avait besoin de dormir. Tout le monde ne pouvait pas se suffire de quelques heures de sommeil comme moi. Je retournai au lit, les bras croisés derrière la tête, les yeux fixés au plafond. Soudain, je pris conscience qu'Abigaïl King dormait dans ma chambre. Que je venais de la posséder.

À deux reprises.

Je me penchai pour l'observer. Les lèvres entrouvertes, ses longs cheveux répandus sur l'oreiller, c'était la plus belle femme que j'aie jamais vue.

Elle marmonna dans son sommeil.

Au début, on aurait dit un léger murmure, puis cela s'amplifia. Elle remua et le drap glissa de ses épaules, dévoilant ses seins.

Je roulai sur le dos et fermai les yeux.

Ne la réveille pas.

Pas encore.

Je décidai de me repasser les cours de la bourse jusqu'à deux heures du matin. Je l'éveillerai à ce moment-là. Le temps allait me paraître très, très long.

— Réveillez-vous Abigaïl.

Il était deux heures et quart. Je l'avais laissée dormir, rongeant mon frein. Deux longues heures à écouter ses gémissements lascifs, tandis que son corps à demi nu était étalé sur le sol, à côté de moi. J'étais plus excité que jamais, alors que j'avais déjà joui deux fois.

— À quatre pattes sur le lit. Vite.

Elle cilla et obéit sans regimber, évitant de croiser mon regard. À la vue de cette femme superbe, le cul en l'air, je bandais encore plus si c'était possible.

— Prenez appui sur vos coudes.

Elle s'exécuta, m'offrant sa croupe et sa jolie chatte.

Je ne serai pas doux ni tendre.

Je promenai mes doigts le long de son échine et lui écartai les jambes.

— Vous étiez étroite par l'autre orifice, mais vous le serez encore davantage par là.

Mes mains remontèrent le long de son ventre, empoignant ses seins. Je les flattai, jouai avec ses tétons roses. Elle était déjà toute trempée quand je glissai un doigt en elle.

— Avez-vous fait de beaux rêves, Abigaïl?

Je prélevai un peu de son nectar pour en lubrifier son petit trou.

— On vous a déjà prise de cette façon?

Jamais. Son questionnaire me l'avait appris, mais je voulais le lui entendre dire.

Elle secoua la tête.

— Vous allez voir.

Elle se raidit, ce qui me surprit. Elle n'avait pourtant pas mentionné le sexe anal comme faisant partie des interdits.

Je perçus son soulagement tandis que je retirais mon doigt.

— Très bientôt, dis-je.

Elle paniquait. Je ferai avec. Je serai doux et patient, si bien qu'elle finirait par aimer cela.

Mais cette nuit…

Je dirigeai ma queue vers sa fente, enroulant quelques-unes de ses mèches autour de mes doigts. Je les avais admirées pendant des heures, étalées sur mon oreiller. Je rêvais d'y enfouir les mains. J'agrippai ses cheveux – ils étaient plus doux et soyeux que dans mon souvenir – et m'engloutis dans sa chatte accueillante pour la troisième fois.

Quel délice! Me lasserais-je jamais de cette merveilleuse sensation?

Pourvu que non.

Elle gémit doucement.

Est-ce que je lui donnais également du plaisir?

J'espérais que oui.

Je me retirai pour mieux replonger. Bon sang, elle était si étroite. Je renversai la tête pendant que je la défonçais. Elle était brûlante, ruisselante. Je lâchai un grognement rauque quand elle se mit à bouger avec frénésie. Je craignais de lui faire mal, mais ses petits cris de gorge me rassurèrent. J'augmentai la cadence.

Elle arqua le dos dans un râle.

Oh! oui…

Une dernière ruade puis je m'immobilisai. Elle cria de bonheur, secouée de spasmes qui déclenchèrent mon propre orgasme juste après le sien, si violent que j'en eus le souffle coupé.

Elle s'écroula sur le drap quand je me retirai. Je l'observai un moment en me demandant si je n'avais pas été trop gourmand. Pourtant à chaque fois, elle avait joui. Et elle ne faisait pas semblant.

Je revoyais le tableau qu'elle offrait dans l'extase où je l'avais propulsée: ses boucles entortillées autour de mes doigts, mon membre solidement ancré en elle, son hurlement de plaisir quelques secondes avant de voir les étoiles.

J'étais à nouveau terriblement excité.

Seulement, je savais que je ne pouvais pas la prendre encore une fois. Elle devait être endolorie de partout. Elle avait ses limites.

Changement de plan donc…

Elle ouvrit les yeux quand je la retournai sur le dos.

S'était-elle assoupie?

Je n'en étais pas certain, mais elle était complètement éveillée à présent. Je pressai mon bassin contre son visage.

— Quatrième round, Abigaïl.

Elle parcourut la pièce du regard. À quoi jouait-elle?

J'attrapai sa tête entre mes mains et la forçai à me regarder.

— C'est moi l'objet de vos attentions. Moi et les ordres que je vous donne. Je veux que vous me fassiez jouir dans votre bouche.

Elle s'exécuta avec enthousiasme.

Elle se cambra en arrière et m'engloutit entièrement entre ses lèvres. Elle cueillit ensuite mes bourses et se mit à les caresser pendant que j'allais et venais dans sa gorge.

Ses mains accomplissaient des prodiges. Elles me titillaient, me cajolaient pendant que sa bouche opérait sa magie. Un grognement m'échappa et je glissai dedans et en dehors de ses lèvres au rythme de ses succions, provoquant un frottement délicieux le long de ma verge.

Très vite, je sentis l'orgasme enfler au creux de mes reins.

— Je vais jouir, dis-je en la baisant une dernière fois. Puis je m'immobilisai et expulsai de longs jets brûlants au fond de sa gorge.

Comment était-ce possible ? Après trois orgasmes ! Je m'affaissai à ses côtés, à bout de souffle. Elle se tourna vers moi et je me collai contre elle.

— Je crois que vous venez de battre mon record.

Elle sourit sans rien dire.

— Vous pouvez retourner par terre, ordonnai-je, un peu gêné.

J'avais beau la vouloir dans ma chambre, je n'étais pas encore prêt à partager ma couche avec elle. C'était beaucoup trop tôt. Je devais garder un semblant de contrôle.

Elle glissa du lit et se blottit sur le matelas de fortune, au pied du lit. Je m'enveloppai dans les couvertures et sombrai presque aussitôt dans un profond sommeil.

8

Le lendemain, je me réveillai à sept heures du matin. Je sortis du lit et m'étirai, en pleine forme après une bonne nuit réparatrice. Sans doute mes quatre orgasmes y étaient-ils pour quelque chose.

Couchée par terre en chien de fusil, Abigaïl dormait toujours. Elle n'avait pas émis un son dans son sommeil. Elle souriait. À quoi rêvait-elle? Que trouvait-elle si drôle? Elle ne s'en souviendrait probablement même pas à son réveil.

Le drap avait glissé pendant la nuit, dénudant les globes parfaits de ses seins. Je le remontai sur ses épaules de peur qu'elle ne prenne froid. Elle marmonna quelques mots incompréhensibles et se tourna de l'autre côté.

Je devais me préparer pour partir au golf, mais je pris le temps de confectionner des muffins aux myrtilles, me rappelant qu'Abigaïl les avait appréciés la semaine précédente.

Il était presque neuf heures quand je l'entendis remuer à l'étage. Je n'allais pas lui reprocher sa grasse matinée. Elle avait besoin de repos – à cause de moi, elle s'était couchée fort tard et je l'avais réveillée au milieu de la nuit. Sans oublier le gala de bienfaisance de ce soir, et donc une nouvelle nuit blanche en perspective.

Pendant qu'elle prenait sa douche, je fis cuire deux œufs que je déposai ensuite dans le chauffe-plat.

Jackson m'envoya un texto au moment précis où elle descendait l'escalier. Je jetai un coup d'œil rapide à mon portable : il s'inquiétait de son rendez-vous avec Félicia. Que mon cousin, un footballeur célèbre dans le monde entier, s'angoisse à l'idée de rencontrer une fille ne manquait pas de piquant. Il est vrai qu'il se trouvait dans une situation délicate, ne sachant jamais si les femmes s'intéressaient à son compte en banque ou à sa célébrité plutôt qu'à sa personne.

Elle devait stresser autant que lui, répondis-je. Et puis on serait tous là ce soir pour lui tenir la main. En plus, comme elle était la meilleure amie d'Abigaïl, il n'avait vraiment pas de souci à se faire.

«Comment va ta bibliothécaire préférée?» me renvoya-t-il aussitôt.

«Tu as intérêt à bien te tenir en sa présence.»

Je finissais d'écrire quand Abigaïl entra dans la cuisine.

Elle avait une petite mine. Je me sentis un peu coupable. Au fond, son manque de sommeil et sa démarche incertaine étaient entièrement de ma faute. Oui, mais une partie de jambes en l'air sensationnelle comme celle de la veille en valait la chandelle, non?

— La nuit a été agitée? demandai-je sans lever les yeux de mon écran.

— Vous pouvez répéter?

Je ne pus m'empêcher de sourire. Elle avait beau être épuisée, endolorie, grincheuse, elle avait encore le sens de l'humour.

— Nuit agitée, hein?

Elle s'empara d'un muffin dans l'assiette posée sur le comptoir et prit place en face de moi.

Bien vu, le coup des muffins.

Mais elle avait besoin d'autre chose.

— Il vous faut des protéines.

— Ça va très bien comme ça, riposta-t-elle sans me laisser le temps d'ajouter que je lui avais gardé deux œufs au chaud.

— Abigaïl!

Je n'avais pas vraiment envie de la punir. Pas après une nuit pareille.

Elle se leva avec précaution et clopina pour aller chercher un sachet de bacon dans frigo. Elle avait mal, mais elle faisait quand même ce que je lui disais. Tant mieux.

— Il y a deux œufs dans le chauffe-plat pour vous, repris-je. Et une boîte de Doliprane sur la première étagère du deuxième placard à côté du micro-ondes.

Elle remit le bacon à sa place, l'air soulagée, attrapa la boîte de médicaments sur l'étagère et déposa deux cachets dans le creux de sa main.

— Je suis désolée. Cela faisait longtemps…

— Inutile de vous excuser, c'est ridicule. C'est plutôt votre attitude qui m'agace, ce matin. Je n'aurais pas dû vous laisser dormir aussi longtemps.

Elle se rassit, tête basse, les cheveux dans les yeux.

— Regardez-moi, dis-je. Je dois partir. Vous aurez tout le temps de vous préparer pour le gala de ce soir. Rendez-vous dans l'entrée à seize heures trente précises.

Elle acquiesça et je me demandai de quoi elle aurait l'air dans la robe d'Elaina. Inutile de dire que j'aurais préféré de loin me dispenser du golf et du déjeuner en famille pour passer la journée avec elle.

Bref, j'aurais aimé être quelqu'un de normal.

Mais à quoi bon? Elle n'en avait pas envie et j'en aurais été incapable de toute façon.

— Il y a une vaste baignoire dans la chambre d'amis en face de la vôtre, précisai-je. Vous pouvez l'utiliser si vous le désirez.

Un long bain lui ferait le plus grand bien.

Comme je l'avais craint, le déjeuner n'en finissait pas et la partie de golf non plus. D'ordinaire, j'aimais passer du temps avec Todd et la famille, mais de savoir Abigaïl seule à la maison me faisait bouillir d'impatience.

— Oui, confirmai-je à Todd, mon rancard était une bibliothécaire.

— Non, répétai-je à Jackson pour la cinquième fois, je ne me faisais pas des films sur une bibliothécaire.

De retour à la maison à quinze heures trente, je me dirigeai directement dans ma chambre, notant au passage que la porte d'Abigaïl était close. À seize heures quinze, je me préparais à faire le pied de grue dans le vestibule. En entendant ses hauts talons claquer dans l'escalier, je me retournai et faillis lâcher l'étole que je tenais à la main.

La robe moulait à merveille ses courbes harmonieuses et le profond décolleté dénudait largement ses épaules délicates. Ses cheveux étaient noués en un chignon lâche d'où s'échappaient quelques mèches qui retombaient dans le creux de sa nuque.

— Vous êtes ravissante.

Époustouflante, même.

— Merci, Maître.

Je lui tendis l'étole.

— On y va?

Elle s'approcha pour me laisser envelopper ses épaules dans le châle. J'en profitai pour caresser sa peau satinée et respirer son parfum fleuri. Ah! si seulement nous pouvions rester à la maison...

Non. Elle devait probablement avoir encore mal partout. Je ne devais pas l'oublier.

Tandis que nous nous dirigions vers la voiture parquée dans l'allée, il me vint à l'esprit que nous aurions pu être un couple ordinaire se rendant ensemble à une soirée. Nous allions jouer à être des gens normaux pour cette fois, décidai-je.

Tout en conduisant en silence, Abigaïl à mes côtés, je songeais aux deux soumises portant un collier que j'avais présentées à ma famille. Beth et Paige avaient effectivement rencontré ma tante Linda, mon cousin, de même que Todd et Elaina. Je les leur avais présentées comme mes petites amies, un point c'est tout. Et si quelqu'un s'était douté de quelque chose, il n'en avait pas soufflé mot.

Je leur avais auparavant fourni une longue liste de recommandations: ce qu'elles devaient dire et quel comportement adopter.

Je n'en fis rien avec Abigaïl. Je désirais qu'elle soit elle-même. Je voulais l'observer pendant qu'elle ferait connaissance avec les êtres qui m'étaient chers. La voir papoter et plaisanter avec sa meilleure amie.

Bref, j'avais envie d'un peu de normalité.

J'allumai la radio. C'était l'un de mes concertos pour piano préférés – une pièce que j'avais beaucoup étudiée moi-même. Je me demandai quel genre de musique elle aimait. Je savais très peu de choses à son sujet, en dehors de ce qu'elle avait signalé dans son dossier de candidature.

— Quelle sorte de musique préférez-vous?

— Celle-ci me plaît bien.

J'avais des tas d'autres questions à lui poser : quel genre d'enfant elle avait été, comment elle avait appris à cuisiner, quelle était sa couleur préférée. Détails anodins, mais qui tous ensemble révélaient sa vraie personnalité.

Répondrait-elle avec sincérité si je la questionnais ou me dirait-elle ce qu'elle croyait que je voulais entendre ?

Tout cela n'est pas très normal, raisonnai-je. C'est trop confus. Il y a trop de zones grises.

Je n'aimais pas le gris – la vie était plus belle en noir et blanc.

À notre arrivée – nous venions de confier nos vêtements au vestiaire –, je vis Elaina se diriger vers nous, Todd sur ses talons.

— Nathaniel ! Abby ! Vous voilà enfin ! s'exclama-elle.

Je fus surpris de la voir étreindre Abigaïl avec chaleur. S'étaient-elles rencontrées à mon insu ?

— Bonsoir, Elaina, fis-je, le sourcil froncé. Je vois que tu as déjà fait la connaissance d'Abby.

— Allez, relaxe, dit-elle en m'allongeant une bourrade dans les côtes. J'ai fait un saut chez toi tout à l'heure et nous avons pris le thé, voilà.

Abigaïl ne m'en avait rien dit. Il est vrai que je ne l'avais quasiment pas vue de la journée. En plus, elle n'était pas du genre loquace. Je renonçai à argumenter et m'écartai pour la regarder bavarder avec ma vieille amie. Puis elle se tourna gracieusement vers Todd et lui sourit aimablement. Si Todd avait déjà entendu parler d'Abigaïl, il ne pouvait se douter qu'elle ne faisait qu'une avec la femme qui se tenait devant lui ce soir, raisonnai-je pour me rassurer.

Ma tante Linda nous rejoignit sur ces entrefaites. Je lui présentai Abigaïl qui insista pour qu'elle l'appelle Abby. Cette requête m'arracha un sourire un peu forcé.

Laissant Linda et Abigaïl en grande conversation, je surpris les regards de connivence qu'échangeaient Todd et Elaina – comme la veille, à la maison.

L'expression de Linda, ma chère tante qui m'aimait comme son fils, me laissa pour le moins perplexe. Elle exprimait une joie et un soulagement que je ne m'expliquais pas. Enfin, elles parlaient seulement littérature.

Je m'approchai pour m'en assurer. Exact, il s'agissait de bouquins. J'étais dans le noir le plus complet.

De l'alcool. Voilà ce qu'il me fallait.

— Je vais chercher à boire, proposai-je à Abigaïl. Rouge ou blanc?

Pourquoi se crispait-elle devant une question si banale?

Soudain, je compris. *Tu n'es pas normal. Tu es son maître. Elle pense qu'il y a un piège.*

— Ce n'est pas une colle, lui murmurai-je à l'oreille. Je veux juste savoir.

— Rouge, alors.

Au fond, ce n'était pas si difficile.

Eh bien si, justement. Choisir entre un vin rouge ou blanc n'aurait pas dû être une cause de tension, mais une manière d'apprendre à se connaître.

Sauf que rien n'était simple entre nous.

Absolument rien.

Mon jeune ami Kyle se manifesta alors que je me dirigeais vers le bar. Je m'étais inscrit sur le registre du don de moelle osseuse à mon entrée à la fac, et un jour on m'avait averti que j'étais compatible avec un petit malade de huit ans. La procédure avait été longue et difficile, mais après avoir rencontré

Kyle – le receveur – un an auparavant, j'avais compris que cela en valait la peine. Aujourd'hui, il était bien vivant et en bonne santé. C'était une belle leçon d'humilité.

— Salut Nate, fit-il en m'enlaçant affectueusement.

Je lui souris.

— Salut Kyle. Comment ça va?

Il tira sur le col de son costume.

— Super. Même si je dois porter ce déguisement.

— Tu es très élégant. Si seulement les filles de ta classe pouvaient te voir.

Il pouffa en regardant ses pieds. Je me rappelais à quel point c'était dur d'être un adolescent. Je ne revivrais cette époque pour rien au monde.

— Si tu vois Jackson, repris-je, n'oublie pas de mentionner le Super Bowl. Je pense pouvoir nous procurer des billets si New York se qualifie.

Il fonça à la recherche de mon cousin. Resté seul, je m'emparai de deux verres de rouge et partis retrouver Abigaïl. Elle me remercia et avala une gorgée de vin.

Pendant le dîner, j'observais son comportement à table – elle passait aisément des conversations animées à une écoute attentive. Les sourires complices qu'elle échangeait avec Félicia témoignaient de la longue amitié qui les unissait.

Elle ne parut gênée qu'une seule fois: quand les convives masculins se dressèrent comme un seul homme lorsqu'elle se leva de table pour se rendre aux lavabos. Aucun de ses petits amis précédents ne l'avait traitée avec les égards dus à une dame, songeai-je furieux.

Parce que toi, tu l'as traitée comme une dame la nuit dernière, peut-être? rétorqua une petite voix intérieure.

Sur ce point, je ne trouvai rien à répondre, mais j'avais reçu l'éducation d'un gentleman. Par chance, Elaina se dévoua pour l'accompagner. Je notai mentalement de la remercier plus tard.

Je me tournai vers Félicia.

— J'ai cru comprendre que vous étiez institutrice en maternelle? questionnai-je poliment.

Elle me jeta un bref regard avant de détourner la tête.

— Oui, c'est ça.

— C'est dur de travailler avec de jeunes enfants?

— Parfois, répondit-elle sèchement.

Je ne m'expliquais pas sa froideur à mon égard. Apparemment, elle aimait bien Jackson, vu qu'ils ne s'étaient pas quittés de la soirée. Elle semblait d'ailleurs apprécier tout autant Linda et Elaina.

Le retour des deux femmes m'empêcha de m'appesantir sur le sujet. Abigaïl avait le rouge aux joues, remarquai-je. Je me demandais ce qu'Elaina avait bien pu lui raconter pour la troubler à ce point.

Je lui tins galamment sa chaise pendant qu'elle s'asseyait. Son fourreau révélait les courbes exquises de ses épaules. L'envie de caresser sa peau délicate me démangeait, mais je résistais vaillamment.

Patience.

À la fin du dîner, l'orchestre se mit à jouer, une fois les tables débarrassées. Je pouvais compter sur les doigts d'une main les occasions où j'avais entraîné ma soumise sur une piste. Ce n'était vraiment pas mon truc.

Mais cette nuit-là était différente. Abigaïl aussi. Quant à moi, je ne me reconnaissais plus.

J'avais envie de danser.

Les musiciens entamèrent un slow. Je me levai de table et lui offris mon bras.

— Aimeriez-vous danser?

Ce n'était pas un ordre mais une simple invitation. Je m'aventurais en terrain inconnu. Et si elle refusait?

Du coin de l'œil, je vis Linda sursauter à l'autre bout de la table et Elaina chuchoter quelques mots à l'oreille de Todd.

Ils étaient tous cinglés ou quoi?

— Volontiers, répondit Abigaïl.

Le reste du monde cessa d'exister.

Parvenu sur la piste, je l'enlaçai pour la plaquer contre moi, les yeux dans les yeux, nos doigts emmêlés. Je la sentis trembler contre ma poitrine.

— Vous passez une bonne soirée? demandai-je pour la tranquilliser.

— Excellente, merci.

— Vous avez ensorcelé tout le monde, ce soir.

Moi compris.

Je l'étreignis plus étroitement au rythme de la musique. Lorsque nous serions rentrés à la maison, je lui prouverai à quel point c'était vrai.

Plus tard, Todd et Jackson et moi allâmes chercher les manteaux pendant que les femmes nous attendaient dans la salle de bal. Todd m'assena une tape sur l'épaule.

— Je l'aime bien, fit-il.

— Qui ça? Abigaïl?

— Félicia est sympa aussi, mais oui, je parlais d'Abby.

— Merci, dis-je, étrangement heureux.

— Et merci pour ton aide, mon vieux, Félicia est super chouette, intervint Jackson.

— Ah oui?

Il sourit.

— Ton Abby est un sacré numéro, dis donc.

— Exact.

Apollon bondit sur nous dès que j'ouvris la porte. Abigaïl eut un mouvement de recul. Je devais le sortir avant de pouvoir monter la rejoindre, pensai-je en réprimant un soupir de frustration.

— Gardez votre robe et allez m'attendre dans ma chambre, ordonnai-je. Comme l'autre jour dans mon bureau.

Dix minutes plus tard, je trouvai Abigaïl debout au milieu de la pièce, tête baissée. Mon sexe durcit instantanément.

De légers frissons la parcoururent tandis que je lui tournai autour, très lentement. Je me postai derrière elle pour effleurer le haut de sa robe du bout des doigts, à l'endroit où j'avais rêvé la caresser plus tôt dans la soirée.

Je me penchai pour m'enivrer du parfum de sa chevelure. Sans hâte, j'ôtai les épingles de ses boucles qui retombèrent en cascade sur ses épaules.

— Vous avez été merveilleuse, ce soir. Ma famille va me rebattre les oreilles à votre sujet.

Elle tremblait toujours. Que craignait-elle?

— Je suis content de vous, Abigaïl, répétai-je, mes lèvres tout contre son dos, si près que je pouvais presque la goûter. À mon tour de vous combler maintenant.

Je descendis la fermeture de sa robe, repoussai les bretelles et déposai une nuée de baisers le long de son échine. Sa peau satinée sentait le sel. Elle frissonnait toujours. Elle n'en pouvait plus d'attendre, je venais de le comprendre.

La robe glissa sur le sol et je la portai sur le lit.

— Allongez-vous.

Elle obéit. Le regard soudé au sien, je m'agenouillai pour lui retirer ses escarpins avant de me pencher pour embrasser l'intérieur de sa cheville.

Elle haleta.

Je semai une traînée de baisers en remontant le long de sa jambe. Personne ne l'avait vénérée de la sorte avant moi, je le savais. Ses ex n'avaient-ils donc jamais pris le temps de s'occuper d'elle? Comment avaient-ils pu se retenir de la toucher comme elle le méritait?

Je la débarrassai de sa petite culotte.

— Non, dit-elle en enfonçant les doigts dans mes cheveux.

Tout cela était nouveau pour elle. Elle avait peur.

— Vous n'avez pas d'ordre à me donner, Abigaïl.

D'un seul élan, je fis glisser sa culotte le long de ses hanches et m'installai entre ses cuisses. Elle était déjà humide. Et gonflée de désir.

Je ne la quittai pas des yeux, déterminé à lui exprimer ma satisfaction. À lui montrer de quelle façon elle serait récompensée de son zèle.

J'embrassai légèrement sur son clitoris. Elle bondit si brusquement qu'elle faillit tomber du lit. Je soufflai délicatement sur le petit bourgeon, puis dessinai un sillage de baisers tout autour de sa fente. Sans hâte, pour lui donner le temps de s'habituer. Je voulais savourer chaque seconde. La faire hurler de plaisir.

J'écartai ses replis intimes entre mes doigts avant d'y faufiler la langue et de lécher sa vulve à grands coups. Elle était délicieuse. Sucrée comme le miel. Je ne pouvais plus m'arrêter.

Mmm…

Je la butinai délicatement du bout des dents. Sa chair était encore à vif, je devais y aller en douceur. Elle tenta de refermer les cuisses autour de ma tête, mais j'écartai ses genoux pour l'en empêcher.

— Ne me forcez pas à vous ligoter!

Ma langue s'activait sans relâche, lapant sa moiteur, l'aspirant jusqu'à la dernière goutte. Elle se cramponnait à l'édredon, les jambes agitées de tremblements tandis que je croquais son clitoris palpitant. Elle était tout près d'exploser. Enfin.

Je redoublai d'efforts, enfonçai la langue dans son antre ruisselant, tandis que mes mains caressantes remontaient le long de son ventre. Je poursuivis vers ses seins, chatouillant ses tétons. Elle lâcha un hoquet de surprise, le corps tendu comme une corde de violon.

Oui, ma belle. Jouis pour moi.

J'aspirai son clitoris dans ma bouche, l'éraflant légèrement de mes dents, la léchant là où elle en crevait d'envie.

Elle s'arc-bouta contre moi.

— Oh!...

Mes mains redescendirent pour encercler ses cuisses et la presser contre moi pendant que je lui offrais un orgasme fracassant.

Elle gisait, immobile. J'aurais été très content de moi si mon érection n'était pas dure comme du béton. Je me redressai et rajustai mon pantalon.

— Il est temps de regagner votre chambre, murmurai-je.

— Et vous? Ne devrions-nous pas...

— Non, ça va.

— Mais c'est à mon tour de vous satisfaire maintenant.

Elle voulait me donner du plaisir. Ne savait-elle pas qu'elle m'avait comblé toute la soirée? Ne comprenait-elle pas que ce moment lui était entièrement réservé? Je voulais lui démontrer que notre accord n'était pas à sens unique. C'était à moi d'anticiper ses besoins, et ce soir, je voulais lui offrir un plaisir non partagé.

— Obéissez. Retournez dans votre chambre, vous dis-je.

Elle ne protesta pas, se glissa hors du lit et sortit en refermant la porte derrière elle. Un grognement sourd m'échappa. Apollon était resté dehors, dans le couloir.

J'ôtai mon smoking et me dirigeai vers la salle de bains. Je tournai à fond le robinet d'eau chaude et m'attardai sous le jet de longues minutes, revoyant Abigaïl en train de jouir. Le regard fixé sur la pomme de douche, je me remémorai le torrent d'émotions qui m'avaient submergé la nuit précédente, lorsque je m'étais enfoncé en elle.

Je pétris ma bite à deux mains en fermant les yeux.

Elle était entravée dans la salle de jeux, penchée sur le tabouret rembourré. Nous n'en pouvions plus après des heures et des heures de jeux, plus excitants les uns que les autres.

Je frottai ma queue contre son joli petit cul.

— Êtes-vous prête, Abigaïl ?

— Si telle est votre volonté, couina-t-elle d'une voix enrouée par l'impatience.

Je m'écartai pour qu'elle sente la morsure de l'air frais sur sa peau brûlante.

— Exprimez-vous, dites-moi ce que vous désirez.

— Je veux…

— Allez-y.

Elle poussa sa croupe contre moi.

— Je veux votre bite.

J'émis un petit rire et m'inclinai sur elle, plaquant mon torse contre son joli petit cul.

— Bien sûr que vous la voulez. Dites-moi où vous la voulez.

Silence.

J'assenai une claque sur sa cuisse.

— Parlez ou je vous expédie tout de suite dans votre chambre.

— Dans mes fesses, murmura-t-elle.

Je frappai sa cuisse plus fort.

— Je n'ai pas bien entendu.

— Je vous en prie, Maître, haleta-t-elle à haute voix. S'il vous plaît, baisez-moi le cul.

— Si c'est ce que vous voulez.

J'attrapai le lubrifiant dont je m'enduisis généreusement les mains. Je caressai le petit orifice avant d'y fourrer un doigts puis deux. Elle se pressa contre ma paume ouverte. Elle en voulait plus. Elle me voulait moi.

Je l'étirai doucement.

— Un peu de patience, voyons.

Quand je la sentis prête, je glissai doucement mon gland dans l'ouverture, l'écartelai et la pénétrai complètement.

Elle gémit.

Je me retirai pour m'enfoncer de nouveau avant de ressortir une nouvelle fois.

— Vous aimez sentir ma queue dans votre petit trou ? Vous êtes si étroite. Mmm… c'est exquis.

Elle se cambra d'instinct pour m'entraîner plus loin, la tête renversée en arrière.

— C'est ça, Abigaïl, dis-je en accélérant la cadence. Jusqu'au fond. Que c'est bon.

Elle haletait de plus belle.

Je la pénétrai plus fort.

— Je vais jouir. Je vais remplir ce mignon petit cul.

J'éjaculai dans ma main avec un grognement de frustration.

Une fois sec, je me faufilai dans le couloir où Apollon m'attendait, sagement couché par terre. La porte d'Abigaïl était close. Je descendis à la bibliothèque, le chien sur mes talons.

C'était l'une de mes pièces préférées. Comme elle l'avait été pour mes parents. Je l'avais laissée en l'état après leur décès. Quelque chose me disait qu'Abigaïl l'adorerait elle aussi, et je décidai de la lui montrer le week-end prochain.

L'envie de jouer du piano me démangeait. Je m'installai sur le tabouret et fis des gammes. Quand j'eus terminé, je fermai les yeux et revis Abigaïl dans toutes les positions : s'abandonnant dans mes bras tandis que nous dansions. Cambrée en arrière pendant que je la comblais. La tête pleine d'elle, je laissai mes doigts jouer la mélodie qui me trottait dans la tête.

La chanson d'Abigaïl.

L'air d'Abby.

9

Avant ma séance de musculation, le matin suivant, je m'employai à transférer le banc à fessée depuis la salle de jeux dans ma chambre. C'était nécessaire. L'appeler par son diminutif, Abby, la nuit dernière, avait été une grave erreur et m'avait conforté dans l'idée qu'il fallait remettre les pendules à l'heure. J'avais été trop gentil en fermant les yeux sur ses faux pas, ses hésitations, certaines de ses attitudes. Je n'avais jamais agi ainsi auparavant et je n'allais pas commencer aujourd'hui ni la laisser s'en tirer si facilement.

Je décidai donc de lui donner un petit avertissement. J'allais lui montrer le banc, lui rappeler qui était le maître et ce que j'attendais d'elle. Peut-être cela m'éviterait-il de la punir.

Je choisis en même temps un plug dans la salle de jeux. Depuis mon fantasme sous la douche je n'avais qu'une envie : décupler son excitation jusqu'à ce qu'elle se convulse de plaisir. À un point inimaginable. Je rangeai l'objet dans la commode avec le tube de lubrifiant.

À sept heures, Abigaïl me servit le petit déjeuner dans la salle à manger. Du pain perdu doré à point, nappé d'une sauce qui avait l'air délicieuse. J'avais hâte d'y goûter.

— Préparez-vous une assiette et joignez-vous à moi.

Je commençai à manger pendant qu'elle repartait à la cuisine. Des bananes… Cette fille était un vrai cordon-bleu.

Elle revint s'asseoir en face de moi et attaqua son repas.

— J'ai des projets pour vous aujourd'hui, Abigaïl. Vous préparer à me donner du plaisir.

Et à en recevoir.

— Oui, Maître.

— Allons, mangez, Abigaïl. Vous ne pourrez pas me satisfaire l'estomac vide.

Elle chipota dans son assiette et je dus ralentir pour adopter son rythme. Le repas terminé, elle bondit sur ses pieds et débarrassa la table.

Oui, cela marcherait. La vue du banc à fessée allait suffire.

Elle reparut dans la salle à manger et se planta devant moi. Je m'aperçus qu'elle tremblait légèrement.

— Vous êtes beaucoup trop vêtue à mon goût, dis-je. Allez dans ma chambre et enlevez-moi tout ça.

Tandis qu'elle montait à l'étage, j'emmenai Apollon faire un tour dans le parc. Il se mit à flairer partout, renifla une odeur quelconque et détala en direction des arbres. Je retournai à la maison. Je pouvais le laisser seul environ une heure.

En entrant dans ma chambre, je trouvai Abigaïl debout, nue, en contemplation devant le banc.

— Ceci est destiné à la flagellation, expliquai-je.

Elle sursauta au son de ma voix.

— Je l'utilise pour les châtiments, mais il peut servir à d'autres usages, repris-je. Ne m'obligez pas à y recourir pour vous punir.

Elle le regardait fixement tout en s'efforçant sans doute de digérer mes paroles.

— Penchez-vous là, à plat ventre.

Il faut tâcher de vous y habituer, Abigaïl. Comprenez bien que je n'ai pas l'intention de l'utiliser pour vous punir, sauf si vous m'y obligez. Palpez-le. Les règles ne sont pas faites pour les chiens, vous savez. La désobéissance a un coût. Ensuite, on finira dans mon lit et je vous comblerai de plaisir.

— Abigaïl, soupirai-je. Cela devient lassant. Soit vous faites ce que je vous demande, soit vous prononcez votre code secret. Je ne vous le répéterai pas deux fois.

Elle n'irait pas jusque-là, tout de même ! Si ? Je me doutais bien qu'elle hésiterait à monter sur ce banc, mais j'étais parti du principe qu'elle m'obéirait sans broncher. Et si je m'étais trompé ? Que ferais-je dans ce cas-là ?

Je n'eus pas le temps de m'attarder sur la question que, déjà, elle grimpait sur le banc et s'y allongeait comme je l'avais ordonné.

Bon.

J'allai chercher le plug dans la commode, je l'enduisis de lubrifiant et le posai à côté d'elle.

Je détaillai son corps nu, offert, à ma disposition. Mon membre en tressauta dans mon pantalon.

— Vous rappelez-vous ce que je vous ai dit, vendredi soir ?

Je ne m'attendais pas à ce qu'elle réponde, mais je voulais la mettre sur la voie. Je l'observai, en quête d'un signe, d'un geste de compréhension. Rien. J'allais devoir lui rafraîchir la mémoire. Je l'attrapai par la taille et me mis à pétrir ses fesses. Je la sentis aussitôt se crisper.

Elle avait compris.

— Relaxez-vous !

Je remontai les mains le long de son échine et commençai à la masser en douceur. Elle ne se détendait toujours pas. Je m'écartai pour me déshabiller. Elle se tétanisa, exactement comme je l'avais prévu.

La petite séance sur le banc était terminée. Elle avait sûrement pigé et je n'aurai pas à lui refaire le coup de la punition. Il était temps de passer à l'étape numéro deux.

Je la dévorai du regard encore un instant, juchée sur la banquette dans le plus simple appareil, et je me pris à fantasmer.

Un fouet en fourrure…

Je commencerais par quelque chose de simple pour sa première fois. Doucement, délicatement, j'effleurerais ses cuisses, ses fesses, le creux de ses reins. J'allumerais un brasier en elle, je la propulserais à la limite de l'extase et la maintiendrais là un moment avant de l'expédier avec moi au septième ciel.

J'empoignai mon pénis dans une main et me branlai avec frénésie pour prolonger un peu le fantasme que je me jouais dans ma tête. J'étouffai un soupir. Un jour. Bientôt peut-être.

— Allongez-vous sur le lit, Abigaïl.

Elle descendit de son perchoir en chancelant. Oui, elle avait parfaitement compris. Elle n'aurait aucune envie de s'y retrouver de sitôt. Je la regardai grimper sur le lit, le corps tremblant, secoué de frissons.

Je l'y suivis et la pris dans mes bras, laissant le plug tomber sur l'édredon.

— Calmez-vous. Sinon, ça ne marchera jamais.

Elle se cramponna impulsivement à moi tandis que je l'embrassais dans le cou. Je promenais mes lèvres le long de sa nuque, redessinais sa clavicule, les rondeurs de sa gorge. Quand la tension se relâcha enfin, je la couvris d'une pluie de baisers partout. Je fus envahi par un sentiment de toute-puissance en constatant l'emprise que j'exerçais sur elle.

Je la rassurais avec mes mains pendant que ma bouche attisait en elle une passion dévorante. Elle ploya la tête en arrière.

Oui, comme cela.

Je descendis plus bas.

— Je veux vous donner autant de plaisir que j'aimerais en recevoir de vous. Croyez-moi, Abigaïl.

Je ne vous mentirai jamais. J'ai trop besoin de votre confiance. Sans cela, vous ne pourrez pas vous abandonner au plaisir que vous espérez et méritez.

— Je veux vous offrir ce qu'il y a de mieux, dis-je, les lèvres contre son ventre. Laissez-moi faire.

Elle exhala un soupir tandis que je plaquai la main sur sa chatte pour vérifier si elle mouillait.

Je lui écartai les jambes et me glissai entre ses cuisses.

— Je peux vous faire hurler de plaisir, Abigaïl. Vous propulser là vous vous n'êtes jamais allée. Vous allez adorer, vous verrez.

Cette fois, je voulais la regarder dans les yeux. Les voir soudés aux miens pendant que je la pénétrais. C'était primordial. Elle devait retenir la leçon. Garder à l'esprit que son plaisir et son bien-être étaient ma priorité absolue. Et que, dans mon lit, seule la volupté avait sa place.

J'étais incapable de répondre à l'interrogation que je lisais dans ses yeux, mais je ne détournai pas la tête en la pénétrant. Il aurait été si facile de regarder ailleurs, de tout oublier sauf la spirale de sensations qu'éveillait en moi son étroit fourreau brûlant. Non, je ne pouvais pas. Elle avait besoin de ce lien direct entre nous, de cette proximité tandis que nos corps fusionnaient.

Elle se serra contre moi et me dévisagea avec ravissement, laissant ses doigts errer le long de mon dos.

Oui.

Oh! que c'était bon. Ses mains sur mon dos, légères comme des plumes, pendant que je la baisais à fond.

— Oui, lâchez-vous, Abigaïl. La peur n'a pas de raison d'être entre nous.

Jamais.

Je l'attirai plus près en accélérant mes coups de reins, la martelant tout ce que je pouvais. Son sexe se convulsa autour du mien.

— Oui, Abigaïl. Vous sentez ce que je peux vous donner? C'est bon?

Je m'enfonçai toujours plus loin. Mon plan avait l'air de fonctionner.

Elle noua ses jambes autour de ma taille et s'arc-bouta contre moi. Elle n'avait plus l'air aussi apeurée et avait probablement aussi oublié mes projets la concernant. En appui sur les coudes, je lui soulevai les hanches en augmentant la pression.

Le plug avait roulé à côté d'elle. Je le ramassai et profitai d'un nouveau coup de reins pour le lui enfoncer dans l'anus. Elle hurla de plaisir, secouée par un orgasme qui me fit franchir le cap à mon tour jusqu'à ce que nous nous effondrions pêle-mêle, exténués, sur le lit.

Une fois apaisé, je me redressai et plongeai mon regard dans ses yeux élargis, lourds de questions muettes.

— C'est un plug, un anneau, expliquai-je, la respiration un peu saccadée. Il permet une dilatation progressive à condition de le porter quelques heures par jour. C'est censé vous préparer.

Elle se mordit les lèvres sans rien dire.

— Faites-moi confiance, répétai-je.

Elle opina de la tête, mais je voyais bien qu'elle ne me croyait qu'à moitié. Je ne pouvais rien faire de plus, la confiance ne pouvait s'acquérir qu'avec le temps.

Je sortis du lit et me rhabillai en vitesse.

— Je dois faire rentrer Apollon. Nous déjeunerons à la cuisine.

Elle ne parla guère pendant le repas qu'elle avala avec appétit. Mes leçons semblaient porter leurs fruits. Je me projetai dans l'avenir où s'installerait une agréable routine entre nous. Rencontrer l'autre était toujours problématique au début, jusqu'à ce que les deux partenaires s'habituent l'un à l'autre et apprennent à mieux se connaître.

Le temps aidant, sa langue se délierait et il me serait plus facile de la considérer comme Abigaïl et de chasser mes fantasmes concernant Abby.

Je n'avais pas eu envie d'entamer une nouvelle liaison depuis longtemps. J'étais passé sans transition de Beth à Mélanie, que je connaissais depuis toujours. La soumise compulsive qui lui avait succédé ne comptait pas. Je ne lui avais d'ailleurs jamais donné de collier. Notre relation était condamnée d'avance.

— Vendredi dix-huit heures, dis-je à Abigaïl au moment où elle s'en allait.

Elle acquiesça d'un hochement de tête.

J'avais invité Jackson à dîner ce soir-là. J'avais besoin d'un peu d'agitation dans cette maison silencieuse.

Il n'arrêta pas de jacasser à table, m'arrachant un sourire en me racontant les derniers potins sur son équipe. D'habitude, je ne l'écoutais plus et m'évadais systématiquement quand il se mettait à parler foot. Pas ce soir-là. Il y avait quelque chose de changé, et j'aurais parié que cela avait à voir avec Félicia.

— Des nouvelles de Félicia? questionnai-je tandis que, assis sur le canapé après le dîner, Jackson zappait d'une chaîne à l'autre pour trouver les résultats du jour.

Il fourra la main dans sa poche, en tira son portable et déchiffra le message qui venait de s'afficher sur l'écran.

— Tiens, elle vient de m'écrire. Elle est en train de regarder une vidéo avec ta bibliothécaire chérie.

— Jackson, si jamais tu…

Il leva la main dans un geste d'apaisement.

— Je sais, je sais. T'inquiète, motus et bouche cousue.

Je consultai l'horloge suspendue au-dessus de la télévision pendant qu'il répondait à Félicia. Elle marquait vingt-deux heures trente-trois.

Vingt-deux heures trente-trois?

J'effectuai un rapide calcul mental. Abigaïl se levait généralement à six heures avant d'aller au travail. C'était écrit dans son dossier. En supposant que le film finisse à vingt-trois heures, cela voulait dire qu'elle n'aurait eu que sept heures de sommeil.

Je sentis la moutarde me monter au nez. Le jour même où j'avais exhibé le banc à fessée pour la mettre en garde, elle trouvait le moyen d'enfreindre mes ordres en n'ayant pas son compte de sommeil. À quoi jouait-elle?

Je pensai au week-end suivant, assez content d'avoir cinq jours pour le préparer. Pour me préparer…

10

Jackson me tira de mes pensées.

— Ouh, ouh, Nate ! Où es-tu ? Reviens sur terre !

Je clignai des yeux à plusieurs reprises.

— Excuse-moi, je suis un peu fatigué, c'est tout.

Mon cousin n'avait pas l'air convaincu.

— Fatigué ? Toi ? Pas possible.

J'avais besoin d'un peu de calme, de silence pour réfléchir tranquillement.

— Écoute, Jackson, je crois que je vais me coucher. Bonne chance pour le match de demain.

Il me lança un regard curieux.

— Comme tu veux, dit-il en récupérant son manteau.

Je le raccompagnai à la porte, sortis Apollon une dernière fois et montai dans ma chambre. Le banc à fessée trônait toujours au milieu de la pièce. Autant le laisser là. Il y avait de fortes chances pour que j'en aie encore besoin vendredi soir.

Abigaïl…

Et si elle se débrouillait pour avoir ses huit heures de sommeil malgré tout ? J'en doutais, mais on pouvait toujours rêver.

Assis sur le lit, je songeais à l'époque où je fréquentais Paul, le dominant qui avait été mon mentor. La seule personne à avoir jamais exercé un ascendant sur moi. Il m'avait donné des instructions détaillées concernant les châtiments corporels, la première étant de ne jamais sévir sous le coup de la colère. Jusqu'à présent, j'avais toujours réussi à me conformer à cette règle et je ne doutais pas de recouvrer mon sang-froid d'ici vendredi prochain.

Les consignes que j'avais transmises à Abigaïl incluaient la liste des punitions infligées en cas de désobéissance. En face d'insuffisance de sommeil, j'avais inscrit fessée – trente coups pour chaque heure perdue.

À cette époque, cela avait un sens, mais aujourd'hui je trouvais le châtiment un peu trop sévère. Devais-je le modifier? Abigaïl s'en rendrait-elle compte?

Non, impossible. Comment lui inspirer le respect qu'elle me devait si je changeais les règles pour un oui ou pour un non. Ce serait donc trente, pas une de moins.

Je me rappelai un autre conseil de Paul: le premier châtiment devait être exemplaire pour ne pas avoir à recommencer à tout bout de champ.

Je ferai donc en sorte qu'elle s'en souvienne et change d'attitude par la même occasion: terminés les regards perplexes, les hésitations à n'en plus finir.

Une petite voix intérieure me soufflait que je ne pouvais pas la punir pour cela. C'était de l'histoire ancienne. Si je lui avais laissé la bride sur le cou, je ne pouvais m'en prendre qu'à moi-même. Je serais stupide de remettre la question sur le tapis.

D'un autre côté, si je lui donnais une correction mémorable, cela la dissuaderait sans doute de recommencer.

J'allai chercher un fouet en cuir. De retour dans ma chambre, je le posai en évidence sur la commode. À force de le regarder – ainsi que le banc à fessée – tous les jours de la semaine, j'y puiserais peut-être le courage nécessaire pour vendredi.

J'y arriverais, c'était sûr.

J'étais son dominant après tout, et il était temps de lui montrer qui était le maître.

Il existait trois sortes de raclées, m'avait enseigné Paul : pour le plaisir, pour s'échauffer et pour punir.

J'avais donné à Abigaïl un aperçu de la fessée érotique avec ma cravache au cours de notre premier week-end. Ce genre de séance était censée pimenter les ébats, exacerber les sens et se révéler une source de plaisir inouï.

Contrairement aux deux autres.

Il était important de préparer Abigaïl. Sa peau fine et claire devait marquer très rapidement. Il me fallait garder ce détail à l'esprit pour éviter de laisser des traces durables.

Trente coups de martinet la meurtriraient si je n'y prenais pas garde. Et même avec des précautions, je devais veiller à ne pas dépasser les limites, à inspecter l'état de sa peau, guetter ses réactions, ses émotions…

Elle allait fondre en larmes.

La faire pleurer. Non, je m'en sentais incapable.

Or c'était indispensable pour l'évolution de notre relation. Si je ne pouvais en supporter l'éventualité, inutile de poursuivre le jeu. C'était la base de nos rapports. Ni plus ni moins.

Le mercredi suivant, je demandai à Sara de joindre Abigaïl pour lui fixer un rendez-vous chez moi, vendredi soir à vingt-heures. Le week-end d'après, contrairement à d'habitude, nous ne commencerions pas par dîner à la table de la cuisine. Primo, parce que je me sentais incapable d'avaler une bouchée en sa présence juste avant de la punir. Deuxio, vu l'heure tardive, j'avais décidé que nous filerions directement dans ma chambre, ce qui donnerait d'emblée le ton à la soirée.

J'appelai le chenil voisin où Apollon devait passer la nuit. Comme Jackson et son équipe jouaient les éliminatoires à la fin de la semaine suivante, à Philadelphie – j'avais des billets pour assister au match –, je devrais de toute façon l'y laisser en pension pour le week-end. Ce serait plus facile pour lui s'il faisait un essai auparavant. L'autre raison inavouable était que je n'avais pas vraiment envie de l'avoir dans les jambes durant la visite de ma soumise.

Posté à la fenêtre, vendredi soir, je guettais l'arrivée d'Abigaïl et fermai les yeux en entendant la voiture s'engager dans l'allée.

Tu peux le faire.

Tu dois le faire.

Je me raidis en entendant la portière claquer. Serait-elle surprise par l'absence du chien qui ne serait pas là pour l'accueillir? Et si le fait d'avoir repoussé l'heure du rendez-vous l'avait alertée sur sa désobéissance? Afficherait-elle une mine contrite en me voyant?

La sonnette retentit.

J'allai ouvrir. Elle se tenait devant moi, l'air un peu égarée mais pas coupable pour deux sous. Et si elle s'était réveillée plus tard lundi dernier et avait eu finalement ses huit heures de sommeil?

— Bonsoir, Abigaïl, dis-je en l'invitant à entrer.

Elle s'avança en promenant ses regards autour d'elle.

Je voulais en avoir le cœur net.

— Avez-vous passé une bonne semaine? Vous avez le droit de parler.

— Excellente, merci.

Tant mieux pour elle. La mienne, en revanche, avait été un enfer. J'avais passé des heures à chercher le meilleur moyen de lui apprendre à vivre.

— Vraiment? fis-je, un brin agacé.

Se pouvait-il qu'elle n'ait pas enfreint les règles? J'allais lui donner une dernière chance avant de lui poser directement la question.

— Je ne crois pas que ce soit la réponse appropriée

Elle se troubla.

Parfait, elle n'avait pas désobéi. Pas besoin de la punir dans ce cas. Je réussis de nouveau à respirer pour la première fois depuis cinq jours.

Soudain, je l'entendis hoqueter et mes espoirs s'envolèrent.

J'aspirai une grande goulée d'air.

— Abigaïl, auriez-vous quelque chose à me dire?

Elle détourna le regard.

— Je n'ai dormi que sept heures dimanche soir, admit-elle d'une petite voix.

Je maudis intérieurement tour à tour:

Jackson parce qu'il sortait avec Félicia.

Abigaïl parce qu'elle n'avait pas respecté mes consignes.

Et moi-même d'avoir fixé trente claques pour soixante minutes de sommeil en moins.

Et quelle idée stupide de vouloir devenir le dominant de cette femme!

Pourtant...

Je lui avais donné mes instructions par écrit avec les punitions encourues en cas d'infraction. J'étais son maître, oui ou non?

Je redressai les épaules avec un regain de détermination.

— Regardez-moi quand vous me parlez.

— Je n'ai eu que sept heures de sommeil dimanche soir, répéta-t-elle plus fort.

Parfait. Elle était du genre à assumer ses erreurs.

Je fis un pas vers elle.

— Sept heures? Pensez-vous que je m'évertue à établir un programme pour votre bien-être par désœuvrement? Je n'ai que ça à faire, vous croyez? Répondez-moi.

Nous y étions. Peut-être tournait-elle tout ceci à la plaisanterie? Elle ne me prendrait jamais au sérieux si je ne la punissais pas sévèrement.

— Non, Maître.

Vous pourriez peut-être vous excuser d'avoir désobéi?

Elle restait plantée là, le visage empourpré, l'air terrifiée.

— J'avais des projets pour vous ce soir, Abigaïl. Certaines choses que je voulais vous montrer. Au lieu de quoi, je vais passer la soirée à vous punir dans ma chambre.

La bibliothèque attendrait. Je voulais qu'elle comprenne ce qu'elle ratait, que le week-end aurait dû se dérouler ainsi. Tant pis pour elle. Son attitude répréhensible avait tout gâché.

Allait-elle s'excuser, oui ou non?

— Je suis désolée de vous avoir déçu, Maître.

Ah! quand même! Merci.

C'était le mot. Elle m'avait déçu.

— Vous le serez encore plus lorsque j'en aurai fini avec vous. Direction ma chambre et en vitesse.

Je la regardai monter l'escalier menant à l'étage. Je pris une profonde inspiration pour reprendre mon sang-froid et ne pas sortir de mes gonds. Abigaïl était assez effrayée comme cela, je devais absolument me maîtriser.

Je retroussai mes manches et gravis les marches à mon tour.

Elle m'attendait, entièrement dévêtue, à plat ventre sur le banc à flagellation. Le week-end d'avant, la vision de son sublime fessier dénudé avait alimenté mes fantasmes. Ce soir, cela me rappelait qu'aussi agréable soit-elle, notre relation comportait des règles qu'Abigaïl avait enfreintes. Elle allait subir la sentence. En tant que maître du jeu, c'était à moi de fixer les règles et d'administrer les sanctions.

Que cela me plaise ou non.

Je m'approchai du banc et effleurai doucement son postérieur du bout des doigts. Elle sursauta.

Elle était à cran.

Elle n'était pas la seule.

— Il y a trois sortes de fessées, fis-je, histoire de lui expliquer mes méthodes. La première est érotique, elle sert à augmenter le plaisir. C'est une puissante source d'excitation. Avec une cravache, par exemple.

Je laissai courir mes doigts sur son postérieur en direction de son sexe humide, tout en étudiant attentivement la surface pour voir où frapper et de quelle façon, le moment venu. Certes, cette nuit lui laisserait un mauvais souvenir, mais il fallait qu'elle comprenne que la douleur pouvait se muer en plaisir, même s'il s'agissait d'une punition, méritée de surcroît.

Je lui pelotais le cul durement afin d'observer sa peau changer de couleur. Puis je la pinçais sans ménagement pour la voir rougir. Je n'étais pas encore assez familier avec son corps et tenais à évaluer ses réactions.

— La deuxième fessée sert de punition, enchaînai-je. Vous ne ressentirez aucun plaisir. Le but est de vous rappeler les conséquences de vos actes. C'est pour votre bien que j'ai établi ce règlement, Abigaïl, je vous signale. Combien d'heures devez-vous dormir entre dimanche et jeudi ?

— Huit.

— Exact, huit, pas sept. *Ne pas respecter mes règles signifie me manquer de respect aussi.* Apparemment vous l'avez oublié. J'espère que votre postérieur endolori vous rafraîchira la mémoire à l'avenir.

J'omis de préciser que j'avais moi aussi négligé certains détails et que ce traitement nous serait utile à tous les deux.

Je me baissai pour ramasser le fouet sur le sol.

— La troisième fessée est un échauffement avant la punition. Devinez-vous la raison, Abigaïl?

Silence.

Je posai la cravache sur le banc, tout près de son visage. Il fallait qu'elle le voie.

— Parce que votre petit cul ne supporterait pas la douleur sans préparation, vu?

Et que vous risqueez d'avoir de jolis bleus.

J'allais lui rappeler qu'elle avait le moyen d'y échapper en utilisant son mot secret. Aucun de nous deux n'était obligé de se prêter à cette mascarade, mais je me garderais bien de le lui dire.

— Vingt coups de fouet, Abigaïl. À moins que vous n'ayez quelque chose à déclarer pour votre défense?

C'était l'heure de vérité. Si elle n'était pas sûre à cent pour cent de vouloir jouer le jeu et avait entamé cette relation pour une autre raison que dans le but de devenir ma soumise, je le saurais maintenant. Un mot et tout serait fini entre nous.

Elle n'émit pas un son.

Si elle pouvait résister, moi aussi.

— Très bien.

Je me redressai et entrepris de la fesser du plat de la main. D'abord avec délicatesse, jamais au même endroit pour échauffer la zone sur laquelle j'appliquerais le fouet – pas trop haut, plutôt vers son entrejambe humide.

Elle avait mal, je le voyais car elle se crispait avant chaque claque. Son postérieur vira au rose alors que je n'y allais pas de main morte. Au bout de quelques minutes, je marquai une pause, effleurai son derrière de la main pour sentir à quel point il était échauffé et vérifier si je pouvais poursuivre. Elle ne se rétracta pas sous mes caresses. Sa peau s'était embrasée, mais je savais qu'elle pourrait en endurer davantage.

J'espérais le pouvoir aussi.

Je saisis le fouet.

— Comptez à haute voix, Abigaïl.

Je levai le bras et l'abattis sur ses fesses. Il claqua avec force.

— Aïe !

— Pardon ? fis-je en relevant le bras.

— Un… je veux dire un…, bégaya-t-elle très vite.

Mon bras s'abattit derechef.

— Merde ! Euh… deux.

— Surveillez votre langage.

Un troisième coup.

— Tr… trois.

Je me déplaçai pour que le quatrième aboutisse ailleurs, tout en me concentrant pour anticiper où j'allais porter les autres.

— Qu… quatre, balbutia-t-elle en gigotant pour échapper au cinquième.

Je stoppai net pour examiner la peau rougie. Elle avait l'air d'aller bien. Elle ferait mieux de ne pas bouger. N'apprendrait-elle donc jamais ?

J'étais fatigué qu'elle me nargue constamment. Cela devait cesser. Aujourd'hui. Tout de suite.

— Si vous recommencez, je vous ligote et j'en rajoute dix pour la peine.

Cinq, six, sept. Je continuais en cadence, en vrai professionnel.

Elle comptait toujours.

Je changeai d'endroit au huitième.

Elle éclata en sanglots.

— H… huit.

Qu'est-ce qui m'avait pris de décider que vingt coups était une punition suffisante? J'inspectai sa peau. Elle avait l'air normale. Il n'y avait pas de contusion visible.

J'essayai de me mettre en mode zombie pendant les neuf, dix, onze et douze suivants. Sans succès. Je devais me concentrer, observer ses réactions, m'assurer de ne pas y aller trop fort. Pleurait-elle à cause du choc ou parce que la douleur était intolérable?

— Tr… eize.

Nouvelle pause. Il en restait sept.

Devais-je m'arrêter?

Utiliser le code secret?

Non, pas encore. Elle supportait. Je devais continuer.

— Quatorze.

À quinze, elle s'arrêta de compter.

Je faillis m'étrangler.

— Abigaïl…?

Elle reprit sa respiration.

— Désolée. Qu… in… ze.

Encore cinq. Impossible de me concentrer. Dire que j'étais en train de torturer Abigaïl King, celle que j'avais désirée et admirée pendant un nombre incalculable d'années!

Je la faisais pleurer. Et ce n'était pas fini.

Serre les dents.

Je retenais mes coups à présent, mais je savais qu'elle ne le remarquait pas. Une simple pichenette l'aurait fait hurler de douleur après ce qu'elle venait d'endurer.

Elle prit une grande bouffée d'air.

— Seigneur… seize. S'il vous plaît…

Je m'arrêtai et posai mes mains de chaque côté de ses fesses. Je n'étais plus sûr de rien. Devais-je continuer? Était-ce encore nécessaire. Allait-elle utiliser son code secret? Craquerait-elle après vingt coups de fouet?

Pour une heure de sommeil en moins?

Je m'écartai, levai la main et l'abaissai.

Son corps tressauta.

— Dix-sept… Je vous en prie… Je ne le referai plus…, gémit-elle.

Il fallait en finir.

Je vérifiai si elle pouvait en encaisser trois de plus. Oui, mais pas trop fort.

— Dix-huit, murmura-t-elle. Je dormirai dix heures.

Plus que deux. Allez, dépêche-toi d'en finir.

Je ne pouvais plus entendre ses supplications.

— Arrêtez de pleurnicher.

Je frappai encore, plus doucement.

— Dix… ne… uf.

Je redressai l'échine. Est-ce que ça allait s'arrêter un jour?

Je m'éclaircis la gorge. Me forçai à parler.

— Combien d'heures de sommeil devez-vous avoir, Abigaïl? Répondez.

Son corps était secoué de soubresauts convulsifs sur le banc.

— Hu… hu… huit, suffoqua-t-elle.

Plus qu'un. Un seul. Tu peux y arriver. Je parlais pour moi, persuadé qu'Abigaïl était la plus forte de nous deux. Qu'elle était capable de subir le supplice que je lui infligeais.

Je la cravachai une dernière fois.

— V… vingt.

Ses larmes redoublèrent.

Bon sang, Nathaniel. Qu'est-ce qu'il t'a pris? Regarde comment tu as traité cette magnifique créature.

J'en étais malade.

J'avais la nausée, dégoûté par ce que j'avais fait.

Qu'elle sorte de là. Je n'avais pas le courage de la regarder. Je ne voulais pas voir ce que j'avais fait.

— Allez vous débarbouiller, puis filez dans votre chambre, dis-je sévèrement. Vous avez du sommeil en retard.

Après son départ, je m'écroulai sur le banc, le visage dans les mains.

11

Le gargouillis de l'eau dans les tuyaux s'infiltra dans ma conscience et me tira peu à peu de ma torpeur. Une fois de plus, Abigaïl venait de prendre l'avantage. Lorsque je lui avais enjoint de se laver et de retourner dans sa chambre, elle avait obéi sans hésiter. Contrairement à moi qui m'étais effondré dans la mienne en m'apitoyant sur mon sort.

Au fond de moi, une petite voix m'exhortait à la rejoindre afin de lui donner les soins nécessaires après la fessée. Ma fierté m'en empêcha.

Si j'allais la voir maintenant et que je perdais mes moyens, comme je le craignais, elle se demanderait comment un dominant tellement chevronné pouvait être aussi affecté par la punition qu'il venait d'infliger. Une question en entraînant une autre, elle finirait par découvrir la vérité : que je la connaissais bien avant qu'elle n'envoie sa candidature à mon bureau.

J'attendis que l'eau cesse de couler et patientai quelques minutes supplémentaires avant de sortir dans le couloir.

Elle pleurait.

Encore.

Ses sanglots cessèrent quand je m'approchai de la porte.

J'effleurai la poignée, mais la culpabilité m'arrêta dans mon élan. Je savais dans quel état je la trouverais.

Le nez coulant, les yeux rougis, les joues sillonnées de larmes.

Pire encore, j'ignorais quel accueil elle me réserverait. Haine ? Peur ? Souffrance ?

Repousserait-elle mes caresses ? Accepterait-elle de m'écouter quand je lui adresserais la parole ?

Je soupirai, découragé.

Non. C'était au-dessus de mes forces. Je ne pourrais jamais la regarder en face.

Je posai la main à plat sur le battant.

Je ne peux pas, Abigaïl. Je n'en suis pas capable. Pardonne-moi.

Il n'était même pas vingt et une heures. Trop tôt pour aller se coucher. Un silence de mort régnait dans la maison. Je commençais à regretter de m'être débarrassé de mon chien, cette nuit.

Je téléphonai pour prendre de ses nouvelles.

La directrice du chenil décrocha.

— Bonsoir, monsieur West, que puis-je pour vous ?

Je ne me sentais pas d'humeur bavarde.

— Comment va Apollon ?

— Très bien, monsieur. Beaucoup mieux que la dernière fois. Vous venez toujours le chercher demain à dix heures et demie ?

Je n'avais même plus assez d'énergie pour être content.

— Oui.

— Et vous nous le ramènerez vendredi prochain? reprit-elle avec un sourire dans la voix. À condition que l'on gagne ce week-end, bien entendu.

Qu'est-ce qui m'avait pris de lui faire des confidences sur mon célèbre cousin?

— À demain, dis-je avant de raccrocher.

Je fis le tour de la maison, revérifiai les serrures et les codes de sécurité. Je tendis l'oreille, guettant un bruit à l'étage. Rien. Parfait. Au moins, elle parviendrait à trouver le sommeil, cette nuit.

Une douleur aiguë me tordit les entrailles en songeant à ce week-end gâché. Je me dirigeai machinalement vers la bibliothèque. Avec un peu de chance, et à condition qu'Abigaïl ne s'enfuie pas, bien sûr, je pourrais peut-être la lui faire visiter demain.

Je m'assis au piano en me demandant ce que j'allais jouer. Le morceau que j'avais composé la semaine dernière en hommage à sa beauté? Comment oserais-je après ce que je venais de lui faire subir.

Je n'en avais pas le droit.

J'extériorisai la fureur et la frustration qui m'animaient en me déchaînant sur les touches, martelant les notes furieuses qui résonnaient ma tête. Je ne décolérai pas pendant un long moment, puis, comme toujours, la musique m'apaisa. Finalement, incapable de lutter davantage, je me laissai de nouveau envahir par elle, sa douceur, la quintessence de son être.

Non, ce n'était pas de la lâcheté, me répétai-je le lendemain matin. Je donnais du temps à Abigaïl, voilà tout. Pour quelle raison? Je l'ignorais. Je savais seulement que je n'étais pas prêt à lui faire face et je pensais qu'il en allait de même pour elle.

Il était environ six heures quand je quittai la maison pour me rendre au bureau. Trois heures plus tard, je n'avais toujours rien fait de constructif. Je songeai au message que je lui avais laissé dans la cuisine. Pourvu qu'elle l'ait trouvé. Serait-elle définitivement partie à mon retour, à l'heure du déjeuner?

Je devais en parler à quelqu'un, quelqu'un qui comprendrait. Je consultai l'heure, attrapai mon téléphone et fis quelque chose dont je m'étais abstenu depuis des mois: j'appelai Paul.

— Bonjour, s'écria joyeusement une voix féminine à l'autre bout du fil.

Christine et Paul étaient mariés depuis trois ans. Auparavant, elle avait été sa soumise.

— Bonjour Christine. C'est Nathaniel.

— Nathaniel. Ça fait si longtemps…

— Oui. Paul est là?

— Je te le passe.

Je perçus des murmures étouffés et le bruit d'un baiser.

— Nathaniel? fit Paul. Que t'arrive-t-il?

Je crachai le morceau. Je lui parlai d'Abigaïl que j'avais acceptée comme soumise malgré son inexpérience. Puis je lui racontai en détail la nuit précédente: comment elle avait enfreint les règles que j'avais établies et la punition.

Paul écoutait en ponctuant mon récit de commentaires appropriés. Oui, il fallait appliquer le châtiment. Oui, c'était dur de punir une soumise. Oui, c'était normal. Oui, je m'en remettrais. Oui, notre relation s'en trouverait renforcée.

Il savait exactement ce dont j'avais besoin, je lui faisais confiance. Je me sentis tout de suite mieux.

— Et qu'as-tu fait après la fessée? demanda-t-il.

Te téléphoner pour t'en parler, répondis-je sans réfléchir, comprenant mon erreur à l'instant où les mots sortaient de ma bouche.

— J'ai compris. Mais qu'as-tu fait pour elle hier soir?

Je ne savais plus quoi dire. Pour la première fois de ma vie, je ne trouvais pas les mots.

— Nathaniel, reprit-il voyant que le silence se prolongeait. Rassure-moi. Quels traitements lui as-tu administrés, dis-moi?

— Je n'ai pas… je veux dire… je n'ai pas pu…

— Les soins, Nathaniel, insista-t-il. Qu'as-tu fait?

Je fermai les yeux.

— Rien.

— Tu as donné vingt coups de fouet à une soumise sans expérience et tu ne t'es pas occupé d'elle ensuite?

— Je ne me sentais pas capable de l'affronter… je ne pensais pas qu'elle aurait aimé…

Je m'interrompis. Mon attitude était inadmissible.

— Je…, je…, je…, singea Paul. Il ne s'agit pas de toi, Nathaniel. Si tu n'arrives pas à le comprendre, tu n'as rien à faire avec une soumise.

Il avait raison.

Je l'entendis frapper du poing sur une table ou un meuble quelconque.

— Cette femme a accepté de se soumettre à toi, par conséquent tu dois la traiter avec le respect qu'elle mérite. Vraiment, Nathaniel, je croyais t'avoir mieux formé que cela. Te conduis-tu ainsi avec toutes les autres? As-tu oublié que tes besoins et tes désirs passent au second plan?

— Non.

— Tu dois comprendre une chose, martela-t-il du ton froid et dangereusement calme qu'il adoptait pour exprimer son mécontentement. La seule raison pour laquelle je ne saute pas dans le premier avion pour New York pour t'administrer quarante coups avec une tapette en cuir est que Christine est sur le point d'accoucher de notre premier enfant.

Il en aurait été capable. Je le savais. Et même s'il n'avait jamais mon maître, je l'aurais laissé faire sans broncher. Cela aurait été préférable au chagrin qui me rongeait. Quarante coups de cravache m'auraient peut-être fait oublier cette souffrance lancinante.

— Non vraiment, je n'arrive pas à y croire… Où est-elle? ajouta-t-il après une pause. Passe-la moi.

— Elle n'est pas avec moi. Je suis en ville, à mon bureau.

— Tu l'as laissée seule? Livrée à elle-même?

— Oui.

Le silence s'installa à l'autre bout du fil.

— Tu veux que je te dise? J'espère qu'elle ne t'aura pas attendu et sera partie à ton retour.

Ma hantise.

— D'un autre côté, ce serait trop facile, si tu veux mon avis. Au fond, je préférerais qu'elle soit restée pour t'obliger à gérer la situation.

Je ne répondis mot.

— Alors, que vas-tu faire? Tu as l'intention de réparer les dégâts, j'espère?

J'inspirai profondément et lui décrivis le programme de la journée. Après avoir tout déballé dans les moindres détails, je finis par raccrocher en promettant de le rappeler plus tard dans la journée.

Je passai chercher Apollon au chenil pour le ramener à la maison, immensément soulagé d'apercevoir un mouvement derrière la fenêtre de la cuisine au moment où je me garais dans l'allée. J'entrai sur la pointe des pieds, mais Apollon s'engouffra dans le couloir en direction de la cuisine, ses griffes cliquetant allègrement sur le parquet. Un cri fusa suivi d'un jappement joyeux. Je ne pus m'empêcher de sourire.

Elle n'était donc pas partie. Qui plus est, elle s'affairait à préparer le déjeuner. Du pain, à en juger par la bonne odeur qui embaumait l'air. Ce qui confirmait mes craintes : elle ne s'était probablement pas assise de la matinée. Si elle l'avait fait, elle aurait constaté que la douleur n'était pas aussi vive qu'elle l'imaginait.

J'allai ramasser un coussin sur le canapé du salon. Ensuite, je pris deux draps de bain dans l'armoire à linge que je mis à chauffer sur le sèche-serviettes. Puis j'allais dans la salle à manger et posai le coussin sur la chaise voisine de la mienne.

Je devais me concentrer, ne penser qu'à elle.

Mon cœur s'emballa dans ma poitrine quand elle surgit sur le coup de midi. Brusquement, je réalisai qu'il y avait pire qu'une expression de douleur, de peur ou de haine.

Elle avait le regard vide, dénué d'émotion.

Les mains légèrement tremblantes, elle plaça une assiette devant moi sans me voir.

Tu vois ce que tu as fait? Elle est complètement éteinte à cause de toi.

— Venez donc manger, dis-je, car c'était la seule chose que je parvenais à articuler.

Je profitai de sa courte absence pour rassembler mes idées.

Elle ne s'était pas sauvée. Elle était restée. Elle me voulait toujours pour dominant.

À son retour, quelques minutes plus tard, elle prit la chaise que j'avais pris soin de rembourrer d'un coussin.

Installez-vous, Abigaïl. Vous allez voir que la douleur est beaucoup plus supportable que vous le pensiez.

Elle se posa avec prudence au bord de la chaise. Je crus presque l'entendre soupirer de soulagement.

Si j'avais été un dominant digne de ce nom, j'aurais été présent ce matin et l'aurais encouragée à s'asseoir dès le petit déjeuner

Le repas se déroula en silence. Évidemment, elle ne pouvait pas parler à cette table. Pourquoi avais-je décidé de déjeuner dans cette pièce plutôt que dans la cuisine?

Parce que tu es un lâche. Tu ne voulais pas entendre ce qu'elle avait à dire. Maintenant, tu as intérêt à assumer.

— Regardez-moi, Abigaïl, dis-je.

Elle tressaillit.

Et voilà, c'était reparti pour un tour.

Elle me fixa d'un œil vague. Je pris mon courage à deux mains pour poursuivre.

— Vous corriger n'a pas été une partie de plaisir pour moi non plus. *Quel scoop!* Mais il y a un règlement. Et je continuerai à vous punir chaque fois que vous le contournerez. C'est aussi simple que cela. *Même si la nuit dernière nous avait fait autant souffrir l'un que l'autre. Elle devait le comprendre si elle voulait poursuivre la partie.* Sachez que je suis plutôt avare de compliments, repris-je. Cela dit, vous vous êtes bien comportée hier soir. Mieux que je ne l'escomptais.

Ces mots l'avaient touchée, semblait-il, car je vis une étincelle s'allumer brièvement dans ses yeux.

Je n'en étais pas digne.

— Finissez votre repas, poursuivis-je. Je vous attends dans l'entrée en peignoir. Vous avez une demi-heure.

Je quittai la table, allai chercher les serviettes dans la salle de bains et démarrai le jacuzzi. Après quoi, j'enfilai mon peignoir et patientai dans le vestibule.

— Suivez-moi, dis-je quand elle me rejoignit.

Elle m'observa avec perplexité mais ne pipa mot tandis que nous traversions le salon. Elle ne marqua aucune hésitation quand j'ouvris la porte-fenêtre qui donnait sur le parc : à croire qu'il était tout à fait normal de se promener dehors en sortie de bain en plein mois de janvier.

Plantée devant le jacuzzi, elle attendit docilement mes instructions. J'avançai d'un pas et respirai son parfum. Elle sentait délicieusement bon. Et elle était toujours là, avec moi. Oui, j'avais encore l'espoir que les choses puissent marcher entre nous. Le rêve !

Je dénouai son peignoir pour vérifier si la punition avait laissé des marques visibles.

Pourvu que non.

— Retournez-vous, dis-je.

Elle fit volte-face lentement, comme si elle avait honte.

Je flattai délicatement ses fesses de la main. Cette fois, elle ne sursauta pas.

— Non, vous n'aurez pas de bleus.

J'ôtai mon peignoir à mon tour et lui pris la main pour la conduire au bord du jacuzzi.

Je voulais qu'elle entre dans l'eau. Elle avait grand besoin de se détendre.

— Ça va piquer un peu, mais pas trop, vous verrez.

Elle soupira en pénétrant dans le bain bouillonnant. Je me figurais le léger picotement qu'elle devait éprouver, mais je savais qu'elle se sentirait beaucoup mieux ensuite.

— Pas de souffrance aujourd'hui, rien que du plaisir, dis-je en la hissant à califourchon sur mes jambes, veillant à ne pas malmener son dos.

C'était terriblement excitant de la sentir peser sur moi ! Une sensation exquise. Même si je n'en étais pas digne et que n'en avais pas le droit. Mais j'étais un salaud vorace qui en voulait toujours plus. J'avais envie qu'elle me touche. J'avais envie de ses mains sur moi. Partout.

Je lui mordillai la nuque.

— Caressez-moi, lui soufflai-je à l'oreille.

Touchez-moi. Dites-moi que tout va bien. Que vous êtes disposée à tourner la page.

Je vous en prie.

Une main timide parcourut mon torse, m'arrachant un grognement de plaisir.

Oui.

Ses doigts s'aventurèrent plus bas, frôlèrent mon sexe.

Ma respiration s'accéléra.

— Avec les deux mains, ordonnai-je.

Elle prit ma bite entre ses paumes et serra fort. Elle me connaissait déjà si bien.

— Vous apprenez vite, remarquai-je en la faisant pivoter pour qu'elle me chevauche, veillant à ne pas trop appuyer sur son postérieur.

J'étais aux anges. Elle était là, avec moi, et tout était de nouveau possible.

Je lui caressai les bras.

— Ça va? On peut rester dans l'eau sans bouger, si vous préférez.

Elle secoua la tête.

Elle était à califourchon sur mon érection, si bien que j'avais du mal à garder mon self-control. Elle avait intérêt à me dire rapidement ce qu'elle souhaitait.

— Répondez-moi.

— Je veux… je veux que vous me touchiez.

J'étais ravi d'entendre le son de sa voix. Elle n'aurait pas à me le dire deux fois.

Mes mains papillonnèrent le long de son dos et j'entrepris de la masser délicatement pour dénouer ses muscles endoloris. Je souhaitais la sentir s'alanguir sous mes doigts. Lui donner tout le plaisir du monde.

Les lèvres entrouvertes, elle me laissa redessiner ses seins et caresser sa gorge.

Elle me jeta un regard interrogateur.

— Qu'y a-t-il? Exprimez-vous.

Elle se lécha les lèvres.

— J'ai envie de vous toucher.

Je souris, saisis ses doigts entre les miens et les posai sur mon torse.

— Tout ce que vous voulez.

Chacun entreprit une lente exploration par de délicieuses caresses sensuelles. Je vis qu'elle se détendait peu à peu dans l'eau bienfaisante. Petit à petit, la tension et la souffrance s'évanouirent, remplacées par l'urgence du désir. Et alors que son corps répondait à mes attouchements, je sentis ma propre douleur se dissiper et la faim que j'avais d'elle se réveiller.

J'y arriverai, songeai-je. Je serai son dominant. Nous avions résisté à la première épreuve, rien ne nous empêcherait d'aller de l'avant.

Doucement, j'infiltrai un doigt en elle et la sentit se pousser contre ma main.

— Vous êtes prête, n'est-ce pas Abigaïl?

— Oui, je vous en prie…

Je l'agrippai par les hanches et l'empalai sur mon membre. Elle était encore plus brûlante que l'eau du bain. Je la fis coulisser de haut en bas avec précaution afin de préserver ses fesses endolories. Elle noua ses bras autour de ma nuque et se mit à onduler contre moi. J'emprisonnai ses hanches pour l'empêcher de bouger et entamai un lent va-et-vient.

— Laissez-moi faire, Abigaïl, contentez-vous de ressentir.

Elle inclina la tête, enfonça ses doigts dans mes cheveux et murmura un oui à peine audible.

Je la travaillais au corps, la cajolais, la taquinais, m'évertuant à lui donner un maximum de plaisir. Elle était légère comme une plume au milieu des bulles vaporeuses. Voyant la sueur perler à son front, je la pistonnai avec une vigueur décuplée pour l'emmener au bord de l'extase. Je n'avais qu'une idée en tête : la rassurer, la combler et lui faire oublier les souffrances de la veille.

— Jouissez pour moi, dis-je en basculant les hanches pour pomper de plus en plus loin. Montrez-moi votre plaisir.

Elle se mordit les lèvres sous l'effet de la concentration et poussa un gémissement rauque en se contractant autour de moi. Encore une ultime poussée sauvage et, lorsque les convulsions de son orgasme déclenchèrent le mien, je me laissai aller et me répandis en elle.

Sa tête reposait au creux de mon épaule tandis que nous reprenions haleine. Je la soulevai pour la rasseoir sur mes genoux, plongé dans une douce langueur, amolli par la chaleur et la volupté.

— Restons encore un peu ici, dis-je, épuisé par la tempête d'émotions et de pensées contradictoires qui m'agitaient depuis la veille au soir.

Le silence s'installa. Repus, envahis par un délicieux bien-être, ni l'un ni l'autre n'avions envie de parler.

Au bout d'un moment, voyant ses joues s'empourprer, je compris qu'il était temps de sortir du jacuzzi. Je me levai, attrapai une serviette et l'aidai à quitter le bain. Ensuite, je l'enveloppai dans la serviette et la séchai tendrement avant de m'essuyer à mon tour.

— Comment vous sentez-vous ?

Elle réprima un bâillement.

Elle était éreintée. Apparemment, elle n'avait pas assez dormi la nuit passée.

— Une sieste, ça vous dirait? proposai-je.

Elle eut un sourire étonné.

— Oui.

Je l'entraînai vers la maison, poussai la porte et m'effaçai pour la laisser entrer.

— Allez vous reposer. Et ne vous inquiétez pas pour le dîner, je m'en occupe.

12

Dimanche, je passai la fin de l'après-midi à revivre le week-end qui venait de s'écouler. Samedi soir, Abigaïl avait eu l'air parfaitement reposée et elle avait fait honneur au dîner que j'avais préparé. Je ruminais aussi la conversation que j'avais eue avec Paul, quelques heures plus tard. Il était rasséréné et n'avait pas mentionné les quarante coups de cravache. Même si je les méritais. Inutile de me raconter des histoires.

Plus tard, j'étais allé voir ma tante Linda, chez qui Jackson, Todd, Elaina et moi dînions une fois par mois. Ce soir-là justement, nous devions discuter du week-end prochain, à Philadelphie.

Je voulais faire la surprise à Abigaïl et je ne lui en avais pas parlé. Lorsqu'elle arriverait chez moi le vendredi soir suivant, nous partirions aussitôt à l'aéroport pour prendre mon jet privé. Nous passerions le week-end à Philadelphie, assisterions au match de dimanche et retournerions à New York dans la soirée.

Un week-end parfait.

Elaina m'attendait dans le vestibule.

— Abby n'est pas avec toi? s'enquit-elle pendant que j'accrochais mon manteau dans la penderie.

— Non, elle était prise, ce soir. *Je ne l'ai pas invitée*, aurais-je dû préciser. *Je n'avais pas envie de lui forcer la main*. Jackson et Félicia sont arrivés?

— Non, Jackson n'est pas rentré de l'entraînement.

Tant mieux. Si elle avait été là, Abigaïl aurait été dans une position inconfortable en l'absence de son amie.

— Abby va bien, au fait?

— Très bien.

C'était la vérité. Elle était revenue à son état normal en me quittant quelques heures plus tôt. Je repensai à nos adieux.

«Passez une bonne semaine», Abigaïl, avais-je dit en lui caressant le bras du bout des doigts.

Elle avait baissé la tête.

«Regardez-moi. Dix-huit heures vendredi?» avais-je précisé en souriant lorsque nos regards s'étaient croisés.

Elle avait écarquillé les yeux.

«Dix-huit heures. Très bien.»

«Alors à vendredi», avais-je répété en ouvrant la porte.

Je l'avais suivie du regard tandis qu'elle montait dans la voiture qui l'attendait.

Plus que cinq jours.

— Nathaniel? demanda Elaina.

— Oui? Pardon. Je… je pensais au pain perdu d'Abigaïl.

— Ah! Du pain perdu. C'est comme ça que les célibataires appellent la chose de nos jours?

J'émis un petit rire gêné.

— Non, non, c'est vraiment du pain perdu. Abigaïl est une très bonne cuisinière.

— Relaxe, je plaisantais.

Dans la salle à manger où je la retrouvais, je pris ma tante dans mes bras et l'embrassai sur la joue.

— Bonsoir, Nathaniel. J'espérais que tu viendrais avec Abby.

— Une prochaine fois peut-être. Je peux t'aider?

— Non merci, c'est gentil, mais Todd m'a donné un coup de main.

Sur ces entrefaites, celui-ci surgit avec un plat de coquelets – ils avaient l'air délicieux – qu'il déposa sur la table en bois massif.

Elaina prit place.

— Dis-moi, Nathaniel, Abigaïl travaille à la bibliothèque municipale, n'est-ce pas?

— Oui.

Elle posa sa serviette sur ses genoux.

— Je songe à l'inviter à déjeuner jeudi prochain. Crois-tu qu'elle acceptera?

Pour la énième fois, je me demandais si Elaina était au courant de mon mode de vie. Je pensais l'avoir soigneusement caché, mais il y avait quelque chose dans la façon dont elle me regardait. Certaines de ses remarques d'ailleurs étaient souvent ambiguës.

— Je suis sûr que oui. Veux-tu son numéro de téléphone?

— Je l'ai déjà. Je vais lui faire la surprise.

Elaina m'appela au bureau le jeudi suivant, vers midi.

— Je viens de parler à Abby. Nous avons rendez-vous pour déjeuner dans une demi-heure. Je vais lui révéler tes secrets les plus inavouables.

J'éclatai de rire, certain que ces soi-disant révélations ne feraient pas fuir Abigaïl à toutes jambes. Surtout pas après le dernier week-end.

— C'est ça, oui. Tu me tiens au courant?

Et si j'emmenais un jour Abigaïl au restaurant? me demandai-je. Allais-je m'enfermer avec elle dans une relation purement sexuelle ou me comporterais-je un jour comme tout le monde? Pas seulement en dominant?

Paul et Christine y étaient bien parvenus, eux, mais ils n'avaient pas la même histoire que moi avec Abigaïl. Ils avaient d'abord commencé une relation ordinaire de dominant à soumise avant que leur liaison évolue peu à peu.

Rien à voir avec moi. Je rêvais d'une fille que je n'avais jamais eue le courage d'aborder franchement, en homme normal. Je serai toujours un dominant. Peut-être pourrais-je un jour concilier les deux, mais avais-je vraiment envie de tenter l'expérience avec Abigaïl?

Et elle? Le désirait-elle?

Non. Mieux valait considérer le cas de Paul et Christine comme un conte de fées, un stade que je ne pourrais jamais atteindre. C'était plus sûr plutôt que de risquer un échec cuisant.

Exactement ce qui s'était passé avec Mélanie. Ce fiasco me hantait encore.

Je lui avais avoué mes penchants dès le départ. Elle n'ignorait rien de mes anciennes soumises, avec ou sans collier. Elle était au courant de mes expériences passées et enchantée que je veuille établir une relation plus conventionnelle avec elle.

Seulement, le sexe avec Mélanie n'avait rien d'excitant. Il n'y avait pas grand-chose à en dire. J'en imputais la responsabilité à ma nature de dominant en espérant que cela s'arrangerait avec le temps. Je devais m'habituer à la normalité.

Je n'avais jamais avoué à Mélanie que notre vie sexuelle ne me satisfaisait pas, mais je crois qu'elle s'en doutait. Elle me demandait souvent de l'attacher ou de la fesser. Un de ces jours, plus tard, lui promettais-je en souriant, sachant que «plus tard» ne viendrait jamais.

Cinq mois durant, je m'évertuais à refouler ma vraie nature. Mais à mesure que le besoin se faisait sentir, j'étais de plus en plus frustré au point de devenir brusque et ronchon.

Jusqu'à ce fameux jeudi soir. Mélanie dînait avec ses parents avant de rendre visite à sa grand-mère, qui résidait dans une maison de retraite. À dix-neuf heures, je déverrouillai la salle de jeux où je n'avais pas mis les pieds depuis cinq mois.

J'arpentai la pièce en tripotant mes accessoires, plongé dans mes souvenirs. J'aurais bien appelé quelqu'un pour me tenir compagnie, mais c'était impossible. Cela aurait été un constat d'échec. J'étais sincère en affirmant à Mélanie que j'avais laissé mon passé derrière moi.

Alors pour quelle raison avoir conservé la salle de jeux en l'état? Pourquoi n'avais-je pas tout balancé?

Parce que je ne pourrais jamais y renoncer complètement, je le savais.

Je décrochai un fouet en daim suspendu au mur et entortillai les doigts dans les lanières, me rappelant la dernière fois que je l'avais utilisé…

J'avais invité Carter, un ami dominant ainsi que Jen, sa soumise du moment – elle portait un collier – dans ma salle de jeux, peu après ma rupture avec Beth. Quelques heures plus tard, nous étions en pleine action. Jen à genoux devant Carter, son gland fourré dans sa bouche. J'étais chargé de la fouetter en surveillant ses mouvements et sa respiration, tandis que les coups pleuvaient en synergie avec les ruades de Carter.

J'avais de plus en plus de mal à contenir mon érection en attendant qu'il éjacule. Les mains cramponnées dans les cheveux de la jeune femme, il faisait durer le plaisir.

— Eh vieux, elle est chaude. Faut pas te priver si le cœur t'en dit..., bredouilla-t-il.

Certains dominants partageaient leurs soumises, je ne l'ignorais pas. Cela ne me dérangeait pas, même si ce n'était pas ma tasse de thé. Aurait-il été hypocrite de ma part d'accepter cette offre ?

Je reportai mon attention sur Jen qui avait de plus en plus de mal à maîtriser sa respiration.

Les coups l'allumaient. L'excitaient. Je bandais comme un fou.

Allais-je le faire ?

— C'est ça, ma Jennie, dit Carter. Vas-y encore plus fort.

Jen se tortilla de plus belle et nous étions tous les trois synchro : les hanches de Carter, Jen, mon fouet.

— Je n'en peux plus, haleta Carter. Allez, Nathaniel, à ton tour.

Je commençai à défaire ma braguette.

— Nathaniel !

La voix de Mélanie me tira de ma torpeur. J'ouvris les yeux et lâchai le fouet. À un moment donné, pendant mon rêve éveillé, j'avais déboutonné mon pantalon pour me branler furieusement.

— Qu'est-ce qu'il t'arrive ? s'écria Mélanie.

Plantée dans l'encadrement de la porte, les mains sur les hanches, elle était blême.

— Va m'attendre en bas, ordonnai-je en me rajustant.

— Pas avant que tu me dises...

— Va-t'en !

Elle tourna les talons et s'en alla, furieuse. Je la suivis sans oublier de verrouiller la porte derrière moi.

Elle faisait les cent pas dans le salon.

— Peux-tu m'expliquer?

Je m'effondrai sur le canapé, terriblement las.

— Tu le savais. Je ne t'ai jamais rien caché.

Elle se dirigea vers la cheminée.

— Tu m'avais dit que tu ne le ferais plus.

— Je n'ai rien fait, Mélanie.

— Je n'ai pas eu la berlue. C'était quoi… ce que tu avais à la main?

— Un fouet.

Elle s'immobilisa.

— Un fouet? Pas possible. Tu frappes les gens?

— Ne me regarde pas comme cela. C'est plutôt agréable quand on sait s'en servir.

— Et c'est ton cas, je suppose?

Je sentis la moutarde me monter au nez.

— Bien sûr. J'en ai usé pas mal, autrefois.

Elle se retourna d'un bloc.

— Cette pièce et son contenu… je ne savais pas… Écoute, je voulais te faire une surprise, ce soir. Maman s'occupe de ma grand-mère. On dirait que c'est raté…

Je me levai et la pris dans mes bras.

— Je suis désolé. Tu n'étais pas là. Je voulais juste… évoquer quelques souvenirs. Je pensais que cela m'aiderait. Nous aiderait tous les deux. Je ne voulais pas que tu l'apprennes.

Elle éclata en sanglots.

J'avais horreur de la voir pleurer.

— Mélanie, c'est pour cela que je n'ai jamais voulu jouer avec toi. Tu aurais détesté, je le savais. Cela ne pourrait jamais marcher. *Ça ne marchera pas*, avais-je envie d'ajouter.

Elle leva la tête pour me dévisager, les yeux pleins de larmes.

— Je peux essayer, Nathaniel. Laisse-moi essayer, je t'en prie.

Je lui caressai le dos pour l'apaiser.

— Non. C'est mon problème. Cela n'a rien à voir avec toi. Ce n'est pas de ta faute.

Notre relation se poursuivit cahin-caha encore un mois. La vie avait repris comme si de rien n'était. Nous faisions l'amour et sortions sans arrêt pour essayer d'oublier ce funeste jeudi.

Quelque chose s'était brisée.

Parce que c'était moi, parce que c'était elle.

Je lui avais dit et répété qu'elle méritait mieux. Un homme qui saurait l'aimer. Qui n'aurait pas mes penchants vicieux. Elle m'avait supplié de lui donner un collier, de tenter le jeu avec elle, mais je n'avais pas cédé. Au fond de moi, je savais qu'elle ne pourrait jamais devenir une soumise.

Et que je serais toujours un dominant.

La sonnerie du téléphone me ramena brusquement à la réalité. Je consultai l'écran.

— Salut Elaina. Quoi de neuf?

— J'ai tout raconté à Abby et elle m'a répondu qu'elle s'en fichait.

— Ma pauvre, je te l'avais dit.

— Je l'aime bien. Tu ferais mieux de la garder.

— J'y compte. Où es-tu?

— Nous venons de sortir du Delphina. Là, je vais chez Linda. Abby vient juste de prendre un... Abby! s'exclama-t-elle brusquement. Mon Dieu!

Je bondis sur mes pieds, envoyant mon fauteuil valdinguer contre le mur.

— Elaina !

J'entendis un fracas épouvantable à l'autre bout du fil, suivi par le cri horrifié d'Elaina.

— Oh ! Seigneur, Abby !

Je hurlai dans le combiné.

— Elaina ! Où est Abby ? Que s'est-il passé ? Elaina ! Réponds-moi.

— Abby… Je crois qu'elle va mal.

J'eus l'impression que mon cœur se déchirait dans ma poitrine. Je suffoquai, obnubilé par une seule pensée.

Abby.

Abby.

Abby.

13

— Elaina ! Elaina ! m'égosillai-je encore une fois, mais elle ne répondait toujours pas.

J'entendis des voix affolées et le claquement d'une portière. Que voulait-elle dire par « elle va mal » ? Abby aurait-elle eu un accident ?

J'entendis quelqu'un crier : « Appelez les secours ! »

— Est-ce qu'elle respire ?

— Vous sentez son pouls ?

Respirer ? Son pouls ?

Abby ?

— Elaina ! braillai-je.

Rien.

La voix Elaina s'éleva au milieu du vacarme et je collai l'oreille au récepteur pour mieux entendre.

— Abby ! Abby ! Réveille-toi ! Abby !

— Ne la bougez pas, elle pourrait avoir le coup du lapin, déclara quelqu'un d'autre.

J'avais le corps secoué de frissons, les jambes en coton. Le coup du lapin ? Abby ? Un taxi ou ma voiture ? J'attrapai mes clés d'une main tremblante.

— Elaina ! tentai-je encore une fois. Elaina ! Réponds-moi !

Les clés m'échappèrent et retombèrent sur mon bureau. Je les ramassai et les serrai dans mon poing.

— Nathaniel, elle est vivante, sanglota Elaina à l'autre bout du fil.

Les clés me glissèrent à nouveau des mains. Je les récupérai et les fourrai dans ma poche. Vivante ? En aurait-elle douté un instant ?

— Où es-tu ? aboyai-je en fonçant vers la porte.

Sara sauta sur ses pieds en me voyant.

— Monsieur West…

— Je file, je ne sais pas quand je serai de retour. Où es-tu Elaina ? répétai-je dans le téléphone.

— Ils l'ont transportée à Lenox, m'apprit-elle d'une voix éteinte. Je vais prévenir Linda.

Je ne me rappelai pas grand-chose du trajet jusqu'à l'hôpital. J'essayai de rappeler Elaina à plusieurs reprises, mais elle ne répondait pas. Pas plus que Linda d'ailleurs.

Je me garai sur le parking, sortis en trombe de la voiture et me précipitai aux urgences. Était-elle déjà arrivée ?

Pourquoi Elaina ne décrochait-elle pas ?

Parce que Abby allait de plus en plus mal ?

J'avais le cœur au bord des lèvres.

Son état avait empiré. Elle avait la nuque brisée. Et son pouls…

Je ne voulais pas y penser. Impossible.

Je déboulai à l'accueil. La préposée leva les yeux et me sourit. Je la reconnus de mes précédentes visites à ma tante.

— Monsieur West, dit-elle, comment allez…

Je promenai un regard halluciné autour de moi sans l'écouter.

— Je viens voir une patiente.

— Son nom?

— Abigaïl King.

Elle consulta l'écran de son ordinateur.

— Je ne la trouve pas. Elle vient d'arriver?

— Oui, c'est ça! bafouillai-je. Elle vient d'arriver.

Allait-elle enfin me laisser passer?

Elle décrocha son téléphone.

— Attendez une minute.

Attendre? Le monde était devenu fou ou quoi?

Elle parla longtemps au téléphone. Elle était intarissable.

— Elle est en salle de trauma 4, signala-t-elle enfin. Vous pouvez y aller, mais vous devrez patienter dans la salle d'attente.

La porte sur ma droite s'ouvrit enfin et je m'y engouffrai.

Je connaissais les lieux, m'étant déjà rendu au service des urgences par le passé. Je longeai le couloir au pas de course et obliquai à gauche, indifférent aux médecins et aux infirmières que je croisais sur mon chemin, les yeux rivés sur le fond du corridor,

Il n'en finissait pas.

Abby!

Elaina se précipita à ma rencontre.

— Nathaniel! Elle va bien. Ne t'en fais pas. Elle s'en sortira.

Je l'écartai et ouvris la porte à la volée.

— Abby! Abby!

Je stoppai net.

L'équipe de trauma s'activait avec frénésie, s'agitant dans tous les sens, parlant en même temps. Abby était le centre de l'attention générale. Elle était nue, d'une raideur cadavérique, le sang qui s'écoulait de sa tête tachait le drap blanc du lit. Elle remua lorsque quelqu'un la toucha. Elle avait l'air si vulnérable. Si fragile.

Abby?

Je m'accrochai à l'encadrement de la porte pour ne pas m'effondrer.

Des murmures. Quelque chose de métallique.

«Nous avons reçu l'appel il y a des heures, disait une voix masculine. Ça a pris un temps fou pour descendre dans le ravin. Je n'arrive pas à croire qu'il y ait des survivants.»

Je ne pouvais ouvrir les yeux. Cela faisait trop mal. Où était maman? Où était papa? Pourquoi ne disaient-ils rien?

«Ils ont probablement dérapé sur le verglas et percuté le garde-fou avant de basculer dans le vide.»

«Un homme et une femme. Probablement morts sur le coup. Tout ce sang. Un vrai carnage.»

«Il y a un gamin sur la banquette arrière!»

Ces voix n'étaient pas celles de mes parents. Où étaient-ils? Que s'était-il passé?

J'ouvris les yeux. Ce n'était pas trop douloureux si je ne bougeais pas.

— Hé vous! Vous ne pouvez pas rester là!

Je m'ébrouai et reportai mon attention sur Abby. Respirait-elle? Ils vérifiaient la perfusion, prenaient sa tension, plaçaient un brassard pour la relier à toutes sortes d'appareils. C'était plutôt bon signe. Très mauvais quand on arrêtait tout.

— Je suis Nathaniel West, bredouillai-je. Le neveu de Linda.

— Je me fiche de savoir qui vous êtes. Je vous répète que vous ne pouvez pas rester là.

J'étais incapable de détacher mes yeux d'Abby et du sang. Tout ce sang...

— Pourquoi est-ce que..., commençai-je.

— Ne m'obligez pas à appeler la sécurité!

Deux mains me saisirent par les épaules.

— Nate!

Je fis volte-face.

— Linda! Comment va-t-elle? Pourquoi n'arrête-t-on pas l'hémorragie?

Elle m'entraîna vers la sortie.

— Elle va bien. Laisse-les travailler. Tu ne peux pas rester ici. Ne bouge pas. Je reviens dans cinq minutes.

La porte se referma et je me retrouvai avec Elaina. Son mascara avait coulé et elle reniflait bruyamment.

— Comment va Abby? s'enquit-elle.

Je louchai vers la porte fermée.

— Je ne sais pas.

Le temps s'arrêta. Je le sentais s'écouler au rythme de ma respiration. Pourvu qu'Abby s'en tire. Personne n'entra dans la salle de trauma et nul n'en sortit non plus. Était-ce bon ou mauvais signe?

Que ferais-je si quoi que ce soit lui arrivait?

Rien ne lui arriverait. Pas encore. Pas maintenant, alors qu'elle avait enfin trouvé une place dans ma vie.

Et si je ne la revoyais plus jamais...?

Arrête!

Je me pliai en deux et agrippai mes genoux. Je ne pouvais pas y penser. Je ne devais pas.

La porte finit par s'ouvrir et deux infirmiers roulèrent son lit dans le couloir.

Je me précipitai pour les rattraper. Elle était encore inconsciente, mais ils avaient nettoyé le sang. En grande partie au moins.

— Comment va-t-elle? Elle va s'en sortir?

Pourquoi personne ne me répondait jamais?

— Abby ! appelai-je en la poursuivant dans le couloir.

— Nathaniel ! Elaina ! Venez par ici ! dit Linda surgissant derrière nous.

Je désignai le couloir.

— Je voudrais…

— Je sais, mais ce n'est pas possible.

Elle s'installa sur une chaise et tapota le siège voisin.

— Assieds-toi.

Je sentis mes genoux vaciller. J'avais du mal à respirer.

— Elle est vraiment si mal ?

— Nathaniel ! répéta-t-elle fermement. Elle s'en sortira. Assieds-toi, s'il te plaît.

J'obéis. Elaina prit place sur l'autre chaise.

— Elle n'a rien de cassé, reprit ma tante. Nous pensons qu'elle souffre d'une commotion cérébrale et nous allons lui faire un scanner pour en savoir plus.

— Pourquoi ne se réveille-t-elle pas ? intervint Elaina.

— Le cerveau est un organe remarquable. Il envoie des signaux même si l'on ne comprend pas toujours bien le processus. Je suis certaine qu'Abby va reprendre conscience bientôt. Nous allons la transférer au cinquième, section G. Vous pouvez attendre là-haut, si vous voulez. Ah ! l'un d'entre vous pourrait-il prévenir Félicia, ajouta-t-elle en se levant.

Une heure plus tard, on transporta Abby dans sa chambre. J'y entrai à mon tour. Je mourais d'envie de la voir, de la toucher. Une infirmière s'activait autour du lit, surveillant ses fonctions vitales.

— Elle est réveillée ? demandai-je.

La femme remonta le drap sous les bras d'Abby avant de gagner la sortie.

— Pas encore, monsieur West. Je reviendrai plus tard pour vérifier que tout va bien. Appelez-moi en cas de besoin.

Je m'approchai du lit. Les draps se soulevaient au rythme de sa respiration. Elle avait un bandage sur le crâne et de vilaines coupures au visage. Je l'entendis gémir quand je repoussai les mèches qui lui tombaient sur les yeux. Elle gémit.

— Réveille-toi, ma douce, murmurai-je. Réveille-toi pour moi.

Rien.

— Qu'est-ce que vous fabriquez ici?

Je fis brusquement volte-face.

Félicia.

J'esquissai un sourire.

— Abigaïl va bien. Elle va s'en tirer.

Elle me toisa, les mains sur les hanches.

— Elle s'appelle Abby, je vous signale! Même dans son lit d'hôpital, vous n'êtes pas foutu de l'appeler par son prénom. Vous avez le cœur sec comme un caillou, je l'ai toujours su. Je me demande d'ailleurs pourquoi vous vous êtes donné la peine de venir la voir.

Je serrai les mâchoires.

— Vous dites n'importe quoi.

Elle avança d'un pas.

— Je sais tout de votre relation avec Abby. Vos petits jeux du week-end et le reste. Elle n'est qu'un jouet pour assouvir vos penchants pervers.

À quoi rimait cette conversation devant Abby, gisant inconsciente dans son lit? C'était complètement surréaliste.

— Vous vous trompez lourdement.

Félicia tapa du pied.

— Vraiment? Alors j'attends vos explications. Je vous écoute.

Je la fusillai du regard et m'écartai du lit.

— Je n'ai pas l'habitude de me justifier, ni auprès de vous ni de quiconque. Au cas où vous ne l'auriez pas encore compris, je tiens énormément à elle et vous ne…

Une infirmière surgit sur ces entrefaites.

— Calmez-vous, s'il vous plaît. On vous entend à l'autre bout du couloir. Vous dérangez les autres patients. Et puis tout ce vacarme n'est pas bon pour mademoiselle King. Faites comme vous voulez, mais l'un d'entre vous doit s'en aller.

Félicia me désigna du doigt.

— C'est vous qui prenez la porte. Je viens d'arriver.

J'acquiesçai.

— D'accord. Vous avez vingt minutes.

J'allai rejoindre Elaina et Linda dans la salle d'attente.

— Qu'a-t-on vu sur le scanner? demandai-je.

Ma tante me jeta un regard sévère.

— Nathaniel, si tu n'arrives pas à te contrôler, je vais devoir te demander de partir. Et je te signale que Félicia était la personne à appeler en cas d'urgence. C'est Abby elle-même qui l'a désignée.

Je lâchai un soupir, j'étais anéanti.

— Je comprends.

— Bien. Pour répondre à ta question, le scanner révèle une légère commotion. Elle ne va pas tarder à se réveiller.

— Dans combien de temps?

— Bientôt. J'irai la voir dès que Félicia sera partie. Ça va aller, je te le promets, conclut-elle en me tapotant l'épaule.

— Merci.

— Raconte-moi exactement comment s'est passé l'accident, demandai-je à Elaina quand elle se fut éloignée.

Cet enfoiré de chauffeur avait grillé un stop?!

Je fulminais toujours quand Félicia reparut.

Elle fit la moue.

— Vingt minutes, pas une de plus, vous voyez? Je vais appeler son père.

Linda, qui était de retour, gloussa dans mon dos. Je la suivis dans la chambre.

Abby était toujours immobile. Je me concentrai sur le mouvement des draps.

Elle respirait.

Dieu merci.

Je m'écartai pour laisser ma tante l'examiner.

Pourvu qu'elle se réveille vite! Et si son cerveau était atteint et que cela soit passé inaperçu au scanner? Et si elle restait dans le coma?

Je me mis à réciter mentalement les mêmes mots, comme un mentra, au rythme de sa poitrine qui se soulevait à chaque inspiration.

Réveillez-vous.

Réveillez-vous.

Réveillez-vous.

Ses paupières papillotèrent.

— Abby? appela Linda.

Je retins des larmes de joie quand elle ouvrit les yeux. Quel soulagement!

Elle humecta ses lèvres sèches.

— Docteur Clark? articula-t-elle, la voix cassée.

— Ne vous inquiétez pas, Abby. Vous êtes à l'hôpital. Comment vous sentez-vous?

Abby grimaça un sourire qui se mua en rictus de douleur.

— Je dois être dans un sale état pour que le médecin-chef se déplace à mon chevet.

— À moins que vous ne soyez quelqu'un de très important, répliqua ma tante en s'écartant afin qu'Abby puisse me voir.

Je vis une lueur d'excitation danser dans son regard. En dépit des pansements et des ecchymoses, c'était la plus belle femme de la terre.

Et elle avait l'air heureuse de me voir.

— Nathaniel?

Je m'avançai en essayant de réprimer le tumulte d'émotions qui me submergeait et lui pris la main. C'était tellement bon de la toucher.

— Vous m'avez fait très peur.

Elle plissa le front.

— Désolée. Que m'est-il arrivé?

Elle ne s'en souvenait pas? Et si elle avait perdu la mémoire? Pourtant elle nous reconnaissait, Linda et moi. Elle allait bien. Je devais m'en persuader.

— Votre taxi est entré en collision avec un camion poubelle, expliquai-je. Cet imbécile de chauffeur a brûlé un stop.

— Vous souffrez d'une légère commotion cérébrale, précisa ma tante. Nous vous gardons en observation cette nuit. Vous êtes restée inconsciente assez longtemps. Mais vous n'avez pas d'hémorragie interne, ni rien de cassé. Vous aurez mal pendant quelques jours, c'est tout.

— Il m'a semblé entendre Félicia, dit Abby. Elle est là?

Je tressaillis. Je n'étais pas prêt à céder ma place. Pas tout de suite.

Ma tante sourit.

— Nouveau règlement de l'hôpital. Nathaniel et Félicia ont interdiction de se trouver ensemble à moins de six mètres de distance l'un de l'autre.

Sauvés par l'humour. Bien joué, Linda !

— Nous avons eu un léger malentendu, expliquai-je. Félicia se trouve dans la salle d'attente avec Elaina. Elles ont appelé votre père.

— Est-ce que je peux… ? demanda Abby.

Que voulait-elle ? Que pouvais-je faire pour elle ?

— Vous avez besoin de repos, affirma Linda. Je vais leur dire que vous êtes réveillée. Tu viens, Nathaniel ?

Abby me fit signe d'approcher.

— J'ai raté ma séance de yoga cet après-midi, chuchota-t-elle.

Elle voulait rire ? Pensait-elle vraiment que j'allais la punir parce qu'elle avait loupé le yoga ?

Je coinçai une mèche de cheveux derrière son oreille.

— Je crois pouvoir faire une exception pour cette fois, dis-je, mi-figue mi-raisin.

— Et je ne pourrai sans doute pas courir demain matin non plus.

— C'est probable, répondis-je sur le même ton.

Elle étouffa un bâillement.

— Le côté positif, c'est que je vais pouvoir rattraper le sommeil en retard.

J'hésitais entre sourire, rire ou pleurer.

— Chut…, dis-je en lui caressant le front. Vous devez dormir pour récupérer au plus vite.

Elle battit des paupières et sombra dans le sommeil.

Je restai là à l'observer quelques minutes, le cœur gonflé d'amour. Elle allait bien. Elle s'en sortirait.

Je promenai les doigts le long de son bras et pris sa main dans la mienne. Sa peau était pâle, presque diaphane. Je la portai à mes lèvres et embrassai l'intérieur de son poignet, à l'endroit même où son pouls battait avec la régularité d'un métronome.

La porte s'ouvrit.

Félicia se matérialisa.

— Elle est réveillée ? Avez-vous l'intention de me laisser la voir, oui ou non ?

Je m'essuyai discrètement les yeux.

— J'allais partir.

— Bien sûr.

— Elle vient juste de se rendormir.

Félicia s'approcha et s'empara de la main libre d'Abby.

— Elle va bien, vous êtes sûr ?

L'espace d'un instant, malgré nos dissensions et nos différences, Félicia et moi présentions un front uni.

— Oui, aussi bien qu'il est possible de l'être.

Une heure plus tard, nous étions tous rassemblés dans la chambre d'Abby. Linda et Félicia bavardaient en aparté, près de la porte. Elaina et moi entourions le lit.

— Au fait, j'ai trouvé son collier, annonça Elaina d'un ton détaché. Il est là, dans mon sac.

— Merci. Je le reprendrai tout à l'heure.

Elaina se doutait-elle de quelque chose ? Savait-elle qu'il s'agissait plus que d'un simple bijou ? Au fond, cela n'avait aucune importance.

Elle joua avec un fil qui dépassait du drap.

— Comme elle le porte tout le temps, j'ai pensé qu'elle y tenait.

J'opinai, l'esprit ailleurs, obnubilé par la peur qu'Abby ne se réveille plus.

Tous les regards se dirigèrent vers la porte qui s'ouvrit sur un aide-soignant, chargé d'un bol fumant sur un plateau.

J'attendis qu'il ait posé son fardeau sur la table prévue à cet effet.

— C'est quoi, ça? demandai-je.

— Du bouillon de poule.

J'y plongeai la cuillère puis la laissai retomber dans le bol avant de lui fourrer le plateau dans les mains.

— Du bouillon de poule, ça? C'est de l'eau chaude avec du sel et du poivre. Je n'en donnerais pas à mon chien.

L'homme ne se démonta pas.

— On m'a dit de l'apporter, pas de le remporter.

— Dans ce cas, je m'en charge.

Elaina gloussa.

Félicia leva les yeux au ciel.

— Je reviens tout de suite, dis-je en gagnant la sortie avec le bol.

Quelqu'un, probablement Linda, avait prévenu le personnel de cuisine de mon arrivée.

— Vous ne pouvez pas rester ici, dit le chef campé devant ses fourneaux les bras croisés, comme s'il gardait un trésor.

Je lui tendis le plateau.

— Pas question qu'elle avale ce truc-là.

— Dans ce cas, nous sommes dans une impasse.

— Pas du tout. Vous allez suivre mes instructions. Prenez deux morceaux de poulet non désossé…

Il s'exécuta en soupirant avec ostentation.

Des voix excitées me parvinrent tandis que je retournai dans la chambre d'Abby. Je reconnus la sienne avec bonheur.

Tout sourire, j'entrai, posai le plateau sur la table roulante et la poussai vers elle.

— La Belle au bois dormant est réveillée, à ce que je vois? Si vous saviez ce qu'ils servent ici! Du bouillon de poule en boîte, vous vous rendez compte!

— Celui-là, vous l'avez préparé vous-même?

— Non. Ils ne m'y ont pas autorisé. Je leur ai montré comment faire.

Elle sourit.

Je louchai vers ma tante.

Pendant qu'Abby était inconsciente, j'avais décidé d'annuler le voyage à Philadelphie. Elle poursuivrait sa convalescence chez moi le week-end prochain, à sa sortie de l'hôpital. Félicia avait commencé par protester avant d'accepter.

— Tu l'as mise au courant pour la fin de la semaine? demandai-je à Linda.

Ma tante secoua la tête.

— Non, elle se réveille à l'instant. Viens, Elaina, allons grignoter quelque chose. Vous nous accompagnez, Félicia?

— J'arrive dans une minute.

Je disposai le bol, la cuillère et la serviette sur le plateau avant de relever le lit pour permettre à Abby de se redresser.

— Mangez, dis-je.

— Voyons, Nathaniel, Abby n'est pas un chien, me rabroua Félicia.

Je lui lançai un regard noir. Qu'avais-je fait pour m'attirer ses foudres?

— Je suis au courant, si vous voulez le savoir.

On ne dirait pas.

— Félicia! lança Abby sur un ton de reproche.

Félicia me fusilla du regard avant de prendre la porte. Jackson aurait du fil à retordre avec cette fille. D'un autre côté, il valait mieux la compter parmi ses amis que parmi ses ennemis.

— Désolée, soupira Abby. Félicia est... comme ça.

Je m'assis au bord du lit, le plus près possible.

— Ne vous excusez pas. Elle s'inquiète pour vous. Il n'y a rien de mal à cela. Il faut manger maintenant, ajoutai-je en lui tendant le bol.

Elle savoura une cuillerée.

— C'est délicieux.

— Merci.

Je restais là à la regarder remuer, respirer. Émerveillé de la voir vivante.

— Elaina a gardé mon collier, fit-elle à brûle-pourpoint.

Du bout des doigts, je dessinai de petits cercles sur sa jambe, puis remontai jusqu'au genou. Je ne pouvais m'empêcher de la toucher pour me rassurer, me prouver qu'elle était vivante.

— Je sais. On le récupérera plus tard.

— Que vouliez-vous dire tout à l'heure quand vous avez demandé à Linda si elle m'avait mise au courant? À quel sujet? Vous n'avez pas terminé votre phrase.

Je plongeai mon regard dans le sien. Elle avait l'œil vif et brillant.

— Demain, tout le monde part à Philadelphie, comme prévu. Mais comme vous ne devez pas rester seule, je vous invite chez moi.

— Je suis navrée. Vous allez rater le match de Jackson à cause de moi.

Comme si c'était important alors qu'elle était clouée sur son lit d'hôpital.

— Savez-vous à combien de rencontres j'ai assisté dans ma vie?

— Oui, mais là, ce sont les qualifications.

— Les qualifications aussi, j'en ai vu en pagaille. Ce n'est pas grave si je rate celles-là. On pourra toujours les regarder à la télévision. C'est pour vous que je suis désolé.

— Pour moi?

Je lui tapotai la jambe.

— Nous devions prendre mon jet pour Philadelphie demain soir et y passer le week-end pour assister à la rencontre de dimanche. Il va falloir se contenter du canapé et de plats préparés.

Elle avait toujours l'air un peu perdue.

— Ne vous en faites pas, ajoutai-je en riant. S'ils gagnent, il nous restera toujours le Super Bowl.

Elle se remit à manger. Je repensai à ses remarques concernant le yoga et le jogging, tout à l'heure, et j'eus brusquement envie de mettre les choses au point.

— Encore une chose… euh… Abigaïl… repos complet ce week-end, compris?

14

Elle termina son potage et repoussa le plateau.

— Y-a-t-il un miroir ici?

Elle voulait se regarder. Était-ce une bonne idée? Devais-je la laisser faire? Je la trouvais si belle, mais elle, comment se verrait-elle?

— Je ne sais pas, dis-je. Je ne pense pas...

Elle porta la main à sa figure et grimaça.

— C'est si grave? Je suis défigurée?

Je me levai pour aller dans la salle d'eau. Si je ne trouvais pas une solution, Félicia s'en chargerait. Je dénichai un petit miroir posé à côté du lavabo et le lui apportai. Je ne la quittai pas des yeux pendant qu'elle s'examinait.

Le pauvre gosse est resté coincé dans la voiture pendant près de trois heures. Il a vu ses parents agoniser, chuchotaient les voix, ignorant que j'écoutais. Comment va-t-il réagir?

— Beurk, s'exclama Abby. Je vais avoir un œil au beurre noir. On dirait qu'on m'a tabassée.

«Peut-être aurait-il mieux valu que...»

Où suis-je? Maman? Papa?

«Attends, regarde, je crois qu'il est conscient.»

— Que m'est-il arrivé? demanda Abby en effleurant son pansement.

Je reportai mon regard sur elle.

— Blessure à la tête, répondis-je laconiquement. Le sang pissait de partout, mais ils n'ont pas cherché à l'arrêter. Ils voulaient d'abord vérifier si la nuque n'était pas brisée ou s'il s'agissait d'une hémorragie interne.

Ils dégageaient papa et maman de la voiture. Pourquoi étaient-ils couverts de rouge? Est-ce que c'était du sang?

«Les blessures à la tête saignent énormément, je me rappelle.»

«Le gosse! Sortez-le de là!»

Abby dit quelque chose que je ne compris pas.

— Pardon?

— Je ne saigne plus, on dirait.

C'était vrai. Elle était en bonne santé. Vivante. Avec moi.

— Oui. On vous a bandé la tête après avoir vérifié que vous n'aviez rien à la nuque. Je vais le déposer dehors, ajoutai-je en ramassant le plateau.

Je tombai sur Linda en grande conversation avec l'infirmière qui s'occupait d'Abby.

Je me débarrassai du plateau avant de me diriger vers elle.

— Ça va. Elle a bu son bouillon.

Elle sourit.

— Parfait. Tu comptes passer la nuit ici?

Et où voulait-elle que j'aille?

— Effectivement.

— Je vais te chercher une blouse, ce sera plus confortable pour dormir que ton costume.

Mon costume, je l'avais complètement oublié. Dans ma hâte, je n'avais pas eu le temps de me changer.

— Combien de temps va-t-elle rester ici?

— Tu es si pressé de la ramener chez toi?

— Sais-tu combien de malades meurent chaque année d'une infection nosocomiale?

Elle posa les papiers qu'elle était en train d'examiner.

— Je suis au courant, figure-toi. Abby est en excellente santé. Elle n'attrapera rien. Ne t'inquiète pas.

— En plus, elle mangera correctement chez moi.

— Sois gentil avec mon personnel. Ce n'est pas facile de trouver des gens compétents par les temps qui courent.

— Et si tu allais me chercher cette blouse?

— Calme-toi. Tout va bien se passer, tu verras.

J'aurais aimé partager l'optimisme de ma tante.

Elaina et Félicia revinrent peu après. Bon gré mal gré, je cédai ma place à Félicia au chevet du lit.

— Tu as mangé, Abby? demanda cette dernière.

— Oui, le meilleur bouillon de poule de ma vie.

Elaina me tapota l'épaule.

— Tu m'accompagnes dehors une minute?

Je la suivis dans le couloir en refermant soigneusement la porte derrière nous.

Elle sortit le collier d'Abby de son sac et me le remit.

— Je dois filer. Tiens, tu le lui donneras toi-même.

Elaina savait. Je n'avais plus de doute là-dessus.

— Merci.

Elle m'embrassa sur la joue.

— Je passerai demain pour lui apporter quelques affaires. Tu restes là cette nuit?

— Oui.

Elle rit.

— Félicia aussi. Bon courage!

Bien sûr que Félicia voudrait rester. Où avais-je la tête?

À mon retour dans la chambre, je la trouvai en grande conversation avec Abby. Elle lui pressait la main en lui murmurant quelques mots à l'oreille.

Je m'approchai et caressai la joue d'Abby.

— Je reste là, cette nuit.

Félicia soupira.

— Cela vous pose un problème? poursuivis-je.

— Il se trouve que moi aussi.

— Ah bon?

Elle désigna un gros sac dans un coin de la pièce.

— J'ai apporté quelques affaires de rechange, un duvet et une brosse à dents.

La voilà qui remettait ça. Et devant Abby. Mais je n'allais pas me laisser faire.

— Linda va me passer une blouse d'hôpital pour la nuit, contrai-je.

— Il me semble qu'il s'agit là d'un usage détourné de dispositifs médicaux, riposta-t-elle, l'index pointé contre ma poitrine. Je devrais peut-être en informer le conseil d'administration.

Et en plus, elle me menaçait. Ou du moins, elle essayait.

— Ma tante en fait partie, je vous signale.

Une infirmière entra. Elle nous jeta un regard noir tandis qu'elle prenait la tension d'Abby. Félicia s'installa ostensiblement dans le fauteuil inclinable, installé près du lit.

Je pouvais passer une nuit dans la même chambre que Félicia. Je n'en mourrai pas.

— Dans ce cas, nous resterons tous les deux, ajoutai-je.

— Je suis désolée, monsieur West, dit l'infirmière. Un seul visiteur est autorisé à dormir dans la chambre. C'est le règlement.

Le règlement. J'étais coincé. Surtout après avoir puni Abby pour n'avoir pas respecté mes consignes.

Je m'approchai du lit sans quitter des yeux Abby qui s'empourpra.

— Je vois. Félicia, vous avez gagné. Je me sauve avant qu'ils n'appellent la sécurité. Je repasserai demain à la première heure. Bonne nuit, ajoutai-je en m'inclinant pour effleurer son oreille de mes lèvres.

À vingt-deux heures, tout le monde avait déserté l'hôpital, à l'exception du personnel et des visiteurs autorisés à y rester pour la nuit. L'infirmière d'Abby était une petite femme trapue au regard amical et au sourire chaleureux. La voyant traverser la salle d'attente, je ramassai ma blouse et lui emboîtai le pas.

Elle s'attarda dans la chambre environ cinq minutes. Je glissai un œil par la porte entrebâillée. Abby, à moitié endormie, leva mollement le bras pour lui permettre de prendre sa tension. Félicia était toujours lovée dans le fauteuil. Nos regards se croisèrent brièvement.

J'interceptai l'infirmière à la porte.

— Elle va bien? questionnai-je au moment où elle s'engageait dans le couloir.

— Vous êtes Nathaniel West? Enchantée.

Je lui serrai la main.

— Oui, pardonnez ma grossièreté. Je suis très inquiet.

— Elle va parfaitement bien. Elle pourra sortir demain.

— Merci.

Elle me décocha un clin d'œil.

— Je reviens tout à l'heure.

Félicia ouvrit la porte au même moment.

— Les heures de visite sont terminées, au cas où vous l'ignoreriez.

Je désignai la salle d'attente.

— Je ne suis pas en visite. J'attends.

— Vous allez attendre ici toute la nuit ?

— Pas dans le couloir, non. J'allais justement me changer, dis-je en agitant la blouse.

— Comme vous voulez, mais vous avez intérêt à ne pas la déranger. Elle a besoin de repos.

J'avançai d'un pas.

— Écoutez, Félicia, croyez-vous que j'aurais le front d'importuner une femme qui vient à peine de sortir du coma ? Est-ce vraiment ainsi que vous me voyez ? Un sale égoïste qui ne pense qu'à satisfaire mes caprices ? Détrompez-vous. Abby compte énormément pour moi. Ses désirs, ses besoins passent avant tout, vous comprenez ?

Pour la première fois, je sentis un subtil changement chez Félicia. Elle ne m'aimait pas et détestait la relation que j'entretenais avec Abby, je le savais, mais peut-être était-elle en train de changer d'avis à mon propos. Je me demandai pourquoi cette pensée me mettait en joie.

Elle leva le menton.

— Je ne vous crois pas.

— Je n'en attendais pas moins de vous.

Je dormis mal cette nuit-là. La banquette de la salle d'attente était trop étroite pour ma grande carcasse et les couvertures apportées par Linda grattaient. Inutile de préciser que la véritable raison de mes insomnies se trouvait derrière la porte, de l'autre côté du couloir.

Abby.

Maintenant que j'avais failli la perdre, je ne pouvais plus l'appeler Abigaïl.

Repérant l'infirmière dans le couloir, je sautai sur mes pieds pour la suivre. Abby somnolait et Félicia était toujours recroquevillée dans le fauteuil.

Le même scénario se produisit plusieurs fois au cours de la nuit. À six heures quarante-cinq, quand l'infirmière eut terminé son tour de garde, je descendis aux cuisines pour surveiller le petit déjeuner.

— Encore vous ! s'écria le chef en me voyant.

— Bonjour ! Je ne fais que passer. Qu'avez-vous prévu pour ce matin ?

— Saucisse de dinde, œufs brouillés et gaufres.

— Ce sera omelette au fromage et au jambon, décrétai-je. Avec des œufs frais, du fromage râpé et le jambon que je vois là, sur la table.

— Ça, c'est pour le déjeuner.

— Une tranche ou deux suffiront.

Il lâcha un soupir exaspéré.

— D'accord. Je prépare l'omelette, à condition que vous commandiez le déjeuner au restaurant du coin.

— Et je me priverais de nos charmantes conversations ?

Il alla chercher une boîte d'œufs.

— Vous faites ce que je vous dis et je vous prépare une omelette dont vous me direz des nouvelles. À vous de voir.

Je n'étais pas stupide au point manquer une bonne affaire quand elle se présentait.

— Va pour le déjeuner au bistrot du coin.

Quinze minutes plus tard, je regagnai la chambre d'Abby avec un plateau au moment où son autre petit déjeuner allait lui être servi.

— Elle prendra celui-là à la place, dis-je en faisant l'échange des plateaux sous le regard éberlué du soignant. Le petit déjeuner est servi ! continuai-je en roulant la table vers le lit. Au menu, ce matin, nous avons une omelette au jambon et au fromage.

Abby avait l'air fatiguée, le visage tuméfié, des cernes sombres sous les yeux. J'avais hâte de la sortir de là.

Félicia déposa un baiser sur sa joue en m'ignorant complètement.

— Je file, dit-elle. Je n'ai pas encore préparé mon sac pour le week-end. Repose-toi bien surtout. Je t'appellerai dès que possible. Si vous touchez à un seul de ses cheveux, je vous arrache les couilles et je vous les fais bouffer, tenez-vous le pour dit, vociféra-t-elle à mon adresse.

— Tu dépasses les bornes ! s'écria Abby.

Félicia pointa un doigt vengeur dans ma direction.

— Excuse-moi, ça m'a échappé, mais je n'en pense pas moins.

Je réprimai un sourire amusé.

Là-dessus, elle ramassa son sac et s'en fut au pas de charge.

— Je ne sais pas ce qui lui a pris, dit Abby.

Je m'assis à ses côtés, tout heureux de l'avoir enfin pour moi seul.

— Elle était dans tous ses états, hier. Elle veut seulement vous protéger.

— Pourquoi vous êtes-vous disputés ? Vous voulez bien me le dire ?

— Non.

Elle prit une bouchée d'omelette.

— Les autres ont-ils droit à une omelette au jambon et au fromage pour le petit déjeuner eux aussi ?

— Je me fiche royalement de ce que les autres ont ou n'ont pas au petit déjeuner, si vous voulez le savoir. La seule chose qui m'intéresse, c'est vous.

Elaina passa déposer des effets à l'intention d'Abby qu'on venait d'emmener en radiographie pour le dernier scanner, du moins je l'espérais.

— Elle s'en va aujourd'hui? demanda-t-elle.

— Oui, si tout va bien.

— Vous nous manquerez à Philadelphie.

— On se verra sûrement à Tampa. Espérons qu'ils vont gagner.

Elle me serra affectueusement dans ses bras.

— Occupe-toi bien d'Abby.

— Compte sur moi. Et toi, débrouille-toi pour empêcher Félicia de l'appeler à tout bout de champ. Je veux qu'elle se repose.

La sortie de l'hôpital était prévue un peu avant onze heures. Malgré ses protestations, Abby dut partir en fauteuil roulant. J'allai chercher ma voiture au parking, me garai devant l'entrée et me précipitai pour l'aider à s'installer dans le siège passager que j'avais préalablement incliné à son intention.

— Qu'est-il arrivé au chauffeur du taxi? demanda-t-elle tandis que je slalomais adroitement dans la circulation.

Je m'attendais à ce que la question revienne sur le tapis à un moment ou à un autre. J'avais téléphoné à Linda un peu plus tôt dans la matinée et pris certaines dispositions.

— De simples égratignures. Il est sorti de l'hôpital hier. Je déteste les taxis. À ce propos, j'ai l'intention de vous acheter une voiture.

— Quoi? Il n'en est pas question.

Je n'en revenais pas. Abby me défiait? Se sentait-elle suffisamment en confiance pour prendre des libertés avec moi?

— Pourquoi pas?

— Je ne trouve pas ça normal.

Elle renifla. Je tournai brièvement la tête vers elle.

— Vous pleurez?

— Non.

Elle renifla de plus belle. Des larmes à cause d'une bagnole?

— Je vois bien que si. Pour quelle raison?

— Je refuse que vous m'offriez une voiture.

— Mais pourquoi…

Elle m'interrompit.

— Parce que j'aurais l'impression de…

— L'impression de quoi?

— D'être salie, comme une pute.

Je me cramponnai au volant pour ne pas faire une embardée. Une pute? Elle avait l'impression d'être une pute?

Bon sang, qu'avais-je fait?

— C'est vraiment ce que vous croyez?

Elle prit son temps avant de répondre.

— Non, mais je ne suis qu'une simple bibliothécaire. Et vous… l'un des hommes les plus riches de New York. Cela ressemblerait à quoi, à votre avis?

Je me m'efforçai de garder mon calme, résistant à l'envie d'appeler Félicia pour la prier d'annuler son voyage à Philadelphie et de venir chercher Abby immédiatement. Une pute? Autant mettre tout de suite un terme à notre relation si elle pensait cela.

— Abigaïl, vous auriez dû y réfléchir avant, fis-je sur un ton conciliant. Je vous rappelle que vous portez mon collier.

— Cela n'a rien à voir.

Je secouai la tête.

— Je crains que si. Je vous dois aide et protection. Vous devriez le savoir.

— En m'achetant une auto?

— Le cas échéant, oui.

C'était exactement ce j'avais dit à Félicia, la nuit dernière à l'hôpital. Abby était sous ma responsabilité. Pourquoi refusait-elle de le comprendre?

Elle renonça à discuter. Au bout d'un moment, elle ferma les yeux, mais je savais qu'elle feignait de dormir. J'en profitais pour réfléchir. D'une certaine manière, son accident l'avait mise en confiance puisqu'elle commençait à se lâcher avec moi. La jeune femme qui s'était présentée à mon bureau quelques semaines auparavant ne se serait jamais rebiffée de la sorte. Au fond, j'étais heureux qu'elle se sente plus libre en ma présence.

Cela dit, son refus était incompréhensible. J'étais son maître et il m'incombait de la protéger. Je ne voyais aucune raison de m'en priver.

Parce que j'aurais l'air de payer pour du sexe. Comme si elle était une prostituée. Voilà pourquoi.

Quel âne! Je venais de saisir.

Se sentait-elle humiliée de ce que nous avions fait? Une relation comme la nôtre était inédite pour elle. Je repensai à nos conversations à la table de la cuisine: même là, elle ne s'était jamais totalement livrée à moi.

Dommage qu'elle ne puisse me livrer ses pensées avec le même abandon que son corps…

Je me garai dans l'allée, devant la maison, coupai le moteur et descendis ouvrir sa portière.

— La question de la voiture n'est pas réglée, dis-je, mais pour le moment, il vous faut du repos. On en reparlera plus tard.

Je la guidai à l'intérieur en essayant d'empêcher Apollon de lui faire fête, et l'allongeai sur le canapé du salon avant de gagner la cuisine. Quelques heures plus tôt, j'avais appelé ma femme de ménage pour la prier de remplir le frigo et le garde-manger en prévision du week-end.

Je préparai un sandwich à la dinde, au fromage et à l'avocat garni de raisin et d'une pomme découpée en lamelles. Je sortis une bouteille d'eau du réfrigérateur et retournai au salon.

Elle me prit l'assiette des mains.

— Ça a l'air délicieux, merci.

Je résistai à l'envie de lui caresser la joue.

— Mangez ce que vous voulez. Vous pouvez vous reposer ici ou dans votre chambre. Je peux faire sortir Apollon s'il vous dérange, ajoutai-je, avisant le chien couché à ses côtés sur le canapé.

Elle lui caressa la tête.

— Il ne me gêne pas du tout.

J'allumai la télévision et lui passai la commande.

— Je vais me préparer quelque chose à grignoter. J'en ai pour une minute.

Quelques instants plus tard, je m'installai à mon bureau avec mon déjeuner et allumai mon ordinateur. J'envoyai un mot à Sara pour l'informer que je serai de retour au bureau le lundi suivant avant de parcourir rapidement mes mails.

Un message de Yang Tsaï m'arracha un soupir agacé. J'allais sans doute devoir programmer un voyage en Chine dans le courant de l'année. Je lui répondis brièvement en lui promettant un courrier plus détaillé en début de semaine.

Je tournai la tête. Abby s'était assoupie. Je me levai, ramassai son assiette en équilibre sur ses genoux et la posai sur la table. Puis je l'enveloppai dans une couverture.

Je me rassis et la regardai dormir.

Je me rappelai mon projet de lui faire visiter la bibliothèque. Et si j'allais plus loin? Elle profitait rarement de sa liberté de parole dans la cuisine. Si je mettais une pièce entièrement à sa disposition, se sentirait-elle plus à l'aise?

Il n'y avait pas trente-six façons de le savoir.

Elle se réveilla vers quinze heures trente, cligna des yeux, promena un regard autour d'elle et sourit en me voyant.

— Ça va mieux?

— Oui, je crois, dit-elle avant d'avaler les analgésiques que j'avais préparés pour elle.

Elle se leva et s'étira.

Je m'approchai et lui saisis le bras.

— Venez, j'aimerais vous montrer l'aile sud de la maison.

Elle prit docilement ma main. Je lui caressai les doigts du pouce pendant que nous empruntions le couloir menant à la bibliothèque.

L'aimerait-elle?

Je lâchai sa main, poussai la double porte et m'effaçai pour la laisser passer.

Elle resta bouche bée.

— Cet endroit est pour vous, dis-je. Vous en disposerez librement. Vous pourrez y exprimer vos pensées, vos désirs… Tout est à vous. Sauf le piano qui m'appartient.

Acceptez, Abby. Soyez vous-même. Livrez-vous à moi.

Elle avança d'un pas, médusée. De bout des doigts, elle effleura les couvertures des livres, s'arrêtant ici et là pour déchiffrer le titre d'un ouvrage. Le soleil allumait des reflets dorés dans ses cheveux.

À quoi pensait-elle?

— Abigaïl?

Elle se retourna, les joues inondées de larmes.

— Vous pleurez, murmurai-je, submergé par un tourbillon d'émotions. Encore…

— C'est tellement beau.

Je souris.

— Ça vous plaît?

Elle s'avança et se pendit à mon cou.

— Beaucoup. Merci.

De rien, répondis-je, les lèvres dans ses cheveux.

15

Je consacrai les deux jours suivants à Abby. Je veillais à ce qu'elle se repose et jouisse du plus grand confort. Elle passait le plus clair de son temps dans la bibliothèque. Il lui arrivait même d'y prendre ses repas, pelotonnée sur l'un des divans, plongée dans un livre. De temps en temps, je me joignais à elle et essayais d'entamer la conversation, mais elle n'était guère bavarde.

Aurais-je mal interprété ses paroles lorsqu'elle s'était traitée de traînée, l'autre jour, dans la voiture? Si notre relation lui convenait telle qu'elle était, je devais me plier à sa volonté. Ses besoins et ses désirs passaient avant tout le reste.

Le dimanche après-midi, je travaillais au petit bureau de la bibliothèque, espérant qu'elle m'y rejoindrait bientôt.

— Tout va bien? demandai-je quand elle apparut enfin. Avez-vous besoin de quelque chose?

Elle fit passer son T-shirt par-dessus sa tête.

— De vous.

Vous devriez vous reposer, Abigaïl, dis-je en m'efforçant d'ignorer les soubresauts intempestifs de mon sexe.

Sans m'écouter, elle se tortilla pour se débarrasser de son pantalon et le laissa choir sur le parquet.

Je réprimai un grognement.

Elle me désirait. Elle me voulait.

Certaines de mes soumises s'étaient offertes à moi par le passé. Il m'arrivait d'accepter. Pas toujours. Je marchais sur la corde raide, oscillant entre combler leurs désirs ou les éconduire sans ménagement en fonction de mes envies.

Pas question de rien refuser à Abby.

Mais était-elle prête?

Se forçait-elle à me satisfaire parce que j'étais aux petits soins pour elle?

Non, je devais tenir bon. Elle avait encore besoin de repos et je ne voulais pas qu'elle se soumette par obligation.

Si je la repoussais, reprendrait-elle l'initiative un autre jour?

Elle passa les mains derrière son dos et dégrafa son soutien-gorge qui glissa lentement le long de sa poitrine. Il tomba sur le sol, exposant davantage son corps qu'elle ne l'aurait probablement souhaité : un gros hématome bleuissait son épaule droite.

Je décidai de ne pas céder en lui expliquant que ce n'était pas raisonnable. Que je la désirais comme un fou, mais qu'elle avait encore besoin de se ménager.

Elle insinua les pouces sous l'élastique de sa culotte et la fit descendre sur ses hanches.

Je sautais sur mes pieds. Impossible de la repousser. Pas après lui avoir donné la libre disposition de la bibliothèque en l'incitant à s'y sentir comme chez elle. Pas lorsqu'elle se dévêtait devant moi avec un tel abandon. Elle voulait que je lui donne du plaisir, elle en avait envie. Je ne pouvais pas la décevoir.

J'ouvris le tiroir du bureau, en sortis un préservatif et la rejoignis sans hâte. Il faudrait y aller doucement. J'allais la laisser prendre le contrôle et imposer le tempo.

Je posai les mains sur ses épaules en évitant l'ecchymose puis fis courir mes doigts le long de ses bras jusqu'à ses mains, ravi de voir la chair de poule la gagner. Je l'étudiai sous toutes les coutures d'un œil avide : sa nuque flexible, le doux renflement de ses seins, son ventre délicatement bombé. Je pris ses mains dans les miennes et fourrai le préservatif dans le creux de sa paume.

Elle m'interrogea du regard.

Je ne peux rien vous refuser, Abby. Jamais. Je suis à vous. Prenez-moi.

Je plaquai ses mains sur mon torse pour lui montrer que je lui confiais les rênes.

— D'accord, dis-je simplement.

Elle ouvrit les doigts et réprima un hoquet de surprise en découvrant le préservatif.

Un sourire illumina son visage.

Avait-elle vraiment cru que j'allais la rembarrer ?

Tu as failli le faire.

Imbécile.

Le préservatif tomba à terre. Elle s'attaqua aux boutons de ma chemise qu'elle s'empressa de retirer. Je me mordis les lèvres pour ne pas gémir quand ses doigts errèrent sur mon torse. Je crevais d'envie de la toucher, de la caresser, au moins autant que je rêvais de sentir ses mains sur mon corps. Partout.

Elle se faufila derrière moi et se mit à dessiner des arabesques autour de mes omoplates. Je fermai les yeux pour mieux savourer ses caresses, oubliant de respirer quand elle déposa un chapelet de baisers papillon le long de mon échine.

Puis sa langue remplaça ses lèvres et elle se mit à lécher mon épine dorsale, vertèbre après vertèbre, pour finir par un baiser lascif juste au-dessus de ma ceinture.

Je serrai les poings pour m'empêcher de la soulever et la culbuter sur le canapé.

Elle menait la danse, je ne devais pas l'oublier.

Elle me tuait à petit feu.

Elle s'agenouilla devant moi et me caressa à travers l'étoffe de mon pantalon. Je laissai échapper une plainte quand elle défit ma ceinture et m'effleura délicatement avant de déboutonner mon pantalon.

Elle ouvrit ma braguette pour explorer mon érection du bout de ses doigts. J'étais près d'exploser alors que j'étais encore à demi vêtu. Je rouvris les yeux. Je voulais voir ses réactions, la façon dont elle allait s'y prendre. Elle se lécha les lèvres avant de me dépouiller de mon pantalon et de mon boxer en deux temps trois mouvements. Après quoi, elle m'enfourna jusqu'au fond de sa gorge.

Elle encercla ma taille de ses bras et m'attira pour me prendre plus loin. Je vacillai, cramponné à ses cheveux pour me stabiliser.

Doucement. Elle était convalescente.

Elle se mit à me sucer avec application. J'allais finir par éjaculer dans sa bouche si elle continuait, c'était sûr. Or je voulais m'enfouir en elle jusqu'à la garde, jouir en elle jusqu'au tréfonds. L'enlacer étroitement au creux de mes bras et l'entraîner au septième ciel.

J'allais la repousser quand elle s'écarta et déchira l'emballage de la capote. Elle la déroula adroitement sur mon sexe en le serrant fort entre ses doigts au passage. Après quoi, elle se releva, sourit et m'expédia sur le divan.

Pour me chevaucher?

Mon pénis durcit douloureusement. Je retombai sur le cuir moelleux du canapé tandis qu'elle m'enfourchait.

Apparemment oui.

Ses seins ballotaient juste devant mon nez. Incapable de résister, je me penchai et en happai un dans ma bouche. Mmm… c'était exquis. J'enroulai la langue autour du mamelon et le sentis se hérisser aussitôt dans ma bouche.

Elle me repoussa pour m'allonger sur le canapé, s'arrachant à mes lèvres voraces. Puis elle cala une main de chaque côté de ma tête, s'installa à califourchon et souleva les hanches.

Mon sexe se tendit douloureusement, impatient de se nicher en elle.

Elle commença à bouger avec une torturante lenteur, s'empalant sur moi centimètre par centimètre pour aspirer ma queue dans son étroit fourreau brûlant.

Je balançai le bassin en avant pour me planter plus loin, mais elle m'en empêcha, poursuivant sa lente descente jusqu'à m'absorber tout entier dans son ventre.

Elle s'immobilisa en gémissant doucement. Je la dévisageai, les sens en alerte. Souffrait-elle?

Elle avait les paupières serrées, la bouche béante, la tête renversée en arrière.

Non, tout allait bien.

Dieu merci!

Je m'abandonnai à d'enivrantes sensations quand elle reprit son voluptueux va-et-vient, ondulant frénétiquement des hanches, se frottant avec vigueur sur ma queue pour prendre son plaisir. Je ne pouvais empêcher mes mains baladeuses de la toucher, de la palper, comme pour m'assurer qu'elle était bien réelle. Sa taille mince, la force de ses reins, ses seins lourds… elle était magnifique. Et elle était à moi.

À moi.

Je l'attrapai par la taille pour bouger à l'unisson. Je commençai à la pilonner sauvagement. J'avais les couilles en capilotade à force de me retenir, mais je voulais qu'elle jouisse avant moi. Alors je me contins et l'encourageai de mon mieux à accélérer la cadence.

Je la martelai de plus en plus vite, l'entraînant vers l'orgasme que je sentais enfler au creux de son ventre. Et puis elle se figea, elle se contracta autour de moi, se raidit et se convulsa dans une jouissance éperdue. Dans un ultime coup de reins sauvage, je me répandis en elle jusqu'à la dernière goutte.

Je la fis rouler sous moi et la tins serrée dans mes bras pour apaiser son corps secoué de spasmes. Le sexe n'était probablement pas une bonne idée. Elle était encore très faible.

Je glissai une main le long de son dos. Elle ouvrit les yeux.

— Ça va ? demandai-je.

Elle me sourit, la respiration hachée.

— Beaucoup mieux.

Une vraie diablesse.

Quand elle laissa vagabonder ses doigts sur mon torse, puis de plus en plus bas, je compris que c'était un euphémisme. Comme sa main poursuivrait son périple vers un point précis de mon anatomie situé plein sud, je décidai de l'interrompre, je m'en emparai et l'emprisonnai dans la mienne.

— Je veux que vous vous reposiez maintenant. C'est assez pour aujourd'hui.

Elle obtempéra avec un petit sourire lascif.

Si je ne me reprenais pas tout de suite, je serais tenté de recommencer pour voir encore ce petit sourire satisfait s'étaler sur son visage. Je m'écartai et me levai. Mais je commis l'erreur de la contempler encore une fois : allongée sur mon canapé, nue.

Je devais penser à autre chose très vite.

Je consultai l'horloge. L'heure tournait. Les préparatifs avant le match.

— Quelle pizza préférez-vous ? demandai-je en me concentrant sur les boutons de ma chemise.

Elle ne répondit pas, et je perçus son embarras.

Bien sûr. De la pizza. Ce n'était pas prévu dans son régime.

— S'empiffrer de pizza et d'ailes de poulet marinées pendant les éliminatoires est une tradition chez les Clarck, expliquai-je. Si nous y dérogions et que les Giants perdaient, Jackson nous en voudrait à mort.

Elle prit son temps pour s'extirper du canapé.

— Je connais des superstitions encore plus idiotes. Ne me dites pas que, en plus, il porte les mêmes sous-vêtements à chaque match.

Je faillis éclater de rire puis me rappelai qu'elle n'était pas loin de la vérité. Un joueur de l'équipe accomplissait bel et bien ce rituel ridicule.

— Motus et bouche cousue.

Elle disciplina ses cheveux du bout des doigts.

— J'aime bien la pizza aux champignons et au bacon.

— Va pour les champignons et le bacon. Un pique-nique par terre dans le salon, ça vous tente ?

Elle ne répondit pas, les yeux perdus dans le vide.

Pensait-elle à nous deux ? Emmêlés par terre ?

— Abigaïl ?

Elle rougit.

— Oui?

Elle pensait bel et bien à nous deux batifolant sur le parquet.

— Un pique-nique par terre? Quelle bonne idée.

Vous ne croyez pas si bien dire. Non, nous en avons assez fait pour l'instant.

— Repos pour le reste de la journée, dis-je d'un ton sans réplique.

En attendant le début du match et le livreur de pizzas, je montai chercher le collier d'Abby dans ma chambre.

Je le gardais dans un coffret fermé à clé contenant des bijoux ayant appartenu à ma mère. Je le déverrouillai et glissai le tour du cou dans ma poche. Mû par une brusque inspiration, je sortis les autres bijoux au lieu de remettre la boîte à sa place.

Deux dormeuses en diamant reposaient côte à côte. Je me rappelais que mon père les avait offertes à ma mère pour Noël. J'avais reçu un vélo ce jour-là, ce qui avait oblitéré tout le reste. Je fermai les yeux, essayant de me rafraîchir la mémoire. Ils s'embrassaient, je me rappelais. Mais comme à cette époque je trouvais les baisers dégoûtants, je m'étais concentré sur ma bicyclette.

Je reposai les boucles d'oreilles dans leur écrin pour prendre l'alliance de papa. Lourde et solide, comme lui. Aurait-il été fier de celui que j'étais devenu? De la manière dont j'avais développé son entreprise? Je glissai l'anneau à mon doigt. C'était si bizarre que je me dépêchai de l'ôter et de la ranger dans la boîte.

Puis je m'emparai de l'alliance de maman entre le pouce et l'index. Je la glissai à mon petit doigt, mais elle était si étroite que je ne pus l'enfoncer jusqu'au bout. C'était étrange.

Dans mes souvenirs, ma mère était bien plus grande que moi. Évidemment, j'étais encore un petit garçon en ce temps-là.

Je l'ôtai et m'apprêtai à la ranger à sa place quand quelque chose attira mon attention: une inscription était gravée à l'intérieur. Je l'approchai de mes yeux pour mieux voir.

Mais je t'ai envoyé un bouton de rose couleur crème.

Je fis tourner la bague en cherchant vainement la suite.

Un bouton de rose couleur crème?

Je repris l'alliance de mon père. Il y avait aussi quelques mots inscrits à l'intérieur.

Aux bouts de pétales empourprés.

Je la reposai. Je n'y comprenais goutte.

La sonnette de l'entrée retentit.

J'abandonnai l'écrin sur le lit. Je verrai plus tard.

Abby ne connaissait rien au football. Entre deux bouchées de pizza et de poulet, je m'évertuais à lui en expliquer le b.-a.-ba.

Elle finit par secouer la tête en soupirant

— Je suis une cause perdue. Je suis complètement imperméable à ce jeu.

Je faillis lui dire qu'elle aurait tout le temps nécessaire pour assimiler les règles étant donné que le foot occupait une place essentielle dans ma famille, mais je ne voulais pas faire de plans sur la comète. Et si elle refusait de remettre mon collier? Si elle me fixait d'un œil froid en me disant d'aller me faire pendre ailleurs.

Ou parce qu'elle voulait «plus». Comme Beth.

J'en avais des sueurs froides.

Si Abby exigeait davantage?

Pourrais-je le lui donner?

Je regardai l'horloge égrener les dernières minutes du match à la télévision. À zéro, je me levai et éteignis le poste sans même attendre de savoir qui avait gagné.

Abby était assise par terre, appuyée à une montagne d'oreillers. Je me plantai à ses côtés et tirai le collier de ma poche.

— Elaina me l'a remis à l'hôpital.

Elle me dévisagea sans broncher.

— Elle est au courant. Pas par moi. Je ne lui ai rien dit.

C'est bien ce que je pensais. Je me creusai la tête pour savoir comment elle l'avait appris.

Abby était l'honnêteté incarnée. Elle ne savait pas mentir.

Contrairement à toi. Sale hypocrite.

— Je m'en doutais. Merci pour votre franchise. Êtes-vous sûre de le vouloir encore? ajoutai-je, en cherchant son regard. Vous êtes plus aguerrie, maintenant. Peut-être que vous... n'en avez plus envie.

— Bien sûr que si.

Elle tomba à genoux et tendit le cou.

Elle le voulait? Sans poser de question?

— Regardez-moi, Abigaïl.

Elle releva la tête et je m'agenouillai à mon tour, ce que je n'avais jamais fait pour aucune autre soumise avant elle.

Quel soulagement! Elle voulait mon collier. Elle me voulait, moi. J'attachai le bijou autour de son cou puis enfouis mes doigts dans son opulente chevelure.

Elle était si belle ainsi parée.

Mon sexe s'agita pendant que je me rapprochai imperceptiblement.

Un baiser. Un petit baiser n'avait jamais fait de mal à personne.

Je me ravisai. Notre relation satisfaisait ses attentes. Elle s'en contentait. Donc, je ne pouvais pas l'embrasser. Je devais me reprendre.

Je soupirai, me relevai et rallumai la télévision.

16

Mercredi. Le jour idéal pour faire un saut à la bibliothèque où travaillait Abby. La première fois que je l'avais vue était un mercredi justement. Devant une bibliothèque, pour être exact.

Je me disais que cela faisait partie de mon plan en prévision du Super Bowl. Peut-être qu'à force de me le répéter, je commencerais à le croire. Baiser en public, dans un stade de foot en plus, était tellement improbable, tellement énorme que je devais l'habituer petit à petit à cette idée. Première étape : le faire là où il n'y avait pas grand risque de se faire pincer. La collection des livres rares de la bibliothèque municipale de New York, par exemple.

Mais ce n'était pas tout. Je ne risquais pas de l'oublier. Il me suffisait de plonger la main dans la poche intérieure de mon manteau pour me rappeler que ma visite signifiait davantage. Là, dissimulée aux regards, se cachait une superbe rose couleur crème avec une touche de pourpre ornant l'extrémité des pétales.

Après le départ d'Abby, le dimanche précédent, j'avais effectué une recherche sur Internet et découvert que l'inscription gravée dans les alliances de mes parents était tirée d'un poème de John Boyle O'Reilly. Fasciné, je m'étais précipité au rez-de-chaussée où j'avais déniché un petit recueil de son œuvre sur l'un des rayons de la bibliothèque.

J'avais passé la soirée à lire. À force, le livre s'ouvrait seul à la page du poème intitulé *La rose blanche*. J'avais mûrement réfléchi au sens de ces vers en me demandant si Abby en avait connaissance.

Si je lui offrais une rose crème teintée de rose, en devinerait-elle la signification? Comprendrait-elle que mes sentiments pour elle s'approfondissaient avec le temps? Je n'aurais jamais cru cela possible. Pour qui que ce soit.

Avais-je vraiment envie qu'elle l'apprenne?

Une vague de panique me submergea. C'était totalement nouveau. Inattendu. En tout cas, je devais savoir. Découvrir si mes sentiments étaient partagés.

Finalement, je décidai de lui apporter une rose. Je la transporterais dans la poche de mon manteau et j'improviserais sur place.

J'observai Abby quelques instants, planté sur le seuil. Elle me tournait le dos, penchée sur la pile de livres jonchant son bureau. Elle avait l'air très concentrée. À un moment donné, un lecteur s'approcha pour lui dire quelque chose et elle pouffa de rire. Dès qu'il fut parti, elle porta inconsciemment la main à sa gorge et effleura mon collier du bout des doigts.

L'aiguillon de la jalousie me transperça.

Il l'avait fait rire. Et moi, avais-je réussi à la dérider un jour? Je repensai aux moments que nous avions passés ensemble. Non, jamais. Je devais me rendre à l'évidence.

Je me décidai à l'aborder avec une détermination renouvelée.

— Je souhaiterais consulter la réserve des livres rares, dis-je dans son dos.

Elle ne se retourna même pas. Ne se rendit même pas compte de ma présence.

— Je suis désolée. La réserve n'est accessible que sur rendez-vous et nous manquons de personnel en ce moment. Je n'ai vraiment pas le temps cet après-midi.

Elle n'avait peut-être pas reconnu ma voix.

— Quel dommage, Abigaïl.

Elle pivota d'un bloc quand je prononçai son nom, bouche bée, les yeux écarquillés de surprise.

— Le moment est mal choisi? ajoutai-je.

— Non, mais je suis à peu près certaine que vous possédez les mêmes chez vous.

Peut-être, mais en attendant, vous n'êtes pas chez moi puisque vous êtes ici. C'est évident, non?

— Probablement, dis-je.

— Et puis, poursuivit-elle sans vraiment m'écouter, vous devrez être accompagné tout le temps de la visite.

C'est le but de la manœuvre, Abby. J'ai envie de vous et je veux vous prendre ici. Tout de suite.

Je retirai un gant que je fourrai dans ma poche.

— J'espère bien. Je mourrais d'ennui si je devais rester seul avec moi-même. Ce n'est pas le week-end, je sais. Vous êtes libre de refuser. Je n'en prendrai pas ombrage. Cela dit, voudriez-vous m'escorter jusqu'à la réserve? ajoutai-je avec un léger sourire.

— Ou… u… oui, bredouilla-t-elle, comprenant enfin où je voulais en venir.

— Très bien.

Elle ne bougea pas. Elle restait clouée sur place à me regarder. Comme si j'allais disparaître sous terre.

Je désignai une de ses collègues.

— Abigaïl, la dame là-bas pourrait peut-être vous remplacer à l'accueil pendant que vous êtes occupée… ailleurs?

Je voulais que ce soit bien clair. Si elle acceptait, elle devait s'attendre à ce que je plonge en elle dans moins de dix minutes chrono.

— Abigaïl? répétai-je avec douceur.

Elle se secoua.

— Martha, appela-t-elle. Tu pourrais prendre ma place, s'il te plaît? Monsieur West a rendez-vous à la réserve des livres rares.

Brave fille!

Je lui emboîtai le pas dans l'escalier, profitant de l'occasion pour admirer son fessier affriolant.

— À propos, dis-je, sans détacher les yeux de ses fesses, bougeant de divine façon quand elle marchait, la réserve dispose-t-elle d'une table?

— Oui.

Évidemment.

— Solide?

— Je pense.

— Parfait. Parce que je compte y étaler autre chose que des livres.

Arrivée à l'étage, elle fit halte devant une porte à double battant. Elle tira un trousseau de sa poche, s'escrima avec les clés avant de trouver la bonne et finit par ouvrir.

— Après vous, dis-je en m'effaçant devant elle.

Je donnai un tour de clé derrière nous et jetai un coup d'œil autour de moi en ôtant mon manteau. Une table de bonne taille attira immédiatement mon attention.

Je déambulai nonchalamment dans la salle, feignant de m'intéresser à quelques volumes ici ou là. C'était délibéré, histoire de lui laisser le temps de se faire à l'idée de ce qui allait suivre.

— Voilà, dis-je en indiquant la grande table qui trônait au milieu de la pièce. C'est exactement ce que je cherchais.

Je crus voir ses lèvres s'incurver en un sourire.

— Ôtez-moi le bas, Abigaïl et grimpez vite là-dessus.

Elle s'exécuta vivement et je regardai son petit cul à l'air quand elle s'y jucha. J'étais impatient de la pénétrer. J'avais une érection phénoménale rien que d'y penser.

Je défis ma ceinture.

— Excellent. Maintenant, posez vos talons et vos fesses au bord et écartez les genoux.

Mes couilles m'élançaient délicieusement au spectacle de cette femme écartelée qui n'attendait que moi.

Je tirai un préservatif de ma poche et baissai mon pantalon. Je pris mon temps, m'assurant qu'elle n'en perdait pas une miette. Puis j'enfilai la capote, résistant à l'envie de me branler.

— Vous êtes magnifique, dis-je.

Elle était sublime, ainsi soumise, offerte.

Je me dirigeai vers la table et lui écartai encore plus les genoux. Après quoi, je lui empoignai les hanches, les sourcils froncés, étudiant nos positions respectives avec une intense concentration,

— Dites-moi, Abigaïl, enchaînai-je, vous a-t-on déjà baisée ici, dans la réserve?

Elle frissonna d'excitation.

— Non.

Je relevai la tête.

— Non, qui?

Je voulais l'entendre, *maître* ou *monsieur*. L'un ou l'autre.

— Non, monsieur.

Je pressai mon sexe à l'orée de sa fente humide.

— À la bonne heure.

Elle serra les paupières et se mordit les lèvres en gémissant.

J'étais au bord de l'explosion. Impossible de me contrôler davantage. Je me cramponnai à ses fesses et la plaquai contre moi avant de la harponner d'un coup de reins. À fond.

— Prenez appui sur vos coudes. Je vais vous baiser si fort que vous serez encore tout endolorie vendredi soir.

Elle se renversa en arrière, ses cheveux balayant la table, les hanches arc-boutées vers moi.

Je me retirai pour mieux m'enfoncer en elle. Les pierres de son collier accrochaient la lumière du plafonnier, au-dessus de nos têtes. On aurait dit qu'elles m'adressaient un clin d'œil coquin.

Elle était à moi.

À moi.

Elle portait mon collier.

Elle était mienne.

Je la défonçai d'une nouvelle poussée vigoureuse et elle décolla les hanches, impatiente d'intensifier le contact.

Je ne l'avais peut-être jamais fait rire, mais j'étais capable de l'exciter douloureusement, désespérément, de la faire tanguer de désir avant de l'emplir tout entière pour l'entraîner de plus en plus haut et la regarder lâcher prise.

— Vous êtes à moi, grognai-je en la martelant à grands coups.

Elle écarta encore les jambes pour mieux m'accueillir.

— À moi. Dites-le Abigaïl.

Dites-le à la face du monde.

— À vous.

Je maintenais la cadence sans faiblir pendant qu'elle le répétait encore et encore.

À vous.

À vous.

À vous.

À moi.

À moi.

À moi.

Elle laissa échapper un gémissement rauque et se cabra. Je sus alors qu'elle était au bord du gouffre. Je la pistonnai méthodiquement jusqu'à ce qu'elle explose en mille éclats tout autour de moi. Une nouvelle poussée sauvage suffit à déclencher mon orgasme. Puis je me figeai et me déversai en elle à longs jets brûlants.

Je me retirai, le front sur son ventre pour reprendre souffle. Elle était inondée de sueur. J'aspirais quelques gouttes d'un coup de langue.

— Merci de m'avoir accompagné à la réserve, dis-je en semant une myriade de baisers sur sa peau brûlante.

Je suffoquai quand elle passa la main dans mes cheveux.

— Tout le plaisir est pour moi.

Je déposai un dernier baiser au creux de son nombril, résistant à la tentation de descendre plus bas.

J'aurai tout le temps à la fin de la semaine.

Je m'éloignai pour remettre de l'ordre dans ma tenue pendant qu'elle descendait de son perchoir.

Une fois rhabillée, elle s'empara du préservatif que je tenais à la main.

— Je m'en occupe, déclara-t-elle en se dirigeant vers le couloir.

Je glissai les doigts dans la poche de mon manteau pour m'assurer que la fleur était toujours là.

— À vendredi, dix-huit heures.

— Oui, monsieur.

L'accueil était désert lorsque je regagnai l'entrée de la bibliothèque. Je sortis la rose de ma poche.

Devais-je la laisser ? La verrait-elle ? Un homme offrant une rose à une femme. Quoi de plus banal, au fond ?

Seulement, ça ne l'était pas.

— Vous avez trouvé ce que vous cherchiez monsieur ?

Je me retournai. Martha se tenait devant moi, souriante.

— Oui… bredouillai-je. Tout à fait.

Elle considéra la rose en plissant le front.

— Oh ! il ne fallait pas.

— C'est pour Abby.

— Bien sûr.

Se doutait-elle de quelque chose ?

Je déposai la fleur sur la pile de livres qui couvrait le bureau.

— Je la laisse là, d'accord ?

— John Boyle O'Reilly ?

Elle avait deviné.

Il était trop tard pour changer d'avis. Abby le saurait de toute façon.

Elle saurait quoi, en somme ? Que je lui avais fait cadeau d'une rose ? Pareille à la fleur décrite dans un poème ? Et alors ?

J'avais les jambes flageolantes.

Je pouvais toujours faire comme si de rien n'était. Sauf si… Sauf si elle désirait que la rose symbolise bien ce qu'elle incarnait. Et moi, je voulais qu'elle signifie quoi exactement ?

Avec un calme feint, j'arrachai un pétale avec un clin d'œil à l'adresse de Martha.

Bien vu.

17

Le vendredi soir, Apollon se mit à aboyer au moment où le taxi s'engageait dans l'allée. Je le fis taire et regardai par la fenêtre.

— Tu es content de revoir Abby, hein?

Il inclina la tête en jappant de plus belle. Je posai les assiettes sur la table, puis allai l'accueillir sur le perron.

J'ouvris la porte et l'observai monter les marches. Elle portait un épais sweat-shirt marron, assorti à ses yeux. Je souris quand nos regards se croisèrent. Avait-elle trouvé la rose? Y ferait-elle allusion?

Probablement pas.

J'aurais tout donné pour lire dans ses pensées.

— Bonsoir, Abigaïl, dis-je.

Ses yeux brillaient d'excitation. Bon signe.

Je l'entraînai dans la salle à manger et tirai une chaise à son intention. Le week-end était son temps à elle. Elle pouvait décompresser, extérioriser ses inquiétudes, ses questions.

Elle ne disait mot, les yeux perdus dans le vide. J'aurais bien voulu savoir ce qui se passait dans sa jolie petite tête.

Plus tard. Je la questionnerai plus tard. Pour l'heure, il était grand temps de monter à l'étage.

Dommage que nous ayons commencé par la fessée punitive. Je le regrettais encore. En repensant à notre premier week-end dans la salle de jeux, il m'avait pourtant semblé qu'elle avait apprécié la cravache. J'allais donc renouveler l'expérience. Pour son plaisir, cette fois. Les coussins étaient déjà prêts.

— Comment vous sentez-vous aujourd'hui? repris-je.

Ma question était à double sens: je pouvais évoquer son accident ou alors ma remarque, l'autre mercredi, à propos de son intimité douloureuse.

Elle sourit.

— Un peu endolorie à certains endroits.

Excellent.

— Abigaïl, m'avez-vous désobéi cette semaine? dis-je avec un sourire énigmatique.

Elle battit des paupières, désorientée.

Je la dévisageais avec insistance.

— Vous savez ce qui arrive aux vilaines filles, n'est-ce pas?

Elle entrouvrit les lèvres et secoua la tête.

— On leur donne la fessée.

Je lus la panique dans son regard.

— Mais je n'ai pas raté une seule séance de yoga, j'ai dormi suffisamment, j'ai marché au lieu de courir, comme vous me l'aviez dit...

Elle s'interrompit et se mordilla les lèvres.

Elle avait peur, raison pour laquelle je devais le faire.

— Abigaïl, combien de sortes de fessées existe-t-il? demandai-je d'un ton faussement détaché.

Elle ne répondit pas, me fixant d'un air égaré.

— Trois, répondis-je pour qu'elle comprenne où je voulais en venir. Quelle est la première catégorie?

Allez Abby, faites un effort.

Érotique. Elle se rappelait la réponse, car je crus déceler l'excitation dans ses yeux, chassant résolument la peur et le trouble.

Enfin! On allait bien s'amuser.

— Allez, hop, bougez vos fesses et montez dans ma chambre.

Elle obéit aussitôt.

Je débarrassai la table et remplis le lave-vaisselle dans la cuisine. Apollon était sorti avant le dîner. Du coup, je l'autorisai à me suivre dans l'escalier, mais pas dans la chambre dont je refermai la porte derrière moi.

Abby m'attendait, debout près du lit, les bras ballants. De légers frissons parcouraient son corps. Une fois encore, sa docilité me surprit. Certes, je n'en attendais pas moins, mais venant d'elle, cela revêtait une signification spéciale.

Je déboutonnai ma chemise.

— À plat ventre sur les oreillers, ordonnai-je.

Pas de banc, ce soir. Nous l'avions assez vu.

Elle grimpa sur le lit et exhiba son mignon petit cul nu. Je sortis un préservatif de ma poche et le plaçai à côté d'elle.

Elle était incroyablement sexy, étalée là, à ma disposition.

Je me débarrassai prestement de mon pantalon et gagnai la tête du lit, m'assurant qu'elle puisse tout voir. Je lui attrapai les poignets et les ligotai à l'aide d'une corde.

— Pas question de vous protéger, hein?

Je tirai sur les liens pour vérifier leur solidité, puis la fis basculer sur les coudes avant de m'écarter. Je détaillai de la tête aux pieds son corps vulnérable. La perfection incarnée.

Je m'installai derrière elle et attrapai ses fesses à deux mains.

— Avez-vous utilisé votre plug, Abigaïl?

Elle fit oui de la tête sans se crisper, contrairement à la dernière fois.

Je lui écartai les cuisses pour me frayer un passage, fis courir la main le long de sa fente béante et recueillis un peu de sa liqueur au bout de mes doigts.

— Je vous veux bien ouverte pour moi. Comme cela. Parfait. Regardez-vous. Vous êtes toute trempée. L'idée que je vais bientôt faire rougir votre charmant derrière vous plaît, hein, dites-moi?

Elle ne répondit pas, mais le frisson que j'avais remarqué plus tôt s'accentua. Elle en avait envie. Je pétris son cul, explorai la raie de ses fesses, retirai ma main puis l'abattis sur sa croupe à trois reprises, lui arrachant un cri.

Je lui administrai une nouvelle claque, notant l'empreinte rose de mes doigts sur sa peau. Je changeai d'endroit à chaque fois pour ne pas lui faire trop mal.

Du plaisir cette fois, Abby. Je veux décupler votre plaisir.

— Les braves citoyens de New York vous payent grassement pour travailler à la bibliothèque, pas pour baiser en douce dans la réserve.

Elle se poussa vers moi en hoquetant.

Je m'emparai de son cul et le malaxai rudement, exacerbant son excitation quand je m'immisçai plus bas.

— Vous mouillez, hein?

Je léchai l'extrémité de mes doigts et cinglai légèrement sa chatte.

Elle gémit de plus belle.

— Vous aimez ça, hein, Abigaïl? dis-je en réitérant le même traitement.

Je ne m'attendais pas à ce qu'elle réponde. J'assenai un dernier coup sur la peau satinée entre ses jambes. Au-delà, ce serait trop douloureux, et ce n'était pas le but du jeu. Je recommençai à lui claquer les fesses avec force, encore et encore, jusqu'à ce que sa peau d'albâtre vire au rose vif. Je changeai de position afin qu'elle puisse sentir mon érection presser contre son ventre.

— Votre cul a pris une très jolie nuance rosée. Bientôt, je ne me contenterai pas de le fesser. Je le baiserai.

Je bouillais d'impatience, certain qu'elle était dans le même état. J'arrachai l'emballage du préservatif et l'enroulai en vitesse sur mon pénis. Ensuite je la pénétrai d'une seule poussée fluide.

Elle gémit.

Je me retirai, crevant d'envie de la défoncer à fond.

— Pas de jérémiade, ce soir, ou alors vous n'aurez pas ma queue. Compris? Hochez la tête pour dire oui.

Elle secoua vigoureusement la tête.

— Bien.

Je m'enfonçai de nouveau au moment où elle basculait les hanches pour mieux me sentir.

— Vous êtes vorace ce soir, hein? Ça tombe bien, moi aussi.

Je me mis à aller et venir en longues ruades vigoureuses et régulières et la sentis se contracter autour de ma queue à chaque poussée. Fasciné, je baissai les yeux au point de jonction entre nos deux corps pour me regarder entrer et sortir en cadence.

Je me demandai ce qu'elle ferait si je…

Je glissai une main entre nous et commençai à chatouiller son clitoris. Elle se tortilla contre moi avec frénésie, son orgasme fulgurant déclenchant le mien.

Elle se laissa retomber sur les oreillers et je m'allongeai près d'elle. Je retirai le préservatif et le posai sur le sol. Je levai une main vers son flanc, effleurai sa poitrine et frictionnai son épaule pour lui éviter l'ankylose.

Tout allait bien.

— Je ne crois pas avoir vu tout ce que je voulais l'autre jour, dis-je. Auriez-vous la gentillesse de me fixer un autre rendez-vous dans la réserve, mercredi prochain? Disons à treize heures trente?

— Oui, Maître, fit-elle avec un sourire fripon.

— Oh! Abby. Vous êtes une vilaine, vilaine fille. Cela mérite bien une récompense. Qu'en pensez-vous?

Elle s'empourpra de plaisir tandis que je m'agenouillai pour la détacher. Je repoussai les oreillers et la renversai sur le dos.

— Je vous ai posé une question, Abigaïl. Que pensez-vous d'une petite gratification?

— Comme il vous plaira, Maître.

Je lui clouai les bras au-dessus de sa tête pour l'empêcher de bouger.

— Comme il me plaira, répétai-je d'une voix basse.

Je promenai une main caressante partout sur son corps. Le long de ses bras, au creux de sa gorge, de ses seins, frôlant au passage ses tétons durcis, son ventre, ses cuisses…

Je les écartai à deux mains.

— Devinez ce qui me plairait, Abigaïl.

Elle se mordit les lèvres sans répondre.

Je soufflai sur son clitoris.

— Cela, petite dévergondée. J'aimerais que vous jouissiez dans ma bouche. N'hésitez pas à me montrer à quel point vous aimez votre récompense. Ne vous retenez pas, surtout.

Je la léchai sauvagement, ma langue envahissant son vagin. Elle se cambra en criant de volupté. Je cajolai sa chair tendre, alternant les suçons et les morsures plus intenses. En même temps, je frottai son clitoris de plus en plus vite et fort. Son souffle s'accéléra et elle se mit à tanguer des hanches contre moi.

— Oh!..., gémit-elle tandis que j'aspirai son clitoris et l'encerclai de ma langue.

Je relevai la tête.

— Plus fort, Abigaïl. Il n'y a pas de voisins, vous savez.

Pour l'aider, j'enfonçai deux doigts en elle et dessinai de petits cercles concentriques.

Elle hurla.

Je plaquai ses hanches contre ma bouche et recommençai à la butiner pendant que mes mains s'aventuraient plus loin.

— C'est beaucoup mieux.

Elle se raidit et arqua le dos. Je changeai de position, caressant son clitoris des doigts pendant que ma langue explorait sa fente. Brusquement, elle se convulsa et jouit, submergée par un flot de sensations inouïes.

Je reposai ses jambes sur le lit et la regardai haleter, pantelante. Je soufflai sur sa peau sensible et elle émit un petit cri, le corps secoué de spasmes.

Je rampai sur elle pour la détacher.

— Vous avez apprécié votre récompense, j'imagine?

— Oui, merci, Maître, dit-elle les paupières closes, essayant de calmer les battements erratiques de son cœur.

Je lui massai les bras et remontai vers ses épaules avant de redescendre vers ses poignets.

Je me penchai pour lui chuchoter à l'oreille.

— Vous pourrez me remercier à pleins poumons, mercredi prochain, si vous voulez.

Après la douche, j'éteignis la lumière de ma chambre et attendis sans trop savoir quoi. Abby n'avait pas évoqué la rose une seule fois. Martha ne lui avait peut-être rien dit. J'avais l'impression d'être un ado rassemblant son courage pour demander à une fille de sortir avec lui pour la première fois.

Envoie-lui un message. Est-ce que je vous plais? Cochez oui ou non.

Je tendis l'oreille. Aucun bruit dans le couloir. Rien.

Que penses-tu qu'elle va faire? Débarquer dans ta chambre et déclarer: Pardon… euh… la rose que vous m'avez offerte aurait-elle une signification particulière?

Je me redressai et flanquai un coup-de-poing dans l'oreiller.

Triple buse.

J'avais besoin d'aller courir des heures. De jouer au piano. L'un ou l'autre. Je me levai et me mis à arpenter la pièce entre mon lit et la fenêtre. Apollon releva la tête, geignit et sauta sur le lit.

Regarde, même ton chien pense que tu es cinglé.

Je m'agenouillai pour le caresser. En me relevant, j'entendis grincer la porte voisine.

Je retins ma respiration et me mis à compter.

Elle ne se dirigeait pas vers ma chambre. Où allait-elle?

La réponse me sidéra.

La bibliothèque.

18

Elle se rendait à la bibliothèque, évidemment. J'hésitais à sortir de ma chambre, mais impossible de résister à la tentation. Je voulais en avoir le cœur net. La trouverais-je blottie sur le canapé ou plantée devant le coin poésie, le recueil de John Boyle O'Reilly à la main?

Du coup, elle ne manquerait pas de découvrir le pétale que j'y avais glissé pour marquer la page, mercredi soir.

Son regard trahirait-il la gêne? Le désir?

Je restai pétrifié devant la porte, hésitant à la pousser.

Avant de quitter ma chambre, j'avais fourré à tout hasard un préservatif dans ma poche pour parer à toute éventualité. On n'est jamais trop prudent.

Je descendis l'escalier à pas de loup, réfléchissant à toute allure à ce que je dirais ou ferais quand je lui ferais face.

C'était idiot, puisque tout dépendait de son attitude. Pour une fois, j'allais devoir me fier à mon intuition.

En espérant que je ne me planterais pas royalement.

Je franchis le seuil et stoppai net.

Elle était debout devant la fenêtre, un livre ouvert à la main.

Le tissu soyeux de sa nuisette épousait les courbes affolantes de son corps, nimbé d'une lumière presque irréelle, comme revêtu d'un rayon de lune. Je distinguai chaque détail, la couleur sombre de ses mamelons, ses joues qui se teintaient délicatement de rose.

La surprise se lisait sur ses traits délicats.

Elle savait.

Mon cœur s'emballa.

J'allumai une petite lampe, posée sur une table d'angle.

— Abigaïl !

Elle coinça nerveusement une mèche de cheveux derrière son oreille.

— Je n'arrivais pas à dormir…

En d'autres termes, elle ne voulait pas que je sache qu'elle savait.

— Et vous avez pensé qu'un peu de lecture vous aiderait à combattre l'insomnie ? Tenez, on va jouer à un nouveau jeu, vous voulez bien ? Écoutez et devinez qui est le poète.

Elle marche pareille en beauté à la nuit
D'un horizon sans nuage et d'un ciel étoilé ;
Tout ce que l'ombre et la lumière ont de plus ravissant
Se trouve dans sa personne et dans ses yeux…

Elle inclina la tête, les bras croisés sur sa poitrine.

— Lord Byron. À vous.

Je m'endors avec vous, me réveille avec vous,
Et pourtant, vous n'êtes pas là ;
J'emplis mes bras de pensées de vous,
et ne brasse que de l'air.

Elle pensait à moi. Elle rêvait de moi. Elle me désirait…

Malgré l'heure tardive, j'étais surexcité comme si j'avais vidé un plein pot de café. Sauf que je n'avais aucune idée de l'identité de l'auteur. À voir son air satisfait, Abby le connaissait, elle.

— Langue au chat. J'aurais dû me douter que je ne serais pas de force face à une bibliothécaire diplômée de littérature.

— John Clare. Un point pour moi.

Je fermai les yeux et tentai de penser à un poème, n'importe lequel. Je souris avec malice quand la mémoire me revint.

— Ça y est, j'en ai un.

Ne permets à ton cœur devin
De me prévoir misère ;
Tu pourrais pousser le destin
À tes craintes parfaire.

Donnez-moi du temps, Abby. J'ai envie d'essayer, mais je m'aventure en terrain inconnu. Si seulement je savais comment m'y prendre.

Elle plissa les yeux, l'air… contrariée ?

— John Donne, dit-elle.

Je hochai la tête.

— À vous.

Elle cita l'un des poèmes de John Boyle O'Reilly que j'avais lus mercredi soir.

Vous m'avez donné les clés de votre cœur, mon amour ;
Alors pourquoi me laissez-vous frapper ?

Son regard était empreint de douceur et de passion. À cet instant, je compris que, quoi qu'il advienne par la suite, indépendamment de ce que je pourrais faire ou ne pas faire, j'étais cuit. J'étais raide amoureux. Je l'avais dans la peau. Et ça me fichait une peur bleue.

Mais pourquoi se précipiter? Je n'avais aucune expérience en la matière, ne sachant pas à quoi m'attendre ni quelle attitude adopter. Or nous avions tout le temps. Nous finirions bien par trouver une solution.

— John Boyle O'Reilly, dis-je. Et un point supplémentaire pour moi, car je connais les deux vers suivants:

Oh! c'était hier, par tous les saints du ciel!
Et la nuit dernière, j'ai changé la clé!

Heureusement, de là où elle se trouvait, à l'autre bout de la pièce, elle ne pouvait voir mon cœur faire une embardée dans ma poitrine. J'aurais dû mettre un T-shirt, n'importe quoi, au lieu de me précipiter ici torse nu.

Elle contourna le canapé avec une lenteur calculée, effleurant le cuir d'un doigt léger.

— Match nul. Maintenant dites-moi, que venez-vous faire dans ma bibliothèque à cette heure indue?

Je suis venu pour vous. Comme mercredi. Toujours pour vous.

— Jouer, improvisai-je en désignant le piano du menton.

Bonne pioche. la musique m'aiderait peut-être à me calmer et dénouer cette situation épineuse.

Elle se laissa tomber sur le canapé.

— Ça ne vous dérange pas que je reste un peu?

— Pas du tout.

Je m'installai au piano, fermai les yeux et respirai à fond. La mélodie d'Abby. Je l'entendais dans ma tête. La seule chose qui avait encore un sens alors que j'avais perdu mes repères.

Concentré sur le clavier, submergé par des émotions chaotiques, je m'efforçais d'extérioriser mes sentiments, traduire la douceur de sa peau, sa personnalité si attachante, son corps gracieux et délicat, le désir aigu qui me transperçait en sa présence. J'étais incapable de transposer en mots ce que je savais exprimer à travers la musique. Je laissai donc le piano parler pour moi.

À mesure que je j'improvisais, la vision en noir et blanc que j'avais du monde se brouillait pour prendre une jolie nuance grise, symbolisant la rencontre fortuite de nos deux univers, aux antipodes l'un de l'autre. Le gris prenant la meilleure part de nous deux pour opérer une symbiose.

La musique s'arrêta et je restai prostré, incapable de proférer une parole. C'était sa pièce à elle. Je lui avais dit qu'elle pouvait en disposer à sa guise. Peut-être, mais je n'allais pas être en reste. Je décidai de donner libre cours à mes instincts, quelles que soient les conséquences.

— Venez là, murmurai-je.

Elle s'exécuta et marcha vers moi.

— C'est ma bibliothèque, dit-elle.

— Oui, mais c'est mon piano.

Chacun devait faire un pas vers l'autre pour lui dévoiler les secrets de son âme.

Je l'enlaçai et la hissai sur mes genoux. Elle était si menue, si fragile. J'effleurai ses cheveux du bout des doigts, caressai ses épaules, puis mes mains descendirent jusqu'à la courbe de ses hanches. J'enfouis mon visage dans le creux de ses seins et respirai son parfum subtil.

Elle planta les doigts dans mes cheveux comme pour attirer mon visage vers le sien. Je serrai les poings pour résister à l'envie d'écraser ma bouche sur la sienne. La savourer. La goûter avant de l'investir avec voracité.

Or j'avais instauré une règle que je n'étais pas près de transgresser. Trop dangereux. Au lieu de quoi, je ployai le cou pour attraper un mamelon dans ma bouche à travers la mince étoffe de sa nuisette.

Je m'écartai imperceptiblement pour la regarder dans les yeux.

— J'ai envie de vous, ici, sur mon piano. Parmi les livres de votre bibliothèque.

Maintenant, Abby. C'est ma manière à moi d'exprimer le tumulte d'émotions et de sentiments qui m'assaillent. Et puis c'est le seul endroit où nous pouvons être nous-mêmes.

— Oui, murmura-t-elle, les paupières closes.

C'était le signal que j'attendais. Je l'aidai à se relever et fis passer le léger vêtement par-dessus sa tête, pendant que ses mains parcouraient mon torse avant de s'activer fébrilement sur la fermeture de mon pantalon.

— Dans ma poche, soufflai-je.

Elle saisit le petit sachet brillant et le déchira.

— Vous êtes bien sûr de vous.

Non, je ne le suis pas. Je l'étais, mais je ne le suis plus. Avec vous, je ne suis plus sûr de rien.

Elle enroula habilement le préservatif sur mon pénis et le serra fortement à sa base, tout près de mes bourses.

Je me laissai tomber sur le banc, Abby juchée sur mes cuisses, dos au piano, les jambes ancrées autour de ma taille.

— Jouez pour moi, dit-elle en enroulant ses bras autour de mon torse.

La mélodie fusa de mes doigts, taquine et sensuelle, à l'image d'Abby, dans cette pièce qui était la sienne. En d'autres circonstances, j'aurais vite couché les notes par écrit, mais avec elle sur mes genoux, c'était complètement impossible.

D'un seul mouvement, elle s'empala sur ma queue.

— Ne vous arrêtez pas, dit-elle, remarquant que je ralentissais le rythme.

Elle ondulait sensuellement, me chevauchait de plus en plus loin à chaque mouvement de hanches. Elle m'entraînait vers le gris où nous étions sur le point de fusionner.

Elle me mordilla l'oreille. Son souffle tiède m'envoya des décharges électriques un peu partout.

— J'adore vous sentir en moi, susurra-t-elle.

Elle commençait à se lâcher, semblait-il.

Elle glissa d'avant en arrière puis plus bas, se contractant autour de ma queue, m'arrachant des gémissements rauques.

— Toute la semaine, je fantasme sur votre bite, votre goût…

Elle pensait à moi…

Enfin à ma queue plutôt…

— La façon dont elle me comble, enchaîna-t-elle. Je compte les heures jusqu'au moment de vous revoir et me retrouver avec vous ainsi.

Au diable le piano ! Je stoppai net et l'emprisonnai dans mes bras. Je brûlais de la toucher.

Elle s'immobilisa.

— Je vous ai dit de ne pas arrêter.

Je repris, accélérant la cadence. Désespérément.

— Je n'avais encore jamais rien ressenti de tel, avoua-t-elle. Vous seul êtes capable de me mettre dans cet état.

C'en était trop. Je n'en pouvais plus. Je perdais pied. Pourquoi nier l'évidence ? Je ne voulais plus résister.

Elle n'avait jamais rien ressenti de tel.

Elle était aussi déroutée que moi. Cette situation était totalement inédite.

Bien sûr.

J'abandonnai le clavier et l'emprisonnai dans mes bras.

Ne voyait-elle pas l'effet qu'elle me faisait?

— Croyez-vous que ce soit différent pour moi? hasardai-je.

Les mains arrimées à ses épaules, je plongeai en elle avec délices.

C'est pareil pour moi. Je pense à vous tous les jours que Dieu fait. Je compte les heures qui me séparent de vous. Et jamais je n'ai rien éprouvé de tel moi non plus.

Restez avec moi, Abby. Ne me quittez pas. Aidez-moi à comprendre ce qu'il m'arrive.

S'il vous plaît.

Elle accéléra le tempo et je haussai les hanches à sa rencontre. J'en voulais plus. Encore plus. Je la sentis se crisper autour de moi et plaquai une main entre nos deux corps pour l'expédier plus vite vers un orgasme explosif.

Ses doigts s'emmêlèrent dans mes cheveux.

Je continuai à masser furieusement le petit bouton de chair ultrasensible, impatient de la faire jouir. Elle oscilla violemment des hanches, et lorsque je soulevai le bassin à sa rencontre, elle explosa, le corps secoué de violents soubresauts. Je la besognai avec frénésie, puis me figeai tout palpitant avant de me vider en elle à longs traits brûlants.

Je repris brutalement contact avec la réalité, hors d'haleine.

Qu'avions-nous fait? Qu'avais-je fait? Où cela allait-il nous mener? Qu'allait-il advenir de nous? Un homme sensé n'aurait pas hésité à aborder la question.

Sauf que j'étais tout sauf sensé. Et je n'avais pas la moindre envie d'entamer une discussion. J'aurais tout le temps de réfléchir plus tard, une fois seul. Pour l'heure, je devais reprendre mes esprits et planifier le reste du week-end.

— Petit déjeuner à huit heures dans la salle à manger demain matin, Abigaïl, déclarai-je en l'aidant à se remettre debout.

Pas question de me retrouver à la cuisine avec elle. Pas avant d'avoir digéré ce qui venait de ce passer, en tout cas.

— Pain perdu? s'enquit-elle en rajustant sa nuisette.

— Si vous voulez.

Je me débarrassai du préservatif et la regardai sortir pour remonter dans sa chambre.

19

Je passai l'heure suivante à faire les cent pas dans ma chambre. Je repoussai dans un coin de mon esprit les délicieux moments que je venais de partager avec Abby pour y réfléchir plus tard. Une fois que j'aurais recouvré mes esprits.

Pour l'heure, il y avait plus urgent – passer la fin du weekend le plus agréablement possible et s'organiser pour le Super Bowl. Projets qui requéraient toute mon attention.

Et plus important encore, je devais mettre Abby en condition, en quelque sorte. Prendre le petit déjeuner dans la salle à manger était un premier pas en ce sens. Je l'avais décalé à huit heures au lieu de sept pour lui permettre de rattraper le sommeil en retard après notre longue nuit. L'avait-elle seulement remarqué?

J'aurais probablement dû préciser ce point et lui fournir quelques éclaircissements.

Une tonne d'explications, même.

Pour la énième fois, je me demandais de quelle façon Paul et Christine s'y étaient pris pour transformer leur relation de dominant et soumise en… autre chose. Comment s'étaient-ils débrouillés pour mélanger les deux? Je n'avais même pas un début de réponse à la question.

Je connaissais plusieurs couples mariés maître et soumise, naturellement, mais je n'avais jamais cherché à démêler le pourquoi du comment.

Pas ce soir. Plus tard. J'avais amplement le temps.

Pour l'heure, je devais me concentrer sur l'essentiel.

Nous avions tous deux besoin d'un petit rappel à l'ordre.

Notre relation actuelle était ma préoccupation numéro un pour l'instant, me répétai-je pour mieux m'en convaincre.

Finalement, je disposai un oreiller par terre et un tube de lubrifiant sur la commode avant de me mettre au lit.

Abby entra crânement dans la salle à manger le lendemain matin avec son délicieux pain perdu à la banane nappé de sauce au chocolat. Elle était toujours désireuse de me plaire et veiller à mon bien-être.

Je réprimai un sourire satisfait.

— Allez donc vous chercher une assiette et joignez-vous à moi, dis-je.

Je commençai à manger sans l'attendre.

Je devais la remettre dans le droit chemin.

— Ce qui s'est passé entre nous hier soir ne change rien, proférai-je avec un calme olympien, une fois qu'elle eut pris place en face de moi. Je suis votre maître et vous êtes mon esclave. Même si j'ai de l'affection pour vous, précisai-je. *Quel bel euphémisme!* Ce sont des choses qui arrivent. C'est normal, en fait.

Après tout, j'avais éprouvé une certaine tendresse pour mes anciennes soumises portant mon collier. Je m'étais même attaché à Mélanie, mais ce que je ressentais pour Abby était…

intense. Or je ne pouvais pas le lui avouer. Pas encore. C'était trop tôt. Déconcertant. Voire oppressant.

— Baiser et aimer sont deux choses différentes, même si la plupart des gens font la confusion, enchaînai-je.

L'amour? Cette pensée me secoua. Était-ce vraiment ce que j'éprouvais pour elle?

Comme je l'avais prévu, elle n'ouvrit pas la bouche de tout le repas. Elle avait l'esprit ailleurs. Quant à savoir dans quelle direction dérivaient ses pensées, j'avais ma petite idée etje me félicitai d'avoir pensé au coussin qui l'attendait dans ma chambre.

Il était grand temps de lui rappeler la raison de sa présence ici.

— Débarrassez la table et montez à l'étage, ordonnai-je quand elle eut fini de manger. J'arrive.

Elle emporta les assiettes dans la cuisine. Dès que j'entendis l'eau couler, je sortis avec Apollon.

Mon portable sonna. Je consultai l'écran. C'était Kyle.

— Bonjour, fis-je.

— Nathaniel, dit la mère de Kyle. Pardonnez-moi de vous déranger, mais Kyle a de la fièvre depuis quelques jours. Je ne suis pas sûre que les médecins l'autoriseront à partir ce week-end.

Mon estomac se serra. Quelle déception pour ce gamin qui attendait le Super Bowl depuis des mois.

— Je suis désolé de l'apprendre, mais ne vous en faites pas. J'ai des billets pour toute la famille, et s'il va mieux, vous aurez encore le temps d'arriver. Je serais ravi de vous accueillir à bord de mon jet.

— C'est extrêmement aimable à vous. Je vous tiens au courant, de toute façon.

— Parfait.

Je fis signe à Apollon de rentrer à la maison.

— Et n'oubliez pas de lui dire que je lui ai envoyé des tickets pour les Yankees.

— C'est trop gentil, Nathaniel. Merci encore.

Parvenu à l'étage, je laissai le chien devant la porte de ma chambre avant d'entrer. Abigaïl m'attendait, à genoux sur le coussin.

Comme si les événements de la nuit dernière s'étaient effacés et que nous étions revenus à la case départ. Apparemment, elle adorait cela, elle aussi.

Quant au reste, seul l'avenir nous le dirait.

Je m'approchai et me campai devant elle.

— C'est très bien, Abigaïl. Je suis heureux de voir que vous anticipez mes désirs.

Je retirai mon pantalon et libérai mon érection en un tournemain. Sans hésiter une seconde, elle s'inclina et me prit entre ses lèvres.

Mes doigts s'égarèrent dans ses cheveux et je mis à baiser sa bouche. Sans hâte. Je pris tout mon temps.

Je coulissai dans sa gorge pendant qu'elle reprenait son souffle pour m'avaler plus avant. Sa tête dodelinait à la cadence de mes hanches tandis que je tirai brutalement ses cheveux, tel un noyé cramponné à une bouée de sauvetage. Je sentis ses mains fines s'emparer délicatement de mes testicules qu'elle se mit à malaxer entre ses doigts.

J'adorais cela. Je savais que je ne le méritais pas. Le cadeau de sa soumission.

Mais j'avais un appétit féroce et rien ne m'empêcherait de le prendre, de toute façon. Aussi longtemps qu'elle me le permettrait.

J'accélérai le rythme, mon gland fouettant sa gorge le plus loin possible, les lèvres entrouvertes, au paroxysme de l'extase Sans m'en rendre compte, j'avais serré les dents à me faire mal aux mâchoires.

Elle me suçait méthodiquement pendant que, les doigts crispés dans ses cheveux, je martelais brutalement sa bouche pour assouvir enfin le désir animal qui m'envahissait.

Je sentis les prémices de l'orgasme me submerger, mais je n'allais pas la prévenir, désireux de voir comment elle réagirait, si elle savait écouter mon corps. Encore un dernier coup de butoir et j'explosai dans sa bouche.

Elle n'en perdit pas une goutte.

Je lâchai prise en soupirant bruyamment. C'était trop bon. Nous nous accordions si bien.

Je tendis la main pour l'aider à se relever, sans savoir si elle avait repéré le tube posé sur la commode. Se doutait-elle de ce que je lui réservais?

Je lui retirai son chemisier et le jetai au sol. Puis ce fut le tour de son pantalon dont elle se débarrassa avec grâce. Après quoi, elle parcourut la chambre du regard et se raidit en avisant le lubrifiant.

Je l'entraînai vers le lit, attrapant au passage le tube sur la commode. Je fis courir mes doigts sur sa peau et lui pris les mains.

— Faites-moi confiance, Abigaïl, dis-je. Où sommes-nous? Répondez-moi sans crainte.

Elle grimpa sur le matelas et me couva de ses beaux yeux couleur chocolat.

— Dans votre chambre.

Je la rejoignis d'un bond.

— Où exactement?

Elle s'accroupit sur les talons.

— Sur votre lit.

Je recommençai à bander et refrénai mon excitation. Je voulais la mettre à l'aise. La préparer. Mes pulsions pouvaient attendre.

Je plaquai mes doigts en éventail sur son flanc qui se hérissa de chair de poule à ce contact.

— Et il se passe quoi sur mon lit?

Elle baissa pudiquement les paupières, mais je vis les pointes de ses seins durcir aussitôt.

— Du plaisir.

Je l'enveloppai dans mes bras pour l'allonger sur le dos.

— Exactement.

Oui, du plaisir. Du plaisir exclusivement.

Je pressai les lèvres au creux de son cou pendant que mes mains s'activaient sur les globes parfaits de ses seins que je me mis à palper avec délicatesse.

Elle serra les paupières et se cambra.

Je glissai ma bouche plus bas, enroulai ma langue entre ses seins lourds de désir que je me mis à chatouiller doucement.

Elle se cabra, pantelante.

— Concentrez-vous sur vos sensations, Abigaïl.

Mes doigts se promenèrent le long de son ventre et je sentis son rythme cardiaque s'accélérer. Je m'aventurai encore plus bas, m'insinuant entre les replis de son intimité pour vérifier si elle était prête.

À l'évidence, c'était le cas. Elle en voulait davantage.

Je glissai le long de son corps, appliquant mes lèvres sur le moindre centimètre de peau de son ventre. Elle se cramponna à l'édredon pendant que je léchai le creux de son nombril avec application.

Chaque parcelle de son corps était un festin de roi.

Je fis courir un doigt le long de son abdomen et m'aventurai plus loin en survolant sa chair enflammée. Elle ondula contre ma paume quand j'enfonçai un doigt en elle.

— C'est bien, contentez-vous de ressentir.

Je me positionnai entre ses cuisses et lui écartai les genoux pour me faciliter l'accès.

Elle se mit à décrire une danse du ventre endiablée.

— Doucement, dis-je en déposant une traînée de baisers le long de sa cuisse avant de me frayer un chemin là où elle brûlait de me sentir, lui arrachant un gémissement extasié.

J'insérai ma langue dans sa vulve palpitante et la léchai. Puis je glissai les mains sous ses jambes et la soulevai, ses genoux calés sur mes épaules.

Elle ronronna de bonheur.

— Oh! oui, c'est ça.

Je plongeai la langue au fond de sa chatte en émoi, lapant la preuve de son excitation pendant que mes doigts imprimaient un sillon paresseux autour de son clitoris.

Elle s'arc-bouta à la couette pour se hausser vers moi.

Je saisis le lubrifiant posé sur le lit, puis titillai la perle dure de son clitoris à petits coups de langue précis tout en pressant le tube entre ses fesses.

Elle n'avait aucune expérience, je le savais. Elle s'était troublée quand j'avais abordé le sujet, l'autre jour, mais je tenais à l'emmener au sommet du plaisir, à condition qu'elle m'accorde sa confiance.

Je recommençai à taquiner sa chatte. Sans me presser, j'approchai les doigts de son anus, juste assez pour qu'elle sente leur proximité. Je caressai, suçai longuement son clitoris que je me mis à astiquer tout en enfonçant un doigt par-derrière.

Elle émit un petit cri de surprise.

— Du plaisir, Abigaïl, rien que du plaisir, susurrai-je en allant et venant dans son cul, incurvant un peu plus mon index à chaque poussée.

Mes doigts et ma langue agissaient de concert, la besognant dans ses deux orifices à la fois. Je la mordillai un peu plus fort, l'entraînant au bord du gouffre.

Elle respirait par à-coups, les jambes agitées de tremblements.

— Là, détendez-vous, murmurai-je, prévoyant que ce qui allait suivre risquait d'être un peu douloureux.

Je glissai délicatement un deuxième doigt dans son petit trou, tandis que ma langue s'affairait toujours côté face.

Elle frétilla sous le choc.

Je pinçai légèrement son clitoris entre mes dents et elle réagit en se tortillant de volupté. En même temps, je m'employais à élargir sa croupe sous la pression de mes deux doigts qui poursuivaient inlassablement leur exploration, sortant puis s'enfonçant de plus en plus loin.

Elle se trémoussa de plus belle.

— Oui, Abigaïl, l'encourageai-je. Abandonnez-vous. Laissez-moi vous donner du plaisir.

Faites-moi confiance.

Elle ne résisterait plus très longtemps. Son corps se tendit comme un arc. Bientôt, très bientôt, décidai-je. Je broutai son clitoris d'une langue experte, le croquai du bout des dents, tandis que mes doigts distendaient son cul le plus largement possible.

Elle hurla avant de basculer dans l'extase.

Je la déposai sur le lit avec précaution et la regardai se convulser dans les derniers spasmes de la jouissance.

J'avais réussi à lui faire toucher les étoiles de cette manière.

Elle ouvrit péniblement les paupières.

— Ça va ? questionnai-je.

La réponse se lisait sur son visage.

— Mmm…, bredouilla-t-elle en roulant sur le côté.

Je l'attirai à moi.

— Ça veut dire oui ?

Elle opina et lova sa tête au creux de mon épaule.

Un curieux sentiment m'envahit soudain et je la serrai plus étroitement contre moi. Je ne la laisserai pas partir. Jamais.

20

Abby se trouvait à l'accueil la bibliothèque quand je m'y présentai, le mercredi suivant. Face à la porte, cette fois. M'attendait-elle ?

— Bonjour.

— Bonjour, monsieur, répondit-elle avec un sourire charmeur.

L'entendre m'appeler *monsieur* suffit à me faire bander comme un fou.

Je ne voulais pas tirer des plans sur la comète. Les mercredis ne faisant pas partie de notre accord initial, elle devait se sentir libre de ses mouvements, mais j'espérais ardemment qu'elle continuerait le jeu. La balle était dans son camp.

— J'ai un rendez-vous à la réserve des livres rares.

Elle désigna l'écran de son ordinateur.

— Oui, monsieur, à treize heures trente.

Je la regardai droit dans les yeux, impuissant à dissimuler mes sentiments et ne le désirant pas, même si j'étais à peu près certain qu'elle serait incapable de me percer à jour.

— Pourriez-vous m'accompagner ?

— Bien sûr.

Je lui tendis la main. Elle l'accepta et contourna son bureau pour me rejoindre. Je restai planté là, la dévorant des yeux.

Elle portait une jolie robe à manches longues qui soulignait ses formes, ses seins ronds, ses hanches sensuelles.

— Vous êtes très belle.

C'était bizarre de lui débiter des banalités, alors que nous savions parfaitement tous les deux ce qui allait suivre.

Je cherchai Martha des yeux. Elle se trouvait devant le rayon des nouveautés.

Elle agita la main.

— Je te remplace, Abby. Tu peux y aller.

Abby me lâcha la main.

— Veuillez me suivre, monsieur.

Comme si je pouvais faire autrement.

Elle me précéda dans l'escalier. Arrivée devant la porte, elle l'ouvrit et entra la première. Je refermai le battant que je verrouillai derrière nous.

Immobile, elle attendait mes ordres.

— Enlevez vos chaussures.

Elle les retira l'une après l'autre de la façon la plus sexy qui soit. Puis elle se baissa pour ôter ses socquettes.

Je réprimai un grognement de désir. Dieu qu'elle était excitante dans cette posture.

— Retournez-vous.

Elle pivota sur elle-même.

Je me collai contre son dos, les mains sur ses épaules.

Elle frissonna d'anticipation.

— Approchez-vous de la table, dis-je en la poussant légèrement devant moi.

Elle n'opposa aucune résistance quand je me pressai contre elle pour lui faire prendre la mesure de mon érection.

Je lui ordonnai de se pencher, laissant errer mes doigts le long de ses bras tandis qu'elle s'exécutait. Puis je lui attrapai les coudes et me plaquai plus étroitement contre elle.

— J'adore votre robe, dis-je en m'écartant imperceptiblement pour lui flatter les fesses. Un minuscule petit bout de tissu nous sépare, ça me plaît.

Elle se pressa contre moi, m'arrachant un sourire.

Vilaine fille.

— Vous savez quoi? enchaînai-je, tandis que mes mains remontaient sous sa robe, dévoilant ses dessous rose pâle que je fis prestement glisser le long de ses jambes. Nous n'avons plus besoin de préservatif.

J'effleurai sa vulve d'un doigt léger. Elle était déjà trempée. Je défis ma ceinture et baissai mon pantalon. Puis j'avançai d'un pas et me plantai derrière son dos.

— Je pourrai enfin vous sentir quand je vous enfilerai. Et vous pareil.

Un gémissement sensuel me répondit.

— Vous aimez ça, n'est-ce pas, Abigaïl?

— Oui, monsieur.

J'enfonçai deux doigts en elle pour la tester.

— Avez-vous pensé à moi toute la journée? M'avez-vous imaginé en train de vous faire cela?

Elle opina, haletante.

Je commençai à bouger les doigts avec une lenteur calculée.

— Dites-le avec des mots.

— J'ai pensé à vous toute la journée, monsieur. J'ai imaginé ce que vous me feriez.

Je retirai mes doigts.

— Alors que vous auriez dû travailler? dis-je avec une surprise horrifiée.

— Oui, monsieur.

Je lui assenai une tape sur les fesses.

— Vous devriez avoir honte, fis-je appliquant une nouvelle claque sur ses fesses, lui arrachant une plainte sourde. Vous êtes une mauvaise fille, Abigaïl. Je la frappai derechef et m'inclinai pour lui murmurer à l'oreille :

— Vous savez ce qui arrive aux méchantes filles après la fessée ?

— Non, monsieur.

Ma main s'abattit encore une fois sur son cul.

— Elles se font baiser à fond.

Elle bafouilla quelques mots incompréhensibles.

— Accrochez-vous au bord de la table. Si vous saviez à quel point vous êtes bandante comme ça, ajoutai-je en la regardant obéir avec empressement.

J'attrapai ma queue d'une main pour taquiner la raie de ses fesses sans m'aventurer plus loin. Entendant un faible son franchir ses lèvres, je la pénétrai d'un coup de reins et nous nous mîmes à gémir et haleter à l'unisson.

Cette situation était totalement inédite. Avec mes ex-soumises, les week-ends me suffisaient amplement. Je n'avais aucune envie de les retrouver durant la semaine. Pour quelle raison était-ce différent avec Abby ? Pourquoi ne pouvais-je passer plus de cinq jours sans la voir ? Sans la toucher ?

Je me mis à bouger, chassant toute pensée parasite de mon esprit, excepté l'exquise sensation qui m'envahissait lorsque j'étais en elle. Ses muscles qui m'enserraient délicieusement à chaque poussée.

Nos corps cognaient avec bruit contre la table. C'était dangereux. Elle aurait des ennuis si on nous entendait. Mais impossible de m'arrêter.

Et tandis que nous étions tout près de basculer dans le vide, ce fut comme une révélation. Je ne pourrais jamais me lasser d'elle ni la quitter. J'aurais dû le comprendre depuis longtemps, dès l'instant où elle s'était présentée à mon bureau, quelques semaines plus tôt. Quand je l'avais possédée la première fois. Je l'avais dans la peau. Son odeur, sa chaleur, l'essence de son être. Elle faisait partie de moi.

Plus tard, alors que nous ramassions nos vêtements avant de nous rhabiller, je remis la question sur le tapis.

— J'ai réfléchi à ce que vous m'avez dit à propos de la voiture.

Une détermination farouche se peignit sur son visage.

— Ah oui?

— Je n'insiste pas, ajoutai-je, certain d'avoir pris la bonne décision.

— C'est-à-dire?

— L'idée vous dérange, je le sais, et même si je reste convaincu que vous seriez plus en sécurité en conduisant vous-même, votre équilibre mental m'importe tout autant. Vous n'êtes pas une traînée, tenez-vous-le pour dit.

Elle eut l'air surprise.

— Merci.

— L'art du compromis, Abigaïl, voilà le secret des relations humaines. D'autre part, j'apprécie que vous exprimiez honnêtement vos sentiments, ajoutai-je en lui tournant le dos pour qu'elle ne voie pas combien cet aveu me coûtait. C'est quelque chose que j'ai beaucoup de mal à faire moi-même.

Elle sauta sur ses pieds.

— Je pourrais peut-être vous aider?

Un frisson glacial me saisit, mais je me secouai et ouvris la porte.

— Peut-être.

Je la raccompagnai au rez-de-chaussée.

— Vous devez être à l'aéroport à seize heures vendredi. Vous avez mon numéro. Prévenez-moi en cas de problème.

— Ça devrait aller. Je vous appellerai si j'ai un empêchement.

— À vendredi donc, dis-je en lui effleurant la joue en guise d'adieu au moment où elle franchissait la porte.

Abby ne téléphona pas, mais la mère de Kyle si. La fièvre n'avait pas baissé et il ne pourrait pas assister au Super Bowl. Je l'appelai le jeudi après-midi pour lui dire qu'il y aurait toujours la prochaine saison et que si les Yankees se qualifiaient pour le Mondial, je me débrouillerais pour avoir des billets.

Le vendredi suivant, à seize heures, Abby me rejoignit au terminal qui abritait mon jet privé. Elle inspecta les lieux avec curiosité.

— Bonjour, Abigaïl. Merci d'être à l'heure.

Elle accepta la main que je lui tendais avant de s'engager sur la passerelle qui menait à bord de l'appareil. Le pilote nous salua d'un geste depuis le cockpit.

— Nous allons bientôt décoller, monsieur West.

Je la guidai vers nos sièges et elle prit place à mes côtés, les mains sur les genoux. De temps en temps, elle regardait par le hublot ou effaçait un pli imaginaire de son pantalon.

Elle était nerveuse, pensai-je. Tout ceci était nouveau pour elle. Je devais la rassurer, la prévenir de ce qui l'attendait. Après tout, elle connaissait à peine ma famille et mes plus proches amis avec qui nous allions passer les prochaines quarante-huit heures.

Nous disposions de quelques minutes avant l'arrivée de l'hôtesse.

— Je voudrais vous parler du programme prévu pour le week-end, commençai-je. Vous garderez votre collier. Vous êtes toujours ma soumise. Il est toutefois hors de question que ma tante ou mon cousin aient des soupçons. Vous éviterez de me donner du maître, du monsieur et encore moins monsieur West. En fait, vous n'avez pas besoin de m'appeler du tout, sauf en cas de force majeure.

Je croisai son regard. Elle me dévisageait avec intérêt. Je vivais sur corde raide, je le savais, mais je n'avais pas l'intention de changer. Je me demandai si Félicia avait fait des confidences à Jackson à mon sujet. Non, les pratiques sexuelles du cousin de son petit ami ne devaient pas vraiment figurer en tête de ses priorités du moment, me dis-je pour me rassurer.

— À présent, je vais vous apprendre à vous contrôler, repris-je avec une excitation que j'avais le plus grand mal à dissimuler.

Sur ces entrefaites, l'hôtesse se matérialisa dans la cabine.

— Bienvenue à bord, monsieur West, mademoiselle King. Désirez-vous boire quelque chose?

— Non merci. Nous vous appellerons s'il y a lieu. Vous pouvez disposer.

Elle sourit.

— Très bien, monsieur.

— Elle tiendra compagnie au pilote pendant la durée du vol, sauf si nous avons besoin d'elle, expliquai-je en défaisant ma ceinture de sécurité avant de lui tendre la main. Ce ne sera pas le cas. Venez avec moi.

Je l'entraînai vers la petite chambre aménagée à l'arrière de l'appareil et refermai la porte.

— Déshabillez-vous et allongez-vous sur le lit.

Elle avait coché «jeux» sur la liste des expériences qu'elle acceptait de tenter. Je m'étais procuré une bougie qui se transformait en huile pour le corps, une fois chauffée. Son point d'ébullition était moins élevé que les bougies au soja ou à la paraffine dont je me servais habituellement. Ce serait plus agréable pour une première expérience.

Pendant qu'elle se dépouillait de ses vêtements, je me dirigeai vers une petite commode d'où je sortis un bol chauffant à piles que j'avais pris soin d'allumer auparavant. La bougie avait déjà fondu. Je plongeai un doigt dans la cire pour vérifier la température. Parfait. Je glissai un bandeau dans ma poche.

Elle était étendue dans le plus simple appareil sur le lit. Parfaitement calme. Pas gênée pour un sou. Malgré la proximité de l'hôtesse et du pilote.

Je posai le bol et disposai ses bras perpendiculairement à son corps.

— Ne bougez pas, ainsi, je n'aurai pas besoin de vous attacher.

Je ramassai le bol et m'assis au bord du lit.

— Ceci est une plaque chauffante alimentée par des piles, expliquai-je. En temps normal, j'utilise une bougie mais le pilote me l'aurait défendu. Le règlement est le règlement.

J'étais un garçon obéissant. La plupart du temps.

Un frisson la parcourut, ses mamelons s'érigèrent et elle oublia de respirer pendant une fraction de seconde.

Oh! oui. Elle en mourait d'envie.

Je tirai un foulard de ma poche.

— Ce sera mieux les yeux bandés.

J'attachai le linge autour de sa tête et m'assurai qu'elle ne regimbait pas. Au contraire. Son excitation monta encore d'un cran.

— On ressent souvent du plaisir au contact de la chaleur, ajoutai-je d'une voix enjôleuse.

J'inclinai le bol et versai une larme de cire sur son bras. Une seule, à l'endroit où la peau n'était pas trop sensible : la meilleure façon de tester en même temps la température et sa réaction. Elle expira bruyamment. De plaisir, je l'aurais parié. Je la frictionnai en lui fournissant toutes les explications nécessaires.

Je recommençai la même opération sur l'autre bras que je frottai ensuite. Puis je fis tomber l'huile goutte à goutte sur son corps, prenant mon temps pour l'amadouer et l'exciter à petit feu, la remerciant de la confiance qu'elle m'accordait avec force caresses. Je lui montrais à quel point sa soumission était gratifiante. C'était là un point essentiel du programme de la soirée : attiser ses sens jusqu'à l'apothéose finale, prévue après le dîner.

Je consultai ma montre. Encore dix minutes avant de nous rhabiller. Comment allait-elle réagir à la suite ? Je plongeai les doigts dans le bol pour recueillir un peu de cire liquide que je laissai tomber sur un téton.

Elle lâcha un cri à mi-chemin entre le soupir et le gémissement.

Je massai son sein pour absorber l'huile.

— Vous aimez, Abigaïl ? murmurai-je à son oreille en faisant subir le même traitement à l'autre mamelon.

Elle poussa un soupir langoureux.

À n'en pas douter, elle adorait.

J'inclinai encore le bol pour faire tomber une traînée de cire sur sa poitrine. Puis après l'avoir posé par terre, je la chevauchai tout en pétrissant son buste à deux mains, m'évertuant à la détendre et attiser en même temps son désir par de longues et vigoureuses caresses.

— Du contrôle, Abigaïl. À qui appartenez-vous ? Répondez.

— À vous.

— Exact. Cette nuit, vous en serez réduite à mendier ma bite. *À condition que je fasse ce qu'il fallait, bien sûr.* Et je pourrai peut-être vous l'offrir si vous êtes sage.

Je me glissai hors du lit pour lui laisser le temps de se faire à l'idée de la nuit qui l'attendait. J'allai me planter devant l'un des hublots et regardai dehors. Nous approchions de l'aéroport de Tampa. Il n'y avait plus une minute à perdre. Le personnel de bord avait pris soin de garnir le mini-frigo avant le décollage. Je sortis une bouteille d'eau fraîche avant de la rejoindre.

Elle était toujours étalée sur le lit, les bras en croix, les yeux bandés.

Je me posai près d'elle et lui caressai l'épaule.

— Abigaïl !

Elle ne me quitta pas des yeux tandis que je dénouai le bandeau.

— Rhabillez-vous, dis-je en ramenant ses bras le long du corps. Tenez, je vous ai apporté à boire.

Elle lécha ses lèvres sèches tandis que je lui tendais la bouteille.

Après les formalités d'enregistrement à l'hôtel, je fis les honneurs de notre suite à Abby. Nous disposions d'une heure devant nous avant de rejoindre les autres pour le dîner, ce qui nous laissait largement le temps de nous préparer.

Elle apparut dans le salon, vêtue de pied en cap. Elle était magnifique.

— Très joli. Mais retournez vite dans votre chambre pour enlever vos collants. Je vous veux nue sous votre robe, précisai-je en réponse à sa question muette. Vous devez rester accessible à tout moment, soumise à mon bon vouloir.

Inutile de dire que je ne prendrais aucune liberté, ce soir. Pas en public, en présence de ma famille, mais dimanche… tout serait permis dans le stade de foot.

Elle tourna les talons et reparut un moment plus tard.

— Soulevez votre jupe.

D'un doigt tremblant, elle remonta l'ourlet jusqu'à sa taille et je vérifiai qu'elle était nue.

Je lui offris mon bras.

— Vous êtes prête? On y va.

Jackson avait réservé dans une brasserie du centre-ville. C'était une excellente idée vu qu'il y avait foule. Nous nous frayâmes un chemin dans la cohue jusqu'au restaurant.

Tout le monde prit place autour d'une grande table au milieu de la salle. Plusieurs dîneurs reluquaient Jackson, mais personne ne se risqua à l'approcher. Abby était plongée dans une conversation animée avec Linda et Elaina. Je me carrai dans ma chaise pour l'observer et lançai une plaisanterie au moment où je l'entendis affirmer que le voyage avait été très agréable.

Le serveur apporta du vin. Parfait. Abby avait besoin de décompresser avant de regagner notre chambre. Pour ma part, je décidai de me limiter à un seul verre. J'avais pour règle de ne jamais m'enivrer avant une mise en scène. En outre, ce que j'avais prévu pour la fin de la soirée requérait une totale concentration: inutile que l'alcool vienne me brouiller l'esprit

Je glissai un œil vers Abby qui consultait le menu d'un air perplexe et volai à son secours.

— La bisque de homard est excellente, de même que la salade César, dis-je. Je vous recommande aussi le filet ou l'aloyau.

— Je prendrai une bisque de homard et un filet alors, dit-elle en refermant la carte.

La conversation allait bon train et le dîner se déroulait pour le mieux, jusqu'à ce que Todd apprenne qu'Abby avait fréquenté l'université de Columbia, comme lui. Ils se mirent à échanger des souvenirs avec enthousiasme. Une alarme se déclencha aussitôt dans un coin de mon esprit. Je devais changer de sujet au plus vite. Pourvu que Todd ne se rappelle pas que, à l'époque, j'en pinçais pour une étudiante de Columbia. Il adorait me taquiner. Comment savoir s'il ne mettrait pas la question sur le tapis ? Je détournai rapidement la conversation en évoquant Dartmouth, où j'avais fait mes études. Elaina se joignit à la discussion qui bifurqua sur un autre thème, loin de la bombe à retardement que constituait Columbia.

Ouf. Je l'avais échappé belle. Je respirai et reportai mon attention sur Abby. Il était grand temps d'exécuter la seconde partie de mon plan.

21

La conversation se poursuivit à bâtons rompus. Une main sous la table, je pelotais le genou d'Abby. L'effleurant. Le caressant. Le cajolant.

— Abby, dit Linda, j'aimerais vous inviter à déjeuner. Je serai très occupée la semaine prochaine. Le mercredi de celle d'après vous irait?

J'attendis sa réaction avec curiosité.

Non, ce ne sera malheureusement pas possible, répondit Abby. C'est le jour où l'un de nos usagers vient consulter les livres rares de la réserve, et comme le règlement nous impose d'accompagner les chercheurs, c'est moi qui m'y colle.

Je faillis éclater de rire.

Ma tante poussa un soupir de compassion.

Ce doit être assommant. Mais bon, c'est sans doute ce qu'on appelle le service client.

— Cela ne me dérange pas au contraire. Je trouve rafraîchissant de rencontrer quelqu'un d'aussi assidu.

Ma main s'aventura un peu plus bas. Ah! j'étais assidu, hein? J'avais hâte de lui démontrer le bien-fondé de son assertion.

— Le mardi vous conviendrait? reprit Linda. Votre lecteur ne vient pas ce jour-là, j'espère?

J'étais très heureux que ma tante veuille consacrer du temps à Abby. Tout le monde semblait beaucoup l'apprécier.

— Mardi? Ça me va très bien.

Linda sourit.

— Parfait, c'est noté.

Au même moment, Todd me posa une question concernant les prochaines élections municipales. Les débats politiques me passionnaient, il ne l'ignorait pas. Tant mieux, au moins, cela détournerait l'attention du petit manège auquel je me livrais sous la table.

Vous êtes à moi, lui déclarais-je avec mes doigts. Même ici. Je peux vous faire tout ce que je veux.

Et elle s'abandonnait.

Je me servis de mes deux mains pour passer le pain à Félicia. Je ne dirais pas qu'elle débordait d'enthousiasme à mon égard, mais elle s'était un peu radoucie depuis l'autre jour, à l'hôpital. Peut-être mon style de vie la révoltait-il un peu moins ou qu'elle s'était habituée à cette idée?

Mes mains baladeuses se retrouvèrent sur Abby, comme irrésistiblement attirées. Cette fois, je m'activai sur sa cuisse, histoire de lui rappeler ma présence. Et lorsque Elaina m'adressa la parole à son tour, je les reposai sur la table pour déguster ma salade tout en lui répondant. Je voulais prévenir Abby d'observer la plus grande discrétion. Nos petits jeux ne concernaient que nous. En présence des autres, nous devions nous comporter comme un couple ordinaire.

Sous la table, en revanche…

Je posai subrepticement la main sur son genou, mais elle avait croisé les jambes. Inacceptable. Je les repoussai d'une pression de la main et elle se dépêcha de les écarter largement.

Voilà qui était mieux.

Je retroussai sa robe haut sur ses cuisses avant de retourner à mon assiette.

Je promenai un regard circulaire : Félicia riait à un bon mot de Jackson, tandis que Linda et Elaina étaient en grande conversation.

Je laissai mes pensées vagabonder vers le programme prévu pour la fin de la soirée. J'avais laissé des instructions précises à l'hôtel dans ce sens...

Abby toussa, les larmes aux yeux. Je repris pied dans la réalité et lui tapotai le dos.

— Ça va ?

Elle s'empourpra.

— J'ai avalé de travers. Excusez-moi.

— Tu ne sais pas qu'il est déconseillé de taper dans le dos de quelqu'un qui s'étouffe ? intervint Todd depuis l'autre bout de la table. Ça peut être dangereux.

— Merci, docteur Welling, répondis-je.

— Je t'en prie, toujours à ton service.

— Modère ton zèle la prochaine fois, d'accord ?

Il me lança un sourire goguenard.

— Espèce de rabat-joie !

Le serveur débarrassa. Avisant le verre vide d'Abby, je m'empressai de le remplir. Je voulais qu'elle se lâche complètement.

Je la caressai plus haut sur la cuisse, comme si nous étions un couple ordinaire épris l'un de l'autre.

Enfin, pour la façade.

— Et que lisez-vous hormis la poésie ? demandai-je.

Elle but une gorgée de vin.

— Un peu de tout. J'ai un faible pour les classiques.

Je souris. Ayant beaucoup apprécié notre petite joute verbale de la semaine passée, dans ma bibliothèque, je m'étais appliqué à apprendre par cœur quelques citations d'écrivains célèbres. J'avais hâte d'étaler ma science.

— *Un classique est quelque chose que tout le monde voudrait avoir lu et que personne ne veut lire,* dixit Mark Twain.

Abby me décocha un sourire carnassier, une lueur amusée dans les yeux.

— *Je ne puis penser du bien d'un homme qui se joue des sentiments de n'importe quelle femme*, rétorqua-t-elle. Jane Austen.

Je devais reconnaître que je me jouais de ses sentiments, moi aussi. Mais Jane Austen face à Mark Twain? Savait-elle que ces deux-là ne s'aimaient guère?

Je lui renvoyai son sourire.

— *Mais quand une jeune lady est destinée à être une héroïne, le caprice de quarante familles de l'environ ne saurait prévaloir contre elle*. Jane Austen. Et toc!

Elle ne sourcilla même pas quand je faufilai ma main plus haut sous sa robe.

— *La vérité est plus éloignée de nous que la fiction,* cita-t-elle.

Elle m'avait eu dans les grandes largeurs! J'éclatai de rire en reposant les mains sur la table.

— J'abandonne. Vous avez gagné. Mais seulement cette manche, je vous préviens.

— Hé vous deux, fit Elaina, s'adressant à Félicia et Abby. Linda et moi avons pris un rendez-vous au Spa demain pour un massage, un soin du visage et une manucure. Vous êtes nos invitées. Ça vous tente?

J'avais appelé Elaina plus tôt dans la semaine pour lui souffler l'idée. Je fus néanmoins surpris d'apprendre qu'elle avait déjà tout organisé.

Je détestais l'idée de me séparer d'Abby toute une journée, mais je voulais qu'elle apprenne à mieux connaître ceux que j'aimais.

— C'est très gentil d'y avoir pensé, dis-je en reprenant mon vagabondage sur son genou. Pendant ce temps, Todd et moi en profiterons pour faire un golf. Qu'en pensez-vous, Abigaïl ?

— J'en serais ravie.

Évidemment. Quelle femme refuserait une invitation au Spa ? Je louchai vers Todd, de l'autre côté de la table.

Il me décocha une œillade assassine.

— *Tu vas prendre une branlée, West* articula-t-il silencieusement.

— *Et toi docteur*, *une de ces raclées,* rétorquai-je de même.

— Essaye, renchérit-il.

Linda toussota avec ostentation.

— Pardon, dis-je.

Je retournai à mon assiette tout en gardant un œil sur Abby. Elle souriait, bavardait avec tout le monde. Elle était manifestement très à l'aise, pas timide ni complexée. Bref, tout simplement sublime.

En même temps, elle semblait tendue comme un arc, prête à exploser d'une minute à l'autre.

Ce n'était pas le moment. Pas encore.

Je la laissai tranquille pendant les hors-d'œuvre. Je savourais sa présence. Je pouvais presque la ressentir dans ma chair – ses moindres gestes, sa poitrine qui se soulevait à chaque inspiration.

Elle gloussa à une plaisanterie de son amie Félicia et repoussa une mèche de cheveux d'un geste gracieux. Mon esprit s'égara tandis que j'imaginais ses mains sur moi.

Partout.

Je lui resservis du vin et la regardai boire une gorgée.

J'aurais voulu sa bouche partout sur moi.

J'emprisonnai sa main dans la mienne et la plaquai sur mon entrejambe. Puis je soulevai discrètement les hanches et me poussai contre sa paume.

Vous voyez l'effet que vous me faites ?

Elle voyait très bien, car elle crispa ses doigts autour de moi en se mordant les lèvres. C'était trop. Je pressai doucement sa main avant de la replacer sur sa jambe.

Bientôt. Très bientôt.

À condition que je tienne le coup jusque-là.

Je poursuivis mes agaceries dans la voiture. Je remontai sa jupe sur ses hanches pour exhiber son cul nu, promenai un doigt le long de sa chatte moite, puis l'insérai à l'intérieur.

— Vous allez salir la banquette, mouillée comme vous l'êtes.

Du coin de l'œil, je la vis se mordre les lèvres. Mon plan fonctionnait à merveille. Elle était déjà tout émoustillée et n'allait pas tarder à me supplier. Je jouai avec elle quelques minutes encore, enfonçant mes doigts dans ses replis brûlants, taquinant son clitoris.

Je stoppai devant l'hôtel et rajustai prestement sa robe avant l'arrivée du voiturier à qui je remis les clés. Puis je contournai la voiture pour ouvrir galamment la portière côté passager. Abby prit la main que je lui offrais le plus naturellement du monde. Un couple ordinaire, comme les autres.

Nous étions seuls dans l'ascenseur qui nous menait à notre suite. Je profitai de l'occasion pour lui peloter les fesses, et jubilai en l'entendant exhaler une plainte étouffée.

— Un peu de patience, dis-je.

Je posai une main au creux de ses reins pour la guider le long du couloir menant à notre suite, je sentais son excitation.

Oh! Abby. Vous n'imaginez pas ce que j'ai prévu pour vous, cette nuit.

À moins qu'elle l'imagine très bien, au contraire?

J'ouvris la porte et m'effaçai devant elle. On avait obéi à mes ordres: les lumières étaient éteintes, à l'exception d'une seule au salon. Je la conduisis dans ma chambre où une lampe offrait un éclairage tamisé. Le lit était préparé.

Excellent.

Je la conduisis au pied du lit et fourrageai dans un sac en toile d'où je sortis un tube de lubrifiant et un vibromasseur que je déposai sur l'édredon.

Elle écarquilla les yeux.

Au fond, peut-être ne se doutait-elle de rien.

— J'ai été patient avec vous, Abigaïl, dis-je d'une voix tendre mais ferme. Là, je ne peux plus attendre. Vous êtes fin prête. Je serai aussi doux que possible.

En deux enjambées, je la rejoignis au pied du lit. Elle n'avait pas bougé, comme tétanisée.

— Dévêtez-moi, dis-je pour détourner son attention et lui occuper l'esprit à autre chose.

Elle me dépouilla avec gaucherie de mon veston, laissant courir ses doigts le long de mes bras. J'adorais qu'elle me touche. Elle s'acharna sur les boutons de ma chemise qu'elle balança par terre. Puis elle s'attaqua à mon pantalon et à mon boxer qu'elle retira d'un seul élan, libérant mon érection.

— Une petite gâterie rien que pour vous, dis-je. En remerciement de vous être bien comportée au dîner, ce soir.

Elle tomba à genoux et m'engloutit, laissant échapper un gémissement quand je me mis à lui baiser la bouche en cadence.

Concentrée sur ma personne, elle semblait avoir oublié les accessoires qui jonchaient le lit. Je l'espérais du moins. Au pire, elle comprendrait que j'avais pris les commandes et qu'il en serait ainsi jusqu'au bout de la nuit. Je fermai les yeux pour m'abandonner au flot de sensations qu'elle déclenchait en moi. Sa langue enroulée autour de ma queue, mes coups de butoir au fond de sa gorge, ses mèches entre mes doigts.

Au bout de quelques minutes d'assauts furieux, je me forçai à me retirer pour ne pas risquer de jouir dans sa bouche. Je l'aidai à se relever sur ses jambes vacillantes, en espérant qu'elle n'était pas trop pompette pour apprécier la suite des événements.

— Ôtez vos vêtements, ordonnai-je. Doucement. Prenez votre temps.

Elle s'extirpa de ses chaussures, l'une après l'autre. Bon sang, elle était irrésistible. Les yeux soudés aux miens, elle fit glisser sa main dans son dos et descendit le zip de sa robe. Puis elle leva la gauche par-dessus son épaule droite et tira lentement sur la manche

Je devrais lui demander de s'effeuiller pour moi plus souvent.

Une fois le léger vêtement en tas sur le sol, elle dégrafa son soutien-gorge qu'elle retira d'une main avant de l'abandonner par terre.

L'éclat de la lune l'illuminait de mille feux. Elle rayonnait. Son corps oscillait doucement, projetant des ombres mouvantes sur le lit.

Je me laissai tomber sur l'édredon.

— Touchez-vous.

Elle porta docilement les mains à ses seins gonflés dont elle se mit à tordre les pointes entre ses doigts. Les paupières closes, elle geignait de plaisir en oscillant d'avant en arrière.

Une main descendit le long de son flanc et plana au-dessus de son nombril avant de se plaquer plus bas, pendant que, de l'autre, elle continuait à se caresser les seins. Je n'avais jamais vu tableau plus érotique.

— Assez, dis-je quand elle commença à se balancer contre sa paume. Venez là.

Elle chaloupa vers le lit et je tendis les bras pour lui encercler la taille. Elle émit un petit cri enivrant quand je la fis basculer sur le dos avant de l'enfourcher.

Je respirais la douceur de sa nuque, inhalais son odeur, buvais son haleine suave à la source de ses lèvres, mordillais la ligne de son menton tandis qu'elle s'agrippait à mes cheveux.

J'explorais lascivement son corps. Je dévorais chaque recoin de sa peau si sensible sous la mâchoire, pendant que mes mains virevoltaient autour de ses seins. En même temps, mes doigts s'activaient, tirant sur un téton, pétrissant ses hanches sans répit.

Ma bouche n'était pas en reste, festoyant dans le réceptacle de son nombril, se délectant de son clitoris enflé. Quand sa tête se mit à ballotter en tous sens, je sus qu'elle était prête.

Mes mains remontèrent en sens inverse, effleurant sa peau laiteuse. Tendrement. Avec une sorte de révérence. Puis je la mordillai partout avec une grande délicatesse, lui arrachant un râle venant de la gorge. Elle se consumait de désir, au comble de l'excitation.

Ensuite, je la fis basculer sur le côté en promenant mes mains le long de ses bras.

Tout va bien. Laissez-vous aller. Faites-moi confiance.

Je l'apaisais par mes caresses. Elle frémit et se cambra, nichant sa tête contre mon épaule.

Je m'emparai du lubrifiant et m'enduisis généreusement les doigts de gel sans oublier d'en badigeonner ma verge durcie.

Doucement, très lentement, je dessinai d'une main de petites arabesques autour de la perle dure de son clitoris, pendant que l'autre progressait vers ses fesses pour palper son anus. Elle se crispa. À cause de la morsure froide du gel sur sa peau, peut-être ? Je ne m'en étais pas servi le week-end d'avant.

Je décidai de ralentir le tempo et pris mon temps pour honorer son clitoris de mes caresses avides. Je guettai ses réactions, à l'affût du moindre signe d'embarras, pendant que j'infiltrai un doigt dans son petit trou.

Je réitérai l'opération avec un deuxième doigt afin de distendre l'étroit orifice et le préparer pour ma queue. Elle tangua contre ma main qui s'activait sur sa vulve, aspirant du même coup mes doigts plus profondément dans son cul. Impavide, je continuai à aller et venir en elle sans répit.

Nous avions le temps. La nuit entière. J'étais prêt à tout pour lui donner du plaisir.

Elle se poussa contre mes doigts, encore et encore.

Oui, Abby, tenez bon. Très bien.

Tout en massant son clitoris, les doigts incurvés dans sa fente trempée, je lui soulevai une jambe pour glisser ma queue entre ses fesses, afin qu'elle comprenne où je voulais en venir.

Elle s'offrit à moi sans réserve. Sans frémir ni trembler. Sans la moindre gêne.

J'insinuai lentement le bout de mon gland dans son cul.

Tout doux, me répétai-je comme un mantra, refrénant l'envie folle de plonger brutalement en elle. Non, je devais satisfaire ses désirs, écouter son corps, l'habituer, l'apprivoiser. Elle m'offrait sa confiance, je n'allais pas la trahir.

Elle haleta bruyamment quand je m'enfonçai plus loin. Je redoublai mes tendres attentions sur son clitoris, me forçant à l'immobilité pour exacerber son désir. Je me poussai un peu plus quand je la sentis se détendre avant de me figer de nouveau pour la taquiner du bout des doigts.

Je forçai ses résistances et plantai mon nœud dans sa chair étroite, résistant à la tentation de m'y engouffrer tout entier. Pas question de profiter de l'abandon auquel elle se livrait sans retenue.

J'ôtai la main de son clitoris pour presser la sienne entre mes doigts.

— Tout va bien?

Elle avait mal. Il n'était pas en mon pouvoir de la soulager, mais je voulais lui montrer que j'en avais conscience. Que je serais encore plus prudent et attentif par la suite.

Elle reprit son souffle.

— Oui, fit-elle.

Elle était sincère. Il lui suffirait de me demander d'arrêter pour que je me plie à sa volonté. Si c'était trop douloureux, je n'insisterais pas pour cette nuit.

Je déposai un baiser au creux de sa nuque sans lâcher sa main.

— Vous êtes merveilleuse, murmurai-je.

Elle poussa un long soupir, la tension déserta son corps et je la sentis chavirer contre moi.

J'attrapai alors le vibro et l'actionnai tandis que, de l'autre main, je la plaquais contre moi, mes doigts posés sur sa gorge de façon à sentir les battements de son cœur.

Je fis glisser le jouet le long de son ventre afin de la préparer à la suite. Réprimant le besoin lancinant de m'enfouir complètement en elle, j'introduisis l'objet dans sa chatte. Sa respiration devint plus heurtée quand je la pénétrai délicatement de l'autre côté, alternant mon pénis par-derrière et le vibro par-devant.

Je la serrai étroitement contre moi, nos deux corps tendus à l'extrême.

Encore un peu de patience, Abby.

Nous y sommes presque.

Enfin, je m'engouffrai jusqu'au bout et me rappelai de respirer.

— Ça va, vous êtes sûre? répétai-je d'une voix rocailleuse que je ne reconnus pas.

Elle acquiesça.

Je bougeai à peine afin de lui laisser le temps de s'habituer à la sensation d'être doublement écartelée, stimulée de partout.

J'étais à la torture.

Une simple membrane de peau séparait mon pénis et le sex toy qui, en vibrant, déclenchait en moi un torrent de sensations, décuplant le désir de la défoncer brutalement pour soulager ce besoin cuisant et atteindre la délivrance.

Son cœur tambourinait sous mes doigts, sa respiration s'accéléra.

Pas question de la faire souffrir.

J'attendis donc qu'elle s'apaise.

Je retirai le vibro tout doucement avant de l'enfoncer de nouveau en projetant les hanches vers l'arrière. Là, je me mis à mouvoir le jouet en même temps que ma queue dans des sens opposés.

Seigneur, comme elle était étroite ! Je m'enfouis plus loin dans un grognement d'extase tandis que le vibro me titillait derechef. Je la serrai plus fort. Son cœur pressé contre ma poitrine battait à grands coups.

J'alternais toujours le sex toy et ma bite, l'un dedans, l'autre dehors et vice-versa. Elle s'immobilisa et poussa un petit cri de gorge. Je dirigeai le vibro de manière à percuter son clitoris et en fus remercié par un râle étouffé.

J'accélérai la cadence, mon sexe et le jouet itou, et je faillis exploser quand je sentis son ventre se contracter autour de moi.

Le front inondé de sueur, je la propulsai vers les étoiles, décidé à lui donner tout le plaisir possible.

Elle renversa la tête dans une longue plainte inarticulée.

Impossible de me retenir davantage. Je m'enfouis le plus loin que je pus et elle partit en vrille dans un cri d'extase. Ses muscles se contractèrent spasmodiquement autour de mon sexe, m'entraînant de plus en plus loin, le vibro fouettant ma queue de plus belle.

Surfant sur une vague d'une puissance inouïe, je la pistonnai de plus en plus violemment avant de jouir à mon tour, les dents plantées dans la peau tendre de son dos. Elle cria encore, secouée par un second orgasme aussi fulgurant que le premier.

Et puis elle s'abandonna, inerte, pantelante entre mes bras.

— Abigaïl ?

— Mmm…

— Ça va ?

Elle marmonna quelques mots inaudibles. Je me gardai de remuer, ne souhaitant rien d'autre que de rester exactement là où je me trouvais sans plus bouger. Mais je devais m'occuper d'elle afin qu'elle ne souffre pas le lendemain. Qu'elle comprenne combien m'importait sa confiance.

Je roulai hors du lit et me dirigeai vers la salle de bains.

— Je reviens tout de suite, dis-je.

Je réglai le variateur de lumière afin de plonger la pièce dans une douce pénombre. Puis je me dirigeai vers la baignoire, ouvris le robinet et versai quelques gouttes de son gel douche. Au bout de quelques minutes, la salle de bains s'emplit d'une vapeur odorante.

À mon retour, je la trouvai étendue dans la même position. Je la pris dans mes bras pour la déposer avec précaution dans la baignoire.

Elle soupira d'aise quand l'eau brûlante l'environna. Je m'emparai d'un gant de toilette et le plongeai dans la mousse parfumée avant de lui frotter les épaules et les bras tour à tour. Je me penchai pour lui savonner le dos. J'écartai ses cheveux avec une sorte de ferveur et m'affairai sur sa nuque, déposant une rafale de baisers là où j'avais laissé ma marque sur sa peau. Quand j'eus terminé, je passai le linge sur sa poitrine et observai les bulles glisser le long du sillon entre ses seins.

Je m'activai ensuite sur son ventre, qui s'était délicieusement contracté de plaisir sous mes doigts. Puis je descendis plus bas et repliai ses genoux afin de lui frotter les jambes.

Allongée au fond de la baignoire, elle se laissait faire, les paupières closes, un petit sourire étirant ses lèvres.

Je passai le gant entre ses jambes avec une grande douceur.

— Soulevez les fesses, ma belle, dis-je.

Elle s'exécuta et j'y glissai le linge, effaçant les dernières traces de sperme et de lubrifiant. Après quoi, j'ôtai la bonde et vidai la baignoire.

Je l'aidai à se relever et la fis asseoir sur le bord. Je l'enveloppai dans une grande serviette et lui essuyai les pieds avec une autre. Lentement, je remontai le long de son corps splendide pour sécher chaque centimètre carré de sa peau.

Cela fait, j'attrapai une brosse posée à côté du lavabo et entrepris de démêler sa longue chevelure avec délicatesse.

— Vous avez été parfaite, dis-je. J'en étais sûr.

Elle se contenta de sourire.

Je m'emparai de sa nuisette suspendue à un crochet et la fis glisser par-dessus sa tête. Puis je la soulevai dans mes bras pour la transporter dans sa chambre.

Elle dormait déjà quand mes lèvres effleurèrent son front.

22

Le lendemain matin, je me levai à cinq heures et demie et descendis à la salle de fitness de l'hôtel. En chemin, je m'arrêtai dans la chambre d'Abby. Elle dormait profondément et ne se réveillerait probablement pas avant mon retour.

Je songeai à la confiance aveugle avec laquelle elle s'était donnée à moi, la veille. Cette nuit avait marqué un tournant dans notre relation. Nous pouvions à présent approfondir le jeu. Je la ferai fondre de plaisir dans un prodigieux feu d'artifice, tel qu'elle n'en avait jamais connu.

À mon retour, environ une heure plus tard, j'appelai le service d'étage avant de prendre une douche. En regagnant le salon, je déposai dans sa chambre une bouteille d'eau fraîche et deux cachets d'aspirine. Elle risquait d'être meurtrie de partout à son réveil.

On frappa à la porte au moment où je sortais de la chambre. Le service d'étage, probablement. Je me dépêchai d'ouvrir.

Après son départ, j'entendis l'eau couler dans la salle de bains.

Excellent.

En attendant, je dressai la table et attaquai mon petit déjeuner. Abby me rejoignit une vingtaine de minutes plus tard.

— Venez donc manger avec moi, Abigaïl, dis-je.

Elle s'installa en face de moi et commença son repas.

Linda et Elaina vous ont donné rendez-vous à neuf heures trente, dis-je. Je ne sais trop ce qu'elles ont prévu, mais apparemment vous serez prise jusqu'au milieu de l'après-midi.

Elle mastiqua en silence pendant que je sirotais une deuxième tasse de café. Je me demandai à quoi elle pensait. Il me vint à l'idée de lui proposer de passer la journée avec moi et renoncer au Spa ; j'aurais trouvé un moyen d'échapper au golf et nous aurions agréablement pu passer le temps tous les deux. Je me rappelai de justesse que je souhaitais qu'elle fasse plus amplement connaissance avec ma famille et changeai d'avis.

— Venez, dis-je une fois qu'elle eut expédié son repas.

Elle me suivit au salon.

Je me plaçai derrière elle.

— Penchez la tête pour que je détache votre collier. Elaina et Félicia sont au courant concernant notre style de vie. Ma tante, elle, l'ignore, et même si ce n'était pas le cas, il n'y a aucune raison de l'afficher. Vous le récupérerez cet après-midi, précisai-je en me retournant pour lui faire face.

Était-elle contrariée parce que je l'avais récupéré ? Aurait-elle voulu le porter au vu et au su de tout le monde ? Du coup, cela n'aurait pas manqué d'intriguer Linda.

À moins que… Peut-être ne voulait-elle pas s'en défaire en raison de ce qu'il représentait ?

Je lui soulevai le menton et plongeai mon regard dans le sien.

— Vous êtes toujours à moi, la rassurai-je. Même sans.

Je tombai sur Jackson dans l'entrée de l'hôtel. Du moins je pensais que c'était lui.

Il portait un sweat à capuche, des lunettes de soleil et des dreadlocks – une perruque, apparemment.

— Salut, dit-il. Ce n'est pas trop tôt. Ça fait des heures que je t'attends.

— C'est quoi ça ?

— Un déguisement.

Je jetai un coup d'œil circulaire. Apparemment, nous attirions tous les regards.

— Ah bon? Tu as l'air d'un footballeur costumé, je te signale.

Il haussa les sourcils.

— Peut-être, mais lequel? Impossible de deviner. La preuve, personne ne m'a encore demandé d'autographe.

Je souris.

— Ça veut simplement dire que les gens n'osent pas et pas que ton déguisement est réussi. Mais maintenant que je suis là, ils vont tous se lâcher et foncer comme des mouches sur un pot de confiture.

— Mince alors ! fit-il en repoussant sa capuche d'où s'échappèrent des mèches folles.

— Tu as reçu un coup sur la tête à l'entraînement ou quoi ? Qu'est-ce que tu fabriques ici d'ailleurs ?

— Je t'attendais. Je voulais te parler avant d'aller à l'entraînement.

— Allons là-bas, tu veux? proposai-je en indiquant des fauteuils disposés à l'autre bout du hall. Je peux t'accorder vingt minutes avant d'aller au golf. Qu'est-ce qu'il t'arrive? Raconte, poursuivis-je, une fois que nous fûmes installés.

— La nuit dernière, Félicia et moi…

— Tu ne veux pas enlever tes lunettes d'abord? Comment veux-tu que je me concentre avec ce look trash.

Il s'exécuta.

Où voulait-il en venir? Je n'en avais aucune idée. Félicia l'aurait-elle mis au parfum à mon sujet? Avaient-ils rompu? Et si oui, leur séparation aurait-elle une incidence sur ma relation avec Abby?

— Félicia et moi..., reprit-il pour s'interrompre de nouveau.

— Oui?

Il secoua la tête, l'air incrédule.

— Je n'arrive pas à le croire. On a passé la moitié de la nuit à bavarder. Ensuite, on a marché et encore parlé. Cette fille est sensationnelle. Je n'avais jamais rencontré quelqu'un comme elle. Et en plus, elle est super-sexy.

Félicia, sexy? Sûrement, à condition d'aimer les rousses. Pour ma part, je préférais les brunes avec une opulente chevelure, des courbes gracieuses... Abby... Le jour et la nuit avec Félicia.

Jackson se rembrunit.

— Mes parents s'adoraient, enchaîna-t-il. Sans parler de Todd et Elaina qui s'aiment comme au premier jour. Je n'aurais jamais pensé vivre la même chose, tu vois?

Je voyais très bien.

— Mais aujourd'hui, c'est exactement ce que je ressens avec elle. C'est dingue, non? Je devrais peut-être en parler avec Todd. Mais je pensais que si tu comprenais, si tu pensais qu'il était possible de trouver...

Pourquoi me demandait-il mon avis à moi qui étais le dernier à pouvoir lui donner un conseil? Surtout à ce sujet. J'étais loin d'être un expert. D'autant qu'il en savait probablement autant que moi.

— C'est tout à fait possible, m'entendis-je dire à ma grande surprise. Je suis super-content pour toi, si tu penses avoir trouvé le grand amour avec Félicia.

Todd me battit à plate couture. Mais bon, les toubibs ne fichent rien. Ils passent leurs journées à jouer au golf, c'est connu. Du coup, il était normal qu'il gagne.

À la fin de la partie, je l'invitai à boire un verre au Club House. J'avais l'intention de lui parler, sans trop savoir pourquoi. Peut-être parce que j'étais encore sur un petit nuage après la nuit précédente.

Bref, quelle que soit la raison, j'avais envie de m'en ouvrir à quelqu'un. Un ami de préférence. Or, vu que Todd connaissait mes habitudes…

Abby et moi devions nous retrouver pour dîner avec Elaina et Todd plus tard dans la soirée. J'avais amplement le temps d'ici là et ne me voyais pas me morfondre seul dans ma chambre en attendant.

Avec le recul, ce tête-à-tête avec Todd fut à la fois la meilleure et la pire initiative que j'aie jamais prise.

Je réfléchis à la façon d'entamer la discussion et finis par choisir la manière directe.

— Abby m'a dit que tu étais au courant de mon mode de vie, dis-je après le départ du serveur venu prendre notre commande.

Il ouvrit de grands yeux. Il ne s'attendait apparemment pas à ce que j'aborde le sujet.

Je haussai les épaules.

— J'avais envie de t'en parler, c'est tout, pas la peine d'en faire tout un fromage.

Il se tassa sur la banquette.

— Ce n'est pas une mince affaire, Nathaniel. Tu veux qu'on en discute, tu es sûr?

— Pourquoi pas? Je n'ai rien à cacher. Mais avant, j'aimerais savoir comment tu l'as appris.

— Mélanie est venue nous voir il y a quelques mois. Je pense qu'elle a mal vécu votre rupture. Elle voulait se confier à quelqu'un et puis elle a craqué.

— Je savais que sortir avec elle était une mauvaise idée.

— Alors pourquoi l'as-tu fait?

Je fronçai les sourcils.

— Tu ne vas pas recommencer avec ta psychanalyse de supermarché, d'accord.

Il gloussa.

— Tu es mon meilleur ami. Ce ne serait pas éthique. Même si ça pourrait être assez drôle.

— Bon, ça va comme ça.

Il reprit son sérieux.

— Désolé, je n'ai pas pu m'en empêcher. Au fait, qu'est-ce qui t'est passé par la tête pour la fréquenter?

— Je voulais voir si je pouvais avoir une relation *normale* avec une fille. Cela ne m'était pas arrivé depuis longtemps.

Il promena un regard circulaire dans le bar presque vide.

— Depuis quand? Écoute, mon vieux, tu n'es pas obligé de répondre. Si je pousse trop loin, dis-moi de la fermer, d'accord?

— Si tu veux. C'était à Dartmouth. J'ai eu quelques histoires, rien de sérieux ni de très excitant. Je n'étais pas un bourreau des cœurs, pas comme Jackson. Et contrairement à toi, je n'ai pas rencontré l'amour de ma vie en maternelle. Linda ne me faisait pas de réflexion, mais je savais qu'elle ne comprenait pas trop pourquoi j'étais seul tout le temps.

— Tu n'emmenais jamais personne à la maison, je me souviens.

Je replongeai dans le passé.

— Parce que l'occasion ne s'était jamais présentée, c'est tout. J'avais un copain, Paul, qui était dominant. J'ai passé pas mal de temps avec lui. J'aimais ce style de vie, je n'avais pas l'intention de revenir en arrière. C'était devenu un besoin, une seconde nature. Je me suis souvent demandé si je devais chercher l'explication dans l'enfance.

— Probablement pas.

— Je croyais que tu ne devais pas faire ton psy.

Todd leva yeux au ciel.

— Je te donne mon avis, c'est tout.

— Tu as de l'expérience dans ce domaine?

— Non, mais je ne crois pas que la mort de tes parents ait un rapport. C'est comme se demander pourquoi certains aiment le vert et d'autres le bleu. Il ne doit pas y avoir une seule explication. C'est le mode de fonctionnement de ton cerveau.

— Il ne s'agit pas du besoin de tout contrôler?

— À ton avis?

Je m'accordai le temps de la réflexion, me revoyant avec Mélanie, Paige, Beth. Et Abby.

— Pas forcément, répondis-je avec sincérité.

— Ah! tu vois!

Je laissai échapper un soupir de soulagement.

— Je croyais que quelque chose ne tournait pas rond chez moi.

— Mais non, voyons. Ne sois pas stupide.

Je piochai dans la coupe de cacahuètes, posée sur la table.

— Je sais. Mais c'est dur quelquefois.

— On ne dirait pas. Abby et toi, ça a l'air de marcher, non?

Les images de la nuit revinrent en force dans mon esprit. Dorénavant, notre relation ne s'en porterait que mieux, du moins je l'espérais.

— Elle est... différente.

— Ah! et c'est bon signe?

— Très bon signe.

— C'est du sérieux?

— Doucement Todd, nous ne sommes ensemble que depuis un mois à peine, lâche-moi un peu!

Il fourra une poignée de cacahuètes dans sa bouche.

— D'accord, d'accord. Mais il y a des chances?

— Aucune idée. Je ne sais pas si je suis fait pour ça.

Il pointa un doigt sur ma poitrine.

— Tu vois, là, je pense que ça vient de ton enfance.

Je souris, mi-figue mi-raisin.

— Et ça, là, ça veut dire de la fermer.

— Désolé. Déformation professionnelle. Ce n'est pas toujours facile de faire la part des choses.

— Je n'ai pas besoin d'un psy.

Il continua sur sa lancée, il ne m'écoutait plus.

— C'est juste que quand mon meilleur ami, un bourreau de travail, sort avec une jeune femme, marche sur un petit nuage et affiche un sourire béat à longueur de temps...

— Arrête, Todd.

— Et puis, dis-moi, elle porte un collier de diamants, hein? Je ne me souviens pas avoir vu une de tes copines se balader avec des pierres autour du cou.

— Tu vas arrêter, oui?

— Et tu ne la connais depuis... quoi... quelques semaines, je me trompe?

Je sautai sur mes pieds.

— D'accord, d'accord, dit-il. J'arrête. Rassieds-toi et finis ta bière.

Je vidai mon verre d'un trait et consultai ma montre. Encore trop tôt pour que Abby soit revenue du Spa. Qu'est-ce qui m'avait pris de lui permettre de passer toute une journée loin de moi?

Je repensai encore à notre nuit. À la façon dont je lui avais fait toucher les étoiles.

Todd m'arracha à mes pensées.

— Au fait, je voulais te demander quelque chose. Cette fille qui te plaisait à Columbia, tu sais ce qu'elle est devenue? Je me demande si Abby la connaissait.

— Justement, c'est elle, répondis-je sans réfléchir, l'esprit encore embrumé par la volupté.

Il reposa sa bière et se pencha vers moi.

— C'est pas vrai?

— Si.

Il but une longue gorgée, puis fit lentement tourner la bouteille entre ses doigts.

— Et quelle a été sa réaction quand elle l'a appris?

Je suai à grosses gouttes.

— Je… euh… je…, bafouillai-je.

Il fronça les sourcils.

— Tu ne lui rien dit, c'est ça? Elle ignore qu'elle t'obsède depuis tout ce temps?

— Pas exactement.

— Comment ça, pas exactement?

— Je ne pouvais pas le lui avouer à Columbia. J'étais déjà un dominant à l'époque et je ne voulais pas risquer de l'avilir, si je peux dire. Je savais que nous ne pourrions pas avoir de relation normale, donc je n'ai jamais cherché à l'aborder.

— Mais c'était il y a six ans. Tu ne lui as rien dit même quand elle est devenue… ta soumise.

— Non.

— Non?

Au point où j'en étais, je n'avais aucune raison de dissimuler la vérité.

— Eh bien non, je ne lui ai rien dit, voilà, précisai-je en omettant d'ajouter «pas encore», ne sachant si je lui déballerai toute l'histoire un jour.

Todd grinça les dents.

— Je n'arrive pas à le croire.

— Ne commence pas à me faire la morale.

Il leva la main

— Dis-moi si je me trompe. Tu l'avais à l'œil pendant toutes ces années et…

— Tu n'y es pas.

Il soupira bruyamment.

— Je savais que tu n'étais pas clair, mais à ce point…

— Ce ne sont pas tes oignons.

— Bien sûr que si. Je ne connais peut-être pas grand-chose à ton mode de vie, mais pour autant que je sache, l'honnêteté et la confiance sont les deux aspects les plus importants.

— Exactement. Tu n'y connais rien, alors n'essaie pas de faire le malin. D'ailleurs, qu'est-ce que tu sais au juste? Tu as lu un ou deux bouquins? Tu as fait des recherches sur Internet?

— Ce que je sais, c'est que tu as trompé Abby, martela-t-il en haussant la voix.

— C'est complètement faux.

— Non, c'est vrai, et tu continues de le faire en ne lui disant pas la vérité.

Il avait raison, je le savais. Il exprimait ma plus grande crainte. Il mettait des mots sur les inquiétudes qui me hantaient jour et nuit. J'avais tort de ne rien dire à Abby, me répétait une petite voix intérieure.

Je ne l'avais pas écoutée, j'avais feint de l'ignorer, mais aujourd'hui ce n'était plus envisageable.

Je fis alors la seule chose possible : je retournai ma colère contre Todd.

— Ferme-la ! J'ai raison. Ne te mêle pas de ça…

Il m'interrompit.

— Tu as raison ? Non mais je rêve. Qui penses-tu abuser ? Je l'ai vue, Nate. Cette femme est amoureuse. Comment crois-tu qu'elle va réagir quand elle apprendra la vérité…

— Parce que tu as l'intention de la lui dire ?

— Peut-être bien.

— Tu rêves !

— C'est ce qu'on verra.

Nous nous jaugions de part et d'autre de la table comme deux animaux en cage.

Comment le lui avouer ? C'était trop tard. Elle pourrait me haïr. Et si elle m'aimait vraiment ? Je devais filer en vitesse et m'isoler pour réfléchir.

— Je ne peux pas, murmurai-je.

— Tu n'as pas le choix.

— N'importe quoi.

— Tu es mon ami, Nate, tu le sais. Mais je ne vais pas te regarder lui faire du mal sans réagir. J'ai eu tort de ne rien dire il y a six ans. Je ne commettrai pas la même erreur aujourd'hui.

J'avais l'impression que le monde s'écroulait autour de moi.

— Laisse-moi un peu de temps.

— C'est-à-dire ?

— Je ne sais pas.

Il s'extirpa de la banquette et jeta quelques billets sur la table.

— Tu as intérêt à te décider vite. Sinon, je le ferai à ta place.

— Merde, Todd.

Il resta planté devant la table.

— C'est la seule façon de t'en sortir. Je ne dirai rien à Elaina, je te promets.

J'esquissai une grimace.

— Trop aimable.

— Tu me remercieras un jour, tu verras. À ce soir, dit-il en tournant les talons avant de quitter le bar.

Resté seul, j'enfouis la tête dans mes mains, complètement groggy.

23

Je finis par regagner l'hôtel. Comme Abby n'était pas encore rentrée, je me vautrai sur le canapé en l'attendant, fixant le collier sans le voir.

Todd était au courant…

Il savait, il me forcerait la main et Abby se mettrait dans tous ses états en apprenant que je lui avais menti. Un mensonge par omission, certes, mais un mensonge quand même. Comment pourrait-elle me faire confiance après cela?

Je devais lui avouer que je l'avais surveillée pendant des années. Du coup, la crédibilité de cette histoire de mot clé, de contrat dominant/soumise, etc. en serait ébranlée. Bref, elle comprendrait que je l'avais menée en bateau.

Et je perdrais sa confiance et son estime.

Comment lui en vouloir? D'un autre côté… je n'étais pas forcé de le lui dire. Je n'avais qu'à fermer la bouche et laisser Todd agir, quelle que soit sa décision.

La nuit dernière avait représenté un tournant décisif dans notre relation qui en était sortie renforcée. Pas question de la mettre en danger. Surtout après les moments difficiles que nous avions traversés.

Au fond, quelle importance? Oui, je l'avais espionnée pendant des années. Sans jamais l'approcher. Il n'y avait eu ni machination, ni manipulation. Inutile d'en faire un drame.

Pourtant, c'était grave.

Notre relation, plus que n'importe quelle autre, exigeait une entière franchise et une sincérité absolue. Je le savais. J'en avais moi-même fait l'expérience et Abby le méritait amplement.

Seulement voilà, je me sentais incapable de lui avouer la vérité. La confiance sans limites qu'elle m'avait accordée la nuit précédente m'en empêchait. Je n'étais qu'un lâche.

Après le dîner, j'envisageais d'aller trouver Todd pour mettre les choses au point. Abby resterait dans l'ignorance. Point final.

J'attrapai le journal et parcourus les grands titres. Aucun intérêt. C'était encore pire dans les pages intérieures. Je consultai ma montre. Abby ne tarderait plus à rentrer.

Je bouillais d'impatience.

J'entendis la clé tourner dans la serrure. Enfin.

Elle apparut sur le seuil, plus belle comme jamais. La journée au Spa avait été une superbe idée: elle rayonnait avec ses boucles qui retombaient sur ses épaules, encadrant son visage lumineux.

— Avez-vous passé une bonne journée? demandai-je.

Elle baissa les yeux.

— Oui, Maître.

J'adorais l'entendre m'appeler ainsi. Ce simple mot dans sa bouche avait le don de me faire bander dur.

Je me levai, le collier au bout des doigts.

— Il vous manque quelque chose?

Elle approuva.

J'avançai d'un pas.

— Voulez-vous le remettre?

Nouveau hochement de tête.

J'avais envie… j'avais besoin de l'entendre.

— Dites-le. Dites-moi ce que vous le voulez.

— Je veux votre collier, dit-elle à mi-voix.

Mon collier. Elle acceptait de porter mon collier. Elle était à moi. Je ne laisserai jamais Todd me la prendre.

Je la dépouillai hâtivement de son chemisier, dévoilant le suçon que je lui avais laissé sur l'épaule, la nuit d'avant. D'une main, j'écartai la masse de ses cheveux pour déposer un baiser sur l'ecchymose, effleurant sa peau nacrée du bout des dents.

— Je vous ai marquée hier soir, dis-je. Je vous ai marquée comme mienne et je le referai. Je peux vous imprimer mon empreinte de dizaines de manières différentes.

Mon érection était dure comme du béton. Je rêvais de la culbuter sur le canapé pour la prendre sans autre forme de procès.

J'agrafai le collier autour de son cou.

— Todd et Elaina nous attendent au restaurant. Allez vous changer. Vos vêtements vous attendent sur le lit.

— À plat ventre sur le canapé, Abigaïl, vite, ordonnai-je quand elle reparut, vêtue de la robe en coton que j'avais préparée pour elle plus tôt dans la matinée.

Elle se pencha sur l'accoudoir, en appui sur les avant-bras. Je soulevai sa jupe. Elle ne portait rien en dessous. J'éclatai de rire en caressant ses fesses nues à pleines mains.

— Je constate avec joie que vous lisez dans mes pensées. Quel dommage! Je vous aurais volontiers fessé avant le dîner, si nous avions eu le temps.

Nous avions réservé une table dans un petit bistro en bord de mer. Pendant le trajet en voiture, je lui conseillai de prendre du poisson au dîner, me rappelant qu'elle avait commandé de la viande rouge, la veille au soir.

Todd et Elaina n'étaient pas encore arrivés. J'invitai Abby à prendre place en attendant. Elle étudia la carte pendant que je surveillai la porte.

Todd apparut le premier et nous repéra immédiatement. Elaina suivait, l'air troublée. Manifestement, elle était au courant. Je glissai un œil vers Abby, toujours plongée dans le menu.

— *Je ne lui dirai rien*, articulai-je silencieusement en direction de Todd quand il s'approcha.

Il me jeta un regard noir.

— Bonsoir, Abby, dit-il sur un ton froid, le visage fermé.

Elle leva vers lui des yeux incertains. Bon sang! À présent, elle savait que quelque chose ne tournait pas rond.

Le serveur vint prendre la commande des boissons dès que nous fûmes installés.

— *Tu dois lui dire*, me dit Todd silencieusement pendant qu'Abby et Elaina se lançaient dans une conversation enjouée.

Je secouai la tête.

Il posa le menu d'un coup sec sur la table quand le serveur eut tourné les talons.

— Dis-moi, Nathaniel, où as-tu laissé Apollon pendant le week-end? s'enquit Elaina pour dégeler l'atmosphère.

— Au chenil, répondis-je sur le ton de la conversation.

— Il va mieux alors?

— Il fait des progrès, oui.

— Content pour lui, grommela Todd entre ses dents.

Ça promettait pour la suite de la soirée.

Heureusement, le serveur revint avec nos boissons.

— Voulez-vous commander? demanda-t-il.

— Ah oui, le menu. J'avais complètement oublié.

Soudain, je remarquai la façon dont l'homme regardait Abby. Il la lorgnait sans vergogne.

— Et pour madame? dit-il en la déshabillant carrément des yeux.

— Le saumon, s'il vous plaît, répondit-elle en me passant le menu.

Évidemment, puisque je lui avais dit de prendre du poisson.

— Très bon choix, c'est notre spécialité, approuva l'autre en lui décochant une œillade.

Je faillis m'étrangler de fureur.

— Et pour vous, monsieur?

— La même chose, dis-je en le foudroyant du regard.

Il avait pris les commandes de Todd et d'Elaina. Qu'attendait-il pour ficher le camp?

Au lieu de quoi, il restait là, à croire qu'il avait pris racine.

— Vous êtes venus pour le match? demanda-t-il, les yeux rivés sur Abby.

Elle se colla contre moi.

Ben oui, pauvre crétin. Elle est avec moi. Elle repartira avec moi. Et cette nuit, elle sera avec moi dans mon lit et pas dans le tien.

— Bien sûr, vivent les Giants! intervint Elaina, s'efforçant d'apaiser les esprits.

La pauvre, elle avait du pain sur la planche.

Le serveur esquissa une grimace.

— Écoutez, lui dis-je, plus vite vous lancerez notre commande, plus vite nous pourrons repartir, vous voyez?

Le serveur s'en fut avec un dernier regard à Abby.

Après son départ, la tension était si palpable que je me surpris à souhaiter son retour. Histoire de créer une diversion bienvenue.

Elaina repoussa sa chaise.

— Je vais me rafraîchir. Tu m'accompagnes? demanda-t-elle à Abby qui s'empressa de la suivre avec un évident soulagement.

Todd et moi nous levâmes dans un bel ensemble quand les deux femmes quittèrent la table.

— Tu fais une grossière erreur, dit-il en se rasseyant quand elles furent hors de portée.

— C'est mon problème.

— Peut-être, mais c'est aussi celui d'Abby.

— Je ne vois pas pourquoi du moment qu'elle n'en saura rien.

Il se pencha par-dessus la table.

— Ne compte pas trop là-dessus. Quand elle le découvrira – et elle finira par l'apprendre un jour ou l'autre –, la pilule passera mieux si c'est toi qui la mets au parfum. Et tu as intérêt à le faire le plus tôt possible.

Je me penchai à mon tour.

— Laisse tomber.

— Tu es un homme intelligent et respecté. Tu as bâti ton entreprise sur la base de l'honnêteté et de l'intégrité. Ce sont les valeurs que tu défends et que tu exiges de tes employés aussi. Comment réagirais-tu si tu savais que je cachais quelque chose à Elaina, par exemple?

— Je dirais que tu sais ce que tu fais et que ce ne sont pas mes oignons.

Il haussa le ton.

— Tu parles! Tu te dépêcherais de tout lui balancer, oui.

Je frappai du poing sur la table.

— Je ne veux pas qu'elle me quitte à cause de toi!

— Tu débloques ou quoi, Nathaniel? Il n'est pas question qu'elle te quitte. Au contraire, je veux qu'elle reste avec toi parce que tu mérites la confiance qu'elle t'accorde. Maintenant, je te conseille de te calmer, ajouta-t-il en jetant un coup d'œil par-dessus son épaule. Elles reviennent.

J'eus le temps de me ressaisir le temps que Abby et Elaina viennent se rasseoir. Abby se doutait de quelque chose, je le voyais, mais elle ne me poserait aucune question. Mes règlements de compte avec mes amis ne la regardaient pas.

Le dîner s'éternisait. J'aurais été incapable de dire ce que j'avais mangé. Je me souvenais seulement avoir été plongé dans un conflit intérieur pendant tout le repas.

Dis-le lui.

Ne le lui dis pas.

Renvoie-la.

Garde-la.

Des pensées contradictoires se bousculaient dans ma tête à un rythme infernal. Je ne savais quoi faire. Je me débattais dans les affres de l'indécision.

Plus tard, dans l'ascenseur qui nous menait à notre suite, je n'étais certain que d'une chose: en cet instant, cette nuit, Abby était à moi. Une fois dans le vestibule, je claquai la porte derrière nous, l'empoignai par le bras et glissai mes mains sous sa robe. Je me grisais de son odeur. Elle était à moi. À moi seul. En proie à un mélange de fureur et de désir, je passai sa robe par-dessus sa tête et la dépouillai brutalement de son soutien-gorge.

Elle se tenait nue devant moi.

Dans un même élan, je baissai mon pantalon et déchirai ma chemise, envoyant voler les boutons dans tous les coins. Abby me fixait, les yeux élargis de surprise.

Je la soulevai et la coinçai contre le battant.

— Le week-end prochain, je vous veux nue dès que vous mettrez les pieds chez moi jusqu'à votre départ. Compris?

Pas le temps de gagner la chambre, j'étais trop excité. J'allais la prendre ici. Contre la porte.

J'insérai deux doigts en elle pour découvrir avec ravissement qu'elle était déjà trempée. Je n'étais pas d'humeur à faire des préliminaires. J'entortillai les doigts dans sa toison, lui arrachant un feulement haletant.

— Je vous prendrai quand et où je voudrai. Je vous baiserai cinq fois d'affilée, vendredi soir.

Et comment que j'en étais capable.

Et vous serez entièrement épilée, Abigaïl. Qu'il ne reste plus un seul poil de votre toison.

Elle battit des paupières sans rien dire.

— Maintenant, écartez les jambes, les genoux fléchis. Et plus vite que ça. Ne me faites pas attendre.

Elle obéit avec docilité. Je la soulevai en guidant d'une main la base de mon pénis et la pénétrai à fond.

Je me retirai pour m'enfoncer davantage, la poussant avec sauvagerie contre la porte. Elle réprima un couinement et enroula ses jambes autour de mes hanches.

Je fermai les yeux, le corps en ébullition.

Ce n'était pas encore assez. Je la clouai contre le panneau de bois pour m'enfouir en elle et l'emplir tout entière.

Ses bras glissèrent le long de mon cou jusqu'à mon échine où elle planta les doigts.

— Oui, criai-je tandis qu'elle me griffait la peau.

Oh! oui... Marquez-moi.

Elle me possédait autant que je la possédais. Cette pensée m'enhardit et je l'enfilai plus fort.

Elle gémit entre mes bras.

— Pas encore, Abigaïl, dis-je en la martelant de plus belle. Je n'ai pas fini.

Elle geignit pendant qu'elle se contractait autour de ma queue.

Je me retirai pour replonger avec une ardeur renouvelée.

— Vous jouirez quand je vous le dirai, pas avant. J'ai apporté la cravache, je vous préviens.

Ses ongles me labouraient le dos, laissant au passage des égratignures brûlantes qui m'électrisaient. Je pompai avec une telle force que je l'envoyai cogner contre la porte. Elle grogna sans retenue. Je savais que j'étais immonde de la faire languir, mais elle était si désirable. Ployant les genoux, je basculai les hanches pour trouver l'angle idéal et je recommençai à la transpercer avec frénésie.

Ses plaintes me rendaient fou. Je la pistonnais encore et encore, j'étais sur le point d'exploser. Elle aussi.

Haletante, le visage empourpré de plaisir, elle ne se dominait plus.

— Maintenant, dis-je dans un souffle.

Elle se tendit comme un arc, ballotée par une houle qui enflait et se propageait autour de moi en ondes concentriques. Les vagues n'en finissaient pas de tourbillonner, décuplant mon plaisir. Alors ne me contrôlant plus, je la mordis à l'épaule pendant que je me perdais en elle dans un violent coup de reins.

Je m'accrochai à ses hanches en essayant de reprendre mon souffle. Elle s'abandonna contre ma poitrine et je reculai pour écarter ses cheveux qui retombaient sur son visage.

Elle avait l'air d'une femme comblée, un sourire béat aux lèvres.

Je l'allongeai par terre avant de me diriger vers la salle de bains. Une profusion de serviettes et gants de toilette étaient suspendus près du lavabo. J'en attrapai un que je passai sous l'eau chaude.

À mon retour, elle n'avait pas bougé. Je la lavai entre les jambes pour effacer les traces de son désir et du mien. Après nos ébats de la nuit dernière et le traitement que je venais de lui infliger, elle allait être endolorie de partout, si ce n'était pas déjà le cas.

Je plantai mon regard le sien et compris ce que j'avais à faire.

Je devais tout lui dire.

— Je suis désolé, fis-je, sans trop savoir pourquoi. La brutalité de mes assauts, la vérité que je lui dissimulais, sa souffrance quand elle l'apprendrait? Tout cela à la fois? Je sors, ajoutai-je. À plus tard.

En cet instant, englué dans le mensonge, il m'était impossible de la regarder en face.

24

Je repensai à ma conversation de la veille avec Todd en courant sur le tapis, dans la salle de gym.

J'étais allé frapper à sa porte après mes ébats avec Abby. Il avait eu l'air surpris, mais il avait accepté de me parler dans l'un des salons de l'hôtel.

Il fut soulagé d'apprendre mon intention de tout révéler à Abby. Il me répéta que c'était une excellente initiative. Il semblait même satisfait du délai que je m'étais imposé – trois semaines au plus. Pour ma part, je savais que le plus dur restait à faire.

En le quittant, la mélodie d'Abby me trottait dans la tête. Aussi décidai-je de m'asseoir au piano dans le lobby.

Trois semaines. Il ne me restait que trois semaines.

Cette pensée m'obsédait.

Trois semaines.

Vingt-et-un jours.

Cinq cent quatre heures.

Je jouai pendant des heures, m'immergeant dans la musique comme je m'étais noyée en elle, tout à l'heure. Je recouvrai mon calme à mesure que les heures s'écoulaient.

En retournant dans la suite, tard dans la nuit, j'avais l'impression d'être redevenu moi-même pour la première fois depuis des semaines.

Rien n'avait changé. À la différence qu'Abby était entrée dans ma vie. Bientôt, très bientôt, je lui parlerais et... je n'avais aucune idée de ce qui se passerait ensuite.

Je ne savais même pas comment m'y prendre, mais une chose était sûre, ce ne serait pas cette semaine. Pas question de gâcher le prochain week-end.

Mon jogging terminé, je fis un saut dans la chambre d'Abby avant de retourner dans la mienne. Elle dormait toujours. Tant mieux, j'aurais le temps de me laver d'ici son réveil.

Je m'étais douché et rhabillé lorsqu'elle entra dans le salon, beaucoup plus tard. Elle se profila sur le seuil de la salle à manger, vêtue d'un pantalon et d'un pull gris, un sourire diabolique aux lèvres.

Je réprimai un soupir de soulagement. Elle n'avait pas l'air de m'en vouloir de la façon cavalière dont je l'avais traitée, cette nuit. Au contraire, elle paraissait fraîche et dispose... telle une chatte repue... irrésistible.

Elle se dirigea vers la cafetière en chaloupant gracieusement des hanches.

Je faillis renverser ma tasse.

Imbécile, son slip. Elle te montre la marque de sa culotte.

Elle aurait voulu une fessée qu'elle ne s'y serait pas prise autrement.

Je bandais en moins de trois secondes.

— Abigaïl, ne me dites pas que je vois la marque de votre slip, là ?

Elle s'immobilisa comme pour me faire admirer son cul.

Je posai ma tasse sur la table.

— Approchez.

Elle s'avança en affichant toujours son sourire fripon.

Je me plaçai derrière elle.

— Vous portez une culotte, hein? Retirez-la. Tout de suite.

Elle défit son pantalon d'une main tremblante et l'abandonna choir sur le sol avant d'ôter sa culotte.

— Penchez-vous sur le canapé, Abigaïl.

Elle s'exécuta, le cul perché.

Je la fessai violemment.

— Plus de petite culotte jusqu'à la fin du week-end. *Vlan*. Lorsque j'en aurai terminé avec vous, vous irez me chercher toutes vos dessous dans votre chambre. *Vlan*. Vous les reprendrez lorsque je vous le dirai. *Vlan*. Et ce ne sera pas ce week-end, n'y comptez pas. *Vlan*. Vous connaissez le programme de la semaine prochaine, je vous en ai parlé hier.

Je lui flanquai une nouvelle claque. Sa peau prenait une délicieuse nuance rose. Je passai ma main entre ses cuisses. Elle était trempée. Elle poussa sans pudeur ses fesses contre ma paume. Je lui administrai une nouvelle raclée.

— Non, pas de ça ce matin. Remettez votre pantalon et allez vite me chercher ce que je vous ai demandé.

Elle se releva et se rhabilla lentement, les pupilles dilatées de désir.

Le week-end prochain, Abby. Promis. Nous aurons tout le temps. Au moins pendant les trois semaines suivantes.

Elle me gratifia d'un sourire espiègle et trottina vers sa chambre. Elle reparut quelques instants plus tard, les bras chargés d'une brassée de petites culottes.

— Pensiez-vous rester à Tampa aussi longtemps, Abigaïl? lui demandai-je en la soulageant de son fardeau.

— Il faut toujours être prêt, Maître, répondit-elle, les yeux baissés.

Argh...

Je survolai du regard la salle de réception privatisée où avait lieu le brunch. Je repérai bon nombre de mes associés d'affaires. Des amis de Jackson bavardaient par petits groupes et Félicia s'entretenait avec Linda à l'autre bout de la salle.

J'arborai un sourire sans joie en reconnaissant un couple d'âge mûr.

Les parents de Mélanie. Notre arrivée ne leur avait pas échappé.

Je n'avais pas envie de délaisser Abby, mais je me devais de les saluer et préférais le faire hors de sa présence.

Abby savait que j'étais sorti avec Mélanie, je ne le lui avais pas caché. Elle devait se douter aussi que mon ex n'avait pas été ma soumise. Toutefois, les parents de Mélanie ignoraient tout de mon mode de vie. Du moins je l'espérais.

Je posai la main dans le creux de ses reins, histoire de ne laisser aucun doute aux Tompkins sur la relation qui me liait à elle. Mélanie l'apprendrait, ce qui lui permettrait peut-être de tourner enfin la page.

— Nous sommes un peu en avance, lui dis-je. Je dois saluer quelques personnes. Voulez-vous que je vous accompagne auprès de Félicia et Linda ou préférez-vous rester ici?

Elle coula un regard dans la direction de Todd et Elaina.

— Je reste ici.

À coup sûr, elle voulait parler en privé à Elaina. Sans doute espérait-elle glaner des informations sur ce qui s'était passé la veille au soir. Elle pouvait toujours essayer, elle n'arriverait à rien. Todd ne me trahirait jamais.

Je lui caressai le bras d'un doigt léger.

— Je reviens tout de suite

Les Tompkins me regardèrent approcher. Je ne les avais pas revus depuis ma rupture avec leur fille.

— Bonjour Ivan, dis-je au père de Mélanie en lui tendant la main. Comment allez-vous?

— Bonjour, Nathaniel, répondit-il avec la plus parfaite courtoisie.

— Je suis heureux que vous ayez pu vous joindre à nous, ajoutai-je en jetant un regard oblique à Tabitha, son épouse.

Il me gratifia d'une bourrade dans le dos.

— Nous avons décidé d'oublier le passé. Les relations ne sont pas toujours faites pour durer.

Apparemment, Tabitha Tompkins ne semblait pas partager ce point de vue.

— Comment va Mélanie? demandai-je.

— Elle est toujours à New York.

J'aurais dû m'en douter. Dans le cas contraire, elle n'aurait pas informé Elaina et Todd de mon mode de vie et ce fichu délai de trois semaines ne serait probablement pas suspendu comme une épée de Damoclès au-dessus de ma tête.

— Je lui souhaite tout le bonheur possible.

Tabitha émit une sorte de grognement en guise de réponse.

— Merci, Nathaniel, fit Ivan. Nos familles sont liées depuis longtemps. Le fait que cela n'ait pas marché entre Mélanie et vous n'y changera rien, du moins je l'espère.

— Ivan, regarde, n'est-ce pas Samuel là-bas? coupa sa femme.

— Ah oui, c'est exact. Vous voulez bien nous excuser, Nathaniel? dit-il à mon intention.

— Je vous en prie.

— Vous me présenterez votre nouvelle amie tout à l'heure? ajouta-t-il avec un clin d'œil.

J'étais infiniment soulagé. Tabitha ne manquerait pas de parler de notre rencontre à sa fille qui pourrait enfin faire son deuil de notre relation et trouver un compagnon qui la chérirait comme elle le méritait.

Après leur départ, je bavardai avec quelques-uns de mes associés venus spécialement à Tampa pour assister au match. Linda avait loué la salle de réception. Ce n'était donc pas un hasard si Mélanie n'avait été conviée ni au match ni au brunch. J'avais suggéré à ma tante d'inviter ses parents en espérant que cela nous permettrait de faire la paix. Mission accomplie sur ce plan-là.

Linda vint à ma rencontre alors que je m'apprêtais à retrouver Abby.

— Alors, comment ça s'est passé ?

— Aussi bien que possible. Pas de problème avec Ivan, mais je crois que Tabitha ne décolère pas de ne pas pouvoir commander ses serviettes monogrammées.

— Je le lui ai pourtant fait comprendre il y a quelques semaines déjà. J'ai même mentionné Abby…

— Linda !

Elle me tapota le bras.

— Allons, Il vaut mieux qu'elle l'apprenne maintenant. Mélanie ne sera jamais une West.

— Je n'ai aucune intention de me marier, de toute façon.

— Et si tu délivrais Abby des griffes d'Elaina en attendant ? Elle l'accapare depuis votre arrivée.

J'allai donc chercher Abby. Nous nous dirigeâmes en compagnie de Todd et de sa femme vers le buffet avant de nous asseoir à notre table, où Félicia nous rejoignit un peu plus tard. Jackson ne la retrouverait qu'à la fin du match.

— Bonjour, Nathaniel, s'écria-t-elle avec une cordialité qui me surprit.

Elle allait me détester quand elle apprendrait la vérité. Abby me pardonnait peut-être un jour, mais pas Félicia, j'en aurais mis ma main au feu.

Il me restait trois semaines. Trois petites semaines pendant lesquelles je pourrais feindre que tout allait pour le mieux.

— Bonjour Félicia, dis-je sur le même ton. Comment va mon cher cousin?

Elle disserta un bon moment sur le match, Jackson, ses coéquipiers rencontrés la veille avec leurs épouses. Je compris ce que Jackson lui trouvait. Elle avait quelque chose... Ces deux-là se ressemblaient d'une certaine manière.

— Depuis combien de temps travaillez-vous à la bibliothèque, Abby? demanda soudain Todd.

Je relevai la tête, tous les sens en alerte.

Abby piqua un morceau d'ananas avec sa fourchette.

— Sept ans. Avant, j'étais employée dans une bibliothèque universitaire.

— Ah oui? Nous avons dû se croiser alors. Je passais beaucoup de temps en bibliothèque quand j'étais étudiant.

Je lui flanquai un coup de pied sous la table.

«Bordel, qu'est-ce que tu fabriques»? articulai-je silencieusement.

Heureusement, Abby ne remarqua rien.

— Je ne crois pas. Je me rappellerais sinon.

— Merci, c'est flatteur, répondit Todd à qui je décochai un nouveau coup de pied dans les tibias.

« Va te faire foutre!»

Il haussa les sourcils.

Elaina nous dévisagea à tour de rôle. Je me composai une contenance, conscient qu'Abby ne tarderait pas à remarquer notre petit manège à son tour.

Todd s'éclaircit la voix.

— Préférez-vous la bibliothèque municipale à celle du campus?

Elle sourit, mais elle avait noté qu'il y avait de l'électricité dans l'air, ça se voyait.

— Oui, parce qu'il y a davantage de diversité parmi les usagers. Les étudiants peuvent être odieux parfois. J'ai dû leur répéter des dizaines de fois de baisser le ton et de ne pas arracher les pages des manuels.

Todd éclata de rire et la tension se dissipa.

— Je ne crois pas.

Elaina posa à Felicia une autre question à propos de Jackson et la conversation bifurqua de nouveau sur le Super Bowl.

Voyant que Todd se levait pour se resservir, je le suivis au buffet.

— Qu'est-ce qu'il t'a pris? Ça ne va pas là?

Il préleva une tranche de bacon sur un plateau argenté.

— Je voulais te filer un coup de main. Elle est assez croustillante, à ton avis?

Je le regardai se servir une autre tranche qu'il déposa dans son assiette.

— Je m'en fiche de ton foutu bacon. Un coup de main, hein?

Il rajouta des œufs brouillés.

— Si Abby se rappelait le pervers qui l'espionnait à l'époque où elle était à l'université, cela te simplifierait la tâche, non?

— Tu parles!

— Tu devrais prendre quelque chose sinon elle se dira qu'il y a un truc louche. Tu en veux? ajouta-t-il en désignant les œufs brouillés.

— Pourquoi pas?

Il déposa une grosse cuillerée dans mon assiette.

— Écoute, tu n'as qu'à le dire si tu ne veux pas que je m'en mêle.

— C'est dit.

Il tint parole et ne reparla ni de Columbia, ni de la bibliothèque, m'évitant de le bourrer de coups de pied jusqu'à la fin du repas.

En entrant dans la loge VIP que j'avais réservée, je notai le sac posé dans un coin. Je me penchai pour vérifier. Parfait, il s'agissait bien de celui que j'avais fait livrer. Il contenait deux couvertures, des billets pour les tribunes intermédiaires, un sachet en plastique refermable et une minijupe.

Je fermai les yeux pour repasser mon plan une dernière fois dans ma tête.

Baiser dans un lieu public. Abby avait coché la case «prête à essayer» du questionnaire.

Je me félicitai du temps inhabituellement frais pour la saison en Floride. Un mois de février normal, je n'aurais jamais pu exécuter ce que j'avais à l'esprit – pas pendant le Super Bowl, en tout cas. Bah, j'aurais trouvé un autre moyen pour faire vivre à Abby une expérience unique, mais celle-là…

Elle ne l'oublierait pas de sitôt.

Pendant la première mi-temps, elle regarda le match tout en bavardant avec Linda et Félicia. De temps à autre, elle louchait dans ma direction avec un sourire timide.

Je n'avais aucune idée du score, tant la splendide brune assise à mes côtés me troublait.

Quelques minutes avant la pause, je lui pris la main pour aller trouver Linda à qui j'expliquai que nous devions nous absenter et serions de retour dans un petit moment. Abby ne posa aucune question.

— Mon plan démarre maintenant, lui soufflai-je.

Elle parut décontenancée.

Je lui tendis le sac.

— Allez-vous changer. Vous trouverez un autre billet là-dedans. Rendez-vous avant le début du show de la mi-temps.

Elle s'en fut aux toilettes sans mot dire.

Après avoir vérifié que le billet supplémentaire et un préservatif se trouvaient bien dans ma poche, je me dirigeai vers les tribunes et grimpai dans les rangées supérieures pour guetter le retour d'Abby.

Je n'eus pas à attendre longtemps. Je la vis se frayer un chemin dans la cohue en promenant un regard circulaire, comme si elle me cherchait. Elle avait enfilé la minijupe. J'aurais pu rester des heures à la contempler, mais il faisait trop froid, je n'avais pas envie qu'elle attrape la crève à cause de moi.

Elle me manquait déjà.

Je dévalai les gradins pour la rejoindre.

Je m'installai près d'elle et lui enlaçai les épaules en essayant de deviner sa réaction après ce que j'allais lui dire.

— Savez-vous que trois personnes sur quatre rêvent de baiser en public ?

Elle se figea et tressaillit quand je fis virevolter ma langue dans le creux de son oreille.

— À mon avis *(nouveau coup de langue)*, pourquoi fantasmer si on peut tenter l'expérience pour de vrai ?

Elle se serra contre moi.

Je lui mordillai l'oreille, me délectant du gémissement rauque que je lui arrachai.

— Je vais vous baiser pendant le Super Bowl, Abigaïl. Personne ne s'apercevra de rien si vous vous tenez tranquille.

Elle croisa les jambes, les décroisa puis promena un regard autour d'elle. Absorbé par le spectacle qui se déroulait sous nos yeux, personne ne s'intéressait à nous.

Un léger sourire incurva ses lèvres tandis que je traçais de petits cercles sur son épaule.

Oui, elle en mourait d'envie.

— Levez-vous et prenez un des plaids. Ménagez une ouverture dans le dos. Ensuite, vous poserez un pied sur la rampe devant vous.

Elle se mit debout et s'emmitoufla dans une couverture en suivant mes instructions. Je scrutai la foule. Personne ne nous prêtait attention. Nous étions un couple ordinaire, blottis l'un contre l'autre pour nous tenir chaud.

Mon regard remonta sur le tableau d'affichage. Plus que quelques secondes avant la pause. Je me levai à mon tour, pris l'autre couverture et plaquai Abby contre mon ventre au moment où Jackson et ses coéquipiers quittaient le terrain au petit trot. Je m'enveloppai dans la couverture en ramenant les extrémités autour de ses épaules.

Ma main vagabonda sous son chemisier, remonta jusqu'à son sein dont je pinçai la pointe.

Elle en eut le souffle coupé.

— Ne bougez pas.

Nous serions dans de beaux draps tous les deux si on nous attrapait à cause de ses cris d'orfraie, hein?

Il était trop tard – nous étions déjà allés trop loin pour nous en inquiéter. Je décidai de me détendre et de profiter du moment.

Je l'attirai contre moi pour explorer son corps sous les couvertures. J'empoignai ses seins à deux mains.

— Je n'en peux plus. J'ai hâte d'être en vous. Vous êtes si désirable, vous ne pouvez pas savoir à quel point j'ai envie de vous. Vous me faites bander à mort, vous sentez? ajoutai-je en nichant mon érection dure comme le roc contre ses fesses.

Les lumières décrurent dans le stade et je m'écartai le temps de défaire mon pantalon et d'enfiler le préservatif.

— Penchez-vous sur la balustrade. Personne ne s'apercevra de rien, la rassurai-je en retroussant l'ourlet de sa jupe sous les couvertures. Les gens sont tellement absorbés dans leur bulle qu'ils ne remarquent jamais ce qui se passe autour d'eux. La terre pourrait trembler qu'ils ne s'en rendraient même pas compte.

Pour l'heure, nous n'allions pas nous en plaindre.

Un tonnerre de clameurs et d'applaudissements s'éleva du stade. Le show de la mi-temps débutait. J'en profitai pour l'enfiler d'une poussée. Elle laissa échapper un petit cri ravi, couvert par le vacarme ambiant.

Je la besognais au rythme de la musique. Mmm… c'était trop bon. Je resserrai les extrémités de la couverture, encerclant mes bras autour de sa taille pour mieux l'étreindre. D'instinct, elle écarta davantage les cuisses pour me faciliter l'accès.

Je jetai un nouveau coup d'œil alentour, puis me retirai abruptement avant de pousser à nouveau plus fort.

— Dire que personne n'imagine ce que nous sommes en train de faire. Vous pouvez crier autant que vous voulez, ajoutai-je en taquinant son téton pour la faire gémir.

Peine perdue, elle n'ouvrit pas la bouche.

À la chanson d'après, je changeai le tempo, entamant une danse lente et sensuelle. Je voulais garder à jamais ce souvenir dans ma mémoire. La sensation exquise d'être en elle, de l'absorber et de me fondre dans sa chaleur. Je déployai mes mains en éventail sur ses seins et sentis sa respiration erratique tandis que son cœur faisait des embardées sous mes caresses.

Pendant la chanson suivante, je ralentis encore. Il y avait comme un arc électrique tendu entre nous. C'était tout ce qui comptait pour moi en cet instant – sa soumission, la confiance qu'elle me manifestait sans limites. À quoi bon s'inquiéter de l'avenir ?

Le reste du monde s'évanouit avec la dernière chanson. Sur le point de basculer dans l'extase, j'accélérai mes coups de boutoir. En même temps, ma main descendit vers son sexe pour pétrir son clitoris. Elle se balançait en rythme contre moi en se contractant délicieusement pour m'attirer plus loin.

Je la labourais avec un regain de vigueur. Mes hanches dansaient la samba autour d'elle tandis que la chanson touchait à sa fin. Des éclairs de lumière jaillirent autour de nous pendant que je l'épinglais contre la balustrade en de puissantes ruades, avec les derniers accords de la musique.

— Jouissez avec moi, lui chuchotai-je en la pilonnant une ultime fois avant d'exploser dans un orgasme cataclysmique, la propulsant au septième ciel en même temps.

Je l'étreignis en attendant que la foule se calme peu à peu. Je voulais savourer le bonheur de la tenir entre mes bras, son corps frissonnant plaqué contre le mien. Sentait-elle mon cœur cogner dans ma poitrine ? Avait-elle conscience de l'effet qu'elle avait sur moi ?

Alors que les spectateurs regagnaient leurs sièges, je l'écartai de la balustrade sans desserrer mon étreinte. Je retirai le préservatif et le glissai dans le sachet que j'avais pris soin de prévoir dans le sac de toile. Après quoi, je rajustai mon pantalon et la hissai sur mes genoux – je ne voulais pas, ne pouvais pas encore la laisser partir.

J'enfouis mon nez dans le creux de sa nuque pour me griser de son odeur. Elle sentait le sexe.

— Fantastique ! Je n'avais jamais assisté à un show aussi époustouflant lui soufflai-je à l'oreille.

25

J'étais groggy comme un adolescent à son premier rendez-vous. J'avais pourtant souvent baisé dans pas mal de lieux publics – un parc désert, un parking vide, voire plus banalement au fond d'un cinéma –, mais jamais encore dans un stade de football plein à craquer pendant l'un des événements sportifs les plus regardés du pays.

J'enfouis les doigts dans les cheveux d'Abby, respirant avec délices la note fleurie de son shampoing.

Et si nous avions été filmés par une caméra de télévision?

Au fond, quelle importance? Il faisait trop sombre pendant le show pour que l'on nous remarque.

En revanche, regagner notre loge, là, c'était une autre paire de manches…

Pour ma part, je savais cacher mes émotions derrière une façade impénétrable, mais là, je n'étais pas sûr de pouvoir masquer mon expression éblouie après cette formidable séance de baise.

Abby poussa un soupir, la tête nichée au creux de mon épaule. Elle serait totalement incapable de dissimuler ses regards alanguis, c'était sûr. D'autre part, la compagnie des autres commençait à me peser. J'avais envie d'avoir encore un peu de temps seul avec elle, même au milieu de la foule.

Pendant le troisième quart-temps, nous restâmes sagement emmitouflés dans les couvertures à faire semblant de regarder le match. Savourant nos derniers moments d'intimité.

Vers la fin de la période, Abby se mit à remuer sur mes genoux et je sentis mon érection durcir encore contre ses fesses. Il était temps de lever l'ancre.

— Nous devrions retourner à notre loge, dis-je sans esquisser un geste. Au fait, savez-vous pourquoi nous avons attendu ?

Elle leva vers moi un regard extatique sans répondre. À quoi pensait-elle ?

— Parce que votre visage vous trahit. Vous êtes un livre ouvert. Sauf en ce moment. Je serais incapable de dire ce qui vous passe par la tête.

Elle gloussa, ce qui me fit sourire. J'avais réussi à la dérider. Enfin. Même si j'en ignorais la raison.

— Il vaudrait mieux aller vous changer, poursuivis-je. Félicia m'arracherait les yeux si elle vous surprenait en jupe par ce froid.

Je portai une attention distraite au match après avoir retrouvé les autres. Je ne m'avisai de la victoire de New York qu'en voyant Jason souffler un baiser à Félicia depuis le terrain, en contrebas. J'espérais qu'il était conscient de sa dette envers moi.

Abby et moi quittâmes le stade tout de suite après la remise de la coupe. J'embrassai Linda en lui rappelant le dîner prévu le mardi soir suivant avant de dire au revoir à Elaina et à Todd. J'avais beau me répéter qu'il avait les meilleures intentions du monde, son attitude pendant le brunch me restait en travers de la gorge.

Une fois à bord du jet, je consultai ma montre. Il était tard. S'il s'était agi d'un dimanche normal, Abby serait rentrée chez elle depuis longtemps. Je m'abstins de l'entraîner dans la chambre pour un second round, malgré l'envie qui me démangeait. Cela aurait été contraire aux termes du contrat. Or j'avais déjà dépassé les bornes. Je devrais attendre le mercredi pour…

Ce qui me rappela quelque chose.

— Avons-nous vraiment rendez-vous cette semaine à la bibliothèque comme vous l'avez déclaré à Linda ou ai-je mal compris ?

Elle m'offrit un sourire aguicheur.

— Pas du tout. J'espère bien que vous pourrez vous libérer.

Elle avait déjà réservé une tranche horaire à cet effet, précisa-t-elle. Je croisai les jambes pour dissimuler mon érection naissante avant de lui renvoyer son sourire.

— Très bien, c'est noté. Devrais-je effectuer d'autres recherches ? ajoutai-je en repensant aux propos qu'elle avait tenus à ma tante.

— Vous avez encore pas mal de lacunes à combler. Encore un effort et je suis certaine que vous pourrez faire mieux que Mark Twain et Jane Austen, la prochaine fois.

Moi qui croyais m'en être pas trop mal sorti.

— Ah bon ? Et que me suggéreriez-vous ?

— Shakespeare, répondit-elle avant de s'étaler confortablement dans son siège, les paupières closes.

Par bonheur, je possédais ses œuvres complètes à la maison.

Todd m'appela mardi après-midi pour faire son *mea culpa*. Il voulait seulement m'aider, m'assura-t-il, mais il reconnaissait qu'il n'aurait pas dû insister comme il l'avait fait, dimanche dernier. J'acceptai ses excuses. Il s'apitoya sur mon sort, ce qui ne l'empêcha pas de m'encourager une fois de plus à révéler la vérité à Abby.

Je faillis appeler Paul, mais je me rappelai ses critiques concernant ma négligence l'autre jour. Il sauterait dans le premier avion pour New York s'il apprenait que j'avais menti à Abby. Et il aurait raison. En plus, je venais de calmer le jeu avec Todd et je n'avais pas la moindre envie de me faire encore taper sur les doigts.

Ce soir-là, je dînai avec Linda qui se réjouissait à la perspective de déjeuner avec Abby dans quelques jours. Elle me reprocha de ne jamais l'avoir invitée à dîner avec nous, à quoi je répondis qu'elle n'aimait pas trop laisser son amie Félicia seule le soir. Félicia était la bienvenue elle aussi, rétorqua aussitôt ma tante qui avait de la répartie.

Je saisis ce prétexte pour rebondir sur le Super Bowl et on oublia l'absence d'Abby aux dîners de famille.

Elle ne s'était pas épilée lorsque je la retrouvai à la bibliothèque, le mercredi suivant, et cela me chagrina pour le restant de la semaine. Comment réagirais-je si elle me désobéissait ? Il faudrait que je la punisse une fois de plus. J'avais l'impression de me cogner la tête contre les murs.

Je ne me voyais pas commencer le week-end en lui ordonnant de s'accroupir, nue, sur le banc de torture dans ma chambre.

En outre, notre accord ne prévoyait pas de punition pour refus d'épilation. Il faudrait que je redéfinisse les règles.

Vingt coups de fouet pour une heure de sommeil perdue, c'était vraiment exagéré. J'aurais dû le comprendre, l'autre jour. Quel châtiment serait acceptable pour une nouvelle transgression? Voyons voir. Quinze coups de cravache? Dix? Entre les deux? Treize?

Pourrais-je lui en infliger treize?

Je décidai que oui.

Parce que, cette fois, je serais préparé. Contrairement à l'autre jour. Et je prendrais soin d'elle après la punition.

Je quittai New York le vendredi matin, en emportant quelques dossiers chez moi afin d'avoir le temps d'achever les préparatifs du week-end. Je commençai par monter le chauffage. Abby resterait nue jusqu'au dimanche et je ne voulais pas qu'elle prenne froid. Je vérifiai la température du jacuzzi extérieur et veillai à empiler des serviettes propres dans la petite cabane adjacente. Pour finir, je préparai une paella pour le dîner.

J'installai le banc de flagellation dans ma chambre.

Je sortis Apollon et jouai avec lui à la balle pendant quelques minutes dans le parc. Comme je l'avais laissé au chenil le week-end précédent, je n'avais pas le cœur à l'y renvoyer une fois de plus.

J'étais fin prêt.

J'arpentai le vestibule de long en large entre la porte d'entrée et celle de la cuisine. Dressant l'oreille chaque fois que je croyais percevoir le grondement d'un moteur.

Apollon l'entendit avant moi.

— Couché mon chien, dis-je lorsqu'il se rua sur la porte et se mit à gratter comme un fou en jappant.

Très mauvaise idée.

Je me dépêchai de l'enfermer dans la cuisine. La sonnette résonna au moment où je revenais sur mes pas.

J'ouvris la porte en priant intérieurement pour qu'Abby m'ait obéi.

Elle surgit sur le seuil, un sourire radieux aux lèvres.

— Déshabillez-vous, dis-je sans préambule. Vous récupérerez vos vêtements dimanche soir.

Elle retira son pull sans hâte et pivota sur elle-même avant de le laisser tomber par terre. Elle dégrafant son soutien-gorge avec un regard impudique par-dessus son épaule.

Tiens, j'avais droit à un strip-tease en règle.

Ce qui ne pouvait signifier qu'une chose : elle s'était fait épiler.

Le soutien-gorge rejoignit le pull sur le sol.

À moins que ce ne soit un habile subterfuge destiné à distraire mon attention ?

Je me dandinai d'un pied sur l'autre, mal à l'aise.

Je me mis à bander à la vue de ses seins ronds et sensuels quand elle se retourna. Puis elle laissa ses mains descendre vers la ceinture de son pantalon.

— Enlevez-le. Je veux voir.

De ses doigts agiles, elle défit un à un les boutons de son jean. Elle loucha dans ma direction en le faisant glisser sur ses hanches. Un ou deux affriolants balancements et...

Elle ne portait rien en dessous...

Et elle s'était épilée.

J'étais euphorique, soulagé d'un poids énorme. Le jean tomba sur les dalles de marbre, complètement oublié. Je la rejoignis en deux enjambées et la serrai dans mes bras. Ma bite était déjà dure comme la pierre. Nul besoin de châtiment. J'allais pouvoir m'en donner à cœur joie sans remords durant deux jours et deux nuits...

— Je suis heureux que vous ayez obéi à mes instructions, dis-je en la guidant vers la banquette rembourrée, au milieu de l'entrée.

Elle posa ses fesses à l'extrême bord.

Je lui écartai les jambes et m'inclinai à la hauteur de sa chatte rasée de frais.

— J'avoue que vous m'avez causé une petite frayeur mercredi. Je devrais vous fesser pour cela, et d'ailleurs il se pourrait que je vous réserve une petite punition tout à l'heure, ajoutai-je en relevant la tête avec un grand sourire, histoire qu'elle ne se méprenne pas sur mes intentions. Mais pour le moment, je veux savourer ce minou délicieusement épilé.

Je déposai un baiser sur le petit bouton de son clitoris. Elle geignit et se renversa en arrière pendant que mes doigts séparaient délicatement les replis de son sexe et que ma langue lapait sa sève avec gourmandise. Mmm… Je pris tout mon temps. C'était divin. J'étais si heureux de pouvoir m'occuper d'elle sans arrière-pensée. Et bien décidé à lui démontrer que l'obéissance était toujours récompensée.

Je la saisis par les chevilles pour planter ses pieds au bord de la banquette. Dans cette position, elle était grande ouverte, exposée, à ma merci. Je remontai les mains sur ses flancs, puis plus haut pour cajoler les pointes de ses seins. Elle cambra les hanches vers ma bouche et je me mis à lécher fiévreusement sa fente trempée avant de déposer un autre baiser papillon sur son clitoris.

Je la sentis s'abandonner, le corps parcouru d'ondes de plaisir. Je la mordillai du bout des dents, la butinai encore et encore, comme pour absorber jusqu'à la dernière goutte le nectar de sa féminité, ravi de la sentir trembler sous mes caresses.

Je voulais la faire jouir comme jamais. Lui prouver mon contentement par tous les moyens possibles. Mes doigts la caressaient, mes lèvres l'excitaient, mes dents la broutaient. Son corps était secoué de violents frissons tandis que l'écho de ses gémissements résonnait sur les dalles du vestibule.

J'enfonçai ma langue jusque dans son tréfonds et la sentis se crisper autour de moi. Mmm... c'était trop bon. J'intensifiai la cadence. Je voulais la faire jouir dans ma bouche.

— Oh! oui... s'il vous plaît..., gémit-elle.

Je suçai son clitoris avec acharnement et sentis sa respiration s'accélérer, ses hanches se tendre vers ma bouche. Soudain, elle chavira et explosa en puissantes vagues qui se fracassèrent autour de moi.

Je l'aidai à reposer les pieds sur le sol pour reprendre l'équilibre. Elle ronronna de bonheur quand je posai une main caressante sur sa peau nue, traversée par une nouvelle décharge électrique.

— Vous me plaisez ainsi, dis-je. Soigneusement épilée pour moi. Était-ce douloureux?

— Pas trop.

Je préférais mes soumises nettes et propres, intégralement épilées. Je ne l'exigeais pas dès le départ, mais il n'était pas rare que je les en prie au bout de quelques mois. Concernant Abby, je me sentais un peu coupable de le lui avoir imposé aussi brutalement, mais il me suffisait de la regarder pour ne plus m'encombrer de scrupules.

— Avez-vous faim? Le dîner est prêt.

Elle se redressa et mit un peu d'ordre dans ses cheveux ébouriffés du bout des doigts. Ses seins oscillaient doucement à chacun de ses mouvements. J'étais incapable d'en détacher les yeux.

Je lui offris ma main pour l'aider à se relever.

Elle s'en saisit et sauta sur ses pieds sans la moindre gêne. Moi qui m'attendais à ce qu'elle se montre embarrassée par sa nudité.

— S'il vous plaît, Maître. Qu'avez-vous préparé de bon?

Ah oui. Le dîner.

J'avais bien fait de prévoir une paella. Elle dégusta avec appétit le riz épicé, les crevettes croustillantes et le poulet qui fondait dans la bouche, et ne laissa pratiquement rien dans son assiette.

Impossible d'envisager une conversation sérieuse pendant le repas, ni au cours du week-end, d'ailleurs. Pas avec Abby nue en face de moi.

J'avais prévu de retourner dans la salle de jeux, mais c'était avant mon explication orageuse avec Todd. Je choisis donc de poursuivre nos ébats dans ma chambre. Au moins jusqu'à ce qu'elle apprenne la vérité et décide de la suite des événements.

Ayant résolu de retarder l'échéance, je repoussai ces pensées dans un coin de mon esprit pour me concentrer sur l'instant présent. Abby dans sa glorieuse nudité. La nuit nous appartenait…

Je posai ma fourchette.

— Abigaïl…, commençai-je.

Elle me dévisagea dans l'expectative.

— Dans l'état… d'excitation où je me trouvais le week-end dernier, j'ai peut-être parlé un peu trop vite et… euh… surestimé mes capacités.

Elle s'immobilisa, sa fourchette en l'air.

— Oui?

— Cinq orgasmes constitueraient… une performance impressionnante.

Elle me jeta un regard oblique.

— Il en reste quatre à présent, non? murmura-t-elle en rougissant avant de piquer du nez dans son assiette.

Je portai mon verre de vin à mes lèvres et avalai une bonne rasade.

— Admettons. Quoi qu'il en soit, ce serait certainement au-dessus de vos forces et risquerait de contrarier mes projets pour demain.

En réalité, je n'avais qu'une envie : la traîner dans ma chambre, la jeter sur mon lit et la besogner pendant des heures et des heures.

Je me levai de table, décidé à revoir mes ambitions à la baisse – disons deux ou trois fois –, lorsque le banc de torture me revint en mémoire.

Je l'avais oublié là-haut.

— Abigaïl, débarrassez la table et attendez-moi dans l'entrée, voulez-vous ? Je reviens.

Je me ruai hors de la cuisine, me précipitai à l'étage et transférai en vitesse le banc dans la salle de jeux, espérant qu'elle ne devinerait pas ce que je fabriquais.

À mon retour, je la trouvai dans le vestibule, de dos, une main posée sur l'accoudoir de la banquette. En m'entendant revenir, elle glissa un œil par-dessus son épaule. Nos regards se croisèrent.

Le temps suspendit son vol.

Sa place était ici.

Ma vie était comme un puzzle dont il manquait une pièce que je venais enfin de trouver.

Le tableau était complété. Je restai là, comme hypnotisé, pendant qu'elle pivotait lentement sur elle-même.

Elle sourit en me fixant d'un air lubrique.

D'un même élan, je me dépouillai de ma chemise et de mon pantalon sans la quitter des yeux. Je faillis exploser quand mon sexe jaillit à l'air libre.

Elle attendait, son regard soudé au mien.

Le lit ? Ce n'était même pas la peine d'y penser.

— Venez là, dis-je d'une voix étranglée.

Elle chaloupa dans ma direction.

Pas le temps de monter l'escalier non plus.

La lumière tamisée du hall miroitait sur les diamants de son collier.

Je passai un doigt dessous et l'attirai à moi.

— Je vous veux. Et vous allez être à moi. Ici, tout de suite.

— Oui, Maître.

— Installez-vous sur la troisième marche.

Je caressai paresseusement ma bite pendant qu'elle prenait position.

L'escalier ne faisait pas partie du programme, mais cela n'avait aucune importance. Les plans existaient pour être modifiés. L'improvisation était une excellente chose parfois.

Surtout si cela signifiait que j'allais la baiser dans l'escalier.

Ma main s'activa sur toute la longueur de mon érection. Cette fois, je n'allais pas y aller par quatre chemins. Le deuxième round promettait d'être rapide et brutal. On verrait pour le troisième.

Je la dominai en veillant à ne pas l'écraser sous mon poids.

Dans cette position, ses seins pointaient vers l'avant, tels deux obus nus et vulnérables.

— Ça vous plaît? Voulez-vous que je vous prenne ici, sur les marches?

Elle me fixa d'un regard vitreux.

— Comme vous voudrez. Je suis là pour vous servir.

J'attrapai ses seins entre mes mains et en triturai les pointes. Elle se raidit mais ne bougea pas.

— Allez-y, servez-moi dans l'escalier.

J'aurais pu me contenter du spectacle qu'elle m'offrait, ainsi écartelée, mais je bandais dur et je savais qu'elle en mourait d'envie elle aussi. Je la fis vibrer de toutes les manières qu'elle aimait – de légers attouchements qui se muèrent vite en caresses appuyées. Je me délectai de la saveur salée de ses seins, le goût légèrement métallique de sa nuque. Elle demeurait inerte, mais je percevais son souffle irrégulier et les battements saccadés de son cœur.

Je me déplaçai pour attraper ses poignets d'une seule main.

— Décontractez-vous Abigaïl. Bougez comme vous voulez.

Je sentis son corps se détendre sous le mien. Elle enlaça ma taille de ses cuisses pour m'attirer plus étroitement.

— Êtes-vous prête?

Elle avala sa salive

— Oui, Maître, murmura-t-elle d'une petite voix.

Je passai une main taquine sur son cul et lui pinçai une fesse. Sa respiration s'accéléra.

— Vous allez tâter de mon fouet très bientôt. Vous adorerez, je vous le garantis.

Je relâchai ses bras et appuyai les coudes de chaque côté de sa tête. Puis je décalai mes hanches et pressai mon membre à l'orée de sa fente ruisselante.

— Prenez ma queue et introduisez-la en vous.

Ses doigts s'insinuèrent entre nous deux, elle empoigna mon sexe, frottant au passage mon gland du pouce et, sans perdre une minute, elle le logea profondément en elle, décollant les hanches pour accentuer la pression.

— Oui, l'encourageai-je. Oui, comme cela.

Je m'obligeai à rester immobile pour savourer ce contact.

— Bougez sur moi, montrez-moi à quel point vous avez envie de moi.

Elle ondula des hanches et m'aspira plus profondément en elle avant d'entamer un tempo endiablé. J'enfouis le nez au creux de sa nuque et m'enivrai de son odeur pendant qu'elle m'enserrait dans sa chaleur humide. Au bout d'un moment, n'en pouvant plus, je la défonçai pour de bon, encore et encore. Elle détacha ses jambes pour les arrimer à l'escalier. La tension montait en flèche. Je faufilai une main entre nous pour masser son petit bourgeon.

— Jouissez pour moi, ordonnai-je quand je la sentis palpiter autour de ma queue. Oui, maintenant, dis-je en frottant plus fort son clitoris pour la précipiter dans l'abîme.

Une ultime poussée et je me propulsai dans les étoiles.

Elle rejeta la tête en arrière et son corps tressauta autour de moi encore une fois.

Lorsque nos respirations se furent apaisées, je l'attirai vers moi.

— Pouvez-vous vous lever?

Elle étira prudemment les jambes.

— Je pense que oui.

Je lui massai les hanches, lui frottai les genoux pour soulager une éventuelle crampe. Après quoi, je me redressai en lui tendant la main.

— Venez. Montons. Nous allons essayer autre chose.

Je pressai ma main au creux de ses reins en montant l'escalier. J'adorai les balancements voluptueux de ses hanches.

Je vous accorde une brève pause. Rendez-vous dans ma chambre dans dix minutes, dis-je en la laissant devant sa porte.

Je profitai qu'elle s'attarde à la salle de bains pour préparer la chambre – j'allumai les bougies, préparai le lit. Ensuite, Je redescendis dans l'entrée pour ramasser nos habits. Je déposai les miens dans la buanderie et ceux d'Abby dans sa chambre.

Je voulais faire durer le prochain round en longueur – pour prolonger le plaisir, nous rassasier l'un de l'autre. Le temps nous était compté, je le savais, et je souhaitais qu'elle en conserve un souvenir ébloui.

J'aurais voulu la garder avec moi cette nuit, mais il était encore trop tôt. Dans deux semaines, si elle décidait de rester, je l'inviterais peut-être à dormir dans mon lit.

Elle n'avait pas l'air intimidée le moins du monde en pénétrant dans la pièce.

— Accroupissez-vous sur le lit.

Elle obéit aussitôt, les yeux pudiquement baissés.

— Posez la tête sur l'oreiller.

Elle obtempéra, en appui sur les avant-bras.

Je passai la main sous le coussin.

— Savez-vous ce que j'ai caché ici?

Comme elle ne répondait pas, j'en extirpai une cravache et vit sa peau fourmiller instantanément de chair de poule.

Je fis glisser l'objet jusqu'au creux de ses reins, la frôlant délicatement pour l'habituer.

— Vous vous rappelez ce que je vous ai dit en bas, tout à l'heure?

Silence.

Je fis remonter les lanières le long de son échine.

— Que j'étais inquiet depuis mercredi soir. Je crois bien que vous méritez une punition pour m'avoir contrarié de la sorte. Ouvrez bien les genoux, ajoutai-je en glissant l'accessoire entre ses cuisses.

Elle obéit, empoignant le coussin à pleines mains.

Je lui assenai un léger coup sur les cuisses.

— Méchante fille qui me donne du souci.

Je remontai sur ses fesses et frappai un peu plus fort. Elle serra les paupières avec une plainte étouffée.

J'abaissai de nouveau la cravache. Elle mordit le coussin.

— Vous aimez ça, hein?

Je promenai un doigt autour de son sexe, puis le léchai avec délectation avant de lui effleurer la fente du bout de mon martinet.

— Vilaine Abigaïl. C'est là que vous me voulez, n'est-ce pas?

Elle enfouit la bouche dans le coussin.

J'émis un petit rire et gratifiai sa chatte en émoi de quelques coups bien sentis. Elle marmonna des paroles indistinctes. La cravache mordit ses fesses, suffisamment pour y laisser une légère marque pourpre. Juste assez pour l'emmener au bord de l'explosion.

J'abandonnai la cravache et m'écartai d'un pas. Je lui accordai quelques secondes de répit pour qu'elle constate que c'était terminé. Lorsque sa respiration redevint plus régulière, je me plaçai derrière elle en l'enveloppant de mon corps.

— Dites-moi, Abigaïl, a-t-on jamais touché votre point sensible?

Elle secoua sa tête.

J'empoignai ses seins au creux de mes paumes.

— Aimeriez-vous que je le fasse?

— Oui, s'il vous plaît.

Je lui donnai une tape sur le cul.

— Oui, s'il vous plaît qui?

— Oui, s'il vous plaît, Maître.

J'effleurai sa vulve offerte et sentit ma queue durcir encore si c'était possible.

— Mmm… c'est là, vous croyez? Non? Et là? dis-je en introduisant un doigt. Toujours rien? Ici? insistai-je en rajoutant un doigt. Non? C'est là, n'est-ce pas? fis-je en incurvant mes doigts pour la fouiller plus avant.

Elle gigota en poussant de petits cris de gorge.

— Oui, c'est ça. Je crois bien que je l'ai découvert.

Je la caressai du bout des doigts et elle se trémoussa si fort qu'elle faillit glisser hors du lit. Je substituai ma queue et m'enfonçai en elle d'un coup puissant.

Elle poussa un soupir de satisfaction.

— Voyons si j'arrive à le retrouver.

Je me retins de la baiser à fond, je voulais prendre mon temps, en profiter, faire durer le plaisir.

Je m'écartai et laissai courir mes mains sur son dos, effleurant ses omoplates délicates avant d'enfoncer les doigts dans ses cheveux, à la base de sa nuque.

— J'adore vous sentir sous moi, comme ça. C'est si bon.

Elle arqua le dos vers moi.

Je m'emparai de ses seins.

— Insatiable, hein? Nous avons la nuit devant nous. Tout le week-end. Je veux graver chaque détail de votre corps dans ma mémoire, dis-je en étreignant sa taille à deux mains. Je veux explorer chaque parcelle, scruter chaque centimètre.

J'agrippai ses hanches et entamai un lent mouvement de bassin en m'assurant de percuter son point sensible à chaque poussée.

— C'est là? demandai-je en la sentant se cabrer avec force. Je l'ai retrouvé, vous êtes sûre? Oh! je pense que oui, dis-je en changeant d'angle pour la remplir entièrement.

Elle miaula de bonheur.

Mes couilles étaient douloureuses et ma bite au bord de la convulsion, mais je m'imposai un rythme égal pour l'entraîner vers la lumière sans qu'elle puisse l'atteindre. Nous restâmes ainsi suspendus dans le vide quelques instants.

J'imprimai ce rythme pendant de longues minutes, mais nous en voulions davantage tous les deux, je le devinais. J'accélérai à peine, remuant un peu plus fort, m'enfonçant légèrement plus loin. Mais très vite, ma raison perdit la partie et je me mis à la défoncer à grands coups de boutoir.

Pauvre Abby. Je l'avais excitée pendant si longtemps. Le corps tendu comme un arc prêt à se rompre, je la sentais trembler de tous ses membres sous moi. À bout de force, elle ploya la tête qui retomba sur le coussin.

Je lui tirai les cheveux pour garder l'équilibre.

— Nous y sommes. Jouissez maintenant, je le veux.

Elle répondit sur-le-champ et se tordit en longs spasmes qui la foudroyèrent. Je la suivis de près, emporté par un séisme d'une violence inouïe avant de m'effondrer sur le lit, terrassé.

Cette femme avait juré ma perte.

Le lendemain, elle avait pris de l'assurance. Je la regardais déambuler sans aucune gêne dans la maison. À la fin de la matinée, je l'enveloppai dans un épais peignoir et l'entraînai jusqu'au jacuzzi, dehors, où nous barbotâmes un bon moment au milieu des bulles tièdes. Le ciel était plombé et il faisait un froid glacial, mais nous étions trop absorbés l'un par l'autre pour nous en soucier.

Après quoi, fort satisfait de la tournure des événements, je lui fournis un peignoir sec et l'autorisai à passer l'après-midi à la bibliothèque. Elle passa des heures à lire sur le canapé, enveloppée dans le peignoir. Je la rejoignis un plus tard. Je me mis au piano et nous passâmes le restant de la journée enfermés dans notre bulle.

Mon téléphone portable me réveilla en sursaut le lendemain. Je clignai des yeux, et roulai de l'autre côté du lit pour répondre.

— Oui? aboyai-je sans même vérifier qui appelait.

C'était Jackson.

— Dis à Abby que je suis allé chercher Félicia. Elle est chez moi.

C'était du chinois. J'avais besoin d'une bonne dose de caféine.

— Quoi?

Il poussa un soupir excédé.

— Dis à Abby que je suis allé chercher Félicia, répéta-t-il en détachant chaque mot.

Je me frottai les yeux.

— Jackson, qu'est-ce qui te prend de m'appeler à… – je jetai un coup d'œil mon réveil – cinq heures et demie un dimanche matin?

Nouveau soupir.

— Hé, réveille-toi, vieux. New York vient de subir une tempête de neige record. Du jamais vu depuis une bonne décennie au moins.

Je bondis à la fenêtre.

— Quoi?

— Ça a commencé cette nuit. Tout le monde a été pris de court.

Un paysage immaculé s'offrit à mon regard. La neige tombait toujours à gros flocons.

— Quand… quoi…? bredouillai-je.

— Tu n'as pas regardé les infos, hier soir? Ils annonçaient de la neige, mais pas un tel blizzard.

Non, je n'avais pas regardé la télévision, je n'avais pas allumé mon ordinateur ni consulté mes messages. Abby avait accaparé toute mon attention.

Abby!

J'étais dans la merde jusqu'au cou.

— Allô? reprit Jackson. Nathaniel?

Je luttai contre un début de migraine.

— Oui, je t'écoute. Je transmettrai le message à Abby. Elle dort encore.

— Dis-lui d'appeler Félicia dès qu'elle se réveillera.

— D'accord. Merci, Jackson.

Je m'habillai en vitesse et fonçai à la cuisine pour préparer du café. Plus d'un mètre de neige lourde et collante s'amassait contre la fenêtre et elle tombait sans discontinuer.

Une véritable tempête.

Pas moyen de sortir de là.

J'allais devoir en discuter avec Abby. À ce propos, mieux valait qu'elle soit habillée, elle se sentirait plus à l'aise. La situation était inédite. Il faudrait établir de nouvelles règles… Bref, tout serait à refaire.

Abby et moi bloqués ici jusqu'à Dieu sait quand…

J'avais l'intuition que ça finirait mal.

26

Je pris le temps de réfléchir à la nouvelle organisation de la semaine avant de m'en ouvrir à Abby. Nous préparerions les repas à tour de rôle puisque, excepté le week-end, elle n'était pas censée être à mon service. Elle avait beau être ma soumise, nous étions sur un pied d'égalité. Je me montrerais intransigeant sur ce point.

Abby resta zen. Elle me posa quelques questions sans manifester d'émotion particulière. Quant à moi, cette fichue tempête me mettait des bâtons dans les roues. Je passai le dimanche sur les charbons ardents et m'efforçai de faire bonne figure en espérant qu'Abby ne s'apercevrait de rien.

J'ignorais combien de temps la situation allait durer. Une semaine à vue de nez. Ce n'était pas insurmontable. La maison était vaste, nous ne nous gênerions pas et je pourrais travailler à distance.

En revanche, la perspective de passer tout ce temps avec une soumise – Abby en particulier – me fichait une peur bleue. Je ne me sentais pas capable de dissimuler mes sentiments pendant une semaine entière. Je finirais par craquer, c'était sûr.

Dimanche après-midi, je la priai de monter se rhabiller dans sa chambre et me dirigeai à la cuisine pour préparer du pain et un ragoût de bœuf. Pétrir la pâte créerait une agréable diversion et m'aérerait l'esprit. Un peu comme jouer au piano.

Abby me rejoignit vers dix-huit heures trente, vêtue d'un jean et d'un col roulé. Nue comme un ver ou habillée, elle me faisait autant d'effet. Je me retins de la regarder avec concupiscence et lui avançai galamment une chaise.

— Vous avez faim?

— Oui, merci, dit-elle en s'asseyant. Mmm… ça sent bon.

La cuisine embaumait le pain frais et le pot-au-feu. Ce qui s'accordait assez bien avec le décor enneigé.

Je tamisai la lumière et allumai les lampes extérieures. L'éclairage artificiel donnait un éclat particulier au manteau de neige qui recouvrait le parc. L'effet était fantastique.

Je m'éclaircis la voix.

— Avez-vous grandi à New York? demandai-je sur le ton de la conversation.

Elle avala un peu de bouillon.

— Non, dans l'Indiana. Félicia et moi sommes montées à New York après le lycée. J'aime cette ville parce qu'elle ne cesse de changer.

Je me laissai aller contre le dossier de ma chaise.

— Je comprends ce que vous voulez dire.

— Vous-même, avez-vous jamais pensé habiter autre part?

Je m'accordai le temps de la réflexion.

— Non. À un moment donné, j'avais envisagé de m'établir à Chicago, histoire de tenter une autre expérience, mais mes racines sont ici: ma maison, ma famille, mes amis. Je n'ai aucune envie de partir.

— Et vous? demandai-je, paniqué à l'idée qu'elle décide de déménager dans un proche avenir.

— Non, je ne me verrais pas vivre ailleurs moi non plus.

Un silence confortable s'installa tandis que nous contemplions le merveilleux spectacle qui s'offrait à nous par la fenêtre. Puis la conversation roula sur des sujets anodins. Je débarrassai ensuite les restes du dîner et remplis le lave-vaisselle pendant que Abby nettoyait la table et le plan de travail, alors que je lui avais dit et répété qu'elle n'était pas obligée de le faire.

Après quoi, je m'installai au salon tandis qu'elle prenait le chemin de la bibliothèque. Elle paraissait avoir envie de s'isoler. Au fond, cela ne me dérangeait pas. J'avais pas mal de travail en retard.

Elle se chargea du petit déjeuner le lendemain matin – du pain perdu, sa spécialité. La neige tombait un peu moins dru. Elle avait appelé Félicia la veille au soir, m'apprit-elle. Apparemment, tout semblait aller pour le mieux avec Jackson. Félicia était tout à fait en sécurité chez lui pendant la tempête, la rassurai-je. De toute façon, ils ne se trouvaient pas sur une île déserte et mon cousin devait être aux petits soins pour elle. Il n'y avait donc aucune raison de s'inquiéter.

Après le petit déjeuner, je sortis promener Apollon avant de remonter dans ma chambre passer quelques coups de fil et consulter ma messagerie. Les yeux dans le vague, je me demandais ce que j'allais préparer pour le repas quand j'entendis le rythme effréné des basses provenant du rez-de-chaussée.

Abby?

Je me ruai dans l'escalier, Apollon sur mes talons.

Elle faisait le ménage, du moins ça en avait l'air. Un plumeau à la main, elle tourbillonnait au rythme de la musique que déversaient les haut-parleurs. Je restai figé sur place à me rincer l'œil. Abby était très belle, mais de la voir tourbillonner ainsi… je fus saisi d'un besoin primaire, bestial.

La chanson se poursuivit plusieurs minutes. Elle vire voltait toujours dans la pièce sans s'apercevoir de ma présence. Tant mieux, car elle aurait immédiatement cessé, j'en étais sûr.

La chanson s'acheva. Elle donna un dernier coup de plumeau à la table basse et se retourna.

Ses yeux s'arrondirent de surprise en m'apercevant.

J'eus le plus grand mal à réprimer un fou rire.

— Abigaïl ! Que faites-vous ?

— La poussière, ça ne se voit pas ?

Elle se prenait pour une femme de ménage ou quoi ?

— J'emploie quelqu'un pour cela, vous savez.

— Oui, mais cette personne ne pourra pas venir cette semaine.

Un point pour elle. Il me vint une idée. Mes draps avaient besoin d'être changés après les activités intenses du week-end. Même s'ils étaient imprégnés de la délicieuse odeur d'Abby que j'aimais tant.

— Vous avez probablement raison. En tout cas, si vous tenez à vous rendre utile, vous pouvez toujours changer et laver les draps de mon lit. C'est un véritable chantier. Je ne sais pas qui s'est amusé à le mettre dans cet état, ce week-end.

— Vraiment ? Quel culot !

Je bandais rien que d'y repenser. Lors de notre discussion, dimanche, je lui avais affirmé que nous n'aurions pas de relations intimes cette semaine et que nous laisserions les choses se faire naturellement. Je tenais à respecter les termes de notre accord, ce qui signifiait en clair pas de sexe tant que nous serions bloqués par la neige.

— Au fait, lui dis-je comme saisi d'une inspiration subite, je supprime le yoga de votre programme d'entraînement.

Elle parut immensément soulagée.

— C'est vrai?

— Oui. À partir de maintenant, je le remplace par le ménage.

Sur ces mots, je la plantai là pour m'occuper du déjeuner. je décidai de confectionner une salade au poulet. Comme Abby, le jour suivant sa punition. Elle y avait ajouté des canneberges et des noix de pécan. Ma version à moi était plus classique et moins savoureuse.

Je plaçai une assiette bien garnie devant elle.

— Elle n'est pas aussi bonne que la vôtre, mais on fera avec.

— Vous aimez ma salade?

— Vous êtes un vrai cordon bleu. Je ne vous apprends rien.

Elle se rengorgea, l'œil pétillant.

— Merci, c'est toujours agréable de se l'entendre dire.

— N'est-ce pas!

— Vous n'êtes pas mauvais, vous non plus.

— Merci, vous m'avez déjà complimenté sur mon poulet au miel et aux amandes, dis-je en notant mentalement d'en refaire cette semaine puisqu'elle semblait l'apprécier.

— Je pourrais promener Apollon s'il y a une accalmie tout à l'heure, suggéra-t-elle entre deux bouchées.

Une larme de mayonnaise perlait au coin des lèvres. Je brûlais de l'essuyer du doigt.

Ou mieux, avec ma langue.

Le chien leva le museau en entendant son nom.

Si elle voulait le sortir, je n'allais pas l'en empêcher.

— Bonne idée, il a besoin de prendre l'air, d'autant qu'il s'est pris d'affection pour vous.

Elle attrapa sa serviette et s'essuya les lèvres.

Tant pis. La prochaine fois.

— Je peux vous poser une question ? reprit-elle. À Tampa, Elaina semblait dire qu'il était malade.

Je tendis la main pour caresser la tête d'Apollon.

— C'était un chien errant quand je l'ai recueilli. Il est avec moi depuis plus de trois ans. Il a sans doute été maltraité quand il était un chiot et cela l'a rendu agressif. Curieusement, il vous a toujours manifesté de l'affection. Peut-être possède-t-il un sixième sens pour juger les gens ?

La discussion tourna encore quelques minutes autour de mon chien. Je ne pouvais m'absenter et le laisser seul trop longtemps, expliquai-je avant d'aborder les problèmes de dressage et mes efforts finalement récompensés.

La véhémence et le mépris qu'elle manifesta à l'encontre des personnes qui maltraitaient les animaux me surprirent.

De là, la conversation tourna autour de la banque de moelle osseuse et de mon initiative de faire un don, une fois un récepteur trouvé. Ou plutôt comment j'avais été poussé à prendre cette décision.

— Tout le monde ne l'aurait pas fait, commenta-t-elle.

— Je ne suis pas comme tout le monde.

Elle se méprit sur ma réponse.

— Pardonnez-moi, monsieur. Je ne voulais pas dire que…

— Bien sûr… je plaisantais.

Elle se concentra sur son assiette.

— Je ne sais jamais quand vous me taquinez ou si vous êtes sérieux.

Je tendis la main pour lui soulever le menton de l'index.

— Peut-être devrais-je brandir une pancarte la prochaine fois ? Ne baissez pas les yeux lorsque vous m'adressez la parole. Ils sont si expressifs.

Je m'abîmai dans son regard dans l'espoir d'y trouver les réponses à mes questions, le reflet de mon désir et de ma solitude.

Je retirai vite ma main comme si ce contact m'avait brûlé.

Étais-je l'homme qu'elle attendait? Que pourrais-je lui offrir? Saurais-je la combler?

C'était absurde.

Merveilleux.

Et proprement effrayant.

Elle détourna les yeux et enchaîna sur Kyle.

Ouf! Un sujet inoffensif.

— Nous sommes très amis, dis-je. Je l'ai emmené voir quelques matches de baseball l'an dernier. J'espérais qu'il pourrait venir pour le Super Bowl. Il se réjouissait tellement d'y aller.

Je pensais toujours à lui avec une immense fierté, même si je n'y étais pas pour grand-chose – j'avais simplement eu la chance que ma moelle osseuse soit compatible avec la sienne. N'importe qui aurait agi de même.

— Pourquoi n'a-t-il pas pu venir au Super Bowl?

Je me rappelai sa déception lorsque je l'avais appelé le jour où Abby et moi nous étions envolés pour Tampa.

— Il était malade. On verra l'année prochaine.

— D'après Félicia, Jackson envisagerait de prendre sa retraite. Il jouera encore l'an prochain, vous croyez?

— Oui, je pense, mais ce sera probablement sa dernière saison. Il est décidé à se caser. À condition que Félicia soit d'accord, bien entendu.

— L'accepteriez-vous dans votre famille?

Je plongeai mon regard dans le sien.

— Pourquoi pas? D'autant qu'elle a la plus merveilleuse amie du monde.

Je retournai dans ma chambre après le déjeuner, avec l'intention de prendre des nouvelles de mes collaborateurs. Ce n'était pas une mince affaire, vu le nombre de personnes que j'employais, mais c'était le prix de ma tranquillité d'esprit.

J'avais bien avancé lorsque j'entendis des éclats de rire dehors. Je bondis à la fenêtre. Abby et Apollon jouaient dans la neige. Pendant que je les regardai, elle fit une boule et la lança. Apollon se précipita pour piler d'un air incrédule lorsqu'elle se volatilisa.

Sa place est ici. Elle est ma moitié, mon âme sœur.

Même mon chien était de cet avis.

Oui, mais elle sera furieuse lorsqu'elle découvrira la vérité. Elle te détestera.

Pas sûr. Peut-être s'en moquera-t-elle.

Je louchai sur la longue liste de numéros de téléphone posée sur mon bureau, puis reportai mon regard dehors, où se trouvait l'incarnation de mes désirs les plus fous.

Mon personnel allait devoir attendre.

J'enfilai des vêtements chauds et allumai un feu dans la bibliothèque avant de sortir. Abby et Apollon s'amusaient toujours dans le parc, près du garage. Elle avait l'air heureuse et insouciante. Je l'enviais.

— Vous faites tourner mon chien en bourrique, dis-je alors qu'elle lançait un nouveau projectile.

Elle se retourna, le sourire aux lèvres.

— Il adore ça.

Apollon se précipita pour l'attraper et elle pouffa en le voyant déraper sur ses pattes.

— Je crois surtout qu'il aime chahuter avec vous.

Je décidai de me lancer dans la bataille. Cela eut l'air de marcher. Mon chien tourna la tête et, me voyant sur le point de lui lancer une boule, il se mit à tourner en rond de joie.

— Vous m'avez gâché le plaisir, protesta-t-elle. Il ne voudra plus jouer avec moi maintenant.

Je la regardai ramasser une poignée de neige. Elle me visa, lança et rata sa cible.

Je me dirigeai vers elle à pas feutrés.

— Oh, oh ! Abigaïl, vous venez de commettre une grossière erreur.

— Vous ne pourriez pas brandir un panneau pour me dire si c'est une blague ?

Je confectionnai une boule de neige.

— Jamais de la vie.

Elle recula et leva les mains en l'air en signe de reddition sans me quitter des yeux tandis que je faisais passer la boule d'une main dans l'autre.

— Vous m'avez lancé une boule.

— Je vous ai raté.

— Oui, mais vous avez quand même essayé.

Je levai le bras comme pour la lui jeter à la figure, me ravisai au dernier moment et la dirigeai sur Apollon.

Trop tard. Elle se mit à hurler comme une petite fille effrayée, détala et s'affala les quatre fers en l'air dans la neige.

Je courus la rejoindre, inquiet. Pourvu qu'elle ne se soit pas fait mal ou, pire, cassé quelque chose.

Elle roula sur le côté en gémissant. Je lui tendis une main secourable. Elle était trempée mais n'avait pas l'air de souffrir.

— Ça va ?

Elle claqua des dents, grelottante, s'empara de ma main et se releva.

— Rien de blessé sauf mon orgueil.

— On rentre ? proposai-je, songeant à la bonne flambée qui nous attendait dans la bibliothèque. Ça vous dirait de boire quelque chose de chaud au coin du feu ?

J'écartai les visions osées de mon esprit – Abby et moi près du feu, jambes emmêlées, les flammes jouant sur sa peau.

Pas de sexe cette semaine, je ne devais pas l'oublier.

Mes bonnes résolutions étaient en train de fondre comme neige au soleil…

27

Abby rentra en titubant de froid et de fatigue, la goutte au nez dans ses habits mouillés. Je la conduisis à la bibliothèque, l'installai près du feu, puis montai lui chercher des vêtements secs. En redescendant, je fis un saut à la cuisine. Elle avait besoin d'une boisson chaude. Du café?

De retour à la bibliothèque avec ses habits, j'avisai une carafe remplie d'un liquide ambré.

Du cognac, plutôt.

Elle se changea et vint s'installer devant la cheminée. Je lui tendis un verre avant de prendre place à ses côtés.

Elle renifla le contenu.

— Qu'est-ce que c'est?

— Du cognac. J'ai d'abord pensé à du café, et puis je me suis dit qu'un alcool nous réchaufferait plus vite.

Elle fit tourner le liquide dans son verre.

— Je vois. Vous voulez me soûler?

— Ce n'est pas dans mes habitudes. Quoi qu'il en soit, celui-ci est à plus de quarante degrés, donc mieux vaut vous contenter d'un seul verre.

Elle hésita, avala une gorgée et faillit s'étrangler pendant que le liquide coulait dans sa gorge. Elle me dévisagea, haussa les épaules et prit une autre lampée.

Elle poussa un soupir d'aise. Accroupi par terre, le dos contre le canapé, les yeux clos, je laissai l'alcool me réchauffer le sang, la tête d'Apollon sur mes pieds. Je fus soudain envahi par un sentiment de bien-être – Abby était à mes côtés, nous étions au chaud, en sécurité chez moi, mon chien allait aussi bien que possible. Je savourai avec délectation cet instant de bonheur parfait.

La voix d'Abby interrompit ma rêverie.

— La bibliothèque existait déjà quand vous avez acheté la maison ou l'avez-vous aménagée par la suite?

J'ouvris les yeux et la regardai boire à petites gorgées.

Elle avait envie de parler.

Ce n'était pas trop tôt.

— Je ne l'ai pas achetée, j'en ai hérité.

Elle écarquilla les yeux de surprise.

— Elle appartenait à vos parents? Vous avez grandi ici?

— Oui, j'y ai effectué d'importants travaux. La salle de jeux entre autres.

Elle s'approcha imperceptiblement.

— C'était dur de vivre ici?

Linda m'avait posé la même question à la fin de mes études lorsque je lui avais confié mon projet de restauration.

— Je le croyais au début, mais j'ai procédé à tellement de transformations que la maison n'a plus rien à voir avec celle de mon enfance. Sauf la bibliothèque qui est restée pratiquement en l'état.

La bibliothèque était redevenue le cœur de la demeure – surtout avec sa présence en ces lieux. Elle l'emplissait de sa lumière, de sa chaleur, de sa vitalité.

— Vos parents étaient de grands lecteurs?

Je balayai la pièce du regard. Mes parents y passaient les trois quarts de leur temps. Était-ce la raison pour laquelle j'avais décidé d'en accorder le libre usage à Abby – pour y capturer quelque chose qui avait disparu depuis leur décès?

Ils l'auraient adorée. Ils se seraient très bien entendus tous les trois. J'en avais la certitude, si j'étais très jeune quand ils étaient morts.

Je désignai les rayons garnis de cartes et d'atlas, en me rappelant le bonheur de mon père et le ravissement de ma mère quand ils y rangeaient un nouveau volume.

— Des collectionneurs acharnés, plutôt, et de grands voyageurs. Ils ont ramené la plupart de ces ouvrages de l'étranger. D'autres étaient dans la famille depuis des générations.

Elle reposa son verre et entoura ses genoux de ses bras, le regard perdu dans le feu.

— Ma mère aimait lire elle aussi, surtout des romans populaires, dit-elle.

— Il y a une section romanesque dans chaque bibliothèque. Après tout, les best-sellers d'aujourd'hui pourraient bien devenir les classiques de demain.

Elle rit.

— Personne ne lit les classiques, je vous cite.

Elle avait bonne mémoire.

Je posai la main sur mon cœur avec ostentation.

— C'est de Mark Twain, pas de moi. Je peux le citer sans être d'accord avec lui.

— Parlez-moi encore de vos parents.

Il y avait des années que je n'avais évoqué leur disparition.

— L'après-midi de leur mort… nous rentrions du théâtre quand il avait commencé à neiger. Mon père conduisait. Ma mère riait pour je ne sais quelle raison. Il n'y avait rien de particulier. Comme d'habitude, j'imagine.

Maman était si jolie. Papa la regardait en souriant. Elle pouffa en réponse à quelque chose qu'il venait de dire.

La voiture avait fait une brusque embardée...

— Mon père a braqué le volant pour éviter un chevreuil. La voiture a dérapé sur un talus et elle s'est retournée. Enfin, je crois. C'était il y a longtemps et j'essaie de ne pas y penser.

— Vous n'avez pas à me donner des détails si c'est trop pénible.

Pourtant j'avais envie de me confier. Je voulais partager ce chapitre secret de ma vie avec elle.

La voiture avait fait plusieurs tonneaux. Et puis elle s'était arrêtée. Pourquoi ? Allait-elle recommencer à basculer ?

Nathaniel ?

Nathaniel ?

Les hurlements de ma mère.

— Non, au contraire, cela me fait du bien d'en parler. Todd me conseille souvent de me livrer davantage. Mes souvenirs sont assez vagues, vous savez. Je me souviens des cris, des appels, quelqu'un a demandé si j'allais bien. Et puis il y a eu des gémissements. Des murmures étouffés. Une main s'est tendue vers moi. Et puis plus rien.

La main de maman. Impossible de l'attraper.

Papa ne bougeait plus. Pourquoi était-il inerte comme ça ?

— Il a fallu une grue pour dégager la voiture. Mes parents étaient morts depuis un bon moment déjà, mais comme je vous l'ai dit, je ne me rappelle pas très bien.

Je détestai l'hôpital. Tout le monde me regardait avec tristesse et il y avait de longs conciliabules devant la porte de ma chambre.

Quelqu'un m'apporta un ours en peluche. J'avais dix ans. Je n'avais plus l'âge. Je ne voulais pas de jouet. Je voulais ma maman.

J'avalai une gorgée de cognac.

— Linda a été fantastique, ajoutai-je. Je lui dois tout. Elle m'a soutenu contre vents et marées. Jackson m'a beaucoup aidé aussi. Todd également, et Elaina aussi, quand elle a emménagé dans notre quartier.

On se payait de ces fous rires, ils étaient tellement drôles.

— Vous avez une famille merveilleuse.

— Je sais, ils sont même trop bien pour moi, dis-je en me levant. Maintenant, vous m'excuserez, mais j'ai du travail qui m'attend.

Je devais terminer mes appels. Je n'avais plus dix ans. J'étais un adulte responsable. Fin de la récréation pour la journée.

Elle sauta sur ses pieds.

— Et moi, je vais m'occuper du dîner. Laissez, je vais le ramener à la cuisine, ajouta-t-elle en ramassant mon verre vide.

Je la remerciai du regard.

Je téléphonai à mes collaborateurs pendant qu'Abby préparait le dîner. Apparemment, tout le monde allait bien et je n'avais aucun souci à me faire. Avant de descendre à la cuisine, j'appelai Jackson. Il me raconta avec enthousiasme les moments délicieux qu'il passait avec Félicia. Je compris qu'il ne doutait plus de ses sentiments à son égard.

J'appelai aussi Linda. Elle était chez elle quand la tempête avait commencé. Elle avait essayé de se rendre à l'hôpital, mais elle avait dû faire demi-tour et rentrer chez elle. Elle était furieuse d'être bloquée chez elle, loin du centre des opérations.

Je descendis l'escalier quatre à quatre, alléché par les bonnes odeurs qui s'échappaient de la cuisine. Abby avait préparé un pain de viande. Je n'y avais pas goûté depuis des lustres. J'adorais ce plat, mais il ne me venait jamais à l'esprit de le préparer. Je humai l'air. Mmm… il y avait aussi de la purée.

— Ça sent très bon, dis-je en m'asseyant.

Elle entreprit de dresser la table.

— Merci. Il y a un bail que je n'ai pas confectionné ce plat.

— Et moi, une éternité que je n'en ai pas mangé.

Elle se figea sur place.

— Vous n'aimez pas le pain de viande?

Je lui fis signe de s'asseoir.

— J'adore, au contraire. Seulement, il ne me vient jamais à l'esprit de le cuisiner.

Elle posa sa serviette sur ses genoux.

— Moi non plus, mais mon père en raffole.

Son père… Une excellente entrée en matière.

— Parlez-moi un peu de vos parents. Que fait votre père?

Elle finit de mastiquer pendant que je dégustais ma purée – des pommes de terre à peau rouge avec un peu d'ail et de parmesan. La perfection.

— Il est entrepreneur. Il construit des maisons depuis que je suis toute petite.

— Et votre mère? demandai-je, conscient de m'aventurer en terrain glissant.

Elle me dévisagea avec insistance.

— Ma mère est décédée d'une maladie de cœur.

Je l'ignorais.

— Je suis désolé.

— Elle était très jeune. Et elle commençait juste à récupérer de sa rupture avec mon père.

J'aurais pu continuer à la questionner, mais je craignais de faire un faux pas et d'être percé à jour. Au lieu de quoi, je m'absorbai dans la contemplation mon assiette, puis me dépêchai de changer de sujet.

Le mardi, après le petit déjeuner, nous nous installâmes au salon. Abby appela son père pendant que je continuai d'éplucher mes courriels. Yang Tsaï s'impatientait. J'allais devoir me rendre en Chine tôt ou tard. La question était de définir le moment opportun. Je consultai mon agenda – en juin peut-être. Ou en juillet.

Abby avait dû quitter la pièce à moment donné. Levant les yeux, je m'aperçus qu'elle était revenue, un sourire espiègle aux lèvres.

— Oui ? fis-je.

— Pourriez-vous m'aider à préparer le déjeuner ?

Elle mijotait quelque chose, c'était sûr. En tout cas, ce serait plus distrayant que Yang Tsaï et ses récriminations.

— Dans dix minutes, ça ira ?

— Dix minutes ? Parfait.

Elle retourna à la cuisine et je tendis l'oreille pour essayer de deviner ce qu'elle pouvait bien fabriquer. Une nouvelle chorégraphie de son invention, peut-être ? Voulait-elle vraiment que je l'aide à préparer le déjeuner, ou était-ce un prétexte pour m'attirer à la cuisine ?

Pourquoi lui avoir dit dix minutes ? Impossible de me concentrer. Je restai assis à mon bureau à fixer l'écran de mon ordinateur sans le voir. Au bout de huit minutes, je me levai et descendis au rez-de-chaussée.

Elle examinait avec perplexité deux boîtes de conserve dépourvues d'étiquette.

— Abigaïl?

— Pourriez-vous m'expliquer pourquoi vous gardez des conserves sans étiquette?

— La petite contient des poivrons d'Italie. La plus grande renferme les cendres de ma dernière esclave trop curieuse qui m'assommait de questions sur des boîtes de conserve sans étiquette.

— C'est une blague?

— Oui.

— Sérieusement, que font ces boîtes sans étiquette dans vos placards? Est-ce que cela n'enfreint pas une bonne centaine de vos règles? Elle avait envie de badiner? Voilà qui me convenait très bien.

— La petite contient vraiment des poivrons. Il devrait y avoir des tomates de la même marque dans la plus grande. Je les ai commandées sur internet.

— Et les étiquettes?

J'essayai de me rappeler quand j'avais reçu le colis – cela remontait à plusieurs mois.

— Elles sont arrivées dans cet état. Il s'agit probablement de poivrons et de tomates. Je ne les ai jamais renvoyées à l'expéditeur. J'ai hésité à les ouvrir de peur d'y trouver des langues de bœuf sauce piquante, que sais-je? Je n'avais pas totalement confiance, sans doute.

Elle me considéra avec gravité.

— C'est là toute la question. La confiance. Ce n'est pas parce qu'il y a une étiquette que le contenu correspond aux promesses du contenant. *Comme l'étiquette qui vous colle à la peau, voulait-elle me faire comprendre.* Parfois il faut avoir sacrément la foi pour croire ce qu'indique l'étiquette, enchaîna-t-elle. C'est moi qui vous le dis. Vous n'avez aucune raison d'avoir peur. Je peux faire des merveilles avec ça.

Je peux faire des merveilles avec vous, me signifiait-elle.

Oh ! Abby. Non, vous ne pouvez pas.

Je lui caressai la joue.

— Je n'en doute pas. Pourquoi avez-vous besoin de moi, au fait ?

Elle savait quand s'arrêter et ne pas pousser le bouchon trop loin. Elle se retourna et ouvrit un sachet de riz.

— J'ai l'intention de préparer un risotto aux champignons, mais je ne peux pas touiller le riz pendant que je m'occupe des légumes. Pourriez-vous vous en charger ?

Elle voulait réellement que je l'aide ?

— Du risotto aux champignons ? Mmm... très volontiers.

Elle posa le bouillon de poule et le vin blanc à côté des légumes qui se trouvaient déjà sur le plan de travail.

— Vous devriez peut-être retirer votre pull. Il fait une chaleur d'étuve ici.

Elle ne pensait quand même pas que nous allions... ? Ici, dans la cuisine ?

Je m'exécutai et suspendis le vêtement au dossier d'une chaise.

— Je vais émincer les champignons et hacher les oignons, expliqua-t-elle. Vous ferez cuire le riz pendant ce temps.

La désinvolture avec laquelle elle me parlait. Son ton impertinent. Son air autoritaire...

— Je vous trouve un peu trop directive, observai-je.

Elle fronça les sourcils, les mains sur les hanches.

— C'est *ma* cuisine.

Ses paroles m'excitèrent plus que de raison.

Je la poussai contre le plan de travail et plaquai mes hanches contre les siennes.

— J'ai dit que la table était à vous, nuance. Le reste m'appartient.

Son regard s'assombrit et je compris ce qu'elle avait en tête. Restait à savoir comment j'allais réagir.

— Bon alors, repris-je, voyons voir ce riz.

J'allumai le feu et fis chauffer un peu d'huile dans une poêle.

Elle brandit la bouteille de vin blanc sous mon nez.

— Oui, c'est parfait, dis-je.

Elle remplit nos verres avant de couper les oignons.

Je versai le riz dans la poêle et le laissai blondir sans cesser de remuer pour qu'il n'attache pas. Je le mouillai ensuite avec un peu de vin

— Êtes-vous prêt? me demanda-t-elle en désignant les oignons.

— Toujours prêt.

Pas question de succomber. Mais mon érection ne partageait apparemment pas cet avis. Je me dandinai d'un pied sur l'autre pour alléger un peu la tension.

Elle se glissa sous mon bras pour ajouter les oignons.

— Voilà, dit-elle en frottant délibérément ses fesses contre mon entrejambe, ce qui me fit bander encore plus.

Puis, elle s'éclipsa et s'occupa des champignons pendant que j'étais coincé devant la cuisinière. Je lorgnai le bouillon de poule. Fallait-il en ajouter un peu?

Elle devina mes pensées.

— Je vous passe le bouillon?

Sans attendre ma réponse, elle se faufila de nouveau sous mon bras pour attraper le récipient. Son bras m'effleura lorsqu'elle le versa dans la poêle.

C'était quoi son plan à la fin?

Pas de sexe. Pas pendant la semaine. Pas question de transgresser les règles. Avait-elle lu dans mes pensées? Probablement, car elle passa les minutes suivantes à émincer sagement les champignons. Une lamelle atterrit à mes pieds.

— Oh! s'exclama-t-elle. Laissez, je vais ramasser.

Elle se glissa entre la cuisinière et moi, toujours concentré sur ma tâche, puis elle s'agrippa à ma taille pour se redresser, frôlant ma cuisse au passage.

Je voyais clair dans son jeu.

Pas pendant la semaine, me répétai-je comme une litanie. Maîtrise-toi.

Mais elle en avait tellement envie… Non, non. Pas pendant la semaine.

Je pesais le pour et le contre pendant que le risotto mijotait. Je pensais une chose et son contraire. L'idée faisait son chemin. Au fond, baiser dans la cuisine ne serait pas désagréable… Non, pas de sexe pendant la semaine. Point final.

Abby dut remarquer mes tergiversations, car elle n'insista pas. Elle s'affaira sur les blancs de poulet et me passa les champignons.

Quand elle retira son pull à son tour, je compris qu'elle n'avait rien deviné de mes pensées, bien au contraire.

Elle attrapa le bol contenant le reste du bouillon.

— J'en rajoute?

J'étais fichu, incapable de résister.

— Oui, un peu.

Dessous, elle portait un top blanc à bretelles. Je ne la quittais pas des yeux pendant qu'elle versait le bouillon. Avait-elle un soutien-gorge?

Quelques gouttes l'éclaboussèrent pendant cette délicate opération.

Non, elle n'en avait pas.

Zut! s'exclama-t-elle. Pouvez-vous vous me remplacer une minute?

Les bouts de ses seins tendaient le fin tissu blanc. Je rêvais d'y goûter... la dévorer tout entière...

— Je vais vite nettoyer la tache. Sinon, elle risque de s'incruster.

Elle se dirigea vers l'évier et là... elle se débarrassa de son petit haut.

Ma dernière pensée cohérente fut d'éteindre la cuisinière et le four pour éviter un incendie. En deux enjambées, je fus sur elle et l'attrapai par la taille.

— J'ai un problème plus sérieux à régler, dis-je.

Elle savait exactement ce que je voulais, car son regard se porta sur la bosse qui déformait le devant de mon pantalon.

Je la soulevai dans mes bras et la déposai sur le comptoir, près du four, repoussant pêle-mêle la planche à découper et les conserves. Quelque chose s'écrasa sur le sol, mais j'étais trop occupé à lui arracher son pantalon pour y prêter attention.

Elle n'avait pas de culotte non plus.

Je reculai d'un pas pour me débarrasser de mon jean.

— C'est cela que vous voulez?

Sans attendre la réponse, je la plaquai contre moi pendant qu'elle encerclait ma taille de ses cuisses.

Ses mains se faufilèrent sous mon T-shirt et j'en profitai pour triturer ses tétons entre mes doigts.

— Oui. Maintenant, je vous en prie.

Je laissai errer mes mains le long de ses flancs en essayant de me faire à l'idée qu'elle se trouvait dans la cuisine, nue comme un ver, un mardi. Cela ne faisait pas partie du programme. Je ne voulais pas la forcer au risque de tout foirer entre nous.

— Je ne voulais pas... je ne pensais pas..., bafouillai-je tandis que ses lèvres s'aventuraient dans mon cou.

— Vous pensez trop.

Très juste. Je m'en abstiendrais donc jusqu'à la fin de l'après-midi.

J'empoignai ses jambes, les écartai largement et la pénétrai d'une poussée.

— Oh ! oui... oui ! Non, encore, s'il vous plaît, supplia-t-elle lorsque je me retirai.

Je continuai à la défoncer à grandes poussées vigoureuses, désireux de lui donner ce qu'elle voulait, de prendre ce qu'elle me donnait. Quand sa tête heurta le placard accroché au mur, je ralentis la cadence.

— Plus fort, plus vite, je vous en prie...

Je m'enfouis en elle le plus loin possible, cramponné à ses hanches en équilibre sur le rebord du comptoir.

— Abigaïl...

Elle me mordilla l'oreille.

— Encore... encore... plus vite.

Ses paroles me grisaient. Je la pistonnai frénétiquement, bougeant de plus en plus fort. Elle était si excitante. J'en voulais plus. Toujours plus. Je déplaçai mon bassin pour enfoncer mon gland le plus loin possible dans son ventre.

— Oui, dit-elle, le souffle court, la tête rejetée en arrière. Juste là.

Ses paroles m'excitèrent davantage. Je me démenai pour titiller son point sensible encore et encore.

— Là ?

Elle se mit à gémir sourdement et j'accélérai encore, décidé à nous envoyer tous les deux au septième ciel. Je glissai ma paume entre nous et tripotai son clitoris palpitant pour l'entraîner encore plus haut.

— Plus fort, souffla-t-elle. J'y suis presque…

Je m'activai tant et plus sans répit, déterminé à me retenir jusqu'à sa délivrance.

— Je… je… je…, suffoqua-t-elle.

Lorsque je sentis son vagin se contracter par vagues autour de moi, je m'acharnai, au bord de l'orgasme, les muscles tremblants sous l'effort, avant de m'épancher en longs jets brûlants.

Je fus incapable d'articuler un mot pendant de longues minutes. Un chaos indescriptible régnait dans la cuisine, le risotto était figé dans la poêle et le poulet sans doute trop cuit. Je m'en fichais éperdument.

— Oh! c'était… murmurai-je lorsque je recouvrai l'usage de la parole.

Incroyable.

Époustouflant.

Merveilleux.

— Oui… entièrement d'accord…

Je la soulevai pour la reposer sur ses pieds. Je sortis ensuite un chiffon propre d'un tiroir, à côté de la cuisinière, et l'essuyai consciencieusement.

Incroyable. Époustouflant. Merveilleux. Peut-être, mais cela ne devait pas se reproduire.

28

Au fond, se retrouver bloqués par la neige pendant quelques jours n'était pas si terrible. Pour l'instant, tout marchait très bien. Après avoir regardé les informations et la météo à la télévision, en début d'après-midi, nous nous étions installés à la bibliothèque. Abby se posa devant la cheminée et moi à mon bureau – je feignais de travailler, mais je potassais mon Shakespeare, histoire d'être incollable sur les citations. Apollon nous suivait partout. Abby et moi avions-nous décidé de le sortir à tour de rôle.

Ce soir-là, je me surpris à chantonner en préparant le dîner. Je décidai d'ouvrir l'une des deux conserves sans étiquette en espérant ne pas avoir de mauvaise surprise. J'avais l'intention de concocter une délicieuse sauce marinara.

Pendant ce temps, assise à la table de la cuisine, Abby sirotait un verre de vin rouge. J'étais un peu surpris qu'elle ait décidé de me tenir compagnie pendant que je m'activais aux fourneaux. D'ordinaire, elle ne décollait pas de la bibliothèque lorsque c'était mon tour.

Elle se glissa derrière moi pour regarder par-dessus mon épaule au moment où je m'emparai de l'ouvre-boîtes.

— Simple curiosité, dit-elle.

Qui aurait pensé que de malheureuses conserves pourraient nous divertir autant? J'ouvris la boîte et soulevai le couvercle avec circonspection.

La vue des fruits rouges nous arracha la même exclamation.

— Des tomates!

— Dommage, commenta-t-elle, j'aurais bien aimé de la langue marinée ou des restes humains compromettants.

— C'est plutôt décevant, non? dis-je en piquant une tomate avec une fourchette.

— Pas du tout. Au moins, nous savons à quoi nous en tenir.

Il vaut toujours mieux savoir à quoi s'en tenir. *Tu vas te décider à lui parler, oui?* me harcela ma voix intérieure.

— Vous avez raison. Et cela va nous faire un excellent dîner.

Je versai les tomates dans une poêle où rissolaient des oignons et de l'ail. Abby était toujours plantée derrière moi. Soudain, je revis la scène: les mots qu'elle avait chuchotés pendant que je la pistonnais, juchée sur le plan de travail.

Plus fort… s'il vous plaît… plus fort…

— Ça sent bon, dit-elle dans mon dos.

Si je me retournais, je la dépouillerais de ses vêtements en un rien de temps.

— Allez-vous asseoir, ordonnai-je. J'aimerais manger chaud pour une fois.

Elle ne bougea pas.

— Le petit déjeuner était chaud. Et le déjeuner aussi… avant le repas, en tout cas.

— Abigaïl!

— Bon, d'accord, bougonna-t-elle en retournant à sa place.

Je rajustai discrètement mon pantalon tout en touillant le mélange de l'autre main. La sauce commençait à avoir belle allure, mais il fallait la laisser mijoter encore quelques minutes. Pendant ce temps, je dresserais la table et irais peut-être chercher une autre bouteille de…

— Vous avez remporté une petite victoire aujourd'hui, vous savez? dit-elle

— Ah bon? fis-je, vaguement intrigué.

— Oui, en ouvrant une des conserves sans étiquette. Ça se fête.

Je me détendis aussitôt.

— À quoi pensez-vous?

Elle arborait un sourire malicieux. Cette femme était une source interminable d'ennuis.

— Un pique-nique, nus, dans la bibliothèque.

Des ennuis. J'avais raison.

Je mis de l'eau à chauffer.

— Vous appelez cela une fête?

— J'aurais peut-être dû préparer du pain pour le dîner.

Du pain? Mais de quoi parlait-elle? Aurait-elle changé d'avis à propos du pique-nique? J'étais complètement perdu.

— Vous en avez assez fait pour aujourd'hui.

Même si, au fond, je ne serais pas contre un petit extra.

— Oui, c'est ma conception de la fête, précisa-t-elle à contretemps.

Dieu merci, elle n'avait pas changé d'avis.

— Va pour un pique-nique à la bibliothèque dans le plus simple appareil d'ici une demi-heure, approuvai-je.

Elle bondit sur ses pieds.

— Je m'occupe de tout.

— Il y a des couvertures dans l'armoire à linge, lançai-je tandis qu'elle se précipitait vers la porte.

Je garnis deux assiettes de pâtes que je nappai de sauce marinara.

Un pique-nique en tenue d'Adam et Ève dans la bibliothèque...

Voilà qui sonnait le glas de mon plan.

Une fois de plus.

Au fond, quelle importance si nous faisions l'amour dans la bibliothèque? Ce n'était pas la première fois. En quoi cela changerait-il quelque chose si nous recommencions ce soir?

Les paroles de Todd résonnèrent dans ma tête: «Une relation comme la vôtre... l'honnêteté... la confiance totale».

Je l'ignorais superbement.

L'heure du pique-nique avait sonné.

Je me déshabillai en vitesse dans la buanderie avant de me rendre à la bibliothèque. D'épaisses couvertures et une demi-douzaine de gros coussins jonchaient le sol.

Abby trônait au centre de ce décor – elle avait lâché ses longs cheveux qui effleuraient le bout de ses seins, une jambe en l'air dévoilait sa chatte nue, luisante de...

— Puis-je vous aider? demanda-t-elle.

Je déglutis avec peine.

— Non, merci. Je pose les assiettes et je file chercher à boire. Désirez-vous encore un peu de vin?

Un petit séjour dans le cellier réfrigéré tombait à pic pour tempérer mes ardeurs.

— Oui, s'il vous plaît.

Le remède fut efficace. Le court trajet qui menait de l'escalier à la cave fut suffisant pour calmer un certain endroit de mon anatomie. À mon retour, je versai à boire à Abby et me servis également un verre.

Je la regardais enrouler les pâtes autour de sa fourchette avant de la porter à sa bouche et goûter la sauce avec gourmandise. Elle prit aussitôt une deuxième bouchée, puis une troisième.

— C'est très bon, dit-elle la bouche pleine. Mes compliments au chef.

— Aux boîtes de conserve sans étiquette ! déclarai-je en levant ma fourchette.

Elle fit chorus en brandissant la sienne à son tour. Ce faisant, un peu de sauce franchit la faible distance séparant l'ustensile de ma…

Je baissai les yeux, incrédule.

— Vous avez aspergé ma bite de sauce !

— Oups ! fit-elle, un sourire dans la voix.

Je la dévisageai. Elle n'essayait même pas de contenir son hilarité.

— Nettoyez-moi ça tout de suite.

Elle repoussa mon assiette.

— Allongez-vous.

C'était fou. Moi qui pensais pouvoir patienter au moins jusqu'au dessert. J'étais bien présomptueux.

— Abigaïl…

Elle m'attrapa par les épaules pour me faire basculer.

— Dois-je utiliser une serviette ?

Une serviette ? Pas question. Je voulais qu'elle me suce.

Je m'affalai sur un coussin, paupières closes, pendant qu'elle laissait errer ses mains sur mon torse.

— La sauce, Abigaïl !

Ses doigts encerclèrent mes tétons.

— Ça vient.

— Plus vite.

Elle n'écoutait pas. Elle laissa sa langue dériver sur mon torse avant de descendre le long de mon ventre qu'elle lécha et érafla du bout des dents. Elle me mordilla ensuite juste sous le nombril.

Je serrai les poings.

Elle parvint enfin là où je la voulais et souffla son haleine tiède sur mon gland.

Qu'attendait-elle?

J'en tremblais d'impatience. Enfin, elle se décida à darder sa langue qu'elle enroula autour de mon gland.

N'arrêtez surtout pas.

Elle n'eut garde de s'interrompre, mais évita de me prendre dans sa bouche. Elle jouait avec moi, aspirant mon gland entre ses lèvres, me titillant, me caressant d'un bout à l'autre à pleines mains. Elle me rendait fou. Je crevais d'envie de lui enfoncer mon nœud dans la gorge, mais je restai figé, les bras le long du corps.

Finalement, au moment où je m'y attendais le moins, elle m'avala tout entier. Elle engloutit ma bite jusqu'à la garde et stoppa lorsque j'atteignis le fond de sa gorge.

J'étouffai un grognement rauque.

Elle me relâcha.

— Souhaitez-vous que j'arrête?

— Surtout pas. Levez les jambes. Je veux goûter votre chatte.

Elle se contorsionna pour m'obéir.

Parfait.

J'empoignai ses hanches et l'allongeai dans la position d'un soixante-neuf, puis plongeai ma langue au fond de sa fente, déterminé à prendre mon plaisir en exacerbant le sien.

Je me mis à chatouiller son clitoris à petits coups de langue.

— Mmm… c'est meilleur qu'un grand cru, dis-je. Je vais vous déguster jusqu'à la dernière goutte.

Je m'y employai jusqu'au moment où elle me branla plus fort dans sa bouche.

Nos mouvements étaient parfaitement coordonnés. Ses coups de langue et ses succions se calquaient sur les miens. Ses dents butinaient ma bite chaque fois que je broutai son clitoris. Je recommençai à m'affairer autour de sa petite perle bien dure tandis qu'elle plaquait ses hanches tout contre ma figure.

Je roulai sur le côté, l'entraînant avec moi pour avoir un meilleur accès et m'enfoncer le plus loin possible au fond sa bouche. Elle répondit en ondulant des hanches. J'infiltrai alors trois doigts dans sa chatte, lui arrachant une plainte sensuelle.

Vous aimez ça, n'est-ce pas?

J'astiquais son clitoris de la langue, mes doigts fouillant sa chair. Je m'évertuais à retrouver son point sensible que j'avais découvert le week-end dernier, mais c'était plutôt malaisé dans la position où nous nous trouvions. Lorsqu'elle glissa la main entre mes bourses et la raie de mes fesses, je coulissai d'instinct jusqu'à son tréfonds.

La caresse de sa langue autour de mon gland était intense, extraordinaire. Elle bascula son bassin de haut en bas et je sentis son plaisir enfler, palpiter autour de mes doigts. Je redoublai d'ardeur.

Elle tressaillit dans un long râle guttural, m'envoyant des éclairs fulgurants par tout le corps. Je happai son bouton et me mis à le sucer à fond. Elle se cabra, se raidit et se pulvérisa en mille éclats autour de moi. Je recommençai encore et encore et elle explosa derechef en m'aspirant plus loin. Je basculai à mon tour dans la jouissance et me répandis bruyamment dans sa bouche. Elle avala tout.

Je déposai une pluie de baisers sur sa chatte rasée de frais puis la pris dans mes bras.

— Le dîner est froid, constata-t-elle, lovée tout contre moi.

Je passai une main caressante le long de son dos.

— Ah bon, et alors?

Finalement, je me remis debout et l'aidai à se relever.

— Finissons de manger.

Je lus dans ses yeux une interrogation muette qu'elle n'exprima pas.

Je lui passai son assiette et récupérai la mienne. Même froides, les pâtes n'étaient pas mauvaises. N'importe comment, chaudes ou froides, je préférais encore Abby... Elle fixait son assiette, l'air très concentrée. À quoi pensait-elle? Je m'empressai de baisser les yeux quand elle releva la tête.

— Depuis quand jouez-vous les dominateurs? me demanda-t-elle

Ah! J'avais droit à un interrogatoire. Une boule d'angoisse se logea dans mon estomac.

— Environ dix ans.

— Avez-vous connu beaucoup de soumises?

Avec collier ou sans collier? Et qu'entendez-vous par «*connu*».

— Tout dépend de ce que vous voulez dire par «beaucoup».

Elle leva les yeux au ciel.

— Vous savez bien.

Même si j'étais ravi qu'elle se sente suffisamment détendue pour me questionner, je devais établir certaines règles de base.

— J'accepte d'avoir cette conversation avec vous parce que nous nous trouvons dans la bibliothèque, Abigaïl. Sachez toutefois que je ne suis pas obligé de vous répondre.

— Compris.

— Ceci étant dit, je vous écoute.

Sa première question me surprit.

— Avez-vous déjà joué le rôle du soumis?

Je me remémorai l'époque où je fréquentais Paul, mon mentor. Il estimait qu'un dominateur devait faire l'expérience de la soumission, même si notre relation n'avait pas été sexuelle.

Je vis ses yeux s'élargir quand je répondis par l'affirmative.

— Pas très souvent, une ou deux fois, m'empressai-je de préciser.

Curieusement, elle ne chercha pas à en savoir plus.

— L'une de vos soumises a-t-elle prononcé son code secret?

— Non, fis-je curieux de voir sa réaction.

— Jamais?

— Jamais, Abigaïl.

Elle détourna les yeux.

— Regardez-moi, repris-je. Je sais que vous êtes novice, mais j'apprécierais que vous me répondiez sincèrement. Vous ai-je jamais forcé la main?

— Non.

— Je me suis montré doux, patient et attentionné, n'est-ce pas? J'ai anticipé tous vos désirs?

— Oui.

— Ne croyez-vous pas que j'ai agi de même avec celles qui vous ont précédée et que je me suis toujours efforcé de satisfaire leurs besoins?

Elle commençait à comprendre où je voulais en venir.

— Oh!

Je laissai courir mes doigts le long de son bras, nous imaginant elle et moi dans la salle de jeux.

— Je marche sur des œufs avec vous parce que j'envisage une relation stable. Il y a tellement de choses que nous pourrions faire ensemble. Vous n'avez pas idée de ce dont vous êtes capable. Vous devez me faire confiance, de même que je dois apprendre à mieux connaître votre corps.

Elle avala bruyamment sa salive et sa peau se hérissa de chair de poule.

— Je dois tester vos limites, voilà pourquoi j'y vais doucement, repris-je. Il y a encore tant de zones à découvrir. J'entends les explorer toutes. *Arrête, ça suffit comme ça.* Ai-je répondu à votre question?

— Oui.

— En avez-vous d'autres?

Elle redressa l'échine.

— Si vos ex-conquêtes n'ont jamais prononcé leur code secret, pourquoi vous en êtes-vous séparé?

Allais-je lui confier que Beth était partie parce que je ne pouvais pas lui offrir ce qu'elle voulait? Ou était-elle en train de tester le mot secret?

— Comme toutes les ruptures, répondis-je. Nous nous sommes éloignés et avons fini par suivre des chemins différents.

— Avez-vous aimé une femme qui n'était pas votre esclave sexuelle?

Maudite Elaina. La prochaine fois que je la verrai…

— Oui.

Deux yeux bruns me fixèrent.

— C'était comment?

Un fiasco intégral.

Moi, Nathaniel West, qui n'avais jamais connu l'échec, j'avais échoué sur toute la ligne avec Mélanie.

— Écoutez, c'est vous qui êtes là avec moi, dis-je en pesant mes mots. Est-ce une question rhétorique?

— Mélanie?

Et voilà. J'appellerai Elaina aussitôt après dîner. De quel droit racontait-elle ma vie privée à Abby?

— Elaina vous en a parlé?

— Elle m'a juste dit qu'elle n'avait jamais été votre soumise.

Je poussai un soupir de soulagement. Elaina ne pouvait pas connaître les raisons de notre rupture.

— Le passé est le passé. Mes relations avec Mélanie ne vous concernent pas.

Elle baissa le nez et se mit à jouer avec ses pâtes, les repoussant de chaque côté de son assiette. Elle semblait mal à l'aise.

— Écoutez, Abigaïl. Si je voulais être avec Mélanie, je ne serais pas avec vous en ce moment.

— Avez-vous déjà pique-niqué nu avec elle?

J'imaginais la scène.

Par terre, Nathaniel? Sans vêtements? Ôte-moi d'un doute. Tu plaisantes, hein?

— Non, jamais.

Un sourire triomphant illumina ses traits.

— Avez-vous d'autres questions, répétai-je.

— Non, pas pour le moment.

Dieu merci. J'avais beau être heureux qu'elle ait le cran de me questionner, je préférais éviter certains sujets avec elle.

J'avais encore une semaine et demie de sursis avant d'y être forcé.

29

Elaina décrocha à la seconde sonnerie.

— Madame Elaina Grant-Welling, fis-je sévèrement.

— Qu'est-ce qu'il te prend? Qu'est-ce que j'ai fait?

J'allais me poster à la fenêtre pour observer Abby qui jouait avec Apollon. Elle avait insisté pour le sortir une dernière fois avant d'aller se coucher, ce qui m'arrangeait assez. Je préférais qu'elle soit dehors pendant ma conversation avec Elaina.

— Si j'avais voulu qu'Abby apprenne ma relation avec Mélanie, je lui en aurais parlé moi-même.

— Ah! c'est ça?

— Oui, c'est ça.

— Je me suis bornée à lui préciser que Mélanie n'était pas ta... Abby a dû te le dire.

— Je me fiche que tu sois au courant de mon mode de vie. Tu n'as pas à te mêler de mes affaires, un point c'est tout.

— Dire à Abby que Mélanie n'était pas ta soumise, c'est me mêler de tes affaires, d'après toi?

Oui, parce qu'ensuite, elle voudrait savoir ce qui n'avait pas marché entre Mélanie et moi. Pourquoi ces valses hésitations entre une relation «normale» et la domination.

— Tu n'avais pas à confier à ma soumise des secrets que j'avais choisi de ne pas lui révéler.

— Ta soumise?

— Exactement.

— C'est tout ce qu'elle représente pour toi?

Je jetai un nouveau coup d'œil par la fenêtre? Penchée sur le chien, Abby lui grattait la tête. Je poussai un soupir. Elaina n'était qu'un prétexte. Ce n'était pas contre elle que je me battais.

— Tu ne sais pas de quoi tu parles. De toute façon, je refuse d'en discuter avec toi. Point final.

— Je pensais qu'elle pourrait peut-être signifier autre chose pour toi. Qu'elle était spéciale à tes yeux.

Spéciale. J'accusai le coup.

— C'est de ma vie qu'il s'agit, Elaina. Laisse-moi la gérer à mon idée, s'il te plaît.

— Désolée. Je ne me mêlerai plus de ce qui ne me regarde pas.

Elle me proposa de parler à Todd, mais je déclinai son offre et évoquai brièvement la tempête avant de raccrocher.

J'entrouvris la fenêtre. Assez pour laisser entrer un peu d'air glacé dans la pièce. Le rire d'Abby s'infiltra en même temps, m'insufflant une bouffée de chaleur en dépit du froid.

Je m'assis au bord du lit. Ma vie était sens dessous dessus. Pourquoi avais-je laissé Abby s'immiscer dans mon existence? Il aurait été tellement plus simple de la laisser là où elle était – la femme de mes rêves. Dont je surveillais les faits et gestes sans jamais oser aller plus loin.

C'est elle qui t'a contacté.

Effectivement, elle me voulait comme dominateur. Et dire que j'avais eu le front de lui affirmer tout à l'heure, dans la bibliothèque, que j'avais répondu à ses attentes et anticipé ses besoins. C'était faux. Je n'avais pas toujours été doux, patient, ni attentionné. J'avais échoué avec elle exactement comme avec Mélanie. Et peut-être même davantage.

Et pourtant, elle est là.

Parce qu'elle l'ignore.

Je poussai un grognement exaspéré en fourrageant dans mes cheveux. J'étais incapable d'aligner deux pensées cohérentes. Plus rien n'avait de sens. Il me restait une semaine et demie pour lui avouer la vérité, et au lieu de réfléchir à la manière dont j'allais m'y prendre, je gaspillais mon énergie à lire Shakespeare ou à pique-niquer nu comme un ver.

J'entendis Abby monter l'escalier et allais ouvrir la porte. Apollon la précédait. Il fourra sa truffe froide dans ma main.

— Il est tout mouillé, constata-t-elle. J'ai voulu l'essuyer, mais…

Le chien appliqua une patte dégoulinante sur mon genou et je sentis l'humidité traverser mon pantalon.

— Avec ce temps, c'est normal, répondis-je. Merci de l'avoir sorti.

Elle lui caressa la tête.

— J'adore jouer avec lui, il est tellement drôle, dit-elle avant de tourner les talons.

Je mourais d'envie de la prendre dans mes bras, l'embrasser passionnément partout et tout lui avouer. Lui murmurer à l'oreille que je la désirais comme un fou, qu'elle était spéciale, différente, unique.

— Abigaïl?

Elle se retourna, dans l'expectative.

— Oui, monsieur?

Et mince, tu t'es trompé de prénom. Si tu voulais lui faire passer le message, tu aurais dû l'appeler Abby. Tu fais tout de travers.

Ce n'était même plus la peine d'essayer.

— Bonne nuit, dis-je.

Un doux sourire éclaira son visage.

— Bonne nuit à vous aussi.

Je ne bougeai pas de ma chambre le lendemain jusqu'à ce que je l'entende s'agiter dans la cuisine. J'abandonnai mon livre sur la table de chevet et descendis la rejoindre.

Elle esquissait un pas de danse, une fourchette à la main. Un rayon de soleil filtrait par la fenêtre, éclaboussant la pièce de lumière. J'allai m'adosser au comptoir, près de l'évier.

Je lui dirai qu'elle est aussi riante, aussi sereine que la rose du matin rafraîchie par la rosée, récitai-je en souriant.

Elle stoppa net dans son élan et se dirigea vers la cuisinière pour retourner le bacon dans la poêle.

Vous avez la sorcellerie à vos lèvres, riposta-t-elle.

Parfait, elle jouait le jeu.

Le monde entier est un théâtre, dis-je, *et les hommes et les femmes ne sont que des acteurs.*

La vie n'est qu'une ombre qui marche ; elle ressemble à un comédien qui se pavane et s'agite sur le théâtre une heure ; après quoi il n'en est plus question, déclama-t-elle.

Il était temps de sortir l'artillerie lourde. Je me dirigeai vers le four pour l'obliger à me regarder. Là, je pris la pose, une main sur mon cœur, l'autre tendue vers la fenêtre.

Mais doucement ! Quelle lumière jaillit par cette fenêtre ?
Voilà l'Orient, et Juliette est le soleil !
Lève-toi, belle aurore, et tue la lune jalouse,
Qui déjà languit et pâlit de douleur
Parce que toi, sa prêtresse, tu es plus belle qu'elle-même !

Son rire me réchauffa le cœur. Soudain, j'avais oublié la raison de mes angoisses.

Elle reprit son sérieux.

Les ânes sont faits pour porter et vous aussi, contra-t-elle.

La mégère apprivoisée?

Les femmes sont faites pour porter et vous aussi, répliquai-je, citant fièrement le vers suivant.

Elle éteignit le feu, posa la poêle sur un dessous-de-plat et se retourna.

Je n'en ai pas d'autre qu'une raison de femme. Je le trouve le plus aimable, parce que je le trouve le plus aimable, débita-t-elle.

J'éclatai de rire. Elle était vraiment douée.

Ma réserve de citations de Shakespeare s'épuisait.

J'eus beau me creuser la tête, je n'en trouvai pas une seule comprenant le mot sorcière. Mais j'avais plus d'une corde à mon arc.

Oh ! scélérate, scélérate, scélérate souriante et damnée.

— Vous me traitez de scélérate.

— Vous m'avez appelé âne.

— Match nul?

Je fis mine de réfléchir.

— Va pour cette fois, mais notez bien que je suis en train de rattraper le terrain perdu.

Elle déposa le bacon sur un plat de service.

— D'accord. À propos, pourrais-je utiliser votre salle de gym? J'aimerais m'entraîner sur le tapis.

— Ça tombe bien. J'en ai deux. On pourrait courir ensemble?

Après le déjeuner, je me rendis à la bibliothèque. Comme prévu, Abby était assise en tailleur par terre, un livre sur les genoux, Apollon à côté d'elle.

Je m'installai au petit bureau. Entre le risotto aux champignons et le pique-nique en tenue d'Adam, j'avais pris un sacré retard dans mon travail. J'allumai mon ordinateur et entrepris de répondre à mes e-mails.

Quelques heures plus tard, le téléphone sonna. Je consultai l'écran où s'affichait le nom de mon cousin.

— Bonjour, Jackson, dis-je en suivant du regard Abby qui quittait la pièce.

— Salut, Nathaniel, chuchota mon cousin.

— Tu ne peux pas parler plus fort?

— Je ne veux pas que Félicia entende.

Y aurait-il une dispute dans l'air? Je glissai un œil dehors. La neige avait légèrement fondu. S'il y avait un problème entre eux, il faudrait que Félicia puisse rentrer chez elle au plus vite. Abby accepterait-elle de rester jusqu'au week-end et repartir dimanche soir? me demandai-je par association d'idées.

— Nathaniel? répéta Jackson.

— Désolé. Tu disais?

Il émit un petit rire nerveux.

— Je vais le faire.

Je n'avais aucune idée de ce qu'il voulait dire.

— Tu vas faire quoi?

Il baissa encore la voix.

— Je vais le lui demander.

— Demander quoi?

— Oh! voyons. Secoue-toi. En mariage. Je vais demander à Félicia de m'épouser.

Je restai sans voix, estomaqué.

— Non, c'est vrai?

— C'est dingue, hein? Mais je suis certain que c'est la bonne décision. Quand on est amoureux, on le sait, c'est évident.

Mon cœur se mit à battre plus vite. Était-ce vraiment si évident? Simple comme bonjour? On se demandait si c'était la bonne décision, et vlan, voilà, on le savait d'instinct?

— Euh… Jackson… Je ne sais pas quoi te… Félicitations, mon vieux.

— Merci. Écoute, ne dis rien à Abby. Félicia lui fera la surprise.

— Tu crois qu'elle va accepter?

— J'en suis sûr.

Je raccrochai et me préparai à la prochaine bataille. La partie de moi qui savait que je ne pouvais pas m'engager dans une relation normale, et l'autre qui voulait tenter l'expérience à n'importe quel prix. Je saisis une pile de papiers posés sur le bureau et les parcourus d'un œil distrait.

Tu n'es pas normal et tu ne le seras jamais. Résigne-toi et poursuis ton chemin sans regarder en arrière. C'est bien parti avec Abby. Pourquoi tout gâcher? Elle est heureuse. Toi aussi. Profites-en.

Je feuilletai machinalement les feuillets.

Allez Nathaniel, ressaisis-toi. Le fait que Jackson et Félicia se marient ne change rien. Il est comme ton frère. Tu devrais être heureux pour lui.

C'était le cas. Je me réjouissais pour Félicia et mon cousin. Mais pourquoi ne pouvais-je pas avoir…

«Nathaniel West!»

30

Je relevai brusquement le nez. Abby?

C'était vraiment la dernière chose dont j'avais besoin. Comme si je n'étais pas assez perturbé, elle avait choisi ce moment pour débarquer à l'improviste dans la bibliothèque et m'apostropher par mon nom, qui plus est.

Je l'avais pourtant priée de m'appeler monsieur, cette semaine. Je fronçai les sourcils en essayant de rassembler mes souvenirs – oui, oui, c'était exact. C'était l'une des règles que je lui avais fixées dimanche matin. Or elle n'avait jamais encore délibérément transgressé une consigne. Qu'est-ce qui lui passait par la tête?

— J'attends vos excuses pour cette bévue, Abigaïl, dis-je.

Elle tendit vers moi ses mains qu'elle cachait derrière son dos, brandissant la boîte de chocolats que je gardais à la cuisine.

— Des excuses? Il n'en est pas question. C'est quoi ça, vous pouvez me le dire?

Elle m'appelait par mon prénom à cause d'une boîte de chocolats? C'était le monde à l'envers.

Une œillade assassine suffirait peut-être à régler le problème. Je reposai mes papiers, croisai les bras et la foudroyai du regard.

— Du chocolat, Abigaïl. C'est écrit sur la boîte.

Elle ne broncha pas lorsque je me levai.

— Je sais, Nathaniel. Mais qu'est-ce qu'elle fabrique dans la cuisine? J'aimerais bien le savoir.

Bon sang! Des chocolats maintenant. De mieux en mieux. La journée virait au cauchemar.

— De quoi je me mêle?

Elle secoua la boîte sous mon nez.

— Ça me regarde parce qu'il n'y a rien de tel dans votre régime alimentaire.

Mon régime alimentaire? Quel régime alimentaire? C'était elle qui…

Oh, oh! Un jeu de rôle? C'était ce qu'elle voulait? J'étais intimement persuadé qu'elle n'avait aucune intention d'être une dominatrice, mais si elle avait envie de jouer un peu. Au fond, pourquoi pas…

Cela risquait de brouiller encore plus les cartes. D'un autre côté, j'avais envie de voir jusqu'où elle irait. Ma chambre et la salle de jeux lui étaient interdites cette semaine, elle le savait. Qu'avait-elle à l'esprit? Avait-elle prémédité son coup?

Il n'y avait qu'un moyen de le savoir.

— Croyez-vous que je n'aie rien de mieux à faire que de concocter vos menus? poursuivit-elle, un éclair de triomphe dans les yeux. Répondez-moi.

Je me rappelai le discours que je lui avais tenu le soir où je l'avais punie. Elle me rendait la monnaie de ma pièce. Je décroisai les bras et les laissai pendre, inertes, le long du corps.

— Non, Maîtresse.

Elle poussa un soupir exaspéré.

— J'avais d'autres projets pour aujourd'hui. Au lieu de quoi, nous resterons coincés à la maison. Vous méritez une punition.

J'ignorais ce qu'elle avait prévu, mais cela m'était égal. La perspective de passer l'après-midi avec elle me mettait en joie.

— Je suis désolé de vous avoir contrarié, Maîtresse.

— Vous le serez encore plus lorsque j'en aurai fini avec vous. Je monte dans ma chambre. Je vous donne dix minutes pour m'y rejoindre.

Elle tourna les talons et quitta la pièce. Mon chien releva la tête.

Je lui souris.

— Va à la cuisine, Apollon.

Il grogna, les oreilles couchées.

— Obéis.

Il geignit et trottina vers la porte, la queue basse. Je restai seul. Que manigançait-elle? Jusqu'où la laisserais-je aller? Dans une vraie scène de soumission, je me serais présenté entièrement nu devant elle. Du moment que ce n'était pas le cas, je choisis de n'en rien faire.

Les pensées se bousculaient dans ma tête pendant que je montais l'escalier. Il me fallait un plan. Je devais décider ce que je l'autoriserais à faire et combien de temps je lui lâcherais la bride. Mais comment m'y prendre alors que j'ignorais ce qu'elle avait à l'esprit?

Vous pensez trop, m'avait-elle dit dans la cuisine.

Elle avait raison. Je pensais trop. Ce soir, je me lâcherai. Je saurais être spontané, je me laisserais guider par l'inspiration du moment. Je me sentais capable de gérer n'importe quelle situation et, s'il fallait mettre le holà à moment donné, je n'hésiterais pas à le faire.

Au fond c'était simple, vu sous cet angle.

Elle m'attendait au pied du lit, revêtue de la nuisette argentée qu'elle portait le jour où je lui avais offert le collier. Plus belle que jamais.

Elle croisa les bras et tapa du pied.

— Qu'avez-vous à dire pour votre défense, Nathaniel?

Nathaniel.

Cette façon qu'elle avait de prononcer mon prénom… on aurait dit que ses lèvres distillaient le miel à mes oreilles.

Je baissai la tête pour ne pas lui montrer à quel point j'étais troublé.

— Rien, Maîtresse.

— Regardez-moi.

Surtout pas. Si je la regardais, elle saurait. Elle comprendrait tout. Je serais incapable de rien lui cacher. Ou plutôt, je ne voulais plus rien lui dissimuler. J'étais à bout.

— Je ne suis pas une maîtresse, je suis une déesse, enchaîna-t-elle en laissant glisser les fines bretelles de sa nuisette le long de ses épaules, dévoilant quelques centimètres de son corps magnifique. Et j'ai bien l'intention d'être adorée.

La réalité de ses paroles me frappa de plein fouet. Elle avait raison. Plus que jamais.

Elle était une déesse.

Et je la vénérerais.

Ce soir, je n'avais qu'un seul but: le lui prouver. Je lui révélerais l'effet qu'elle me faisait, ce que je ressentais en sa présence. Peut-être se livrerait-elle à son tour?

Terminé le jeu de rôles.

J'abolis en deux enjambées la distance qui nous séparait, je la pris avec douceur dans mes bras et la fis asseoir à mes côtés sur son lit.

Je plongeai mon regard dans le sien. Comment nommer ce que j'éprouvais chaque fois que je la regardais? Elle me bouleversait comme aucune autre femme avant elle. Qui étais-je pour mériter tant de bontés?

Une chose était sûre, elle était mon *alter ego*. Pourquoi se voiler la face?

D'instinct, je tendis la main pour lui caresser la joue.

— Abby..., murmurai-je. Oh! Abby...

Pouvoir enfin prononcer librement son prénom me grisait... Comment une chose aussi simple pouvait-elle m'émouvoir à ce point? Comme si j'avais fini par trouver ce que j'avais cherché toute ma vie. Elle était mienne et j'étais à elle, et si le monde s'arrêtait de tourner à cette seconde, je mourrais heureux d'avoir entrevu cette vérité absolue.

Et pourtant, j'avais faim d'autre chose, je voulais encore plus. Je désirais...

Ses lèvres.

Du pouce, je caressai sa bouche sensuelle.

— *Un baiser de désir...*

Je m'interrompis, incapable d'achever la citation. C'en était trop. Je tremblais sous l'effort que je faisais pour me contrôler.

— *Sur les lèvres*, acheva-t-elle.

Je ne pouvais me retenir davantage. Je combattais mes pulsions depuis trop longtemps. En renonçant à l'embrasser dans le but d'exclure une relation trop personnelle, j'avais établi une règle superflue à laquelle il ne m'était plus possible d'obéir. Elle ne servait à rien, de toute façon.

Je me penchai vers elle sans hâte pour profiter pleinement de l'instant. J'étais si près que je pouvais sentir son parfum subtil, son souffle tiède. J'avalai une grande goulée d'air, puis posai délicatement mes lèvres sur les siennes.

Bon sang!

Impossible de contenir la joie qui enflait en moi. Notre fragile coquille humaine était inapte à contenir de telles émotions.

Je m'efforçai de ralentir les battements désordonnés de mon cœur avant de reprendre sa bouche.

J'étais encore en vie – ou alors je commençais à vivre. Au choix.

Comment pourrais-je me lasser d'elle? Je ne me rassasierais jamais de la douceur de ses lèvres sur les miennes, son corps délicieux au creux de mes bras. Seulement la brute avide qui sommeillait en moi en voulait plus. Caresser ses lèvres ne me suffisait pas – il fallait que je la dévore. Que je la laisse me consumer.

Je saisis son visage entre mes mains et l'embrassai à pleine bouche. Longuement. Tendrement. Elle était la déesse que je voulais vénérer, je n'étais qu'un de ses humbles adorateurs quêtant une caresse.

Du bout de la langue, je traçai le contour de ses lèvres, la goûtant, la titillant. À ma grande stupeur, elle les entrouvrit. Elle me faisait cet insigne honneur. Après tout ce que je lui avais pris, elle m'offrait plus encore.

La saveur de sa bouche laisserait une marque indélébile dans ma mémoire, je le compris d'instinct.

Elle plongea les mains dans mes cheveux pour se coller contre moi, m'arrachant un gémissement. Sans interrompre ses baisers, elle déboutonna ma chemise, la fit glisser sur mes épaules et laissa errer ses doigts sur mon torse.

Oh! Seigneur. Oui, Abby. Caresse-moi.

Je m'écartai le temps de me débarrasser de mon pantalon, le regard vrillé au sien.

Elle me tendit les bras.

— Aime-moi, Nathaniel.

Aimer?

Était-ce donc cela? J'aimais Abby? Était-ce que voulait dire Jackson? Ce que partageaient Todd et Elaina? Certainement pas. Personne n'avait jamais rien connu d'aussi intense avant moi. Mais s'il fallait appeler cela amour, va pour l'amour.

L'amour.

J'aimais Abby.

Quel imbécile j'avais été.

Je m'approchai et la plaquai contre ma poitrine.

— Je t'ai toujours aimée, Abby.

Je l'allongeai ensuite sur le lit et repris possession de ses lèvres, submergé par la force de mes sentiments. Aucun de nous deux ne prononça le moindre mot, parce qu'aucune parole n'était nécessaire

On aurait dit que je la découvrais pour la première fois. À croire que ses mains ne m'avaient jamais caressé. Effleurer, taquiner, explorer, comme si chaque geste, chaque attouchement revêtait une nouvelle signification.

Je t'aime, disaient mes doigts en frôlant ses bras.

Je t'aime, répondaient les siens en dérivant sur mon dos.

Ses lèvres dansaient contre les miennes, nos bouches s'enlaçaient dans un long ballet érotique sans fin.

Je plongeai en elle dans une longue étreinte passionnée. Je serrais les paupières, incapable de réprimer les émotions qui déferlaient sur moi. C'était trop fort, plus que je n'en pouvais supporter. Toute ma vie, j'avais instrumentalisé le sexe pour atteindre le plaisir charnel. En retour, je veillais à satisfaire mes partenaires et mes soumises. Rien de plus. Le plaisir des sens dénué de sens, en quelque sorte. À présent, je connaissais la vérité. Le sexe pouvait, devait représenter beaucoup plus. Mon corps pouvait servir à donner ou recevoir du plaisir, mais aussi à déclarer mon amour comme une offrande, corps et âme.

La vérité explosa en moi en même temps que mon orgasme. J'étais au bord des larmes.

Je l'attirai contre moi, les doigts enfouis dans ses cheveux, incapable de me détacher d'elle. Avec un soupir d'aise, elle appuya la tête sur mon cœur et s'endormit dans l'instant.

Quant à moi, le sommeil me fuyait. J'avais l'impression que le monde s'écroulait.

Qu'avions-nous fait?

Qu'avais-je fait?

Je tentais désespérément de retrouver le sentiment qui m'avait submergé tout à l'heure. Mais je n'étais pas assez fort et succombai à mes vieux démons qui se réveillèrent aussitôt.

Elle allait me détester à cause de ce que je lui avais fait. Elle me haïrait lorsqu'elle découvrirait que j'avais été malhonnête. Elle resterait peut-être encore quelque temps avec moi par pitié, et je ne le supporterais pas.

Au fil des jours, ses yeux s'assombriraient de tristesse à mesure qu'elle s'apercevrait que je n'étais pas celui qu'elle croyait. Que signifiait alors la révélation que je venais de recevoir? Que ma vie de dominateur ne valait pas tripette? Comment concilier ma vraie nature et mes sentiments?

Je resserrai mon étreinte autour de la belle endormie. Je ne pouvais pas la décevoir. Elle ne le méritait pas.

Les heures s'égrenaient. Je finis par entrevoir quelle ligne de conduite adopter.

Je l'aimais et j'étais prêt à faire n'importe quoi pour elle.

La laisser partir, par exemple?

31

Je lorgnai par-dessus la tête d'Abby pour consulter le réveil, posé sur la table de chevet – deux heures du matin. Encore quatre heures avant de déserter son lit.

Je fermai les yeux en essayant de graver les moindres détails de sa personne dans ma mémoire. Je respirais le parfum fleuri de ses longs cheveux, puis inclinai le front pour me délecter de l'odeur chaude et sexy de sa peau. Je glissai une main au bas de son dos, me rappelant la façon dont elle s'était cambrée pour mieux m'accueillir, le corps secoué de frissons voluptueux pendant que nous faisions l'amour.

À présent, le visage détendu, elle était parfaitement immobile dans le sommeil, insensible aux caresses que je lui prodiguais en harmonie avec sa respiration. Je laissai remonter ma main sur sa nuque. Sa peau était douce, sans aucun défaut. À son image.

Sa bouche dessinait un O parfait dans son sommeil. Je me penchai vers elle au point que mes lèvres frôlèrent presque les siennes, puis m'immobilisai – je n'avais pas le droit d'aller plus loin. À cause de ce que j'étais sur le point d'accomplir. Je me contentai d'un léger baiser au creux de son cou. Elle avait un goût de sexe et de sueur – un rappel doux-amer de ce que nous venions de vivre ensemble.

— Je suis désolé, lui chuchotai-je à l'oreille. Ce n'est qu'un tissu de mensonges. J'espère que…

Je m'interrompis.

J'espérais quoi?

Qu'elle comprendrait? Inutile de rêver.

Qu'elle me pardonnerait un jour? Peut-être. Dans un millier d'années.

Qu'elle ne souffrirait pas? Je n'étais pas stupide à ce point. Bien sûr qu'elle souffrirait.

Qu'elle n'avalerait pas cette couleuvre? Elle se rebifferait, bien sûr, mais je savais comment m'y prendre pour en finir avec elle. Ce n'était pas un hasard si j'avais la réputation d'être un salaud.

J'étais au supplice. Comment pouvais-je envisager lui faire subir cette humiliation?

Parce que c'était la seule chose à faire. Après la nuit dernière, je n'étais plus sûr de rien. À supposer que je ne change rien à mon mode de vie, quelle serait sa réaction si je lui avouais la vérité? Que j'avais abusé de sa naïveté, que je lui avais menti et l'avais trompée pendant des années?

Comment oserais-je lui demander de rester avec moi le temps de tirer tout cela au clair? Mieux valait pour nous deux qu'elle s'en aille. Quitte à ce que je l'y force.

Ce serait l'acte le plus méprisable de toute ma vie, mais j'irais jusqu'au bout. Pour l'amour d'Abby.

Elle soupira dans son sommeil et se lova plus étroitement contre moi. Je jetai un nouveau coup d'œil au réveil – encore deux heures. Deux heures à avoir le bonheur de la serrer dans mes bras.

À six heures, je me dégageai doucement de son étreinte et arrangeai les draps autour d'elle. Je restai quelques instants à la regarder dormir, emmitouflée dans les couvertures.

J'effleurai son front de mes lèvres, et les paroles que je voulais désespérément lui dire s'étranglèrent dans ma gorge.

Non. Tu n'as pas le droit.

Je me mis à hurler dans ma tête.

Je t'aime

Je t'aime.

Je t'aime.

Je descendis à la cuisine préparer du café. Non que j'en aie particulièrement envie, mais dans l'espoir que les gestes simples du quotidien auraient le pouvoir de m'apaiser. Je laissai sortir Apollon dans le jardin par la porte de devant. Les jardiniers étaient venus la veille déblayer la neige fondue. Rien n'empêchait plus Abby de rentrer chez elle.

On avait livré le journal. Je le ramassai puis m'installai à la table de cuisine. Je fixai les gros titres sans comprendre un traître mot. Les yeux clos, je me concentrai sur ce que j'allais à dire et faire.

Peu après, je perçus des pas à l'étage, dans le couloir puis, quelques secondes plus tard, dans l'escalier. Je devinai qu'elle allait d'abord se rendre à la bibliothèque car j'y passais toutes mes matinées depuis quelques jours – comme si cette pièce et son contenu étaient empreints de sa présence.

Elle était tout près maintenant. Je l'entendis entrer dans la cuisine. Elle s'y attarda avant de se diriger vers la salle à manger. Je me dépêchai d'ouvrir le journal au hasard et me plongeai dans la lecture.

— Bonjour ! lança-t-elle depuis la porte.

J'allais devoir jouer serrer.

Je repliai le journal et la dévisageai. Elle était si belle dans la lumière du matin – les cheveux légèrement ébouriffés, les lèvres pleines et gonflées. Je résistai à l'envie d'envoyer valser le journal pour la prendre dans mes bras et l'embrasser à n'en plus finir.

— Bonjour ! Je me disais justement que vous pourriez repartir aujourd'hui.

Elle plissa le front, surprise.

— Pardon ?

Je posai le journal.

— Les routes sont dégagées. Vous n'aurez donc aucune difficulté pour rentrer chez vous.

Un pli profond se creusa entre ses sourcils. Elle peinait à digérer l'information.

— Pourquoi, puisque je suis censée revenir demain soir ?

Je la regardai dans les yeux.

— À ce propos justement, je vais passer la plus grande partie du week-end au bureau pour rattraper le retard accumulé à cause de la tempête. Il serait préférable que vous ne veniez pas ce week-end.

C'était faux. Je devais certes donner quelques coups de fil, mais rien qui m'occuperait le week-end tout entier.

— Vous rentrerez bien chez vous à un moment ou un autre, non ? hasarda-t-elle.

— Je ne pense pas… *Dis-le-lui. Qu'elle s'en aille.* Abigaïl…

Elle inspira un grand coup, l'air sonnée.

— Comment m'avez-vous appelée ?

— Abigaïl, comme d'habitude.

— La nuit dernière, c'était Abby.

La nuit dernière…

Bon sang…

Je pris mon courage à deux mains.

— Cela faisait partie de la mise en scène.

— Que voulez-vous dire?

Je croyais que ce serait plus facile de poursuivre sur ma lancée, maintenant que j'avais commencé, mais il n'en fut rien. Chaque mensonge me faisait l'effet d'un coup de poignard qui me détruisait à petit feu.

— Nous avons échangé les rôles. Vous avez insisté pour que je vous appelle Abby.

— Nous n'avons rien échangé du tout.

L'obscurité, la mort me consumaient.

— Bien sûr que si. C'était exactement ce que vous aviez en tête quand vous êtes entrée dans la bibliothèque avec les chocolats.

À son air résolu, je compris qu'elle n'allait pas capituler sans batailler.

— C'était mon intention, au début. Et puis vous m'avez embrassée. Vous m'avez appelée Abby et vous avez passé la nuit dans mon lit.

Finissons-en. Maintenant.

Je serrai frénétiquement les poings sous la table.

Lance-toi!

— Peut-être, mais je ne vous ai jamais invitée dans le mien.

Mes paroles la touchèrent en plein cœur. Ses traits se convulsèrent de douleur.

— Et merde, arrêtez cette comédie.

— Surveillez votre langage.

Elle serra les poings.

— Vous croyez que je vais rester polie quand je vous entends débiter de tels mensonges? Que la nuit dernière ne représentait rien pour vous? Ce n'est pas parce que notre relation a évolué que c'est forcément pire. Les choses ont progressé entre nous. Et alors? Cela ne pourra que consolider ce qui existait déjà.

— Vous ai-je déjà menti, Abigaïl?

Le simple fait de l'appeler Abigaïl était un simulacre. Mais j'étais en train de gagner, je le sentais. Le mal était fait. Bientôt, très bientôt...

Elle renifla.

— Non.

— Dans ce cas, qu'est-ce qui vous donne à croire que c'est ce que je fais en ce moment?

— Parce que vous avez peur d'aimer. C'est normal. J'ai la frousse moi aussi.

— Je n'ai pas peur. *Nouveau mensonge.* Je suis un salaud sans cœur. Je pensais que vous le saviez.

Elle ferma les yeux, ses épaules s'affaissèrent. C'était fini. Elle s'était résignée plus facilement que je l'aurais cru, mais cela valait sans doute mieux ainsi.

Je lus une détermination farouche dans ses yeux. Elle porta les mains à son cou, et je me préparai à ce qui allait suivre.

Le collier émit un son métallique en heurtant la table.

— Térébenthine.

Les lignes que j'avais lues quelques semaines auparavant résonnèrent dans ma tête.

Térébenthine.
Un pot de térébenthine dans le feu.
Je le voyais se calciner dans la cheminée.

32

Je l'avais prévu. Anticipé. D'un geste définitif, elle retira le collier qui avait l'air en pièces sur la table où elle l'avait posé. Impossible d'en détacher les yeux. Ni de regarder son cou nu.

Elle ne t'appartient plus.

Je détournai la tête, luttant contre la douleur. J'y penserais plus tard. Pour l'instant, je devais continuer à jouer mon rôle. Je me forçai à la fixer dans les yeux.

— Très bien, Abigaïl, si telle est votre volonté.

— Puisque vous persistez à dire que la nuit dernière n'était qu'une comédie, alors oui, c'est exactement ce que je veux.

Elle savait que je simulais. Cela lui permettrait-il de surmonter l'épreuve plus facilement?

Je hochai la tête.

— J'ai quelques contacts parmi les dominants dans les environs de New York. Je serais très heureux de vous indiquer leurs coordonnées.

Tôt ou tard, elle se mettrait en quête d'un dominateur, c'était certain. J'avais réfléchi à plusieurs noms, mais impossible de trouver quelqu'un qui soit à la hauteur. Pourvu qu'elle ne me prenne pas au mot car c'était un coup de bluff. Je n'aurais su quoi lui dire si elle me l'avait demandé.

— Je pourrais aussi leur transmettre les vôtres, si vous préférez, ajoutai-je.

Je voulais paraître aimable, mais elle me renvoya un regard triste et mortifié. Elle n'avait pas compris. Ne devinait-elle pas que cela me déchirait le cœur de lui suggérer le nom d'un ami? De l'imaginer ne fût-ce qu'un instant dans les bras d'un autre?

— J'y penserai, se borna-t-elle à répondre.

Je restai silencieux, parfaitement immobile.

— Je vais chercher mes affaires, ajouta-elle en tournant les talons.

Je saisis ma tête entre mes mains dès que j'entendis ses pas dans l'escalier. Bon sang, elle ne plaisantait pas. Elle m'avait pris au mot. La reverrais-je avant son départ ou était-ce la dernière image que je garderais d'elle – son regard malheureux, son expression de chien battu lorsque j'avais remué le couteau dans la plaie?

Apollon couché à mes pieds se redressa, en inclinant la tête, les yeux posés sur moi.

Je lui ordonnai de monter la retrouver, mais il n'eut pas l'air de comprendre et ne bougea pas. Mais il se précipita à sa rencontre en l'entendant descendre quelques minutes plus tard.

— Tu es un bon chien, Apollon, s'exclama-t-elle.

Je fourrageai nerveusement dans mes cheveux. C'était un vrai cauchemar.

— Tu vas me manquer, poursuivit-elle. Je ne crois pas qu'on se reverra, je ne peux pas rester ici. Gentil chien. Promets-moi de veiller sur ton maître, d'accord?

Je laissai échapper un soupir. Ses dernières pensées étaient pour moi. J'entendis la porte d'entrée s'ouvrir puis se refermer avec un bruit sec.

Je rassemblai mes forces et me levai. Il me restait une tâche à accomplir. Comme les routes étaient glissantes, je décidai de suivre Abby en voiture jusqu'à New York afin de m'assurer qu'elle rentrerait chez elle saine et sauve.

Je regagnai ma maison vide, quelques heures plus tard.

Et voilà. Elle était partie.

Mes pas retentirent dans le silence. Même les dimanches après-midi, après le départ d'Abby, la maison ne m'avait jamais paru aussi lugubre.

Elle ne reviendrait plus. Jamais. Ma maison resterait désespérément vide.

Je demeurai prostré de longues minutes. C'était insupportable. Je devais agir pour que cela cesse.

Apollon regarda dans mon dos comme s'il s'attendait à trouver Abby sur mes talons. Je lui accordai un bref coup d'œil avant de me diriger vers la bibliothèque.

Une rangée de bouteilles garnissait le bar. Je m'y précipitai en évitant soigneusement de promener mes regards alentour. Le cognac affichait quarante degrés d'alcool. Tant mieux. L'effet ne tarderait pas à se faire sentir.

Je descendis plusieurs verres d'un trait. En fait, je cessai de compter au bout de trois. Si je buvais jusqu'à l'ivresse, je finirais par moins souffrir.

Comme il fallait s'y attendre, cela ne m'aida guère et ne fit qu'aggraver le mal.

Couché près de moi, Apollon couinait faiblement.

— Ça va aller, mon chien, marmonnai-je en me versant une nouvelle rasade. Ça valait mieux comme ça. Crois-moi.

Quand tout commença à tanguer, je titubai vers le canapé et m'y affaissai lourdement. Encore, il m'en fallait encore. L'alcool ne me faisait plus aucun effet.

J'entendis le verre tomber à terre, et puis… plus rien.

Un rayon de soleil filtra par la fenêtre. Je clignai des yeux, aveuglé. Quelque chose bougea derrière les rideaux et s'avança vers moi.

— Abby?

Une joie immense m'envahit.

Je me redressai.

— Abby! appelai-je plus fort.

Elle me sourit.

— Je savais que tu ne me croirais pas. Je le savais. Et tu es revenue. Oh! Abby! Je t'aime tant. Je suis désolé de ne pas te l'avoir dit plus tôt.

Je sautai sur mes pieds pour la serrer dans mes bras. Enfin, j'allais pouvoir tout lui avouer.

Envoûté, je la regardai approcher, souriante, nimbée d'une lumière dorée. Elle portait une jolie robe qui virevoltait autour d'elle à chacun de ses pas. Elle se déplaçait avec tant de grâce qu'on aurait dit qu'elle flottait dans les airs.

Lorsqu'elle fut devant moi, je levai la main pour effleurer sa joue.

— Tu me pardonnes?

Elle hocha la tête.

Je tombai à genoux, lui caressai les pieds, les embrassai.

— Je suis terriblement désolé Abby. Merci d'être revenue.

J'envisageai toutes les possibilités que nous offrirait l'avenir. Quoi qu'il arrive, nous surmonterions tous les obstacles ensemble. L'essentiel était que nous soyons réunis. C'était la seule chose qui comptait.

J'étouffai un sanglot en m'essuyant les yeux. Je levai la tête. Elle me regardait toujours en souriant.

Je me relevai.

— Abby...

Nos lèvres s'approchèrent et s'unirent. Sa bouche était encore plus douce que dans mon souvenir. Je gémis et l'attirai plus près. Elle fondit dans mes bras et se lova tout contre moi.

Elle ne parlait pas. Elle aurait pourtant dû dire quelque chose. Au fond, rien ne pressait. Nous avions tout le temps...

J'approfondis mon baiser et saisis son visage entre mes mains, plongeant les doigts dans ses cheveux. Je ne sentais pas son parfum. Curieux...

Ses doigts caressants errèrent le long de mon dos. Au bout d'un moment, je m'écartai, allai m'asseoir sur le canapé et tapotai la place vide à côté de moi.

— Viens là. J'ai tellement de choses à te dire.

Elle secoua la tête.

— S'il te plaît, Abby.

Elle fit un pas en arrière.

— C'est trop tard.

— Tu as dit que tu m'avais pardonné. Tu es revenue.

— Trop tard, Nathaniel.

Elle s'éloigna.

— Je veux t'expliquer implorai-je. Il le faut. Attends. Ne pars pas.

Elle recula presque jusqu'à la fenêtre en recommençant à secouer la tête.

— Abby! m'égosillai-je. Abby!

Elle avait disparu.

Les rideaux remuèrent.

— Abby, reviens! Je t'aime!

Je sentis quelque chose de chaud et humide me frôler la joue. Je m'ébrouais et m'assis sur mon séant. Apollon geignait sans cesser de me lécher.

Je regardai autour de moi.

La bibliothèque était vide.

J'avais rêvé.

Un cauchemar.

Elle n'était pas là. Elle m'avait cru sur parole et n'allait jamais revenir.

Je repoussai Apollon pour attraper la bouteille. Où était-elle passée? Je me levai et marchai sur des éclats de verre brisé. Merde!

Je n'y prêtai aucune attention et retournai au bar me servir un autre cognac. J'en avalai une grande lampée. Le verre m'échappa des mains et se brisa en mille morceaux sur le sol.

Comme ma vie.

Comme mon cœur.

Comme j'avais brisé Abby.

Je me versai un autre verre et le vidai d'un trait. Je regardai vers la fenêtre, par où Abby était apparue dans mon rêve. J'espérais la voir resurgir par magie. Elle allait se matérialiser comme s'il ne s'était rien passé.

On aurait dit que la bibliothèque flottait dans une brume épaisse. Les contours étaient flous, déformés. Mon cerveau fonctionnait à plein régime. Je me rappelais clairement chaque instant que Abby et moi avions passé dans cette pièce.

Par terre, lorsque nous avions pique-niqué dans le plus simple appareil.

Sur le canapé ou elle s'était dévêtue pour moi.

Sur le banc du piano, où elle m'avait chevauché pendant que je jouais pour elle.

J'enfouis les mains dans mes cheveux. Peut-être parviendrais-je à extirper les souvenirs de mon esprit, à force. Les images s'enchevêtraient dans ma mémoire – tous les deux dans la bibliothèque, tandis que je jouais du piano, Abby debout devant le rayon poésie, la rose que je lui avais offerte…

Elle ne m'avait jamais questionné là-dessus.

Pourquoi?

Était-ce si important?

Elle devait être au courant. Elle savait tout. Au sujet de Mélanie et du reste…

Mon téléphone se mit à vibrer. Je le tirai de ma poche et clignai des yeux pour voir l'écran.

Jackson?

Aucune envie de lui parler. Je laissai tomber l'appareil par terre et louchai vers la bibliothèque. La cheminée était vide.

Je le vis se calciner.

La bibliothèque avait besoin d'un bon feu.

Qui consume tout – le piano, le canapé, la poésie… Tout.

J'éclatai de rire. Ce ne serait pas très difficile. Le cognac constituerait un excellent combustible.

Où étaient donc les allumettes?

Je me rendis en chaloupant dans la cuisine sans comprendre pourquoi le sol bougeait. Cela ne me facilitait pas la tâche. Je tirai un tiroir et en vidai le contenu par terre.

J'entendis un bruit.

Je levai les yeux. Abby?

Non, elle était partie et ne reviendrait pas.

Mon cœur blessé ne guérirait jamais. Il fallait que j'y remédie moi-même.

Mes doigts se refermèrent sur les allumettes. Exactement ce qu'il me fallait.

Je rebroussai chemin vers la bibliothèque en m'appuyant au mur pour garder l'équilibre. J'entendis des pas derrière moi.

— Nathaniel? appela Jackson.

Je me mis à rire. On allait bien s'amuser tous les deux autour d'un grand feu de joie.

— Nathaniel?

Mince, il était rapide. Comment m'avait-il rattrapé aussi vite? Je me retournai. Nous nous trouvions juste devant la bibliothèque.

J'agitai les allumettes.

— Ffffé... li... ci... ta... M... m... mes mmmeillleurs vvoeux pour...

Le mot m'échappait.

— Merde! s'écria Jackson. Tu es complètement saoul.

Je retournai vers la bibliothèque.

— Qu'est-ce que tu fabriques? insista-t-il.

— Je vais allumer le feu, tu vois?

Il trottinait à côté de moi.

— Le feu? Quel feu?

— La bbbibbblio... thèque.

Il me saisit par les épaules pour me faire pivoter sur moi-même.

— Tu es tombé sur la tête ou quoi? Qu'est-ce qu'il s'est passé ici?

Je me mis à rire.

Il me secoua.

— Nathaniel... merde! Arrête. Tu me fais peur.

Je cessai de rire et essayai de me concentrer. Il fallait que j'arrive à prononcer les mots.

— Elle... m'a... quitté...

La douleur explosa dans ma poitrine, je titubai vers le canapé et glissai sur le cognac répandu sur le sol. Le verre me cisailla les genoux.

Tant mieux. Même si la douleur qui irradiait dans mon genou n'était pas aussi lancinante que celle qui m'étreignait le cœur. Des débris de verre s'enfoncèrent dans ma paume quand je posai une main sur le sol pour me relever.

Je levai le bras vers mon cousin et regardai le sang pisser le long de ma main.

— Elle ne reviendra plus… jamais… jamais.

L'obscurité envahit la pièce.

Il faisait noir lorsque je me réveillai. Il me fallut un certain temps avant que la réalité revienne me frapper de plein fouet.

Abby était partie. Pour toujours.

Je ne savais pas ce qui me faisait le plus souffrir – mon cœur ou mon crâne.

La voix de Jackson s'éleva de quelque part.

— Nathaniel?

Ma tête me faisait un mal de chien mais, tout compte fait, c'était bien mon cœur qui était le plus atteint.

Je tentais de me redresser, mais la pièce tournoyait à toute vitesse autour de moi, du coup, je décidai de me rallonger. Où étais-je?

Je promenai mon regard alentour. Au salon. Jackson avait dû m'y transporter à un moment donné.

— Tu es réveillé? me demanda-t-il.

— Je suppose que oui. Où est passé mon verre?

J'avais si mal aux yeux que je les refermai aussitôt.

— J'ai tout viré et je…

— Pourquoi?

— Pourquoi quoi?

J'entrouvris un œil.

— Pourquoi as-tu viré mon verre?

— Tu as assez bu comme ça.

J'ouvris l'autre œil. Oui, il était là, assis dans un fauteuil.

— Tu permets? C'est moi qui décide si j'ai assez bu ou pas.

— Lorsque je suis arrivé, tout à l'heure, tu essayais de mettre le feu à la bibliothèque, tu te rends compte?

Pas possible? Je n'en avais aucun souvenir.

Abby n'était plus là et j'avais un trou béant à la place du cœur.

Cela, je me le rappelais très bien.

— Et tu m'en as empêché?

Il ramassa la télécommande pour changer de chaîne.

Évidemment. Et je te défends de boire une goutte de plus.

— Est-ce qu'une femme t'a déjà largué?

Il me coula un regard en coin.

— Fini le cognac. Terminé.

— Dans ce cas, je vais me rabattre sur le vin rouge. C'est excellent pour la santé, paraît-il.

Il ne fit rien pour m'en empêcher. Les jours suivants s'écoulèrent dans une sorte de brume d'ivresse. Je me sentais presque bien. Abby ne me rendait plus visite en rêve lorsque j'avais bu mon content d'alcool.

Le pire était lorsque j'étais réveillé car alors, je la voyais partout. Ce n'était pas comme dans mes rêves, je savais qu'elle n'était pas là pour de vrai, même si je ressentais sa présence n'importe où – dans la cuisine, le salon, le vestibule au rez-de-chaussée. Elle avait laissé son empreinte dans chacune des pièces ou presque.

Je ne remis plus les pieds à la bibliothèque et refusai catégoriquement de dormir dans ma chambre, que je cédai à mon cousin – il avait insisté pour rester quelques jours avec moi. J'emménageai dans la chambre d'amis à l'étage, en face de la mienne et de celle d'Abby. Là, au moins, je n'avais pas de mauvais souvenirs.

Jackson téléphona à Sara le lundi suivant pour l'avertir que je m'absenterais quelques jours. J'ignorais quel prétexte il lui avait fourni et cela m'était indifférent. L'entreprise pouvait parfaitement tourner sans moi. Je l'entendais parler à Linda de temps à autre. Ma tante ne vint pas me voir, de sorte que je ne pouvais qu'imaginer ce qu'il lui racontait.

Ses longues conversations avec Félicia suscitaient en moi des sentiments mitigés d'amour et de haine. D'amour à cause du lien avec Abby. Et de haine exactement pour la même raison.

Je me demandais comment elle allait. Jackson ne m'en parlait pas et je ne posais aucune question. Il ne prononça jamais son nom devant moi. Quand il s'apercevait de ma présence, il passait dans une autre pièce ou raccrochait.

J'aurais voulu tout recommencer à zéro.

Je me serais retrouvé avec Abby dans mon bureau le premier jour et je lui aurais dit la vérité. J'aurais dû être franc et honnête avec elle dès le départ…

Mais chaque fois que je commençais avec mes «si seulement», je me remettais à boire et replongeai dans le cycle infernal. Un jour de la semaine, je ne rappelle pas lequel, la voix de mon cousin me tira du sommeil – je m'étais assoupi sur le canapé du salon.

— Je ne sais pas, mon vieux, disait-il au téléphone. Je pensais qu'il irait mieux. Mais… non, je me suis trompé.

Silence pendant qu'il écoutait son interlocuteur.

— Non, je ne veux pas que maman vienne, cela ne ferait qu'empirer la situation, reprit-il. Et il ne parle pas. Je ne sais pas quoi faire, Todd. Il ne fait que regarder dans le vide, boire et dormir.

Nouveau silence.

Je l'entendis se déplacer pour attraper mon portable sur la table basse.

— Attends. Tu as dit Paul?

Et zut!

Je tendis la main pour saisir le verre posé à côté de moi et laissai l'alcool accomplir des miracles.

— Nathaniel Matthew West! tonna une voix quelques heures – ou quelques jours? – plus tard.

Je feignis de ne pas entendre. J'étais en train de faire un rêve délicieux. Abby y jouait un rôle. Elle était…

— Je sais que tu m'entends, poursuivit la voix. Réveille-toi.

Je roulai sur le côté. J'étais au lit. C'était confortable. On y dormait très bien.

— Va-t-en!

Il y avait de la lumière lorsque je me réveillai un peu plus tard. Je détestais la lumière, je préférais de loin l'obscurité.

— J'ai dit à Jackson que tu n'avais plus droit à une goutte d'alcool.

La voix commençait à me fatiguer. Pourquoi ne me laissait-on pas tranquille.

— Fiche-moi la paix!

— Il y a du café tout frais en bas.

Je rabattis les draps sur ma tête.

— Pas envie de café.

— Bouge tes fesses et sors de ce lit tout de suite.

Mince. Il n'était pas prêt à renoncer.

— Ce n'est pas à toi de me dire ce que j'ai à faire, Paul.

— Il faut bien que quelqu'un s'y colle.

— Je ne suis plus un gamin.

— Alors prouve-le. À propos de gamin, j'ai laissé mon fils qui vient de naître et ma femme qui manque terriblement de sommeil pour accourir à ton chevet, alors tu ferais mieux de sortir de ce lit avant que je vienne t'aider.

Le temps de passer en revue les différentes options, je bondis sur mes pieds.

— Je ne me rappelais pas que tu étais aussi assommant.

Paul sourit.

— Tu as la mémoire courte, on dirait.

Je passai les heures suivantes à tout lui expliquer par le menu. Je lui parlai d'Abby, comment je l'avais connue, espionnée. Mes mensonges. Je mentionnai même ce stupide mot secret. Il n'avait pas oublié ma désinvolture à son égard après le châtiment que je lui avais infligé, de sorte que je ne m'éternisai pas sur ce point. Je terminai en lui avouant que je l'aimais et qu'elle partageait mes sentiments.

Il hocha la tête lorsque je lui racontai la dernière nuit et ma décision de rompre, le matin suivant.

— On dirait que tu t'es fourré dans un sale pétrin, hein?

Je serrai la tasse fumante entre mes doigts pour me réchauffer.

— C'est vrai.

— Et tu penses faire quoi maintenant?

Je le dévisageai en me demandant s'il parlait sérieusement.

— Je pèse mes mots, Nathaniel, reprit-il. Vas-tu continuer à te lamenter sur ce que tu as fait de travers, ou agir en homme et t'employer à y remédier?

— Elle est partie. Que veux-tu que je fasse?

— Tes problèmes dépassent Abby et de loin.

De quoi parlait-il? Abby était le centre de mon monde.

— Que veux-tu dire?

Il se leva et alla laver sa tasse dans l'évier.

— Il faut que tu les résolves savant d'essayer de te rabibocher avec elle.

Je le fusillai du regard.

— Me rabibocher? Je viens de te dire qu'elle est partie.

Il revint sur ses pas.

— Et à juste titre. Le point de départ de tes ennuis avec elle ne procède pas d'un simple mensonge, mais de toi seul.

Pour moi, c'était du chinois.

— Tu as une famille merveilleuse prête à t'épauler, enchaîna-t-il. Jackson s'est mis en quatre pour toi pendant que tu étais au fond du trou. Tu lui as flanqué une sacrée frousse, tu le sais?

Je hochai la tête.

— Tu es un gamin égoïste dans la peau d'un homme paniqué. Il serait temps que tu grandisses et affrontes la réalité. Cela dit, je te le répète, Nathaniel, que penses-tu faire?

Je baissai les yeux, piqué au vif.

Puis j'attrapai mon téléphone pour appeler Todd.

— Todd, commençai-je quand il décrocha. Je crois que j'ai besoin de soutien. Pourrais-tu m'indiquer quelques noms?

33

Avec son efficacité habituelle, Todd me prit un rendez-vous pour le jour suivant avec un psychiatre de renom. De retour chez moi après la consultation, j'avais l'impression de mieux respirer, comme si j'étais déchargé d'un poids énorme. Même si ma blessure ne s'était pas refermée, parler à cœur ouvert avec quelqu'un m'avait fait un bien fou.

Je pénétrai dans le vestibule en détournant soigneusement les yeux de la banquette – il était encore trop tôt. Certes, je me sentais mieux, mais concernant mes relations envers Abby, il me restait encore du chemin à parcourir.

Je posai mes clés sur le comptoir de la cuisine. Assis à la table, Paul parlait au téléphone avec sa femme. «J'ai réservé un vol pour après-demain», l'entendis-je dire.

Il leva la tête à mon entrée et me décocha un clin d'œil. J'allais prendre une bouteille d'eau dans le réfrigérateur. Je n'avais pas bu une goutte d'alcool depuis vingt-quatre heures, et même si je souffrais toujours d'une migraine atroce, le voile qui me brouillait l'esprit et la vision s'était en partie déchiré.

Certain que Paul souhaitait un peu d'intimité, je me préparais à quitter la pièce, quand il me fit signe de rester.

— En rentrant, je serai de corvée de couches et de garde de nuit pendant une semaine, c'est ça? demanda-t-il.

Je m'en voulais de l'avoir éloigné de son fils à cause de mon égoïsme forcené.

— Bien sûr, mon amour, fit-il en riant. Dès que j'aurais appris à allaiter.

La tendresse que je perçus dans sa voix me mit mal à l'aise. Je m'apprêtais à aller l'attendre au salon quand je devinai que leur conversation était sur le point de s'achever.

— Un gros bisou à mon bébé de la part de son papa, dit-il en souriant. Je t'aime aussi, conclut-il avant de raccrocher.

Je m'accoudai au comptoir.

— Je suis désolé, dis-je. Christine doit me détester.

— Elle m'a en effet menacé des pires horreurs si je ne rentrais pas bientôt.

Je m'assis en face de lui.

— C'est un peu bizarre, non?

— Quoi donc?

Je croyais que c'était évident…

— Que ta soumise te parle si librement.

— D'abord, elle n'est pas ma soumise vingt-quatre heures sur vingt-quatre ni sept jours sur sept.

Je haussai les épaules.

— Je trouve quand même cela un peu étrange.

— Parce que tu n'as pas encore tenté l'expérience.

— Peut-être.

Il haussa un sourcil.

— Veux-tu qu'on en parle?

— Qu'on parle de quoi?

— Je suis un éternel optimiste et j'essaye de rester positif. À supposer que cela ne marche pas entre Abby et toi, il est possible que tu rencontres quelqu'un d'autre, un de ces jours.

Je passai nerveusement la main dans mes cheveux.

— Ce n'est pas du tout d'actualité.

— Admettons. Mais si tu t'y avais été préparé, tu aurais peut-être agi autrement envers Abby.

— Je n'envisage pas de sortir avec qui que ce soit pour le moment, et je ne pense pas qu'Abby acceptera de me revoir.

— Si elle t'aime, comme tu le penses, elle te donnera peut-être une seconde chance.

À quoi bon se nourrir de faux espoirs ? Comment croire que les choses pourraient s'arranger un jour avec Abby ? Qu'elle accepterait même de me parler ? Dans l'état actuel des choses, je serais fou de joie si elle me faisait ne serait-ce que l'aumône d'un regard. Pour cela, il faudrait d'abord que nous nous revoyions, ce qui était plus qu'improbable.

— Comment cela se passe-t-il entre Christine et toi ? questionnai-je. Ça marche comment entre vous ?

— Au début, nous avions essayé d'établir une relation dominant/soumise non-stop. Je ne te cacherai pas que c'était dur. Pour moi, parce que j'avais l'impression qu'elle ne pourrait jamais être totalement elle-même. Et elle, pour les mêmes raisons. Tu imagines ?

Moi aussi j'aurais été heureux qu'Abby s'exprime librement en ma présence. Elle avait même hésité à me dire quel vin elle préférait lors de la soirée de gala de ma tante, c'était tout dire.

— Je vois, oui.

Il sourit.

— Ensuite, on n'y jouait plus que le week-end. Cela fonctionnait à merveille. L'astuce, c'est de trouver ce qui marche pour vous deux, sinon c'est raté d'avance. Je connais des personnes qui ne s'y prêtent qu'une fois toutes les x semaines. Il faut chercher ce qui convient le mieux.

— Et cela n'a pas compromis votre mariage?

— Absolument pas. Certes, tout n'est pas parfait, mais tu connais un mariage qui le soit, toi? On se dispute de temps en temps, et puis on se réconcilie. C'est la vie, quoi. Rien n'est jamais acquis. Bien sûr, il a fallu que nous reconsidérions les choses quand Christine est tombée enceinte. Je ne nous vois pas retourner dans la salle de jeux avant plusieurs semaines, des mois peut-être, mais ce n'est pas grave. Pour nous, ça marche très bien comme cela. Nous nous aimons. Chacun s'efforce de faire plaisir à l'autre.

Je secouai la tête.

— On dit pourtant qu'amour et BDSM ne peuvent pas coexister.

Paul prit le temps de la réflexion avant de répondre.

— Moi, si quelqu'un se permet d'affirmer que ma relation avec Christine n'est pas authentique, je l'invite dans ma salle de jeux pour juger sur pièces. Tu en as fait l'expérience, n'est-ce pas? Inutile d'insister. En tout cas, je ne me gênerais pas pour casser la figure à ceux qui oseraient traiter ma femme de fausse soumise.

Je levai la main en signe d'apaisement.

— Je ne l'ai pas traitée de fausse soumise. Je t'ai juste répété ce que j'ai entendu dire ça ou là.

— Je sais, et comme tu viens de passer un sale moment, je ne t'en veux pas.

Il avait quand même l'air de m'en vouloir un peu.

— Merci. Mais quand même, tu répondrais quoi à ceux qui affirment qu'il ne s'agit plus de vrai BDSM?

Il se pencha vers moi.

— Je m'en moque, si tu veux mon avis.

— Vraiment?

— Du moment que ta soumise et toi parvenez à une véritable entente charnelle, on se fiche pas mal de savoir s'il existe un lien émotionnel entre vous, non?

— Est-ce que c'est plus difficile?

— Ça l'a été pour toi le jour où tu as puni Abby?

— Oui.

— Voilà, tu as ta réponse. Mais je te le demande, était-ce meilleur lorsque tu la tenais dans tes bras? Lorsque c'est toi qui lui donnais du plaisir? Ou quand c'était elle?

— Absolument.

— C'est plus compliqué, bien sûr. Mais c'est tellement bon aussi. En ce qui nous concerne du moins. Écoute, l'essentiel est de comprendre qu'il n'y a pas réponse à tout. Je sais seulement ce qui nous convient à Christine et à moi. Je ne peux pas parler pour les autres, et ils n'ont pas à parler à ma place non plus.

— Donc tu ne te préoccupes pas de ce qu'on pense de toi?

Il me tapota la main, remarquant mon agitation.

— Pas le moins du monde. Je vois que tu n'es pas encore mûr pour ce genre de discussion. J'aurais dû attendre encore un peu. Tu m'appelleras quand tu seras prêt, d'accord?

Je posai ma main sur la sienne.

— Marché conclu.

Il se leva et se dirigea vers la porte.

— Encore une chose, Nathaniel. Quand Abby et toi vous serez retrouvés, venez donc nous rendre visite à la maison.

Il éclata de rire devant mon air ébahi et quitta la pièce.

Au moment de partir, deux jours plus tard, il renouvela son invitation. J'acquiesçai d'un signe de tête. Cela ne risquait pas d'arriver. Mais bon, sait-on jamais?

Deux semaines plus tard, après avoir commencé à voir le psy, je me sentais beaucoup mieux sur le plan émotionnel. J'avais souvent téléphoné à Paul pendant cette période ainsi qu'à sa femme. Quand il m'avait suggéré de parler à Christine, j'avais hésité pour m'apercevoir après coup que j'étais très heureux de l'avoir fait. Christine, une jeune personne charmante et enjouée, éclaira ma lanterne sur l'interaction entre le BDSM et les sentiments amoureux du point de vue de la soumise.

Je ne pouvais toujours pas me résoudre à dormir dans ma chambre et je n'avais pas encore remis les pieds à la bibliothèque.

Même si les choses s'amélioraient.

Petit à petit.

Je croyais souvent respirer son parfum lorsque j'entrais dans la cuisine. En prenant ma douche, par exemple, je sursautai au moindre bruit, croyant que c'était Abby.

J'attrapai plusieurs fois mon téléphone pour l'appeler. Un jour, j'avais même affiché son nom sur ma liste de contacts et failli presser le bouton d'appel.

Me raccrochait-elle au nez?

Je ne le supporterais pas.

Jackson passait me voir presque tous les jours. Peu de temps après le départ de Paul, j'eus enfin l'occasion de le féliciter pour ses fiançailles. Il avait presque honte de me demander d'être son témoin.

J'essayais de ne pas penser qu'Abby serait certainement la demoiselle d'honneur de Félicia. Le mariage aurait lieu en juin. Dans quatre mois. Serais-je prêt à la revoir à ce moment-là?

Je n'avais guère le choix.

À quelque temps de là, je ramassais le courrier que ma femme de ménage avait déposé sur la tablette de l'entrée pour le dépouiller au salon. Que faisait là un exemplaire de *People*? Je le parcourus par curiosité. Mon regard tomba sur une photo de Jackson et de Félicia.

Ah! les fiançailles. Mon cousin me l'avait sans doute envoyé.

Je commençai à lire l'article.

Quelques secondes plus tard, je lançais le magazine à l'autre bout de la pièce et bondis sur mon téléphone.

— Jackson Clark, qui a raconté à *People* qu'Abby et moi sortions ensemble?

— Probablement moi.

— Quelle gaffe alors! Qu'est-ce qu'il t'a pris? Tu peux m'expliquer? Elle va s'imaginer que cette rumeur vient de moi.

Avec un peu de chance, elle ne tomberait pas sur cet entrefilet et n'en saurait rien. L'espoir fait vivre.

— Je pensais que vous vous seriez peut-être réconciliés, hasarda-t-il.

— Tu pensais quoi?!

— Bon, écoute, fit-il sur le ton qu'il employait à l'époque où je carburais au cognac, ma mère a l'intention d'organiser une fête de fiançailles pour Félicia et moi.

Bon, des fiançailles maintenant. Quand auraient-elles lieu? En mai?

— Et alors?

— C'est prévu pour mars.

— Pour mars? Dans un mois?

— Oui.

— Merde.

— Je pensais que d'ici là Abby se serait calmée…

— Arrête.

— Je sais que c'est dur pour elle. Félicia me l'a dit. Mais bon, elle pourrait au moins t'appeler, histoire d'arranger les choses.

— Je n'ai jamais pensé qu'elle le ferait.

— Moi si.

— Pourquoi?

— Elle aurait dû deviner que votre rupture te ferait souffrir. Je n'y comprends rien, je sais que tu lui manques. Pourquoi ne t'appelle-t-elle pas? Et si tu lui téléphonais toi? Moi, je dis ça, je ne dis rien, hein?

Je lui manquais. Je lui manquais?

— Je ne peux pas l'appeler, répondis-je à retardement.

— Pourquoi pas? Je te parie qu'elle ne te raccrochera pas au nez.

— Non. C'est de ma faute si on a rompu.

— Mais tu as dit que c'était elle qui était partie.

— À cause de moi. Je l'ai pratiquement mise à la porte.

— Comment ça? Exprès?

Je hochai la tête, même s'il ne pouvait pas me voir.

— Oui,

— Tu es encore plus tordu que je le croyais, mon vieux.

— Je sais.

— Dans ce cas, c'est à toi de recoller les pots cassés.

— Oui, probablement

— Alors tu vas essayer?

— Je pense. Seulement, je croyais avoir le temps jusqu'en juin. Mais maintenant que tu m'as dit que Linda organise une fête dans un mois… C'est peut-être mieux, finalement.

Tout bien considéré, c'était une bonne chose. J'étais au pied du mur. Peut-être cela me forcerait-il à vaincre mes démons sans traîner. Tous sans exception.

Du moins je l'espérais. À force de me le répéter comme un mantra, je finirais peut-être par le croire.

Jackson poussa un soupir de soulagement.

— Tu viens cet après-midi? ajoutai-je.

— Bien sûr! Quelle question!

Je raccrochai et me dirigeai vers le bureau du salon. Un mois... Plus qu'un petit mois avant de revoir Abby. Mon cœur battait à grands coups dans ma poitrine. Je fermai les yeux pour me calmer.

Je m'immergeai dans les chiffres, les plannings, ma messagerie, histoire de me changer les idées. Je répondis à Yang Tsaï et commençai à organiser mon voyage en Chine, prévu au mois de juillet. Maintenant que le printemps et l'été s'annonçaient vides et solitaires, il n'y avait aucune raison de reporter ce voyage. J'aurais sans doute besoin de m'étourdir après le mariage. Un autre courriel m'invitait à donner une conférence en Floride en octobre prochain. Pourquoi pas? Autant m'abrutir de travail pour m'empêcher de penser.

Une semaine avant la fête, je m'astreignis à noter par écrit tout ce que j'avais l'intention de dire à Abby. Je me proposais de lui dévoiler chaque mensonge. Éclaircir les équivoques. Je reconnaissais mes fautes et les représailles qu'elles méritaient. Je n'avais aucun espoir de la reconquérir. En fait, je me bornerais à lui expliquer certains faits et à reconnaître mes erreurs. Je suivais toujours une thérapie qui m'aidait beaucoup. J'étais plus fort émotionnellement parlant.

Je me plantai devant le miroir pour répéter ce que je voulais lui dire, mais je me trouvai si ridicule que je m'interrompis aussitôt. Au lieu de quoi, je notai chaque phrase sur des antisèches que je fourrai dans ma poche. De temps en temps, je les effleurais de mes doigts, comme pour y puiser du courage.

Elaina m'appela au moment où j'étais occupé à choisir ma tenue pour le grand jour dans le dressing. Nous échangions des banalités de temps à autre depuis que j'avais rompu avec Abby. Inutile de lui raconter que tout était de ma faute, elle le savait déjà.

— Salut, beau gosse !

— Elaina…

— Alors, fin prêt pour le week-end?

Non, mais je n'allais pas le lui dire.

— Je lui ai parlé, ajouta-t-elle à brûle-pourpoint.

Mon cœur se mit à cogner dans ma poitrine.

— Ah oui ? Quand ça ?

— Hier, et un tas d'autres fois avant.

La question me brûlait les lèvres. Voulais-je vraiment savoir? Absolument. Pas question de faire la politique de l'autruche.

— Comment… comment va-t-elle?

Elle soupira avec ostentation.

— À ton avis?

En colère. Bouleversée. Dégoûtée. Triste. Désorientée.

— Je ne sais pas. Je voudrais…

Je voulais quoi? Son bonheur? J'avais beau le nier, me raconter des histoires et refuser de voir la vérité en face, je voulais qu'elle me revienne.

Je refoulai les larmes qui me piquaient les yeux. La thérapie m'avait rendu hypersensible, ces derniers temps. Émotif ou pas, je priais de toutes mes forces pour qu'elle revienne.

— Elle aimerait te flanquer un coup de pied dans les roubignoles, si tu veux le savoir.

Je réprimai un petit rire.

— Je le mérite.

Je perçus un sourire dans sa voix.

— Je m'en doute. C'est exactement ce que je lui ai dit d'ailleurs.

— Merci.

— Elle a refusé que je lui prête une tenue pour la fête. Elle ne veut rien devoir à personne.

Cela lui ressemblait bien. Elle ne voulait plus rien avoir à faire avec nous, je l'aurais parié. Peut-être se dispenserait-elle même d'assister à la fête ?

Non. Elle viendrait pour Félicia. Elle ne laisserait pas tomber son amie, même à son corps défendant. Et du moment qu'elle serait là, je pourrais lui parler.

M'écouterait-elle ?

Ou allait-elle me flanquer un coup de pied dans les couilles ?

Un flot de lumière se reflétait dans les baies vitrées du penthouse. Après avoir confié mon véhicule au voiturier, je restai là à fixer la façade. Dire que Abby se trouvait de l'autre côté de ces murs.

J'avançai de quelques pas vers la porte puis m'immobilisai avant de rebrousser chemin.

C'est l'illustration parfaite de ta vie. Deux pas en avant, un pas en arrière. Arrête-toi.

Tout de suite.

Je pivotai sur mes talons, immobile, les yeux rivés sur la porte. Elle s'ouvrit sur Jackson.

Il se précipita dans ma direction.

— Qu'est-ce que tu fais là ? demandai-je.

Il esquissa un sourire penaud.

— Je me suis dit que tu aurais peut-être besoin d'un petit encouragement.

— Un encouragement ?

Il passa un bras autour mes épaules et m'entraîna à sa suite.

— Je sais que c'est à cause de moi que tu es là ce soir et je voulais t'apporter un soutien moral.

Il s'arrêta, se retourna et plaqua les mains sur mes épaules.

— Tu es un type bien, Nathaniel West, et il y a une femme formidable qui t'attend à l'intérieur. Je ne sais pas ce qui s'est passé entre vous deux, et ça m'est égal. L'important pour moi est que tout s'arrange entre vous, tu vois?

Je le pressai à l'étouffer sur ma poitrine.

— Merci, Jackson. J'ai une immense dette envers toi.

— Bon, disons qu'on est à égalité.

— Je ne crois pas. Si tu n'avais pas été là l'autre jour, tu imagines…?

Je m'interrompis. Je ne voulais plus penser à cette horrible journée.

Il s'écarta.

— J'étais là, n'en parlons plus.

Je lui assenai une bourrade dans le dos.

— N'en parlons plus, tu as raison.

Nous franchîmes le seuil bras dessus bras dessous.

Une fois à l'intérieur, Jackson se mit en quête de Félicia. Todd joua des coudes pour venir à ma rencontre.

— Je ne connais pratiquement personne, bougonna-t-il en défroissant son veston lorsqu'il me rejoignit.

— Comment ça se passe? demandai-je en m'efforçant au calme, les jambes flageolantes, une sueur glacée me mouillant l'échine à l'idée de traverser la salle.

— Pas trop mal. Écoute, Mélanie est là. Je ne crois pas qu'elle veuille faire un scandale, mais je préfère te prévenir. Je suis sûr qu'elle est au courant pour Abby.

Mélanie. Je l'avais oubliée, celle-là.

— T'inquiète. Je vais essayer de parler à Abby en privé.

C'était exactement mon plan. Je pouvais y arriver. Je devais y arriver. Je tâtai les fiches au fond de ma poche pour me donner du courage.

Todd sourit.

— Elle est déjà là, en compagnie de Linda.

Je redressai les épaules et entrai dans l'arène.

Todd avait raison. Qui étaient tous ces gens ? Je me mis à scruter anxieusement les visages, inconnus pour la plupart.

Où était-elle ?

— Nathaniel !

— Salut Nathaniel !

Des personnes qui ne m'intéressaient pas et auxquelles je ne voulais pas parler me retardaient dans ma progression, me gratifiant de tapes dans le dos, bavardant à tort et à travers. Je serrais des mains sans cesser d'avancer.

Je devais trouver Abby.

Je serrai une autre main.

Elle n'était quand même pas déjà partie ? Se serait-elle éclipsée par la porte de derrière en me voyant arriver ?

— Tu as l'air en forme, s'exclama quelqu'un. Ça fait un bail qu'on ne t'a pas vu.

J'ignore ce que je répondis.

Je survolai la foule du regard.

Je la repérai enfin ! Avec Linda, comme me l'avait précisé Todd.

Elle était si belle, plus encore que dans mes rêves, avec ses cheveux noués en chignon, moulée dans un fourreau argenté, mordillant ses lèvres pulpeuses que je mourrais d'envie de goûter. La pièce s'estompa, nous laissant seuls au monde.

La rejoindre au plus vite.

Il me fallut une éternité pour fendre la foule.

Elle ne se sauva pas et resta simplement là, dardant sur moi un long regard scrutateur.

— Bonsoir Abby, murmurai-je lorsque je parvins à sa hauteur.

Je l'avais délibérément appelée par son diminutif. Si elle en fut surprise, elle n'en laissa rien paraître.

— Nathaniel...

Elle m'avait répondu. C'était un bon début.

— Vous êtes très en beauté, ce soir.

Elle était bien plus que cela, mais je ne voulais pas avoir l'air trop insistant ou désespéré. Même si j'étais sûr qu'elle lisait en moi comme dans un livre ouvert.

— Merci.

Il y avait une petite alcôve adjacente au vestibule – je l'avais remarqué en arrivant. Il fallait que je l'emmène dans un endroit propice à la conversation.

Je m'approchai de quelques pas.

— Je voulais vous dire que...

— Ah ! te voilà !

Je jetai un coup d'œil par-dessus mon épaule.

Mélanie !

— Mélanie, le moment est mal choisi, dis-je craignant qu'Abby en profite pour prendre la fuite.

Mélanie lui tendit la main.

— Vous devez être Abby. Je suis ravie de faire enfin votre connaissance.

Mais qu'avait-elle donc en tête ? Entamer une conversation de salon ?

Ici ? Maintenant ?

— Mélanie, je...

— Nathaniel ! s'exclama l'homme qui m'avait proposé de donner une conférence en Floride. Vous tombez bien. Venez donc. J'aimerais vous faire rencontrer certaines personnes.

Pas question ! Je devais parler à Abby.

Mélanie ne bougeait pas, un petit sourire satisfait au coin des lèvres. Il était inconcevable que je m'entretienne avec Abby en sa présence.

La fête battait son plein. Au fond, j'avais le temps.

Je la retrouverais plus tard.

Seulement cela ne se passa pas du tout comme prévu.

Il y avait toujours une bonne raison pour ne pas l'approcher – elle était avec Félicia ; elle parlait avec Elaina ; Linda la présentait à quelqu'un.

Le peu de courage accumulé au cours des semaines passées m'abandonna. J'avais laissé passer l'occasion à cause de Mélanie.

La soirée était loin d'être terminée. J'avais amplement le temps. Il fallait juste que je reprenne du poil de la bête, que j'aille la trouver et la supplie de m'écouter. C'était simple. Très simple.

Plus tard…

Je consultai ma montre. Vingt heures. La soirée allait certainement se prolonger jusqu'à minuit au moins. Je me retrouvais avec des collègues de Linda en grande discussion au sujet d'un nouvel hôpital. Je braquais les yeux sur Abby – elle embrassait Elaina.

— Qu'en pensez-vous, Nathaniel ? demanda quelqu'un.

Pourquoi l'embrassait-elle au fait ?

— Nathaniel ?

Elle se dirigeait vers la sortie. S'apprêtait-elle à partir ?

Bon sang. Elle s'en allait pour de bon.

Je ne la verrais plus avant le mois de juin.

NON!

— Abby! hurlai-je. Abby!

Peine perdue, ma voix était couverte par le brouhaha. Elle ne m'entendait pas.

Je pivotai sur mes talons et avisai la cabine du DJ non loin de là. Je bousculai l'homme et appuyai sur l'interrupteur pour stopper la table de mixage. Puis je m'emparai du micro sans réfléchir.

Je fixai son dos qui s'éloignait.

— Ne me quittez pas, Abby!

Elle fit volte-face.

— Je vous ai laissée partir une fois et cela a failli me démolir. Ne me quittez pas, je vous en supplie.

34

Elle se figea. Elle restait là à me regarder pendant ce qui me parut une éternité. Allait-elle tourner les talons? M'accabler d'injures? Ne pas bouger? Finalement, elle se dirigea vers moi. Ma tactique avait fonctionné. Elle ne partait pas.

Sauf qu'elle n'avait pas l'air contente du tout. Elle m'arracha le micro des mains.

— Qu'est-ce qu'il vous a pris? éructa-t-elle, les yeux flamboyants de rage.

Je balayai la salle du regard.

Qu'avais-je fait? Nous étions au centre de l'attention générale, comme si nous étions des monstres de foire dans un happening complètement déjanté. Quelqu'un que je ne connaissais pas poussa son voisin du coude en me désignant du doigt.

J'aurais voulu disparaître sous terre.

— Je suis désolé, m'excusai-je, mais je ne pouvais pas vous laisser partir. J'ai eu tort d'agir de cette manière, pardonnez-moi. Je vais vous appeler un taxi.

Je la laisserais s'en aller. Encore une fois. Je serais anéanti mais je n'avais pas le choix.

Elle repoussa une mèche de cheveux qui lui tombait sur le front. Je me dépêchai de fourrer les mains dans mes poches. Si je la touchais, comme j'en crevais d'envie, je récolterais vraisemblablement une bonne gifle.

— Puisque je suis là, vous pourriez peut-être terminer ce que vous avez commencé à me dire tout à l'heure? rétorqua-t-elle.

Elle avait l'air bien disposée à mon égard, tout à l'heure. Tandis que maintenant…

Je pris une grande goulée d'air.

— Il y a un petit local dans le…

— Mesdames et messieurs, coupa le DJ, le témoin et la demoiselle d'honneur: Nathaniel West et Abby King!

Je reconnus la mélodie sur laquelle Abby et moi avions dansé ensemble, lors du gala. *Encore un coup de Jackson.* Mon cousin s'en souvenait certainement et l'avait sans nul doute choisie à dessein. Ce diable d'homme avait une mémoire d'éléphant.

Ce qui signifiait que j'étais censé danser avec Abby.

Je pestais intérieurement en me demandant depuis combien de temps il mijotait son plan. Je l'aurais volontiers étranglé de mes propres mains.

Je coulai un regard vers Abby.

Elle ne décolérait pas.

Espérons qu'elle ne me ferait pas perdre la face en public. Dans le cas contraire, je l'aurais bien mérité.

Je lui offris mon bras.

— Vous permettez?

Pourvu qu'elle ne refuse pas! Pourvu qu'elle ne refuse pas!

Ô miracle, elle n'en fit rien et plaqua une main sur ma manche.

Mon estomac dévala des montagnes russes.

Je ranimai mon courage défaillant et l'entraînai vers la piste de danse comme si c'était la chose la plus naturelle qui soit. Du coin de l'œil, je remarquai Jackson et Félicia qui s'embrassaient à pleine bouche. Parvenu au centre de la piste, je m'immobilisai pour la laisser prendre l'initiative.

Elle posa une main légère sur mon épaule. Mon estomac poursuivait sa course folle.

— Je n'aurais jamais pu imaginer de situation plus embarrassante, dis-je.

En effet, même dans mes pires cauchemars, je ne me serais pas vu m'expliquer avec Abby au beau milieu d'une piste de danse grouillante de monde.

J'enlaçai sa taille de mes bras. Était-ce le fruit de mon imagination? J'eus la nette impression qu'elle se rapprochait de moi.

— C'est de votre faute. Si vous ne m'aviez pas retenue, rien de tout cela ne serait arrivé.

Oui, mais je l'aurais de nouveau perdue. Ne le comprenait-elle pas?

— J'ai eu tort, c'est vrai, mais si je vous avais laissée repartir ce soir, je ne me le serais jamais pardonné.

— Ah bon? Alors dites-moi ce qui vous a empêché de m'appeler le mois dernier?

— J'étais complètement dans le noir, Abby.

— Et maintenant?

— Maintenant, j'y vois un peu plus clair.

Je pris une profonde inspiration, m'enivrant de son parfum capiteux. Je n'aurais jamais cru pouvoir le respirer de nouveau. Même si c'était la dernière fois que je la tenais dans mes bras, je sus comme une évidence que je n'oublierais jamais cet instant, la musique, cette soirée.

Les circonstances ne se prêtaient guère à la discussion, pourtant j'avais atteint mon objectif. Je lui avais parlé, elle m'avait écouté sans fuir à toutes jambes. Avec un peu de chance, elle accepterait de me revoir, si je faisais preuve de franchise et d'honnêteté.

Nous étions toujours au centre de la piste, mais heureusement, nous n'attirions plus les regards. Je m'immobilisai, elle ne s'écarta pas et nous restâmes là, étroitement enlacés au milieu des danseurs.

— Je n'aurais jamais dû penser que je pourrais éclaircir la situation ce soir, au milieu de cette foule. *J'entendis la voix de Paul. Laisse-lui une échappatoire.* Écoutez, je ne sais pas si vous accepterez, et je comprendrai parfaitement votre refus, mais euh... pourrions-nous nous voir demain après-midi? J'aimerais vous parler, prendre le temps de m'expliquer.

Je me préparais déjà à en prendre pour mon grade.

— D'accord.

— Vous voulez bien? dis-je, incapable de déguiser ma surprise.

Elle sourit.

— Oui.

Mon cœur s'emballa.

— Puis-je venir vous chercher? Ou préférez-vous me retrouver quelque part? Dites-moi ce qui vous arrange le mieux.

— Le café sur Broadway West?

— D'accord. Treize heures demain, ça vous irait?

— Oui, c'est parfait.

La musique touchait à sa fin. Je l'escortai vers la sortie, cherchant en vain un prétexte pour la retenir.

— Merci, Abby, pour cette danse et le rendez-vous de demain.

Elle ne s'éclipsa pas, ce qui m'étonna. Félicia la rejoignit, et elles se mirent à discuter avec animation pendant quelques minutes. Abby leva les yeux et croisa mon regard. Je lui souris.

Des fleurs. Je devais lui envoyer des fleurs.

Je me demandais où dénicher un fleuriste ouvert à cette heure de la nuit. Bah, cela devait se trouver à New York.

Je lorgnai de nouveau dans sa direction. Elaina, qui s'était jointe à leur petit groupe, serrait Abby dans ses bras. Elle allait certainement lui reprocher de ne pas m'avoir flanqué un coup de pieds dans les couilles.

Non, elle méritait mieux que des fleurs.

J'avisai le traiteur qui supervisait les hors-d'œuvre.

Des boîtes de conserve. Voilà.

Parce qu'elle avait réussi à percer la façade pour découvrir ma vraie nature. Car nous sommes infiniment plus complexes que ce que nous renvoie le regard des autres.

Je me précipitai vers l'homme.

— Excusez-moi, dis-je en lui tendant la main. Nathaniel West, cousin et témoin du fiancé. Pourrais-je vous demander un petit service…

J'entreposai dans ma voiture le carton contenant les boîtes de conserve sans étiquette, accompagnées d'un bref message.

À Abby,
Qui ne s'est pas trompée sur les étiquettes.
Nathaniel.

Je retournai dans la salle. Todd me cueillit à la porte.

— Ah ! te voilà ! s'exclama-t-il. J'ai cru que tu t'étais sauvé !

La dernière fois que nous nous étions parlé, il m'avait avoué se sentir un peu coupable d'être en partie l'instigateur de notre rupture. Je lui avais assuré qu'il se trompait, mais bon, s'il tenait à se racheter…

Je jetai un œil par-dessus son épaule – Abby était encore là. Elle dansait avec Jackson.

Je décidai de ne pas m'en aller avant elle.

— Todd, tu veux bien me donner un coup de main?

— Bien sûr.

— Voilà, j'ai un carton dans ma voiture. Pourrais-tu l'emmener chez Abby et le déposer devant sa porte?

Il me jeta un regard soupçonneux.

— Nathaniel…

Il devait penser que je cherchais encore le moyen de la harceler.

— Mais non, ce n'est pas ce que tu crois. Je veux simplement lui offrir un petit cadeau pour la remercier d'avoir accepté un rendez-vous demain.

Son visage s'éclaira.

— Elle est d'accord pour te revoir? C'est génial.

— J'espère ne pas commettre de bévue, cette fois.

— As-tu réfléchi à ce que tu vas lui dire?

Je sortis les antisèches de ma poche.

— C'est noté là.

— On dirait que tu as pensé à tout. Mais promets-moi une chose.

— Oui?

Il désigna les fiches.

— Ne les montre pas à Abby.

J'arrivai au café une bonne heure à l'avance et en profitai pour appeler Paul. Il me tranquillisa et me rappela le but de notre rencontre – Abby devait avoir toute latitude pour exprimer ses sentiments. Je devais l'écouter, comprendre ce qu'elle avait enduré à cause de moi. Ensuite seulement, je pourrais essayer de lui expliquer mon point de vue.

Après quoi, je tirai les fiches de ma poche et les relus une dernière fois. Je poussai un profond soupir. Pourvu qu'elle m'écoute. Qu'il existe encore quelque chose entre nous à la fin de la journée…

Je la vis enfin arriver. Elle portait un jean et un pull bleu ciel. Elle avait relevé ses cheveux en un chignon souple d'où s'échappaient quelques mèches folles. Elle était splendide, comme d'habitude.

Je ne parvenais toujours pas à croire qu'elle avait consenti à me revoir et la regardais approcher d'un œil hébété.

Je manquai de la politesse la plus élémentaire, me rappelai-je soudain. Je bondis sur mes pieds et lui avançai une chaise.

— Bonjour, Abby. Merci d'être là. Voulez-vous boire quelque chose?

Elle s'attabla en face de moi.

— Non, pas pour le moment, merci.

Naturellement. Si elle avait accepté de me retrouver dans ce café, c'était uniquement parce qu'elle se sentait davantage en sécurité dans un lieu public.

Ayant pris l'initiative de ce rendez-vous, c'était à moi de prendre la parole. Je suivis le conseil de Todd et m'abstins de consulter mes fiches. À la place, je ramassai ma serviette et me mis à la tripoter, histoire de m'occuper les mains.

Cette fois, je ne devais pas me rater. Je n'aurais pas droit à une seconde chance.

— Je ne sais par où commencer. Je me suis représenté ce moment une bonne centaine de fois. J'ai même pris des notes pour ne rien oublier. Mais à présent… je suis complètement perdu.

— Pourquoi ne pas commencer par le commencement? suggéra-t-elle.

Je reposai la serviette. J'avais affronté mes vieux démons. J'avais fait l'expérience de la souffrance, mais à présent... il fallait que je comprenne la sienne. Ce qu'elle avait subi par ma faute.

Je décidai d'aller directement à l'essentiel.

— Tout d'abord, je veux m'excuser de vous avoir trompée.

Elle haussa ses sourcils délicats. Elle ne comprenait pas.

Je décidai de tenter une nouvelle approche.

— Sachant que vous étiez inexpérimentée, j'en ai profité pour vous induire en erreur. Prenez le code secret, par exemple. Aucune de mes soumises ne s'en était jamais servi auparavant, c'est la vérité. En revanche, c'était une pure invention de ma part que de le lier à la fin de notre relation. Parce que je ne voulais pas vous perdre. Finalement, cela s'est retourné contre moi, on dirait.

— Tant pis pour vous.

Exact. Tout était de ma faute – chaque parole était un mensonge, chaque action une duperie, chaque démenti une feinte destinée à la repousser.

— Vous avez raison. Vous m'avez accordé votre confiance. Vous vous êtes pliée à tous mes caprices. Vous m'avez offert votre amour. Moi, en retour, j'ai pris ce que vous me donniez et je vous l'ai jeté à la figure.

Elle ne réagit pas. Son regard croisa le mien et je pus y lire le supplice que je lui avais infligé.

— J'ai accepté tout ce que vous m'avez fait subir physiquement, dit-elle. J'aurais supporté *n'importe quoi* venant de vous, mais vous m'avez détruite sur le plan émotionnel.

Je l'avais détruite, démolie.

Par mes actes, mes paroles, ma trahison.

L'intensité de sa douleur me bouleversa. Elle était tellement plus vive et aiguë que la mienne.

— J'en ai conscience, murmurai-je.

— Savez-vous à quel point vous m'avez fait mal? Ce que j'ai ressenti quand vous avez prétendu que notre dernière nuit ne signifiait rien?

C'était encore pire. Je le savais. Et je lui avais menti.

Elle frappa du poing sur la table.

Pour moi, c'était la nuit la plus fantastique de ma vie, et pour vous, une simple mise en scène. C'était comme si vous me plongiez un couteau dans le cœur.

Oui, car si la souffrance physique était supportable, la détresse émotionnelle faisait beaucoup plus mal. J'aurais dû le savoir. J'y avais été confronté toute ma vie.

— J'en suis conscient et sincèrement désolé, admis-je.

— Je veux savoir pourquoi vous avez agi ainsi. Vous auriez pu vous borner à dire que vous aviez besoin de temps pour réfléchir, par exemple, ou que les choses allaient trop vite pour vous. N'importe quoi, mais pas ça.

Elle énonçait une évidence. Seulement, elle ignorait toute la vérité.

— J'avais peur qu'en apprenant…

— En apprenant quoi?

Le moment était venu de me jeter à l'eau. Je ne pouvais plus reculer.

— Notre relation était bâtie sur un château de cartes qui menaçait de s'effondrer d'un moment à l'autre.

Je l'examinai mal à l'aise. Prendrait-elle ses jambes à son cou lorsque je lui aurais raconté la suite?

— C'était un mercredi, il y a environ huit ans. J'étais…

— Qu'est-ce qu'une histoire vieille de huit ans vient faire là-dedans?

— Laissez-moi vous expliquer. J'avais rendez-vous avec Todd pour déjeuner. Je devais le retrouver à la bibliothèque.

Je me demandai si elle avait le moindre souvenir de cette journée. Sans doute pas.

— Une femme montait l'escalier quatre à quatre, repris-je. Elle a trébuché, elle est tombée et elle a cherché des yeux une main secourable. Je me suis approché pour l'aider, mais vous m'avez devancé.

— Moi?

Elle ne se rappelait pas. Je m'y attendais. Comment aurait-elle pu se souvenir d'un incident survenu huit ans auparavant?

— Apparemment, vous la connaissiez et vous vous êtes mises à rire toutes les deux en récupérant ses livres. Il y avait une foule tout autour, mais vous étiez la seule à lui être venue en aide.

Je me remis à tripoter ma serviette avant d'enchaîner.

— Je me suis assuré que vous ne m'aviez pas repéré et je vous ai suivie à la bibliothèque. Vous animiez un groupe de lecture autour de *Hamlet*. Vous aviez lu une longue tirade d'Ophélie.

Elle resta abasourdie.

— Je suis resté quelque temps à vous observer. J'aurais tant voulu être votre Hamlet.

Le garçon qui lisait le rôle-titre n'était pas à la hauteur. Personne n'aurait été digne d'incarner le Hamlet de cette Ophélie-là.

Elle me fixait toujours avec stupeur.

— Ça vous gêne?

— Continuez.

— Je suis arrivé en retard à mon rendez-vous. Todd était furieux. *Doux euphémisme. Tu as une idée de mon emploi du temps, Nate? J'ai annulé un déjeuner avec Elaina pour toi*. Je lui ai raconté que j'avais rencontré quelqu'un. Ce qui était un demi-mensonge.

Il n'existait pas de demi-mensonge. Un mensonge restait un mensonge.

— Pourquoi ne m'avez-vous pas abordée comme n'importe qui l'aurait fait? demanda-t-elle.

N'importe qui? Savait-elle ce qu'elle disait?

— Je vivais déjà en dominant et j'ai pensé que vous étiez trop jeune et impressionnable, que ça ne marcherait jamais entre nous. Je ne me doutais pas à l'époque de votre penchant pour la soumission, jusqu'à ce que votre candidature parvienne à mon bureau. *Aurais agi autrement si j'en avais été averti? Non, j'étais engagé dans une relation à ce moment-là.* Remarquez, même si je l'avais su, je fréquentais quelqu'un à l'époque, et je suis fidèle à ma façon.

— Mon penchant pour la soumission...?

Comment pouvait-elle l'ignorer? La vérité me frappa. Nous n'avions jamais abordé le problème. En fait, nous n'avions jamais parlé de rien.

Je me penchai vers elle par-dessus la table.

— Vous êtes une soumise sexuelle, Abby. Vous devez le savoir. Sinon, comment expliquer votre abstinence totale depuis trois ans?

— Je n'ai rencontré personne qui...

Enfin. Elle comprenait.

— Un partenaire à votre mesure?

Elle baissa les yeux sans répondre.

— Il n'y a aucune honte à cela.

— Je n'ai pas honte. Je n'avais jamais envisagé la question sous cet angle.

Les pièces du puzzle se mettaient en place.

— Bien sûr que non. C'est pourquoi vous aviez enragé quand je vous ai proposé d'autres dominants.

Un éclair de colère brilla dans ses prunelles.

— Je vous ai haï à cause de cela.

Je m'en doutais. Comment lui faire comprendre à quel point il m'avait été dur de lui faire cette suggestion?

— J'avais très peur que vous acceptiez. Je me suis vraiment creusé la cervelle pour trouver quelqu'un, seulement je n'arrivais pas à vous imaginer dans les bras d'un autre. Notez que je ne m'y serais pas opposé si vous l'aviez décidé.

— Vous vouliez vraiment satisfaire mes envies et mes besoins à ce moment-là?

C'était incompréhensible pour elle.

— Je savais que vous vouliez n'appartenir qu'à moi seul. Mais après y avoir goûté, j'étais certain que vous en redemanderiez. La manière dont vous avez réagi m'a étonné. Je suis profondément désolé.

En tant que dominant, il était de mon devoir de lui expliquer, et là encore, j'avais échoué.

— D'après mon cousin, vous auriez dû faire des efforts, ne pas renoncer aussi vite, ajoutai-je. Remarquez, il est facile de juger quand on ne possède pas tous les éléments. Vous auriez eu beau faire, l'autre jour, vous ne m'auriez jamais fait changer d'avis. Le résultat aurait été le même. Vous voyez bien que vous n'avez rien à vous reprocher.

Tout était de ma faute.

— Je vous ai poussé à bout, argua-t-elle. J'ai voulu brûler les étapes.

— Peut-être, mais vous étiez en droit d'espérer davantage de ma part. Par exemple que l'amour que vous m'offriez si généreusement ne soit pas foulé aux pieds. Pourtant, c'est exactement ce que j'ai fait.

Elle opina de la tête.

— Mais il y a plus, ajoutai-je.

— Todd, n'est-ce pas?

Elaina ignorait tout, Todd me l'avait assuré. Ce qui signifiait qu'Abby n'était pas au courant concernant Tampa.

— Je ne vous ai jamais harcelée, mais je ne pouvais me résoudre à vous laisser sortir de ma vie non plus. Je vous épiais de loin à la bibliothèque. Todd était au courant. J'avais prétexté que je n'avais pas encore eu le courage de vous aborder.

— Il l'a cru?

Elle était futée, cette fille. Elle n'était pas dupe.

D'instinct, j'allongeai le bras par-dessus la table. Je brûlais de la toucher. Je me ravisai à temps – il était encore trop tôt.

— Probablement pas, répondis-je, mais il savait que je ne tenterais rien d'inconvenant. Et j'ai tenu bon, Abby, je vous assure. Je me contentais de vous observer sur votre lieu de travail sans aller plus loin. Et je ne vous ai jamais filée non plus.

— Sauf le matin où je vous ai quitté.

Elle avait donc remarqué que je la suivais dans ma voiture.

— Les routes étaient glissantes et vous étiez hors de vous. Je voulais m'assurer que vous arriveriez à bon port.

— Et quand vous avez aidé ma mère à garder sa maison, vous saviez qui elle était?

Apparemment, elle venait d'établir le lien, contrairement à ce que je pensais.

— Oui, je l'ai fait pour vous. Je savais votre identité et j'ai reconnu votre nom sur les papiers de la banque. Vous étiez la déesse que je rêvais de vénérer. Un rêve inaccessible. Une relation que je ne pourrais jamais vivre. À Tampa, après la partie de golf, Todd m'a taquiné à propos de la bibliothécaire que je connaissais à l'époque. Le dîner de la veille lui avait rafraîchi la mémoire. Il a explosé quand je lui ai révélé que c'était vous.

Elle hocha la tête d'un air absent.

J'achevai de déchiqueter ma serviette.

— Une relation se construit sur la transparence et la franchise, m'a soutenu Todd. Et il a ajouté que vous dissimulez la vérité par omission était malhonnête. Il voulait que je vous dise la vérité et je me suis rangé à ses arguments. J'ai marchandé un délai de trois semaines pour me que je décide de la meilleure manière de vous l'apprendre. Et il a accepté.

— Sauf que je ne vous ai pas laissé le temps.

— Oui. J'aurais fini par tout vous avouer. C'était mon intention. Et puis, après notre dernière nuit, j'ai eu peur que vous pensiez que je vous manipulais.

— C'est plausible.

Dis-lui.

Mon cœur eut des ratés.

Tu dois lui dire.

— Je n'ai jamais éprouvé pour personne ce que j'éprouve pour vous, repris-je. J'ai paniqué. Vous aviez raison sur ce point. Alors j'ai cru qu'il serait plus simple de vous laisser partir. J'avais tort.

Voyant qu'elle ne répondait pas, je me forçai à ajouter :

— J'ai commencé une thérapie. Deux fois par semaine. J'essaye de surmonter certaines choses. Votre nom revient souvent dans la conversation.

Elle émit un petit rire.

— Je ne vous ai pas laissé le temps de placer un mot, observai-je. Mais je constate que vous ne vous êtes pas sauvée non plus. J'espère que ce que je vous ai raconté ne vous a pas trop embrouillé les idées ?

Elle s'absorba dans la contemplation de ses ongles.

— Laissez-moi le temps de réfléchir, finit-elle par dire.

Cela signifiait-il que nous nous reverrions pour en discuter? Je n'osais l'espérer.

Elle se leva et je l'imitai.

— Bien sûr. Rien ne presse.

C'était plus fort que moi, il fallait que je la touche. Je lui pris les mains et les portai à mes lèvres.

— Appelez-moi cette semaine, voulez-vous? J'ai encore tant de choses à vous dire.

Elle ne m'avait jamais téléphoné une seule fois dans le passé. Le ferait-elle à présent? C'était à elle de décider. L'avenir était entre ses mains.

— Je le ferai dans tous les cas, chuchota-t-elle.

35

Je téléphonai à Paul sur le chemin du retour.

— Alors, comment ça s'est passé? s'enquit-il.

— Pas trop mal. J'ai écouté ce qu'elle avait à dire et réciproquement. Elle m'a promis de m'appeler. J'espère qu'elle tiendra parole.

— D'après ce que tu m'as dit d'elle, elle le fera certainement.

J'empruntai l'autoroute pour rentrer chez moi sans prêter attention à la circulation, assez dense à cette heure de l'après-midi.

— Tu as raison, dis-je. J'espère seulement que...

— Que quoi?

— Je veux tout, avouai-je sans fard. L'emmener dîner dehors, savoir quel est son plat préféré, ce qu'elle avait demandé pour Noël à douze ans, partager mon lit avec elle, chaque nuit. Sans oublier la salle de jeux, ajoutai-je après une pause.

Il éclata de rire.

— Tu n'as rien oublié, à ce que je vois.

— Oui, mais ça dépend surtout d'elle.

— Tout dépend d'elle, corrigea-t-il. À partir de maintenant, c'est elle qui décidera de chaque étape de votre relation. Vas-y mollo. Il faut d'abord apprendre à vous connaître. Tâche de…

— La mettre en confiance, tu me l'as déjà dit.

— C'était pour vérifier que je ne parle pas dans le vide.

— Comme tu vois.

— Bon. Tu risques de l'effrayer si tu mentionnes la salle de jeux trop tôt. D'ailleurs, avant même que tu songes à y remettre les pieds…

— Nous devons parler, je sais, coupai-je. Les mots secrets, le nouveau contrat. Nous en avons amplement discuté, toi et moi.

— Oui, mais je ne saurais trop insister sur l'importance du dialogue entre vous, cette fois.

— Cette fois? Tu en parles comme si c'était acquis.

— Je pense que tu tiens le bon bout. Je suis un éternel optimiste, tu le sais.

— Mmm…

Un braillement nous interrompit.

— Oups, la sieste est finie. Christine est sortie faire du shopping entre filles. Appelle-moi quand tu auras parlé à Abby, conclut-il alors que les hurlements s'intensifiaient.

Je raccrochai et passai le reste du trajet à réfléchir à l'optimisme de Paul tout en ressassant ma conversation avec Abby. M'appellerait-elle? Accepterait-elle un autre rendez-vous? Ou bien me dirait-elle d'aller me faire voir ailleurs?

Pourtant, elle m'avait laissé lui embrasser la main – c'était bon signe, non?

Je portai mes doigts à mes narines pour vérifier si je pouvais retrouver son odeur sur ma peau.

Le silence n'était plus mon pire ennemi. Au contraire, c'était mon allié, il me donnait le temps de méditer.

Je sentis ma main une fois encore, certain de pouvoir capter une bouffée de son parfum.

À mon arrivée, Apollon se jeta sur moi et me renifla de la tête aux pieds. Je me baissais tandis qu'il me léchait le visage à grands coups de langue. Il louchait vers la porte comme s'il s'attendait à voir Abby.

— Je sais, mon vieux. Elle te manque.

Il me donna la patte en jappant.

— Elle reviendra bientôt, ajoutai-je, espérant ne pas me bercer d'illusions.

Aucune nouvelle d'Abby le lundi suivant. Je passai la journée à guetter la sonnerie de mon téléphone, posé sur mon bureau à portée de main. Sara avait pour instruction de me prévenir à la seconde où Abby appellerait.

C'était normal, me dis-je. Elle voulait s'accorder le temps de la réflexion.

Kyle se manifesta pour m'inviter au spectacle de son lycée auquel il participait, le week-end suivant. J'acceptai avec joie en me demandant si je proposerais à Abby de m'accompagner.

Oui. Non. Peut-être.

Je dormis fort mal, cette nuit-là.

Le lendemain, mardi, ce ne fut pas mieux. Toujours rien. Je rentrai chez moi en fin d'après-midi, très abattu. Chaque jour qui passait signifiait qu'elle ne m'appellerait pas ou bien qu'elle m'opposerait une fin de non-recevoir au cas où elle finirait par le faire.

Le téléphone sonna au moment où je me préparais à sortir avec Apollon après dîner.

Je jetai un rapide coup d'œil à l'écran. *Abby King*.

Mon cœur se mit à cogner dans ma poitrine et je pressai la touche de communication d'un doigt tremblant.

— Allô?

— Nathaniel? dit-elle d'une voix claire. C'est moi.

J'avais envie de crier de joie. Mardi soir, c'était bon signe, n'est-ce pas? Forcément mieux que jeudi, voire mercredi.

— Bonsoir, Abby, fis-je.

— Il y a un bar à sushis en face de la bibliothèque. On s'y retrouve demain pour déjeuner?

Elle voulait me rencontrer, parler, déjeuner. Fantastique!

— Entendu. À quelle heure?

— Midi.

— J'ai hâte d'y être.

À partir de maintenant, le mardi serait mon jour de la semaine préféré.

J'arrivai au restaurant à onze heures cinquante-cinq et cherchai des yeux une table libre. J'eus la surprise de découvrir Abby, assise tout au fond.

Elle m'attendait.

Je rectifiai machinalement ma cravate, le cœur battant. Elle me suivit des yeux en souriant tandis que je traversais la salle.

— Bonjour, Abby, dis-je en m'installant en face d'elle.

Un petit sourire étira ses lèvres.

— Nathaniel…

Je lui souris à mon tour. Tout marchait comme sur des roulettes. Le serveur surgit là-dessus. Abby savait exactement ce qu'elle voulait et commanda ses sushis. Je l'imitai, aspirai une grande goulée d'air et levai les yeux pour la dévisager.

— J'espère que nous aurons un beau printemps, dis-je sur le ton de la conversation.

— Oh ! les cerisiers en fleurs ! J'adore.

Tu vois que tu arrives à énoncer des banalités quand tu veux.

— J'en ai planté quelques-uns dans mon jardin. Apollon adore se rouler dans le tapis des pétales tombés à terre.

Elle éclata de rire.

— J'imagine très bien.

— Oui, ça mérite le détour.

Je ne faisais pas allusion à mon chien, mais à elle. Assise en face de moi, bavardant, riant. Belle à damner un saint.

— Apollon est unique, renchérit-elle.

— C'est vrai.

— Et comment ça va au travail ?

— Je mets mon grain de sel pour sauver l'économie mondiale. Et vous ? Quoi de neuf à la bibliothèque ?

— J'organise une lecture de poésie. Les classiques, Dickinson, Cummings, Frost. Vous savez, ces poètes poussiéreux qu'on ne lit jamais.

Elle me taquinait et j'adorais cela.

— Vous rendez un fier service aux New-Yorkais en veillant à ce que ces génies du passé ne tombent pas dans l'oubli.

— Possible, en tout cas c'est distrayant.

Je n'avais jamais assisté à une lecture de poèmes.

— Les programmez-vous tous au cours de la même soirée ? questionnai-je.

— Pas cette fois. Je vais consacrer une séance à chaque poète pendant plusieurs semaines. Dickinson inaugure le cycle mercredi prochain. J'espère réussir à y traîner Félicia.

— Jackson n'a qu'elle à la bouche. Comment va-t-elle ?

— Très bien. J'ai décidé de passer l'éponge malgré sa traîtrise de l'autre soir, quand elle a fait jouer cet air pendant la fête.

— C'est très noble de votre part.

— Après tout, ce n'est pas elle qui m'a livrée en pâture à des centaines de personnes, allégua-t-elle, les yeux étincelants de gaieté.

Elle m'asticotait encore.

— Laissez-moi vous féliciter une fois de plus pour votre générosité. J'ai eu la chance d'en être sorti indemne.

— Je vous en prie. J'en suis heureuse. Enfin, je veux parler de maintenant.

Elle ne plaisantait plus. Je compris qu'il était temps de parler sérieusement.

— Il faut que vous sachiez quelque chose, fis-je.

— Oui? dit-elle sur ses gardes.

— J'ai entamé cette thérapie pour régler des problèmes personnels. Ma sexualité n'a rien à voir là-dedans.

Mon psy, ainsi que Paul et Todd, dans une certaine mesure, m'avaient convaincu que mon mode de vie était tout à fait recevable. Je ne sais pour quelle raison j'avais éprouvé le besoin d'être rassuré sur ce plan. Quoi qu'il en soit, je me sentais beaucoup mieux à ce sujet.

— Je suis un dominant, poursuivis-je. Et je n'ai pas l'intention de changer. Pas question de renoncer à cette facette de ma personnalité. Cela dit, rien ne m'empêche de goûter à d'autres… agréments. Au contraire, c'est une façon de varier les plaisirs. *Avec vous, aurais-je voulu ajouter.* Vous comprenez?

— Oui. Je ne vous vois pas tirer un trait sur cette partie de vous-même. Ce serait renier ce que vous êtes.

Elle avait pigé. Formidable.

— Exactement, dis-je.

— De la même façon que je ne peux pas refréner ma nature de soumise.

Je souris.

— C'est tout à fait ça.

Le serveur nous interrompit, le temps de nous apporter les boissons. J'étais soulagé d'avoir joué cartes sur table et de savoir que nous étions sur la même longueur d'onde. De sorte que si notre relation reprenait un jour ou l'autre, elle saurait à quoi s'attendre.

Or il manquait toujours une pièce du puzzle.

— Comment avez-vous su à mon sujet? repris-je. Ne vous croyez pas obligée de répondre.

La question s'imposait, non?

Elle s'abîma dans la contemplation de son thé.

Elle releva la tête et balaya l'argument d'un revers de main.

— Oh! qui ne connaît pas Nathaniel West?

Elle éludait le sujet. J'allais devoir changer de stratégie.

— Peut-être, mais tout le monde n'est peut-être pas au courant qu'il ligote les femmes aux barreaux de son lit et leur donne le fouet.

Elle faillit s'étrangler avec une gorgée de thé.

— Vous l'avez bien cherché.

— C'est vrai, reconnut-elle en se tamponnant la bouche.

La pointe d'humour contribua à détendre l'atmosphère, mais la question restait en suspens.

— Vous voulez bien me répondre? insistai-je.

Elle inspira un grand coup.

— J'ai eu vent de votre existence à l'époque où vous avez aidé ma mère.

Je me rengorgeai. Ma bonne action n'était donc pas passée inaperçue.

— Jusque-là, vous étiez pour moi une célébrité comme une autre dont on parlait dans les journaux, reprit-elle. Après quoi, vous avez pris une autre consistance, à mes yeux tout au moins.

Le serveur nous apporta notre commande sur ces entrefaites et cette intrusion m'agaça. Abby venait d'admettre qu'elle s'intéressait à moi et suivait mes faits et gestes dans les magazines depuis des années. J'étais profondément troublé. Se pouvait-il qu'elle m'ait attendu aussi longtemps que moi?

Elle se servit de sauce soja sans cesser de parler.

— Quelque temps après, votre portrait a paru dans la presse, je ne sais plus pourquoi.

Ma photo dans un journal? Un cliché de moi traînait toujours dans un tabloïd ou un autre. Cela ne répondait toujours pas à la question de savoir comment elle avait appris ce détail sur mon mode de vie.

— Bref, Samantha, une de mes amies, était passée me voir au moment où je lisais ce magazine, enchaîna-t-elle. Je vous trouvais terriblement séduisant et je me demandais ce que cachait la façade.

Tout ça à cause d'une photo sur papier glacé?

— Elle eut soudain l'air très mal à l'aise, ajouta-t-elle.

— Samantha?

Je réfléchis à toute vitesse sans me rappeler aucune Samantha dans notre groupe.

— Oui. C'est une vieille amie, je vous l'ai dit. Je ne l'avais pas vue depuis un bon bout de temps.

J'eus beau fouiller ma mémoire, je ne voyais pas comment cette Samantha avait entendu parler de moi.

— Elle avait assisté avec son fiancé à une fête ou je ne sais quelle réunion de dominants et soumis. Je ne sais pas comment on appelle ça. Eux, c'étaient des amateurs.

Une soirée BDSM dans un donjon.

— Je m'y trouvais en effet.

J'avais dû être un participant ou un instructeur puisque cette Samantha savait qui j'étais. Visiblement, elle avait eu si peur qu'Abby fraye avec cette communauté qu'elle avait transgressé le sceau du secret. En temps normal, cette grave entorse au règlement m'aurait mis en fureur, mais dans le cas présent, je l'aurais remerciée à genoux si j'avais pu.

— Elle m'a appris que vous étiez un dominant. Elle a aussitôt regretté d'avoir trop parlé et m'a fait jurer de tenir ma langue. Je ne l'ai dit à personne, sauf à Félicia en temps voulu. Samantha m'avait conseillé de ne pas rêver au prince charmant vous concernant.

Quel gâchis! Toutes ces années perdues pendant lesquelles j'avais tellement désiré Abby. Jusqu'à ce miracle. Dire qu'elle me voulait aussi.

— Vous en rêviez?

— Pas vraiment. Au contraire, je me voyais attachée à votre lit, ahanant sous les coups de fouet.

À présent, c'était moi qui avalai de travers.

Elle me fixa d'un air innocent.

— Vous l'avez cherché.

Et en plus, elle se fichait de moi.

— Touché!

— Oui, j'ai longtemps fantasmé à votre sujet, précisa-t-elle.

Elle avait fantasmé sur moi. Pendant des années. Je n'arrivais pas à le croire.

Elle repiqua du nez dans son assiette.

— Alors j'ai commencé à me renseigner discrètement auprès du cercle d'amis de Samantha. On m'a soufflé le nom de M. Godwin. J'ai attendu des mois avant de me jeter à l'eau.

Le timing avait été parfait. Si elle avait contacté Godwin plus tôt, j'aurais encore été avec Mélanie et j'aurais mis son

CV au panier. Dire que nous aurions pu ne jamais nous rencontrer !

— Je savais que je finirais par l'appeler, expliqua-t-elle avec un haussement d'épaules. C'était toujours mieux que…

— L'insatisfaction sexuelle, complétai-je en songeant à Mélanie.

— L'insatisfaction tout court, en ce qui me concerne, rectifia-t-elle. J'étais incapable d'avoir une relation normale avec un homme.

Je voyais très bien ce qu'elle voulait dire. Heureusement que, grâce à Paul, j'étais en mesure de l'aider.

— Il y a différents niveaux de normalité, Abby. C'est une notion vague qui varie en fonction de chacun.

Plus jamais, en effet, je ne laisserais quiconque me cataloguer. Et je refusais qu'Abby soit en proie aux doutes qui avaient empoisonné mon existence durant si longtemps.

— En tout cas, j'ai essayé de rentrer dans la normalité, mais c'est à mourir d'ennui, affirma-t-elle.

— Il faut varier les plaisirs. Et cela peut être délicieux quand on les partage avec la bonne personne. *Je veux tous les découvrir avec vous*. Qu'est-ce que la normalité des choses, au fond ?

— Vous avez essayé d'avoir une relation normale avec Mélanie, n'est-ce pas ?

Je mordis dans un rouleau de riz que je mastiquai avec application, histoire de me donner le temps de réfléchir.

Si je voulais aller de l'avant, il fallait que je lui parle de Mélanie. Comment oublier la souffrance que je lui avais infligée ? Bien sûr, elle n'était pas comparable à celle que j'avais causée à Abby, mais quand même… Je repensai au soir où elle m'avait découvert dans la salle de jeux.

— Oui, et ça a été une catastrophe. Pour plusieurs raisons. Mélanie n'est pas de nature soumise, et moi je ne pouvais pas combattre mes penchants de dominant. Elle refusait de voir que cela ne marchait pas entre nous. Je ne l'avais pas compris.

— Elle a fait son deuil maintenant, vous savez.

Je me demandai de quoi elles avaient bien pu parler pendant la fête, l'autre soir. Quoi qu'il en soit, si Abby pensait que Mélanie était guérie, ce n'était pas mon affaire.

— Tant mieux. Et vous?

Elle m'enveloppa d'un regard plein de désir.

— Non.

Je fus submergé par un flot d'émotions. Soulagement, excitation, impatience, espoir...

J'allongeai le bras pour saisir sa main par-dessus la table. Je voulais qu'elle sache que ses sentiments étaient partagés.

— Dieu merci, dis-je sobrement. Moi non plus.

Nos regards se soudèrent, on aurait dit que les chaînes du passé volaient en éclats. Puisque nous étions là, peut-être pourrions-nous aller un peu plus loin... Je pris une profonde inspiration et me forçai à poser la question en caressant le bout de ses doigts.

— Je consacrerai tout mon temps et mon énergie à regagner votre confiance, Abby. Vous voulez bien?

— Oui.

Réprimant l'envie de sauter de joie, je lui pressai la main avant de la relâcher.

— Merci.

Nous pourrions y arriver. Résoudre tous les malentendus et trouver notre voie ensemble.

— Savez-vous préparer les sushis? demanda-t-elle soudain.

— Non, mais j'ai toujours voulu apprendre.

— Il y a un atelier le jeudi soir à dix-neuf heures, intervint le serveur venu remplir nos bols vides.

Elle se tourna vers moi.

Pourquoi pas? questionna-t-elle du regard.

Une sorte de rendez-vous régulier qui nous permettrait de mieux nous connaître?

Oh! oui... N'importe quoi pour profiter de sa présence. La voix de Paul me rappela que ce n'était pas à moi de prendre l'initiative.

Je levai un sourcil interrogateur. *C'est votre décision. C'est à vous de voir.*

— D'accord, nous viendrons, déclara-t-elle.

Elle était prête à essayer. Du coup, je décidai de lui proposer de m'accompagner le week-end suivant.

L'occasion se présenta pendant que je l'aidais à enfiler son manteau, en quittant le restaurant.

— Kyle m'a invité au spectacle de son école samedi prochain. Aimeriez-vous m'accompagner?

— À quelle heure?

— Je viendrai vous prendre vers dix-sept heures et nous irons dîner avant d'y aller.

— C'est noté.

C'était une première. Jusque-là, elle n'avait jamais accepté que je vienne la chercher ou la retrouve chez elle. Nos conversations l'auraient-elles aidée à surmonter ses réticences?

Après son départ, j'appelai Sara pour l'avertir que je travaillerais de la maison le restant de la journée. Je rentrai chez moi avec un seul objectif en tête. Je laissai Apollon me renifler tout son soûl et, après une petite balade dans le parc, j'enfilai le couloir menant à la bibliothèque.

Je restai planté un bon moment devant la double porte. Cela avait assez duré. Le passé était le passé, il était grand temps de l'oublier.

Je respirai à fond et ouvris le battant pour la première fois depuis des semaines.

Le samedi arriva après ce qui me parut être une éternité. Félicia n'était pas là, je le savais, Jackson m'avait appris qu'elle passait la soirée avec lui.

Le dîner se déroula comme un charme. Abby était belle, charmante, et la conversation animée. J'acceptai sans hésiter son invitation à la prochaine séance de poésie consacrée à Emily Dickinson.

Au détour de la discussion, j'appris que son plat favori était le gigot d'agneau braisé et que, à douze ans, elle voulait un vélo pour Noël.

Je savais que Kyle ne jouait qu'un petit rôle dans la pièce – il faisait partie du chœur –, mais lorsqu'il apparut sur la scène et me repéra dans la salle… les mots me manquent pour dire combien j'étais fier de lui. Le petit garçon maladif que j'avais connu il n'y avait pas si longtemps avait parcouru beaucoup de chemin pour en arriver là.

Pendant tout le spectacle, j'évitai soigneusement de frôler Abby fût-ce par inadvertance. Suivant les conseils de Paul, je voulais la laisser reprendre l'initiative d'un contact physique. Il y eut un bref moment de flottement lorsque je la raccompagnai chez elle. Devais-je essayer de l'embrasser?

— J'ai passé un excellent moment, merci, dit-elle sur le seuil de la porte.

Je ne pus m'empêcher de lui prendre la main.

— Je vous en prie. Sans vous, la fête n'aurait pas été aussi réussie. À jeudi soir, Abby.

Je plantai mon regard dans le sien. *Puis-je vous embrasser?* avais-je envie d'ajouter.

Pas encore, c'était à elle de faire le premier pas.

Et si elle n'en avait pas envie?

C'était apparemment le cas.

Je lui souris avant de tourner les talons et m'éloigner.

— Nathaniel!

Je me retournai, immobile, dans l'expectative, incapable de détacher mes yeux de la silhouette qui avançait vers moi.

Voulait-elle…?

Le ferait-elle…?

Elle se planta devant moi et m'effleura la joue d'une main caressante. Une déesse. Comment avais-je pu vivre sans sentir ses doigts qui redessinaient ma mâchoire avant de s'enfouir dans mes cheveux?

J'en avais été incapable, justement.

— Embrassez-moi, réclama-t-elle. Un vrai baiser.

Un vrai baiser. Elle voulait que j'extériorise mes sentiments sans aucune réserve.

Je ne déguiserais plus ce que j'éprouvais pour elle. Jamais.

Je pourrais vivre pendant trois cents ans sans comprendre ce que j'avais fait pour mériter tant de mansuétude.

— Oh! Abby…

Je glissai un doigt sous son menton pour l'obliger à relever la tête et m'emparai de sa bouche. Je l'entendis soupirer de plaisir lorsque nos lèvres se touchèrent. Je sentis la force de son désir, son cœur s'affoler contre ma paume à l'unisson du mien. Mais je décidai de prendre mon temps pour la goûter, savourer sa douceur tandis qu'elle s'amollissait entre mes bras.

Je l'enlaçai plus étroitement et crus exploser de bonheur quand elle enroula sa langue autour de la mienne pour approfondir le baiser.

J'exprimai tout, sans aucune retenue, et je la sentis s'alanguir contre moi. C'était si bon de la tenir ainsi au creux de mes bras. Je n'étais pas digne de ce cadeau et je le chérirai aussi longtemps qu'elle m'y autoriserait. Je l'aimerais de toute mon âme. Je ferais n'importe quoi pour qu'elle se sente désirée, adorée.

Je sentis mon corps réagir sans équivoque au contact du sien et m'arrachai à ses caresses. Pas question qu'elle pense que j'exigeais autre chose, ce soir. Un baiser suffisait à mon bonheur.

— Merci, murmurai-je tout contre ses lèvres.

Merci de m'accepter, de m'avoir pardonné, de m'autoriser à revenir dans votre vie. Merci de ne pas avoir renoncé à moi, à nous, alors que j'avais démissionné.

Elle plongea son regard dans le mien pendant que je la berçais tendrement au creux de mes bras.

— Je vous en prie, dit-elle.

36

Assis au dernier rang, je regardais Abby animer la soirée poésie consacrée à Emily Dickinson. Fasciné, je l'écoutais déclamer des poèmes sur la mort, la perte, l'existence. L'un en particulier « *Viens doucement, paradis terrestre* ! » me plongea dans un état proche de la transse. D'une voix basse, sensuelle, elle récita le dernier vers sans me quitter des yeux.

Viens doucement, paradis terrestre !
Les lèvres qui ne sont point accoutumées à toi,
Sucent, timide, tes jasmins,
Ainsi l'abeille pâmée,

Atteignant tard sa fleur,
Bourdonne autour de la chambre,
Compte ses nectars – entre,
Et se perd dans les parfums !

Qui eût cru que la poésie serait une expérience si excitante ?

Je m'agitai sur mon siège à la fin de la séance. L'idée de laisser Abby donner le «la» à notre relation était une bonne décision, mais j'ignorais jusqu'à quand je pourrais patienter si elle continuait à me faire bander de la sorte.

Quoi qu'il en soit, je me contentai d'un tendre et chaste baiser en la quittant, ce soir-là.

La veille au soir, nous avions participé à l'atelier sushi. Quelle aventure! La sentir si proche tandis que nous cuisinions de concert, son parfum subtil, sa simple présence, tout m'enchantait. C'était bon de rire ensemble pour un oui ou pour un non, lorsque l'un de nous deux ratait un rouleau ou en réussissait un, entre autres choses.

Ce soir-là, notre baiser d'adieu avait été plus passionné que jamais.

Jackson et Félicia nous invitèrent à dîner le week-end suivant. J'acceptai du bout des lèvres. Finalement, nous avions passé une excellente soirée tous les quatre. Félicia redoubla d'amabilité à mon égard, et je surpris un petit jeu de regards silencieux entre les deux amies. Abby haussa les épaules en souriant lorsqu'elle s'en aperçut.

Apollon devenait hystérique chaque fois que je rentrais de mes rendez-vous avec elle. J'avais très envie de l'inviter chez moi, mais je craignais qu'elle n'interprète de travers mon initiative, comme si j'avais une idée derrière la tête.

Finalement, environ trois semaines après le spectacle de Kyle, je passai à la bibliothèque un jeudi après-midi. J'avais délibérément évité le mercredi, trop lourd de sous-entendus.

Ses yeux étincelèrent lorsqu'elle me vit franchir le seuil.

— Nathaniel!

Je me penchai par-dessus le bureau pour effleurer ses lèvres.

— Comment allez-vous aujourd'hui?

Ses joues s'empourprèrent.

— Très bien, merci.

Je m'éclaircis la voix.

— Voudriez-vous dîner à la maison un de ces soirs?

Elle ne répondit pas.

— Pour voir Apollon, me hâtai-je d'ajouter. Vous lui manquez beaucoup. Quand il sent votre odeur sur moi, il…

— J'accepte avec plaisir. Il m'a manqué à moi aussi.

— C'est très gentil à vous.

Elle allait venir. Mon invitation ne l'avait ni choquée ni blessée. Apollon allait être fou de joie.

Pas autant que moi.

Ce chien avait un sixième sens, ma parole. Cette nuit-là, il ne tenait plus en place et resta dehors à attendre – il dansait presque de joie. Il se mit à tourner en rond avec frénésie dès qu'elle s'engagea dans l'allée au volant de la voiture de Félicia.

Je désertai mon poste d'observation à la fenêtre et me précipitai dehors pour l'accueillir en m'essuyant les mains dans un torchon.

Je grondai le chien qui la léchait partout et avait failli la renverser dans sa fougue.

— Excusez-le, Abby, il a été survolté toute la journée!

Elle lui caressa la tête

— Nous sommes deux, alors, dit-elle en gravissant les marches du perron, le chien sur ses talons.

Je l'embrassai lorsqu'elle parvint à ma hauteur.

Elle considéra le torchon que j'avais dans les mains.

— Qu'y a-t-il de bon à manger?

— Du poulet au miel et aux amandes.

— Mmm, j'adore…

Je n'avais pas oublié qu'elle y avait fait honneur, le premier jour.

J'ouvris la porte.

— Entrez donc, c'est bientôt prêt.

Nous avions dîné dans la salle à manger. Dire qu'elle était là, chez moi. J'avais le plus grand mal à contenir mon allégresse. Elle savait insuffler de la vie dans les espaces sombres et déserts. Comment avais-je pu croire que la laisser partir était la meilleure solution ? Je lui adressais des remerciements silencieux pour m'avoir pardonné.

Apollon, bien sûr, ne décolla pas de sa place favorite, couché à ses pieds pendant tout le repas.

Je craignais d'éprouver une certaine gêne à table, comme si le passé risquait d'anéantir les efforts de ces dernières semaines. Il n'en fut rien. Il n'y eut, je crois, pas un seul temps mort pendant le repas – et ce fut un vrai miracle que nous ayons réussi à finir nos assiettes.

Le plus étonnant était que je pouvais la regarder lécher un peu de sauce sur ses lèvres sans interrompre pour autant la conversation. Où avais-je la tête ? Je voulais faciliter son retour à la maison, dans mon domaine. Pas question de passer la soirée à faire une fixation sur sa bouche.

Un film, décidai-je. Voilà, nous allions regarder un film. Assis sur le canapé, je passerais mon bras autour de ses épaules. Elle se loverait contre moi, et…

Le repas terminé, je me levai pour débarrasser la table.

— Laissez-moi vous aider, proposa-t-elle.

— Non, vous êtes mon invitée.

— J'insiste.

Je déposai les assiettes dans l'évier.

— Je lave et vous essuyez, d'accord ?

Elle acquiesça et attrapa un torchon.

Nous nous activions en étroite coordination. Même pour les tâches les plus banales, comme la vaisselle, nous formions une fine équipe. Nous étions faits l'un pour l'autre. Elle en avait probablement conscience, elle aussi.

Qu'elle le sache ou non, c'était à moi de lui mettre les points sur les i.

Je tergiversai.

Après le film. Si tu le lui dis maintenant, elle va penser que tu as une idée derrière la tête.

Oui mais, après, elle croira que tu ne penses qu'à ça. Il faut l'éclairer avant.

Non, non, ce serait mieux après.

Ce qui veut dire que tu cherches encore à gagner du temps.

Je lui tendis la dernière assiette qu'elle sécha prestement avant de la ranger dans le placard.

Je pris une profonde inspiration.

— Abby

— Nathaniel…, fit-elle en même temps.

Nos regards se croisèrent et nous éclatâmes de rire à l'unisson

— Vous d'abord, dit-elle.

Je lui pris la main.

— Je voulais vous remercier d'être là ce soir. Apollon n'a pas été aussi calme depuis longtemps.

Ce n'était évidemment pas du tout ce que je voulais dire.

Elle me pressa les doigts.

— J'en suis heureuse, mais je ne suis pas venue que pour lui.

Arrête de tourner autour du pot. Jette-toi à l'eau.

Je lui caressai la paume du pouce.

— Je sais.

Elle esquissa un petit sourire.

— Je suis terriblement égoïste, vous savez.

Elle? Égoïste? N'importe quoi!

J'effleurai son menton du bout des doigts.

— Pas du tout. Tu es douce, tendre, généreuse et…

— Nathaniel, je…

Je ne pouvais plus me contenir.

Je plongeai mon regard dans les deux lacs sombres de ses yeux et pris son visage en coupe.

— Chut, laisse-moi finir. Tu m'apportes tant de bonheur. Avec toi, je me sens moi-même. *Continue. Elle a besoin de l'entendre.* Je t'aime, Abby.

Elle suffoqua et appuya sa joue dans la paume de ma main.

— Je t'aime aussi.

Je crus que mon cœur allait exploser. Elle m'aimait

Elle m'aimait.

Elle.

M'aimait.

Moi.

Je l'étreignis de toutes mes forces et l'embrassai à perdre haleine. La seule façon d'exprimer mes sentiments.

— Abby…

Elle entrouvrit les lèvres.

Oh! la saveur sucrée de sa bouche, comme un fruit mûr, gorgé de soleil…

Elle ancra ses doigts dans mes cheveux pour m'attirer plus près et approfondir le baiser.

Pas question de film. Je la voulais, elle…

Mais je devais lui laisser les rênes.

Je m'arrachai à ses lèvres pour lui souffler à l'oreille:

— Dis-moi d'arrêter, Abby. Je ferai ce que tu voudras.

Et c'était vrai. Je me plierais à ses désirs. C'était à elle de décider. Osant à peine respirer, j'attendis sa réponse.

— Non...

Me demandait-elle vraiment d'arrêter?

— Continue.

Je réprimai un soupir de soulagement et fis lentement courir mes doigts sur ses avant-bras. Je voulais être certain qu'elle ne changerait pas d'avis.

— Je n'avais rien prémédité, ce soir, tu sais. Je n'ai pas l'intention de te forcer.

Oui, et même si ma bite n'était pas de cet avis, un film et des câlins sur le canapé m'iraient très bien aussi.

— Viens, dit-elle en me tendant la main.

Je l'aurais suivie au bout du monde.

Elle me précéda hors de la cuisine, dans le corridor puis le vestibule. Je n'avais aucune idée de ses intentions.

Elle entreprit de gravir l'escalier.

Parvenue à l'étage, elle prit la direction de ma chambre. Que je n'avais toujours pas réintégrée.

Elle fit halte au pied du lit avant de pivoter vers moi.

Je lui caressai la joue. Ce soir, je voulais vénérer jusqu'à la moindre parcelle de son corps.

Galvanisé, je me penchai pour l'embrasser dans la vallée entre ses seins et, entendant sa respiration s'affoler, je resserrai mes bras autour d'elle.

— Ma merveilleuse, ma parfaite Abby, lui murmurai-je à l'oreille. Laisse-moi t'aimer.

Je la portai jusqu'au lit et l'allongeai sur le dos avec dévotion.

— Je vais commencer par ta bouche.

Depuis le premier jour, quand elle s'était tenue devant moi, dans mon bureau, je l'avais frustrée de mes baisers. J'allais les lui rendre au centuple. Pendant de longues minutes, je me focalisai sur ses lèvres, les taquinant de la langue, les mordillant du bout des dents, semant une rafale de petits baisers fiévreux aux commissures de sa bouche pulpeuse.

À la fin, n'en pouvant plus, je pris son visage dans mes mains et l'embrassai avec douceur, une tendresse infinie, puis comme un possédé, avec toute la passion dont j'étais capable.

Elle cambra les reins, ses seins frôlant mon torse.

Je m'écartai imperceptiblement pour me délecter de la vision grisante qu'elle m'offrait, ainsi alanguie sur mon lit.

— Je pourrais t'embrasser pendant une éternité sans jamais me lasser de ton parfum, le goût exquis de tes lèvres, chaque centimètre carré de ta peau, dis-je.

Je m'affairai sans hâte sur son corsage pour lui donner le temps de se rétracter si elle le souhaitait. Elle se laissa faire, passive, les yeux rivés aux miens pendant que je finissais de l'ouvrir avant de le glisser le long de ses épaules.

Je m'emparai de sa main et l'appuyai sur ma poitrine.

— J'entends ton cœur battre comme un fou. Tu sens le mien?

Elle se dégagea et s'escrima sur ma chemise qu'elle fit impatiemment passer par-dessus ma tête. Et elle ne put retenir un long soupir de plaisir en effleurant mon torse et mes bras de ses doigts.

Mmm… c'était trop bon.

J'étais au septième ciel.

Je n'en avais pas encore fini avec elle. Je laissai courir mes lèvres sur ses clavicules, puis le long de ses épaules rondes.

— Tu vois, là, le creux du coude, c'est une partie du corps qu'on oublie trop souvent, expliquai-je en parsemant de petits baisers fébriles sa peau si sensible. Négliger ce festin de roi serait criminel.

Elle avait un goût frais, comme une source d'eau vive sous mes coups de langue. Je la mordillai doucement, lui arrachant un gémissement voluptueux.

— Et ce n'est qu'un début, ajoutai-je.

Je voulais me repaître d'elle encore et encore, à commencer par ses seins somptueux. Je me concentrai sur eux, les encerclant de mes lèvres, les cajolant, les triturant, les tétant tour à tour. Puis je dégrafai prestement son soutien-gorge, désireux de sentir chaque millimètre de sa peau contre la mienne.

Quand je me penchai vers elle, ses tétons frottèrent délicieusement contre mon torse nu. Avec un feulement étranglé, j'enrobai l'un des globes magnifiques d'une main avide.

— Ils sont splendides. Juste de la bonne taille. J'adore te sentir trembler d'excitation quand je fais cela, repris-je en triturant le mamelon entre mes doigts.

Un long frisson la secoua.

J'avais hâte de le reprendre en bouche.

Je l'aspirai entre mes lèvres. Mmm… Encore meilleur que dans mon souvenir. J'approfondis mes succions, l'égratignant de mes dents comme elle aimait.

Elle me récompensa d'un long râle de volupté.

— Ils ont un goût fabuleux, tu sais? ajoutai-je pour l'exciter davantage.

Je soufflai sur l'autre sein et regardai l'aréole se dresser aussitôt. Elle était si réactive. Je m'activai sur son jumeau, le caressant de la base au sommet, le soupesant dans le creux de ma paume pour en éprouver la rondeur avant de m'en repaître. Quelle perfection! Je me léchai les lèvres.

— Et celui-là? enchaînai-je. Il est tout aussi délectable, tu peux me croire.

Elle se cramponna à mes cheveux, tandis que je poursuivais ma lente exploration. L'alchimie qui nous poussait dans les bras l'un de l'autre était proprement incroyable. Je pris mon temps pour la propulser vers des hauteurs insoupçonnées. Nous avions toute la nuit devant nous et je comptais bien profiter de chaque seconde.

Je ne me rassasierais jamais de cette femme.

Ses mains s'acharnaient sur mon dos pour m'attirer vers elle, tandis qu'elle me couvrait de baisers fougueux.

Elle se déhancha de plus belle.

— Attends, dis-je dans un souffle, interrompant le baiser. Le meilleur est à venir.

Mais je continuai à lui donner ce qu'elle voulait, laissant papillonner mes doigts sur son ventre délicieusement bombé. J'insinuai les mains sous la ceinture de son jean, le plus loin possible.

— Une autre partie du corps souvent négligée, expliquai-je avant de plonger la langue dans son nombril.

Elle suffoqua et s'agrippa plus fort à mes cheveux.

— Sais-tu combien de terminaisons nerveuses se trouvent là ?

Je m'écartai et soufflai doucement sur sa peau, humide par mes soins, pour la voir réagir.

Magnifique.

Je déboutonnai son pantalon, le fis glisser sur ses hanches avec une lenteur étudiée et l'en libérai, dévoilant le minuscule string qu'elle portait. Je sentis mon sexe palpiter douloureusement, mais je réprimai mes pulsions pour mieux me concentrer sur ma tâche.

Mais elle avait d'autres projets. À peine l'avais-je dépouillée de son jean qu'elle me fit basculer sur le dos.

— À mon tour, déclara-t-elle.

Elle retira en même temps mon pantalon et mon caleçon, laissant planer ses doigts partout sur mon corps.

C'était divin !

— Abby, grognai-je tandis que ses mains erraient plus bas pour se refermer sur mon pénis.

— Retourne-toi, dit-elle.

Je m'exécutai. Elle me chevaucha, à califourchon sur mes fesses, caressant mes omoplates avant de descendre le long de mon échine. Ses lèvres suivirent et s'immobilisèrent au bas de mes reins. Puis sa langue rebroussa chemin tandis que je me tordais désespérément sur le lit.

Je devais me ressaisir. Je me retournai pour la renverser sous moi.

— Je ne sais plus où j'en suis, dis-je en la détaillant avec gourmandise. Je vais devoir tout recommencer depuis le début.

C'était le bon moyen de refréner ma libido pour exacerber ses sens et augmenter son plaisir. Je l'embrassai, écartai ses lèvres de ma langue et savourai son goût suave.

— Voyons voir, nous nous sommes occupés de ta bouche. Et de ton cou, ajoutai-je en butinant sa peau délicate. Et aussi de tes coudes et de ton nombril, trop souvent négligés.

J'embrassai ses seins, refermant les lèvres autour d'un téton, puis de l'autre, les titillant tour à tour du bout de la langue.

— Voilà, je me rappelle, ajoutai-je en m'aventurant plus bas. *C'était le moment de lui faire perdre la raison, car elle savait parfaitement où je voulais en venir. Je la sentis frémir sous moi et continuai encore plus bas.* Ah ! j'en étais là, dis-je en m'attardant entre ses jambes, négligeant l'endroit où elle me désirait à en mourir pour lui attraper un genou.

Elle me fixa, incrédule.

— Le genou est une zone très sensible, expliquai-je.

Sa tête retomba mollement sur l'oreiller.

Mes mains se mirent à jouer avec son genou, le chatouillant, le câlinant. Je le soulevai pour goûter la peau satinée à l'arrière avant de m'intéresser à l'autre.

Elle se mit à gigoter tant et plus.

— Nathaniel, plus haut, s'il te plaît…

Je sais. J'en ai envie comme toi.

Impassible, je descendis jusqu'à ses pieds. J'en saisis un pour en admirer la courbure. J'embrassai délicatement l'intérieur de sa cheville et déposai un doux baiser sous la plante.

Une vraie déesse.

Que j'allais encore taquiner encore un peu.

— J'ai l'impression d'avoir négligé quelque chose, fis-je. Je me demande bien quoi.

J'avais oublié qu'elle pouvait me battre sur mon propre terrain.

Elle écarta les cuisses, m'offrant une vue imprenable sur sa toison trempée.

— Voilà qui va vite te rafraîchir la mémoire, j'en suis sûre.

J'émis un grognement rauque. Puisqu'elle le voulait, j'étais plus que prêt. Je rampai vers elle et arrachai le bout de soie qui me séparait de mon objectif.

Je lui soulevai les jambes pour me placer entre ses cuisses et léchai sa fente avec douceur, me rappelant ses réticences des premiers temps. Cette fois, elle n'hésita pas à décoller les hanches pour intensifier le contact.

Je continuai à promener ma langue sur sa chatte en chaleur.

— Tu vois, ici, c'est du Abby pur jus, dis-je.

— Oh ! Seigneur !

Tu ne perds rien pour attendre, ma petite diablesse chérie.

— Maintenant que j'ai honoré ta bouche, je pourrais passer des heures à câliner, astiquer ton minou, m'abreuver de son nectar.

Je distendis ses replis gonflés de sève avant d'y fourrer la langue. Je croquai son clitoris, puis plongeai plus loin. Elle poussa un petit cri de gorge et je sentis son vagin se crisper au moment où l'orgasme la foudroyait. Dès qu'il reflua, je continuai à la lutiner pour surfer sur la vague et la faire basculer dans un nouvel orgasme. Elle se détendit, je me dégageai et reposai ses jambes sur le lit.

— On continue, d'accord?

Elle s'étira voluptueusement, les paupières closes, tandis que je m'allongeais sur elle. Du genou, je lui écartai les jambes et positionnai mon sexe à l'orée du sien. Souhaitant tisser un lien émotionnel entre nous, je lui pris les mains et emmêlai mes doigts aux siens.

Elle rouvrit les yeux et m'enveloppa d'un regard d'adoration et d'émerveillement mêlés.

— Toi et moi, dis-je en la pénétrant lentement afin qu'elle comprenne que j'étais sincère, dans mes paroles comme dans mes actes. Nathaniel et Abby, enchaînai-je en m'enfonçant plus loin. Pas de mise en scène, pas de supercherie, pas de tromperie. Rien que nous deux.

— Nathaniel...

Seulement l'amour.

Je l'embrassai longuement, passionnément, je ramenai ses mains au-dessus de sa tête et me plantai encore plus loin. Elle geignit. J'amorçai alors un lent mouvement circulaire des hanches pour exacerber ses sensations. Je me retirai et recommençai à me mouvoir en elle.

Je prenais tout mon temps sans lâcher ses mains ni la quitter des yeux tandis que nous coulissions de concert. Je maintins un rythme lent et sensuel pour mieux sentir chaque centimètre de son corps et décupler le plaisir.

Elle se cambra, haussant son bassin à ma rencontre. Elle en voulait plus. Plus fort. Plus vite. Mon corps implorait la même chose, mais je me forçai à me contrôler, désireux de savourer l'instant le plus longtemps possible.

— S'il te plaît… Nathaniel… maintenant.

J'accélérai la cadence pour nous donner un avant-goût de ce à quoi nous aspirions tous les deux. Cela ne lui suffisait pas. Elle s'enroula comme une liane autour de moi pour accompagner chaque coup de reins. Mais je ne bronchai pas.

Elle me mordit l'oreille.

— Allez, Nathaniel, baise-moi.

Ses paroles déclenchèrent comme une coulée de lave dans mes veines. Je n'étais plus qu'un tourbillon de sensations. Je laissai mon corps et mon désir reprendre le dessus, me retirai pour revenir la pilonner avec acharnement.

Je saisis ses hanches et les projetai plus haut, la défonçant à grands coups de boutoir.

— Nathaniel ! s'égosilla-t-elle

Crie mon nom. Oui. Comme ça.

Je la sentais sous moi, tout autour de moi, partout. Preuve éclatante qu'elle était mienne autant que je lui appartenais.

— Bon sang, Abby !

Quand je la sentis se raidir autour de moi, je plaquai la main sur son clitoris, entre nos deux corps, pour mieux le frotter à chaque coup de reins.

— Je… je… bredouilla-t-elle.

Vas-y. Lâche-toi.

Au troisième orgasme, elle hurla de plaisir, mais je me gardai de changer de rythme, certain qu'elle avait encore des réserves. Quand un nouveau spasme la transperça, une minute plus tard, je compris que j'étais à bout.

Je la harponnai dans une ultime poussée, laissant la jouissance me submerger tandis que je me déversais en elle.

Je roulai sur le côté pour ne pas l'écraser, sans relâcher mon étreinte pendant que nous reprenions notre souffle.

Je redressai la tête, l'embrassai et compris en un éclair ce que je voulais. Qu'elle reste avec moi toute la nuit. J'avais envie de fêter avec elle la réappropriation de mon espace. Elle refuserait sans doute, mais je ne risquais rien de le lui demander.

N'importe comment, elle ne s'en irait pas tout de suite. Je me levai pour aller chercher dans un tiroir de la commode des bougies que je disposai un peu partout et les allumai les unes après les autres.

Je la rejoignis, l'allongeai sur le dos et l'enveloppai de mes bras, savourant l'instant avec délices. Je lui caressai doucement les épaules et déposai un léger baiser sur son front, puis j'effleurai ses lèvres quand elle redressa le cou.

— Je n'avais rien prémédité ce soir, tu me crois?

Elle soupira et se nicha tout contre moi.

— Je suis tellement heureuse, si tu savais.

Le silence retomba. Je rêvais de sentir son corps lové contre le mien jusqu'au lendemain matin.

Vas-y. Demande-lui.

J'avalai péniblement ma salive.

— Abby, ce n'était pas prévu, je sais, mais veux-tu rester avec moi cette nuit? Dans mon lit?

Une larme roula le long de sa joue.

Je l'effaçai du bout des doigts.

— Nathaniel…

— S'il te plaît. Reste avec moi.

Elle s'arracha à mon étreinte. Je la dévisageai, décontenancé. Voulait-elle vraiment partir?

— Je reste, dit-elle en m'embrassant.

Je crus chavirer de bonheur.

Elle me repoussa sur le dos et se jucha sur moi.

— Nous avons largement le temps de penser à quelque chose d'aussi trivial que dormir. Mmm… je crois que je vais commencer par ta bouche, déclara-t-elle en traçant de l'index le contour de mes lèvres.

Elle dormait, blottie dans mes bras. Contrairement à la dernière fois, j'éprouvais un immense plaisir mêlé de satisfaction. Je n'essayai pas de lutter contre le sommeil et sombrai à mon tour dans les bras de Morphée.

Je me réveillai à cinq heures trente, comme d'habitude, et paressai au lit, émerveillée de sentir contre moi les courbes harmonieuses de son corps emboîté au mien, sa tête nichée au creux de mon épaule, sa longue chevelure sombre étalée autour de moi.

Elle remua deux heures plus tard, s'étira langoureusement en ouvrant les yeux, elle leva la tête et sourit.

Je lui flattai le dos du bout des doigts.

— Bonjour.

— Bonjour.

— J'irais bien préparer le petit déjeuner, mais je n'ai pas la moindre envie de sortir du lit.

Elle ondula contre ma main.

— Ça peut attendre…

— Bien dormi?

— Comme un bébé.

J'étais sur un nuage. Qu'elle ait accepté de dormir près de moi était un petit pas de plus vers notre avenir commun.

Je déposai un léger baiser sur sa tempe.

— Merci d'être restée.

— Et merci de me l'avoir proposé.

— Tout le plaisir était pour moi.

— Ah bon, tu es sûr?

J'éclatai de rire. Elle saisit mon visage entre ses mains et s'empara de mes lèvres. Après, elle s'écarta et se redressa sur les oreillers.

— Je peux te demander quelque chose?

— Tout ce que tu veux.

— L'interdiction d'embrasser, elle s'appliquait à toutes tes soumises ou seulement à moi?

Pas vraiment le genre de conversation que j'avais envie d'avoir après une folle nuit. Mais je lui devais d'être tout à fait transparent.

Je lui caressai les cheveux.

— Seulement à toi, Abby.

— Pourquoi?

— C'était le moyen de garder mes distances, de maîtriser mes sentiments. Une manière de me rappeler que je n'étais que ton dominant.

Imbécile. Qu'est-ce que tu vas chercher!

Elle se détourna imperceptiblement.

— Tu as embrassé tes autres soumises…

Sois sincère, quoi qu'il t'en coûte, avait dit Paul.

— Oui.

— Mais pas moi, insista-t-elle les yeux baissés, l'air meutrie.

Que faire? Comment la convaincre que le passé était le passé et que l'avenir serait tout différent?

— Tu comprends ce que ça veut dire? reprit-elle sans me laisser le temps de répondre.

— Pas vraiment.

Elle posa sa bouche contre mon oreille.

— Que tu as un sacré retard à rattraper.

Voilà qui était dans mes cordes. Je déposai un baiser furtif sur ses lèvres.

— Beaucoup?

— Mmm... répondit-elle tandis que je l'embrassai encore. Sans parler des intérêts.

Elle me taquinait encore.

— Ah oui? Les intérêts...

— Un maximum, enchaîna-t-elle de sa voix de sorcière. Tu ferais mieux de commencer tout de suite.

Ma bite tressauta illico.

— Abby, je paye toujours mes dettes.

Le dimanche après-midi suivant, nous lisions chacun le journal, installés sur le canapé, chez Abby.

Elle s'agita à mes côtés.

— Nathaniel... ?

J'abandonnai les pages que je feuilletais.

— Oui?

— Je me disais...

— Quelque chose ne va pas? demandai-je, un peu inquiet.

Elle secoua la tête en tripotant un bout de fil, échappé d'un coussin.

— Je ne voudrais pas te forcer la main mais... quand vas-tu me rendre le collier? Tu en as bien l'intention, n'est-ce pas?

Je lui caressai la joue.

— C'est ce que tu veux?

Elle opina.

— J'ai envie de toi. De la tête aux pieds.

Je dessinai le contour de ses lèvres de mon pouce.

— Et moi, je veux explorer chaque millimètre ton corps. Si tu veux bien, naturellement.

J'avais attendu qu'elle remette la question du collier sur le tapis pour être tout à fait sûr qu'elle le désirait, mais je ne pensais pas qu'elle aborderait le sujet aussi vite.

Elle avait été honnête avec moi. Je devais l'être à mon tour. Je cherchais mes mots.

— Sache que… j'ai été un amant et un dominateur… jamais en même temps. Je ne sais pas… comment m'y prendre pour être les deux à la fois avec toi… *Elle ouvrit la bouche pour m'interrompre, mais je l'arrêtai d'un geste.* J'ai tellement peur de ne pas y parvenir, Abby…

Elle posa sa main sur la mienne.

— Tu n'as pas besoin d'être toujours parfait, tu sais.

— Je m'en voudrais terriblement de te faire mal.

— Aucun risque.

— Pas physiquement, mais émotionnellement…

Elle se pendit à mon cou, approchant ses lèvres contre mon oreille.

— On y arrivera. Toi et moi. Ensemble. J'ai envie de toi. Comme amant et comme maître.

— Mais si…

— Tu réfléchis trop, je te l'ai déjà dit. Arrête. Toi et moi, ça va être formidable, tu verras.

Je la serrai dans mes bras, rassuré.

— Tu es très futée, Abby King. Je devrais t'écouter plus souvent.

Elle partit d'un petit rire sensuel, tout contre mes lèvres.

— Voilà qui n'est pas tombé dans l'oreille d'une sourde.

— J'espère bien.

Ses mains s'affairèrent sur ma chemise.

— J'ai une mémoire d'éléphant.

— Attends, nous n'avons pas encore fini de parler.

Elle déboutonna ma braguette.

— On verra plus tard. Félicia vient dîner dans deux heures.

— Demain soir, murmurai-je entre deux baisers. À la maison. Dans la cuisine.

— Et maintenant. Chez moi. Dans mon lit.

Je la soulevai de terre et la transportai dans sa chambre.

37

Elle me jeta un regard surpris lorsque je plaçai une pile de papiers devant elle, le soir suivant.

— Qu'est-ce que c'est?

Je lui tendis un stylo et m'assis à la table de la cuisine avec mon jeu de documents.

— J'aimerais que nous corrigions nos listes.

Elle sourit, une étincelle de malice au fond des yeux.

— Comment ça «nous»? Aurais-tu changé d'avis?

— Pas du tout. Mais je pense que la tienne nécessite certaines modifications. Sur deux ou trois points au moins.

Elle attrapa le stylo et se mit à remplir la première colonne.

— Je peux peut-être préciser les nouvelles expériences vécues?

Je cochai les premières cases de ma propre liste.

— Oui, bien sûr.

— Plus question d'accepter l'abstinence sexuelle prolongée, je te préviens.

J'éclatai de rire.

— Contente-toi de remplir les rubriques, Abby.

Pendant quelques minutes, on aurait entendu une mouche voler.

— Au fait, tu avais omis de spécifier que les baisers étaient dans le cadre des limites à ne pas franchir, observa-t-elle un peu plus tard.

Moi qui croyais que le chapitre était clos.

— Si j'avais relu ta liste après avoir commencé à porter ton collier, je t'aurais certainement demandé des explications, insista-t-elle voyant que je ne réagissais pas.

— Et je t'aurais répondu si tu l'avais fait, je t'assure, répondis-je calmement en pesant bien mes mots.

— Oui, mais c'est toi le dominateur. Je n'avais pas à te questionner.

Je me devais de dissiper toutes les zones d'ombre. Je posai mon stylo et lui pris la main.

— J'ai eu tort, Abby. Oui, tu es en droit de m'interroger. Pourquoi crois-tu que je t'ai permis de t'exprimer librement à la table de la cuisine? Ainsi qu'à la bibliothèque? À l'avenir, je veux que tu me dises tout ce qui te passe par la tête quand nous nous trouverons dans l'une ou l'autre pièce. J'ai besoin de savoir. Nous n'irons pas loin si nous ne communiquons pas, d'accord?

— D'accord, approuva-t-elle en me caressant du pouce le dos de la main.

— On en termine avec ces listes et on en reparle ensuite, tu veux bien?

J'achevai la mienne en un temps record et la regardai compléter la sienne. De temps en temps, elle se mordillait les lèvres, inscrivait quelque chose, s'interrompait et tapotait la table de son stylo avant de reprendre.

Elle manque d'expérience. Tu ne peux pas te permettre de tout gâcher encore une fois.

— Voilà, c'est fini, déclara-t-elle un moment plus tard.

Nous échangeâmes les feuillets. Je parcourus sa liste en faisant mentalement le parallèle avec celle qu'elle avait remplie au départ. Certaines de ses limites avaient changé, d'autres pas. En relevant la tête, je m'aperçus qu'elle examinait la mienne en suivant chaque ligne du doigt, sans doute pour la comparer à la sienne.

— As-tu des questions ? demandai-je.

— Je ne sais pas par où commencer.

— Je me lance, d'accord ?

Elle acquiesça.

— Sache que je ne dépasserai jamais les limites que tu as fixées, affirmai-je. Et je n'essaierai pas davantage de te convaincre de les repousser. Mais je voudrais quand même savoir quelque chose… C'est quoi ton problème avec les cannes ?

Elle consulta ma liste.

— Tu poses la question parce que tu as coché *«aime beaucoup»,* c'est ça*?*

— Oui. Dis-moi pourquoi tu fais une exception pour les cannes alors que tu es pratiquement d'accord sur tout le reste ?

— C'est à cause d'une histoire horrible qui s'est passée à Singapour. Il paraît que là-bas on punit les gens à coups de canne. C'est effrayant. On en garde des cicatrices à vie.

Je restai abasourdi.

— Tu n'imagines quand même pas que je pourrais te battre jusqu'au sang et te laisser des marques indélébiles juste pour le plaisir ?

Elle secoua la tête.

— Non, c'est juste que… je n'avais pas envie d'essayer.

— Tu avais… ?

— J'aimerais d'abord en savoir plus.

— Bon, nous allons laisser la question de côté jusqu'à plus amples informations.

Dire qu'elle croyait que je pouvais la manipuler pour des raisons purement égoïstes! Quoi qu'il en soit, je devais trouver le moyen de l'habituer aux cannes pour qu'elle n'ait plus peur.

— Pas de jeux d'asphyxie non plus? poursuivit-elle en se reportant à ma liste.

Même si mes limites avaient évolué au fil des années, je refusais de me servir d'un bâillon par peur d'étrangler ma partenaire.

— Oui, cela a toujours été le cas et ça le sera toujours.

— Je me demandais en quoi cela consistait.

L'occasion de lui prouver mon honnêteté toute neuve était trop belle.

— C'est très dangereux. Comme Beth voulait essayer, je me suis documenté sur le sujet, je me suis renseigné auprès d'autres dominateurs et j'ai même assisté à une mise en scène, un jour. Mais je connais mes limites. Je ne peux ni ne veux prendre de risque. Je suis désolé, Abby.

Elle haussa les épaules.

— Pas grave.

— D'une certaine façon, si. Après mon fiasco avec Mélanie…

Elle leva la main pour m'interrompre.

— Qu'est-ce que ça vient faire ici?

— J'ai lamentablement échoué. Je n'ai pas su me conformer à ses désirs.

Elle me fusilla du regard.

— Voyons, Nathaniel, tu n'as pas échoué avec Mélanie. Pourquoi culpabilises-tu? Tu n'as peut-être pas réussi à te conformer à ses désirs, mais elle n'était pas prête non plus à se glisser dans le moule comme tu le voulais. Point final.

— J'aurais pu faire des efforts.

— Et vous auriez été très malheureux aujourd'hui, rétorqua-t-elle, une lueur espiègle dans les yeux. Et moi dans tout ça, tu m'oublies?

— C'est vrai.

Elle empila soigneusement les papiers sur la table.

— Bon, n'en parlons plus. Où en étions-nous? Ah oui, les jeux d'asphyxie, poursuivit-elle en survolant encore une fois la liste. Chapitre clos, donc. D'autres questions?

La discussion se prolongea, non pour modifier tel ou tel point particulier que pour mieux comprendre les options qui s'offraient à nous. Je lui expliquai mon point de vue et elle aborda les expériences qu'elle souhaitait tenter.

Il y avait encore tant de choses à dire, mais après avoir fini d'éplucher les deux listes, je la pris par le bras et l'entraînai au salon pour regarder un film.

C'était bizarre.

Étrange.

Délicieux.

Le lendemain soir, nous étions de nouveau assis à la table de la cuisine pour définir les nouvelles modalités de nos rapports. Elle ne serait pas ma soumise sept jours sur sept, je n'en voyais pas l'intérêt car je voulais également entretenir une relation amoureuse normale avec elle.

— Et si nous nous limitions aux week-ends? suggéra-t-elle.

C'était aussi mon intention et j'étais bien aise qu'elle ait pris les devants.

— C'est une excellente idée.

Et pendant la semaine, nous serions Nathaniel et Abby…

J'avais appelé Paul un peu plus tôt dans la matinée pour savoir comment il s'y prenait avec Christine.

— Seulement, ça ne va pas être simple de passer sans transition de Nathaniel et Abby à dominateur et soumise, objectai-je. Il serait peut-être plus facile de poser des repères et d'inventer un rituel lorsque je te mettrai le collier et quand je te l'enlèverai.

— L'enlever? Pourquoi?

— Parce que la semaine sera consacrée à nous, tu viens de le proposer. Je te donnerai le collier tous les vendredis soirs, disons à dix-huit heures, et je le récupérerai le dimanche à ton départ, vers quinze heures.

— Avant, je le portais tous les jours.

— Les choses ont changé.

— Oui, mais de le porter tous les jours permettrait de resserrer les liens entre nous.

Ces mots remplirent mon cœur d'allégresse, pourtant je restai intraitable. Porter le collier sans interruption avait modifié son comportement, je le savais, et je n'avais pas vraiment envie de la voir dans cet état d'esprit à longueur de temps.

— Écoute, je comprends que tu veuilles le mettre tous les jours, mais d'après mon expérience personnelle…

— Tu ne vas pas me refaire le coup de l'expérience, hein?

Je réprimai mon envie de rire. Comment pouvait-elle me poser la question à moi qui vivais en dominateur depuis plus de dix ans?

— Si, justement.

Elle soupira et s'avachit sur sa chaise.

— Abby, écoute. Que tu le veuilles ou non, le collier conditionne ton état d'esprit. Je ne veux pas que tu sois dans ces dispositions-là vingt-quatre heures sur vingt-quatre. Si je te demande, par exemple, de choisir entre des petits pois ou des carottes pour dîner, j'aimerais que ce soit mon Abby chérie qui me réponde, pas Abigaïl ma soumise.

— Je sais, mais...

C'était gagné. Je le lisais dans ses yeux.

— Je ne t'imposerai pas de régime, ni un plan d'entraînement, ni un rythme de sommeil, ni...

— Dieu merci ! Parce que dormir huit heures par nuit limiterait pas mal nos activités au cours de la semaine.

Bien vu. J'avais justement l'intention d'être très actif sur ce plan-là.

— D'accord. Mais pour en revenir à nos moutons, si j'ai envie de toi le mercredi et que tu ne sois pas d'humeur, je veux que tu te sentes libre de le dire. Or le collier t'en empêcherait, même si tu n'en es pas persuadée.

Elle se pencha vers moi.

— Va pour les week-ends. Et concernant le rituel?

Je lui avais expliqué, en effet, que certaines pratiques nous aideraient à nous placer dans un certain état d'esprit, le vendredi soir, et faciliteraient aussi le retour à la vie normale, le dimanche après-midi. D'après Paul, à force de répéter ce rituel, il deviendrait réflexe, habitude et routine.

— Es-tu sûre de vouloir jouer le jeu le week-end entier? insistai-je, une fois cette question réglée. On pourrait peut-être se contenter de quelques heures. De sorte que tu ne serais pas à ma disposition en permanence.

— Comme pour cuisiner et servir à table, par exemple?

— Oui, si tu ne veux pas...

Pour moi, ce serait un comportement totalement inhabituel, mais je m'y conformerais. Pour l'amour d'Abby.

— Je ne sais pas, rétorqua-t-elle. J'adore faire des choses pour toi. En fait, ça m'excite.

Ma bite durcit illico.

— Ah oui?

— Mmm…

Au fond pourquoi pas, puisqu'elle aimait ça. Et si en plus, ça l'excitait… Il fallait que je réfléchisse au moyen d'exploiter ces nouvelles opportunités.

Je verrais cela plus tard. Il nous restait encore d'innombrables sujets à aborder.

— Il faut que nous redéfinissions les mots d'alerte, avançai-je. J'ai toujours utilisé jaune et rouge par le passé. À mon sens, ils seraient tout à fait appropriés…

— Deux mots? Pour quoi faire?

— C'est un système assez courant.

— Mais avant…

— Abby, j'ai déjà évoqué mes erreurs passées. Je ne veux pas risquer de te perdre encore une fois.

Elle me pressa la main.

— Je ne m'en irais pas. Mais ça ne m'explique toujours pas pourquoi j'ai besoin de deux mots secrets.

— Parce que nous allons repousser les limites, expliquai-je en songeant aux nouvelles expériences qu'elle voulait vivre. Si tu dis «orange», je saurai que j'approche de la limite mais que je peux continuer. À «rouge», j'arrête immédiatement.

— Aucune de tes soumises n'a jamais utilisé les mots d'alerte, n'est-ce pas?

Je lui embrassai la main.

— Jamais, c'est vrai. Mais je veux que tu te sentes en sécurité avec moi. Même quand je te pousserai à bout.

— Orange et rouge. On dirait un feu de signalisation.

— Exactement. C'est un signal.

— Vraiment?

— Oui. Ainsi, je pourrai aller le plus loin possible sachant que, si tu dis «orange», je devrais calmer le jeu. Tu te sentiras en confiance et moi je serai rassuré, du moment que tu auras la possibilité de m'arrêter si j'outrepasse les bornes. J'y gagnerai en tranquillité d'esprit.

— Tu as besoin d'être rassuré, toi? Je ne l'aurais jamais cru.

— Je veux être réglo, cette fois. Je n'aurais pas dû te punir, l'autre jour, tu sais. Parce que je ne me suis pas occupée de toi comme je l'aurais dû, ajoutai-je en réponse à la question muette que je lisais dans ses yeux.

— C'est-à-dire?

— J'aurais dû te rejoindre dans ta chambre, ce soir-là. Pour te réconforter, te câliner, te bercer dans mes bras, m'assurer que tu allais bien, inspecter les marques sur ta peau. Et être là le lendemain matin pour t'aider à t'asseoir... Bref, c'était une erreur d'attendre jusqu'au déjeuner.

— Oh!

Je soutins son regard fixé sur le mien.

— J'étais tellement obsédé par ma petite personne que je ne t'ai pas accordé l'attention que tu méritais. Cela n'arrivera plus, je te le promets.

Elle garda le silence.

— S'il fallait te punir de nouveau, enfin *lorsque* je devrai le faire – car cela se produira inévitablement –, ce sera différent, tu comprends?

La conversation tourna autour des soins nécessaires pour qu'elle sache à quoi s'en tenir. Puis nous abordâmes les fautes susceptibles d'entraîner un châtiment et les différentes sanctions à appliquer.

Une fois le sujet épuisé, nous décidâmes de faire un petit tour dans le parc pour aller voir les cerisiers où pointaient les tout premiers bourgeons. Nous marchions main dans la main, les doigts entrelacés, Apollon sur nos talons.

Mon téléphone émit un double bip.

Je consultai ma montre et souris. Dix-sept heures quarante-cinq. J'aurais dû me douter qu'elle serait en avance.

— Oui, Sara?

— Mademoiselle King est arrivée, monsieur.

— Merci. Introduisez-la à dix-huit heures cinq. Ensuite, vous pourrez partir.

— Bien monsieur, répondit mon assistante en raccrochant.

Nous étions vendredi soir. Abby m'avait annoncé qu'elle voulait reposer sa candidature à Goodwin et passer un nouvel entretien dans mon bureau. Quelle idée farfelue! J'avais commencé par refuser, mais elle s'était entêtée et, après d'âpres discussions, j'avais fini par céder. Cela donnerait un aspect plus officiel à notre relation et Godwin était assez fin pour ne pas discuter mes ordres.

— Vous ne voulez que la candidature d'Abigaïl King? demanda-t-il. Personne d'autre?

— Exact.

— J'en ai une nouvelle. Elle semble prometteuse. Elle vous a demandé expressément.

— Je ne suis pas intéressé. Contactez-la pour le lui signifier. Cela vaut pour toutes celles qui poseront leur candidature à l'avenir.

Abby désirait porter son collier le week-end suivant. Nous avions discuté du planning en détail. Il n'y avait pas urgence, avais-je objecté ce matin-là sous la douche, mais elle avait insisté.

Nouveau coup d'œil à ma montre.

À dix-huit heures trois, je retournai à mon ordinateur et me mis à taper à toute vitesse.

Espèce de petit veinard!

La porte s'ouvrit et se referma. Selon Paul, penser à elle comme à Abigaïl le temps du week-end me faciliterait les choses. Elle entra et s'immobilisa au milieu de la pièce. Je l'observais du coin de l'œil – tête baissée, bras ballants, pieds écartés.

Je me demande bien ce que tu as fait pour mériter cette merveilleuse créature, écrivis-je à la suite.

Petit veinard.

La revoilà dans ton bureau pour te donner une seconde chance.

Elle t'aime même si tu as été complètement nul.

Elle t'aime, point.

Dans l'histoire des petits chanceux, tu remportes la palme, on dirait.

Donne-lui maintenant ce dont vous avez tous les deux envie.

Je m'interrompis.

— Abigaïl King.

Elle ne broncha pas.

Je me levai et traversai la pièce pour me placer derrière elle. Je m'arrêtai une seconde pour respirer son odeur. Exquise. Je soulevai ses cheveux et les enroulai autour de mon poignet.

— Je me suis montré indulgent avec vous l'autre jour, déclarai-je.

C'était la vérité, elle le savait. Elle n'ignorait pas non plus que ce ne serait pas le cas, cette fois.

Je tirai plus fort sur ses mèches, mais elle garda la tête obstinément baissée. Excellent. Je ne lui avais pas encore donné l'autorisation de me regarder.

— Vous avez prétendu être prête à tout endurer physiquement, repris-je. Vous vous rappelez?

Elle ne répondit pas – je ne lui en avais toujours pas donné la permission.

J'empoignai rudement ses cheveux et pivotai pour lui faire face.

— Je vais vous apprendre à combler chacun de mes besoins, mes caprices, mes appétits. Vous devrez suivre immédiatement mes consignes sans poser de question. Toute hésitation, toute indiscipline ou rébellion sera sanctionnée séance tenante. C'est clair?

Elle garda le silence.

— Regardez-moi et répondez. C'est compris?

Elle leva les yeux et croisa mon regard.

— Oui, Maître.

— Oui, Maître?

Elle m'avait donné du maître alors que je ne lui avais pas encore attaché le collier?

Encore?

J'émis un claquement de langue réprobateur. Une nouvelle bourde. Je m'y attendais. Mais pas dans mon bureau.

Elle avait l'air désorientée.

— Comment devez-vous m'appeler avant de porter le collier? questionnai-je.

— Monsieur…

Je retournai à mon bureau.

— J'ai peut-être toléré cette erreur dans le passé, mais comme je viens de vous le signifier, je ne serai pas aussi clément aujourd'hui.

J'allais lui montrer que je ne plaisantais pas.

— Retroussez votre jupe et posez les mains sur la table.

La punition que j'avais établie pour non-respect des conventions dépendait du degré et des circonstances de l'entorse. En revanche, rien n'était prévu avant la remise du collier.

— Trois fessées, énonçai-je alors qu'elle se mettait en position. Comptez.

Le premier coup atterrit sur la partie charnue de sa fesse droite.

— Un.

Le deuxième s'abattit sur la gauche.

— Deux.

Les claques étaient assez fortes pour rosir son cul – je voulais qu'elle les sente – mais pas suffisamment pour laisser des marques durables. La troisième dégringola sur son point sensible.

— Trois.

Voilà, c'était fini. Tout allait bien. Je me sentais mieux. Je massai sa chair avec douceur, remarquant qu'elle ne se crispait pas ni ne cherchait à se soustraire à mes caresses. Je rabaissai sa jupe.

— Retournez à votre place.

Elle regagna le milieu de la pièce avec grâce.

— Vous rappelez-vous les codes?

— Oui, monsieur.

— Bien.

J'ouvris un tiroir, en sortis un coffret et l'ouvris pour en extraire le collier.

— Êtes-vous prête, Abigaïl?

Son visage s'éclaira d'un sourire.

— Oui, monsieur.

Je revins me planter devant elle.

— À genoux.

Elle s'exécuta et je lui attachai le bijou autour du cou.

Elle était mienne.

— Vous le porterez le vendredi soir à dix-huit heures et je le reprendrai le dimanche après-midi à quinze heures, dis-je, répétant ce qui était prévu.

Il lui allait si bien.

Elle me prendrait en bouche maintenant – c'était la deuxième étape du rituel que nous avions établi – mais je devais d'abord faire quelque chose…

— Debout, dis-je.

Elle ne s'y attendait pas. Toutefois, elle se releva docilement en dépit de sa surprise.

— Vous êtes délicieuse avec mon collier.

Auparavant, un sentiment de possession s'emparait de moi chaque fois que je lui mettais le collier. J'étais envahi par une joie intense, une sorte de pulsion bestiale. Et je crevais d'envie de l'embrasser.

Cette fois, rien ne m'en empêchait.

Je glissai une main sous son menton, l'attirai à moi et écrasai mes lèvres sur les siennes pour lui montrer l'effet qu'elle produisait sur moi avec ce collier. Elle hésita, s'abandonna et me rendit mon baiser.

Je finis par m'arracher à ses lèvres et plaçai mes mains sur ses épaules.

— Remettez-vous à genoux.

Elle obtempéra sans se faire prier.

— S'il vous plaît, Maître, puis-je vous sucer?

Conformément à notre accord, elle demanderait à me servir en échange de mon collier.

— Vous pouvez.

Je fermai les yeux pendant qu'elle défaisait ma ceinture et dégrafait ma braguette. Les semaines passées, elle m'avait sucé à de nombreuses reprises, mais toujours au lit, jamais à genoux. Je voulais réserver ce traitement à l'instant où elle porterait le collier.

J'enfouis mes doigts dans la soie de ses cheveux et m'enfonçai brutalement dans sa bouche lorsqu'elle referma ses lèvres sur moi. Histoire de lui signaler qui commandait. Elle m'appartenait. Totalement. Je pouvais faire de sa bouche ce que bon me semblait.

C'était son cadeau.

Et je l'acceptais.

Je coulissais dans sa bouche, tandis qu'elle s'activait sur mon gland, l'encerclant, le léchant, astiquant ma bite de la langue sur toute la longueur, le plus loin possible. Je la baisai à fond et elle m'engloutit en entier, m'éraflant du bout des dents au passage.

Je geignis de bonheur.

Je crispai ma main dans ses cheveux et l'empalai plus fort. Dieu que c'était bon. Je sentis mes bourses palpiter de plaisir sous sa langue avide et sus que j'étais près de lâcher prise. Elle comprit que je n'allais pas tarder à jouir et s'y prépara en prenant appui sur mes cuisses.

Je l'enfilai dans un dernier coup de reins, explosai dans un râle et me déversai à longs jets dans sa bouche.

Elle aspira tout goulûment, jusqu'à la dernière goutte.

Je me dégageai et retirai délicatement mes mains de ses cheveux. Je caressai sa tête, lui massai le crâne pour effacer toute douleur.

— Rhabillez-moi, Abigaïl.

Elle obéit, et lorsque ce fut fait, je lui ordonnai de se redresser.

Je lui soulevai le menton de l'index pour l'obliger à me regarder en face.

— Je serai intraitable avec vous, cette nuit. Je vais vous propulser au bord du gouffre et vous laisser frustrée, affamée dans le vide. Vous ne jouirez que lorsque je vous l'ordonnerai, pas avant, et vous devrez vous armer de patience, c'est moi qui vous le dis. Est-ce clair? Répondez.

Elle ne dit mot.

— Répondez.

Ses yeux brillaient de désir.

— Oui, Maître.

Très bien.

— Je serai à la maison dans une heure. Vous m'attendrez nue dans la salle de jeux.

Déjà paru

La soumise

Volume 1 de la trilogie « La soumise »

En librairie le 14 mai 2014

À paraître

L'apprentie

Volume 3 de la trilogie « La soumise »

En librairie le 2 juillet 2014

Dans la collection

Red Velvet

SARA FAWKES

tout CE QU'IL VOUDRA

l'intégrale

La série érotique en cinq épisodes de Sara Fawkes enfin réunie en un seul volume et enrichie de scènes inédites.

Le poste d'intérimaire de Lucy dans une grande entreprise new-yorkaise n'est pas le job de ses rêves, mais il lui permet de payer ses factures. Le point culminant de sa journée ? Prendre l'ascenseur le matin en compagnie d'un bel inconnu.

Sa vie bascule quand elle se laisse séduire par l'étranger, cédant sans aucune résistance à un homme dont elle ne connaît même pas le nom. Lucy découvrira très vite que cet homme n'est autre que Jeremiah Hamilton, le PDG milliardaire de la compagnie pour laquelle elle travaille, qui lui propose alors un contrat très particulier : devenir son assistante personnelle et se soumettre à tout ce qu'il voudra... Mais la vie du milliardaire est semée d'embûches, et certains de ses secrets sont dangereux. Lucy va se trouver prise dans un piège qui pourrait se révéler mortel...

360 p.
15,90 €

SARA FAWKES

tout CE QU'IL VOUDRA

naufragée

l'intégrale

La suite et fin de la série érotique
Tout ce qu'il voudra
réunie en un seul volume.

L'existence morose de Lucy Delacourt a basculé depuis qu'elle a rencontré le milliardaire Jeremiah Hamilton. Durant les quelques semaines de sa liaison sulfureuse avec cet homme énigmatique, la jeune femme a frôlé la mort plusieurs fois. Rejetée par Jeremiah, elle a rejoint Lucas, le frère de Jeremiah, un trafiquant d'armes qui a besoin de la jeune femme pour mener à bien ses projets. C'est sans compter sur la détermination de Jeremiah, qui parvient à retrouver Lucy. Très vite, le trio doit faire face à des menaces qui dépassent les rivalités entre les frères Hamilton.

Déchirée entre les deux hommes qu'elle aime, Lucy est devenue elle aussi une cible, victime de la vengeance que les Hamilton subissent. Comment pourra-t-elle, alors que tout contrôle sur sa vie lui échappe, faire le terrible choix qui décidera de la vie ou de la mort de Lucas et de Jeremiah ?

360 p.
15,90 €

KATHRYN TAYLOR

les couleurs *du* plaisir
libérée

Grace est une jeune femme sans histoires.
Elle ne s'est jusqu'à présent jamais
vraiment intéressée aux hommes.
Sa rencontre avec le charismatique Jonathan
Huntington, pendant un stage à Londres, la sort
de son sommeil de Belle au bois dormant.
Jonathan est riche et incroyablement séduisant,
sans oublier qu'il est vicomte. Il n'a cependant
rien d'un prince de conte de fées...
Plus il entraîne Grace dans les profondeurs
de son monde de sombres désirs, plus la jeune
femme se perd dans un tourbillon de plaisirs.
Mais le jour où Jonathan exige d'elle une preuve
d'amour quasiment impossible à satisfaire,
elle doit reconnaître à quel point ses sentiments
pour lui la mettent en danger.

340 p.
15,90 €

KATHRYN TAYLOR

les couleurs *du* plaisir
dévoilée

Grace est tombée sous son emprise, corps et âme… Même si elle sait pertinemment à quel point ses sentiments pour Jonathan Huntington sont dangereux – chaque jour passé en sa compagnie ne fait qu'accroître son amour pour lui. Mais est-il vraiment aussi insensible qu'il en a l'air ? Ou Jonathan ne voit-il, en effet, rien d'autre en elle que ce jouet obéissant ? Lorsque Grace veut l'obliger à reconnaître ses sentiments, elle provoque une catastrophe.

340 p.
15,90 €

LAUREN JAMESON

prête à succomber

La série érotique en six épisodes
de Lauren Jameson enfin réunie
en un seul volume.

Après avoir découvert que son petit ami la trompait, Devon décide de se consoler en partant quelques jours dans une petite ville de Californie. Elle y rencontre un homme, Zach, dont le seul regard lui donne le vertige. La sage jeune femme laisse alors s'exprimer sa sensualité, surtout lorsque Zach la persuade de renoncer à tout contrôle.

Lorsque Devon se présente à Phyrefly Aviation, où elle a décroché un poste, elle découvre que son PDG, Zacharie Saint-Brenton, n'est autre que son mystérieux séducteur, dont le magnétisme l'empêche de rester strictement professionnelle...

Devon ne pourra résister aux délices que lui propose Zach. Elle le laisse mener la danse, jusqu'à découvrir des pulsions qu'elle ne se connaissait pas et un univers de plaisirs qu'elle n'avait jamais imaginés.

340 p.
15,90 €

STEPHANIE ASH

sunkissed

L'histoire intensément romantique et sensuelle d'une jeune femme avide de s'initier aux jeux de l'amour.

À son arrivée en Crète, où elle doit passer deux mois sur un chantier de fouilles archéologiques, Anna Hazel ne connaît pas encore son nouveau patron, le brillant et mystérieux Dr William Sillery.

Fascinée par la splendeur de l'île, Anna succombe vite au charme de leur hôte, le séduisant Vangelis, qui les accueille dans sa superbe villa surplombant la mer. Dans la chaleur de l'été, Anna laisse libre court à ses fantasmes les plus secrets et se lance dans des aventures tumultueuses et décisives pour son avenir.

340 p.
format poche
6,99 €

LISA NIVEZ

vol 6996 pour L.A.

Prête à embarquer à bord de l'A380 à destination de Los Angeles ? Clara, votre meilleure amie, que vous n'avez pas vue depuis deux ans, vous attend à l'arrivée. De nature plutôt réservée, vous avez décidé de vous laisser aller pendant votre séjour à L.A. Et si vous commenciez à mettre en pratique vos bonnes résolutions pendant les douze heures du voyage ?

Allez-vous passer un moment dans le cockpit avec un copilote au sourire ravageur ? Suivre une superbe hôtesse de l'air pour une visite guidée de l'avion ou encore faire plus ample connaissance avec Tom, le charmant médecin installé à côté de vous ?

Le vol vous offre de nombreuses possibilités, à vous de décider des chemins à explorer !

288 p.
format poche
6,99 €

MARABOUT
s'engage pour l'environnement
en réduisant l'empreinte carbone
de ses livres.
Celle de cet exemplaire est de :
300 g éq. CO_2
Rendez-vous sur
www.marabout-durable.fr

PAPIER À BASE DE
FIBRES RECYCLÉES

Imprimé en Allemagne par GGP MEDIA GMBH
en septembre 2014 pour le compte
des Éditions Marabout (Hachette Livre)
43, quai de Grenelle 75905 Paris Cedex 15

Dépôt légal : mai 2014
ISBN : 978-2-501-09262-3
4143962 / 02